보이스피싱인데

인생역전

◆ 4 ◆

A STORY OF HIS REVERSED LIFE

보이스피싱인데
인생역전

장탄 장편소설

빗스토리

《보이스피싱인데 인생역전》 차례

31. 절단

"야 이 미친놈아. 그게 우리 목숨줄이야. 그 양반 기억 안 나? 무비토린지 무비트린지 뭔지 하여튼 본보기로 훅 간 그 양반. 버스사고로 그 자리에서 죽었잖아. 그거 꼬리 자른 거라고."

이 목소리를 강주혁이 잊을 리 없었다. 지겹도록 들어왔으니까. 다만 아랫사람으로 보이는 상대방은 알 수 없었다. 핸드폰을 내려다보던 주혁이 자리에서 일어나 양손을 주머니에 찔러넣은 채 등 뒤, 넓은 창문을 통해 보이는 야경을 바라봤다. 여러 가지로 정리가 필요했다.

"……랜덤박스는 나와 관련된 미래 정보만 알려주는 건가?"

반짝이는 야경을 보며 주혁이 처음 뱉은 말은 랜덤박스였다. 지금껏 수많은 보이스피싱을 받아왔지만, 랜덤박스는 실버 단계로 넘어와서 단 두 번. 보이스피싱은 여러 가지 키워드를 제시하고 강주혁은 그중 한 가지를 선택해 나오는 미래 정보에 개입한다. 그리고 이용해 먹는다. 하지만 랜덤박스는 말 그대로 랜덤. 키워드 선택 따위 없이 알아서 정보를 던져준다.

"그런데…… 묘하게 나랑 관련이 깊단 말이지."

물론 랜덤박스는 이제 고작 두 번 나왔지만, 랜덤박스는 강화될수록 쓸모가 많을 거라 주혁을 추측했다.

그다음은 랜덤박스 내용, 분명 류진태였다.

"류진태는 현재 교도소에 있어. 그렇다면 이건 누군가 류진태와 면회하며 나눈 대화? 그걸 도대체 어떻게……."

주혁이 끝말을 흐렸다. 자신에게 전달된 이 음성 파일이 어떻게 생겨났는 지 알 도리가 없었다.

"내가 생각한다고 보이스피싱 시스템을 이해할 리 없지. 당장 그게 중요한 것도 아니고."

고개를 저은 주혁은 음성 파일을 다시 틀어보며 내용을 차근차근 풀어가기 시작했다.

"바깥 상황을 묻는 걸로 봐선 교도소가 확실한 것 같고, 누가 일본에서 죽었다는 거지?"

그 순간.

"아."

주혁의 머릿속에 무언가가 빠르게 관통했다.

"한국 여성 관광객이 일본에서 사망한 게?"

불현듯 떠오른 기억. 최근 큰 화제가 됐던 사건은 그것밖에 없었다.

"여성 관광객, 류진태, 무슨 관련이 있지?"

잠시 책상을 검지로 때리며 생각을 정리하던 주혁이 번쩍 고개를 들었다.

"장수림을 척출할 당시, 류진태는 일본으로 한국 연예인 연습생을 속여 넘기고 있었어…… 이거 설마."

순간 뒤죽박죽이던 퍼즐이 하나씩 맞춰지기 시작했다. 주혁은 다이어리를 꺼내 무언가 적다가 음성 파일을 다시 재생했다. 류진태의 입에서 박종주의 이름을 나왔다. 주혁이 턱을 쓸었다.

"여기서 박종주가 등장한다…… 류진태가 왜 박종주의 움직임을 궁금해하지?"

이윽고 그가 확신했다.

"박종주는 류진태와 최근까지 교류가 있었던 거야."

그리고 류진태가 일본의 원숭이 새끼라 칭한 인물. 이 부분에서 주혁은 황실장의 보고를 떠올렸다. 공항에서 박종주와 처음 보는 남자가 찍힌 사진. 심지어 박종주가 따까리처럼 보였다.

"이 원숭이 새끼는 박종주와 공항에서 찍힌 그 남자일 가능성이 커."

짧게 읊조린 주혁이 다시 음성 파일을 재생했다.

"아예 한국으로 들어왔다? 미친 약돌이 새끼…… 야. 내가 따로 챙겨두라던 자료들, 증거들 어딨어?"

이어서 꼬리를 잘랐다는 류진태의 말로 음성 파일이 끝났다. 주혁은 '자료, 증거, 버스사고로 즉사' 따위의 혼잣말을 뱉으며 다이어리에 무언가 적어 내려갔다. 강주혁이 허리를 펴며 입을 연 것은 10분은 지난 시점이었다.

"잘만 하면 박종주, 잘라낼 수 있겠어."

다음 날 아침. 주혁이 아침부터 삼성동 DCS타워에 들렀다. 내부는 공사 소리로 시끄러웠다. 주혁이 온 것은 공사업체의 요청으로 중간평가를 하기 위해서였다. 엘리베이터에 몸을 싣고 5층에 내린 주혁은 눈 앞에 펼쳐진 드넓은 광경에 웃음부터 나왔다.

"광주 사옥이랑은 사이즈부터 다르네."

복도는 물론이고 사무실 등등이 광주 사옥에 비해 못해도 1.5배는 넓어 보였다. 새하얀 벽, 열려 있는 창문, 곳곳에 붙은 보양용 비닐, 코를 찌르는 페인트 냄새. 현재는 아무것도 없지만, 이 넓은 공간에 곧 이것저것 채워 넣을 생각에 주혁의 가슴에 기대감이 피어올랐다.

"아, 사장님."

그때 뒤에서 남자 목소리가 들렸다.

"황 실장님, 일찍 오셨네요."

"예. 온 김에 여기저기 좀 둘러보자 생각했습니다."

"공사가 끝난 건 5층, 4층이죠?"

"예, 맞습니다. 현재 공사가 진행 중인 곳은 3층이고, 2층은 아직 손도 못 댄 모양입니다."

"그래도 진척이 빠르네요."

짧게 답한 주혁이 양손을 주머니에 찔러넣고는 공사가 완료됐을 때 어떤 식으로 사무실을 배치할지 머릿속으로 구상하기 시작했다.

'광주 사옥보다 넓고 층도 하나 더 많아. 1층은 애초 들어와 있는 점포들이 있으니 내버려 두고, 2층부터 4층까지 차례로 매니지, 제작, 투자 본진으로 만들자. 5층은 내 사무실과 기타 잡스러운 것들을 넣고.'

보이스프로덕션의 청사진을 그려가던 주혁이 천천히 입을 열었다.

"황 실장님. 류진태가 교도소에서 어떻게 지내고 있는지 확인해보셨습니까?"

"예. 눈에 띄는 움직임을 보이진 않고, 큰 문제를 일으킨 적도 없는 것으로 확인됩니다."

"박종주는요?"

"그쪽도 GM엔터 지분을 산 이후로는 딱히."

"흠."

짧게 숨을 뱉은 주혁이 오른손을 주머니에서 빼, 페인트를 새로 칠한 앞 벽을 스윽 쓸었다. 아직 덜 말랐는지, 주혁의 검지에 흰색 페인트가 묻어났다. 검지를 엄지로 대충 문지르던 주혁이 시선은 여전히 벽에 둔 채 말을 이었다.

"의심스러워요."

"예?"

"지금 와서 생각해보면 이때까지 발생한 모든 사건에 박종주가 있습니다, 작든 크든. 굉장히 미심쩍어요."

"무엇이?"

"왠지 털면 그 끝엔 항시 박종주가 있을 것 같다는. 그리고 아마 제 추측대로라면 이번에 확실히 박종주를 잘라낼 수 있을 겁니다."

주혁이 몸을 돌려 황 실장과 눈을 마주쳤다. 황 실장이 입을 열었다.

"문제는 태신식품입니다."

"아뇨. 제 계획대로 된다면 이번에는 태신이라도 어쩌지 못할 겁니다. 국민의 분노를 살 순 없을 테니."

이어서 주혁이 오묘한 표정을 지었다. 아니, 웃었다.

"이번엔 우리가 기습해보죠. 그놈 뒤통수가 얼얼하게."

"알겠습니다. 물꼬는 어떻게 트시겠습니까?"

"일단, 적당한 때가 오기 전까진 황 실장님은 박 과장과 함께 교도소에 있는 류진태를 확실하게 마킹해주세요. 혹시 지금까지 류진태 면회를 신청한 사람이 있습니까?"

"지금까지는 없는 걸로 확인했습니다."

고개를 끄덕인 강주혁이 지시를 내렸다.

"좋습니다. 앞으로 류진태를 확실히 마킹하면서, 누군가 면회를 오면 바로 전화 주셔야 합니다. 당장은 그것만 신경써주세요."

"알겠습니다."

황 실장의 대답을 들은 주혁이 엘리베이터 쪽으로 이동했고.

'귀찮은 놈. 일도 바빠죽겠는데 너무 거슬려. 이번에 확실히 치워야 해.'

버튼을 누르며 마음을 다잡았다.

'이젠 오로지 직진이다.'

같은 날 오후, 뮤직톡스튜디오. 단출한 사장실에서 김수열이 생각에 빠져 있었다. 곧 강주혁이 올 시간이었다.

"이유가 뭐지?"

김수열은 강주혁이 자신을 만나고 싶어 한다는 얘기를 듣고 여러 생각을 해봤다. 하지만 아무리 생각해도 이유가 없었다. 평소 안면이 있거나 인사라도 했으면 모를까, 그것도 아니고.

"혹시, 우리 애들을?"

그렇다면 답은 하나였다. 마니또. 최근 헤나를 영입하면서 가수 쪽으로도 영역을 넓힌 보이스프로덕션이었다.

"가능성이 전혀 없진 않아. 그런데 거긴 걸그룹을 키워본 적도 없을 텐데?"

걸그룹을 키우는 건 일반적인 가수를 키운 것과 방향성이 조금 다르다. 따라서 경험이 없으면 망할 가능성이 높았다. 자신처럼.

"……아무리 헤나가 있다곤 하지만, 혹시라도 마니또를 얘기하면 빠르게 거절한다."

김수열이 다짐했다. 바로 그때.

"사장님, 강주혁 사장님 오셨습니다."

직원이 사장실 문을 열었고, 그 뒤로 코트를 한 손에 걸친 강주혁이 모습을 드러냈다.

"안녕하세요. 처음 뵙겠습니다, 김수열 사장님."

"아, 처음 뵙겠습니다. 이쪽으로 앉으세요."

안내에 따라 주혁은 김수열 사장의 맞은편에 앉았다. 그런 강주혁의 첫인상을 김수열은 간단하게 정리했다.

'세상 잘생겼네. 실물이 훨씬 나아.'

김수열이 먼저 포문을 열었다.

"바로 여쭤봐서 죄송하지만, 저를 무슨 일로 보자고 하신 건지."

"하하, 괜찮습니다. 저도 바로 본론인 게 좋습니다. 먼저, 이번에 헤나 씨에게 노래를 넘겨주셔서 감사합니다."

"아뇨. 뭐, 헤나 씨 정도의 가수가 제가 만든 노래를 골라준 것이 감사하죠."

딱딱하던 분위기를 살짝 풀어낸 주혁이 다리를 꼬았다.

"어쩌다가 소식을 들었는데, 키우던 걸그룹을 다른 곳에 넘기신다고."

강주혁이 여유롭게 꺼낸 말에 김수열은 속으로 혀를 찼고.

'역시 마니또였어.'

냉담하게 답했다.

"맞습니다."

"그렇군요. 그럼 지금은 수현 씨 빼고 마니또 멤버들의 개인 활동은 없는 겁니까?"

가벼운 질문. 그런데 김수열의 반응이 이상했다. 그의 얼굴에는 '무슨 소리를 하고 자빠졌어?' 따위의 표정이 섞여 있었다.

"무슨 말씀이신지? 수현이는 물론 지금 마니또의 개인 활동은 전혀 없습니다. 회사 이전할 때까지는 쉬게 하고 있습니다."

"……개인 활동이 전혀 없다?"

"예. 것보다, 혹시 마니또를 노리고 오신 거라면 헛걸음…….."

김수열이 추가로 뭔가 말을 덧붙이기 시작했지만, 주혁의 귀에는 들리지 않았다.

'개인 활동이 없어? 그럼 〈만능엔터테이너〉에 나타난 수현 씨는 뭐야.'

오디션 예능이라 해도 명백히 개인 활동이었다. 그런데 김수열은 현재 마니또의 개인 활동은 없다고 말하고 있다.

"저희는 이미 마니또가 옮길 회사와 손을 잡았습니다."

"……."

이어서 주혁은 여전히 혼자 말하고 있는 김수열을 쳐다보며 생각을 정리했고, 곧 결론이 나왔다.

'김수열은 모르고 있는 거야.'

가능했다. 현재 〈만능엔터테이너〉가 방송된 회차에는 아직 수현이 등장하지 않았다. 거기다 수현이 강주혁의 차 옆에서 누군가와 통화하며 했던 말.

'자기가 희망이라고 했지?'

현재 뮤직톡스튜디오는 망하기 일보 직전. 그러면 수현은 〈만능엔터테이너〉에 몰래 나왔다는 결론이 나왔다.

"사장님?"

내내 강주혁이 아무 말 없는 것이 이상했는지, 김수열이 주혁을 불렀고.

"……."

주혁은 빠르게 머리를 굴렸다.

'상황이 이렇다면, 계획을 다 바꿔야겠군.'

삽시간에 계획을 변경한 주혁은 이내 웃으며 김수열과 눈을 마주쳤다.

"그렇군요. 그런데 사장님, 뭔가 잘못 알고 계신 것 같습니다."

"잘못 알아요?"

"예."

"그게…… 무슨?"

고개를 갸웃하는 김수열을 보며 강주혁이 허리를 꼿꼿이 세웠고.

"제가 사러 온 것은 따로 있습니다."

"……예? 따로 있다니."

담담하게 본론을 던졌다.

"저는 김수열 사장님을, 그러니까 뮤직톡스튜디오 전체를 사고 싶습니다."

* * *

다음 날, 다시 찾은 상암 WTVM 사옥 예술원에서는 연기파트에 합격한 110명의 노래 및 댄스파트 심사가 한창이었다.

"잘 봤어요. 어— 고정희 씨 스스로 느꼈죠? 움직임이 재미없다는 거. 거기다가 춤선이 너무 투박해요. 연습을 한 건지 모르겠네요. 음, 아쉽지만 탈락입니다."

그리고 녹화장 구석진 곳에는 기둥에 대충 어깨를 기댄 주혁이 무대를 조용히 바라보고 있었다.

'이제 다음이야.'

무대를 가만히 보던 주혁의 눈빛이 변했다.

"안녕하세요! 마니또의 수현입니다!"

"음~ 우리 수현 씨. 오늘 또 우릴 놀라게 해줄지 궁금하네요."

'수현 씨가 여기 나온 걸 사장은 모르고 있어. 원래 같으면 저 아이가 떨어져도 별 상관없었는데, 이젠 상황이 변했다.'

그사이 수현이 현란한 안무를 시작했다. 주혁은 수현의 안무를 빠짐없이 눈에 담았다. 가녀린 몸에 비해 굉장히 파워풀했다.

'일단, 저 아이와 마니또. 〈만능엔터테이너〉를 통해 인지도와 인기를 최대한 끌어올린다.'

강주혁이 새로 그린 계획. 그 계획을 시작하려면 반드시 선행돼야 할 조건
이 있었다.

'무조건 합격해야 해.'

하필 그 순간, 열정적인 안무를 이어가던 수현이 삐끗하며 스텝이 꼬였다.
다행히 곧장 추스르고 춤을 이어가긴 했지만, 주혁의 미간이 약간 찌푸려졌
다. 춤 파트를 합격해야 노래 파트에 도전할 수 있다.

반주에 맞춰 반짝거리던 무대 조명이 다시 단조로운 백색으로 바뀌며 무
대를 비추었고, 수현의 심사가 시작됐다.

"음…… 아쉽다. 이번에는 저번에 보여줬던 여유가 없었어요. 새로운 시도
이긴 했는데, 수현 씨의 장점이 많이 안 보이는 무대였어요. 효정 씨는 어땠
어?"

박종우가 바통을 댄싱퀸 민효정에게 넘겼다. 민효정 역시 약간은 고민되는
듯 핸드마이크를 집었다 놓기를 반복하다 어렵게 입을 열었다.

"솔직히 말해서, 실망이에요. 많이 기대하던 참가자고, 수현 씨 특유의 아
름다운 춤선이 이번에는 많이 안 보였습니다. 어휴, 근데 이대로 보내기는 너
무 아까운데."

잠시간의 침묵. 이윽고 결정을 내렸는지, 냉정한 표정으로 변한 민효정이
핸드마이크를 다시 들었다.

"수현 씨는 아쉽지만……."

가만히 상황을 지켜보던 주혁의 눈이 커졌다.

"탈락입니다."

민효정이 아쉬운 표정으로 말을 이었다.

"이게 예선이면 눈감고 한 번 더 보자고 올려보낼지도 모르겠는데, 본선이
니까 다른 참가자들과 똑같은……."

상황을 가만히 지켜보던 주혁이 자세를 바로 했다.

'이러면 판이 꼬이는데.'

수현의 탈락. 또다시 계획을 수정해야 할 판이었다. 그러나 당장 주혁이 손 쓸 방법이 없었다. 연기파트도 아니고, 결정권은 오롯이 저들에게 있으니까.

'별수 없이 좀 과격하게 밀어붙여야 하나……'

강주혁의 스타일은 아니었지만, 일이 꼬였으니 별수 없다고 생각했다.

"그간 칭찬해주셔서 감사합니다!"

탈락 결정에 잠시 울먹였지만, 이내 감정을 추스른 수현이 박종우와 민효 정에게 90도로 인사하며 천천히 무대를 내려가던 때였다.

"아니! 에라 모르겠다!!"

느닷없이 박종우가 마이크를 집으며 소리쳤다. 그 바람에 옆에 있던 민효 정이나 무대를 내려가던 수현이 화들짝 놀랐고, 민효정이 곧장 난리 쳤다.

"깜짝이야! 왜? 뭐예요, 선배님."

"나 여기서 쓸란다!"

"뭐를요?"

"프리패스!"

당당하게 소리친 박종우가 책상 위의 흰색 카드를 들어 올렸다.

"너무 아까우니까! 나는 저 친구한테 쓸란다!"

"하— 심장 터지는 줄 알았잖아요. 수현 씨, 축하해요. 첫 프리패스네?"

카메라가 카드를 든 박종우와 가슴을 쓸어내리는 민효정을 바짝 당겨 담 았다. 이미 무대를 반쯤 내려간 수현이 어물어물 되물었다.

"어…… 에? 저, 저 그럼 합격이에요?"

"맞아요. 선배님이 이렇게 당당하게 카드 들고 있잖아요?"

"2차 때 한 번 더 봅시다! 오케이?"

"와…… 와! 가, 감사합니다! 진짜 감사……합니허…… 형."

180도 뒤집힌 결과에 수현은 방심하다 축하케이크를 받은 것처럼 결국 울음을 터뜨렸고, 상황을 지켜보던 주혁은 속으로 안도했다.

'후…… 박종우 님, 나이스샷.'

아마 박종우에게는 보이지 않았겠지만, 주혁은 아무도 모르게 심사위원석을 향해 엄지를 치켜세웠다.

이후 한 명, 다섯 명, 열 명. 확실히 댄스 심사는 연기보다 속도가 빨랐다. 어느새 20명 넘는 참가자가 눈앞에서 탈락했다. 다행히 주혁이 점찍어둔 참가자들은 줄줄이 합격했다. 프리패스로 합격한 수현, 율동같이 귀여운 안무를 선보인 이미소, 온몸이 뚝뚝 끊기는 각기를 선보인 도경태까지.

'도경태…… 확실히 유연해.'

주혁은 방금 합격을 받고 무대를 내려가는 도경태를 유심히 살폈다. 짙은 눈썹에 뚜렷한 이목구비, 큰 키는 아니지만 전체적인 비율이 상당히 좋은, 그런데 분위기 자체는 쌀쌀맞은 남동생 같은 느낌. 분명 잠재력이 보였다.

바로 그때.

"오~ 장주연 씨! 오늘은 모자를 쓰셨네?"

"음? 잘 어울리는데? 단발도 난 좋았는데. 그런 힙스러운 모자도 잘 어울리네요."

구부러진 검은색 모자를 푹 눌러써, 얼굴의 반이 가려진 장주연이 무대에 올랐다. 의상도 꽤 파격적이었다. 블랙진에 오버한 흰색 셔츠. 뭔가 작정한 느낌이었다.

"자, 볼까요?"

민효정의 말이 끝나자, 강한 비트가 무대에 깔렸다. 마치 클럽에 온 것 같은 느낌.

— 둥! 둥! 둥! 둥!

전기가 찌릿찌릿 통하듯 소름 돋는 비트가 깔리자, 장주연이 모자를 잡으며 안무를 펼쳤다. 무대를 보던 주혁의 입이 벌어졌다.

'뭐, 뭐야, 저게.'

현란하다고 해야 하나, 화려하다고 해야 하나. 어쨌든 굉장했다. 무대를 비추는 조명이 깜빡이고 비트도 뚝뚝 끊어지는데, 그에 맞춰 안무를 펼치는 장주연은 무대를 압도했다. 작은 키임에도 전혀 부족함 없이 장주연은 심사위원과 강주혁의 시선을 사로잡았다. 그 순간 주혁이 작게 읊조렸다.

"희소성."

평소 수수하거나 어쩌면 으스스해 보이기까지 한 장주연. 그러나 오히려 그 외형이, 간극이 그녀의 무대를 더욱 폭발적이라 느끼게 만든다. 그리고 궁금해졌다. 저 아이가 부르는 노래는 또 어떤 느낌일까? 자꾸 호기심이 샘솟았다.

그때 주혁은 느꼈다. 어쩌면 연기, 노래, 춤 모든 것을 평정하는, 만능엔터테이너의 자질을 갖춘 대스타가 탄생할지도 모른다고.

* * *

다음 날 일요일. 아침부터 주혁은 눈코 뜰 새 없이 바쁜 혜나의 팀과 간단한 미팅을 가졌다.

"일단, 3월 스케줄은 풀입니다."

"풀?"

"예. 뭐, 당연하다면 당연한데. 일단 다음 주는 예능 스케줄만 세 개에다 음악방송, 행사 그리고 팬 사인회가 있습니다. 아! 그리고 사장님이 말씀하셨던 혜나 공식 너튜브를 슬슬 개설할까 하는데, 이런 식은 어떠십니까?"

스케줄매니저 고동구가 정리한 자료를 주혁에게 내밀었다. 대충 자료를 훑은 주혁은 내용을 짧게 간추렸고.

"헤나의 24시간이라……."

대답은 옆에서 헤실헤실 웃으며 커피를 마시던 헤나 쪽에서 나왔다.

"맞아요! 사실 내 이미지가 이미 팬들한테 친숙하긴 한데, 최근 우리 회사에서 어떻게 지내는지 궁금해하는 팬들이 많더라고요!"

"즉, 너튜브에 보이스프로덕션을 노출하겠다는 말이네요."

추가로 보이스프로덕션을 좀 세세하게 보여주고 싶다고 헤나가 말했고, 문제 될 게 없다고 주혁은 판단했다.

"그렇게 하세요."

"아! 그리고 저 슬슬 콘서트 일정 준비해야 하는데."

헤나가 말한 것은 주혁이 판을 짜고 있는 보이스프로덕션 세분화를 묻는 것이었다. 매니지먼트 부분에서 가수 쪽은 언제 확정되냐는 질문. 주혁이 미소 지었고.

"조금 기다려봐요. 곧 그쪽도 움직임이 있을 테니."

말을 마치며 자리에서 일어났다.

'일단 먹이는 던졌으니까, 먹을지 말지 고민하고 있을 테지. 그런데 너무 매력적이라 그냥 지나치진 못할 거야.'

점심 즈음 독립영화팀 최철수, 류성원 감독이 두꺼운 기획서를 들고 나타났다. 기획서는 손볼 필요가 없었다.

"좋습니다. 이대로 시작하세요. 매니지 쪽 협조는 제가 따로 연락할 테니 편하게 움직이시고. 문제가 생기면 바로 연락 주세요."

주혁이 일사천리로 기획서에 사인하자 몇 날 며칠 밤을 새웠던 최철수, 류성원 감독의 까무잡잡한 얼굴이 한순간에 밝게 펴졌다.

"빡세게 찍어보겠습니다!"

제1차 보이스프로젝트가 시작된 셈이었다. 이어서 주혁은 팀장들과 간단한 회의를 통해 소속 배우들의 스케줄을 확인했다. 가장 먼저 다이어리를 펼친 홍혜수 팀장이 입을 열었다.

"음— 일단, 하영이가 스케줄 소화하는 걸로 봐선 큰 거 하나 더 들어가도 될 것 같아."

"하영 씨는? 본인은 어떻게 생각해?"

"어머, 걘 요즘 생각이 없어. 사장님 들었어? 걔 에너지바 한 박스를 이틀 만에 다 먹은 거? 라인 관리할 생각이 없는 거지."

짧게 한숨을 쉬는 홍혜수 팀장을 보며 주혁이 웃었다.

"뭐, 그 부분은 누나가 알아서 해주고, 본인이 괜찮다 하면 들어온 시나리오 확인해서 줘봐요. 나도 볼게."

"네네. 아! 맞다. 사장님, 김삼봉 감독님이 현장 한번 오라더라."

"나를? 왜?"

"모르지. 여튼 그때 지나가는데 슬쩍 묻더라고. 사장님 요즘 바쁘냐고."

주혁이 고개를 갸웃했지만, 시간을 내보겠다고 한 뒤 보고를 계속 받았다.

"쑥이는, 아, 말숙이는 이번에 영화 오디션 본 게 두 개나 합격했어. 큰 배역은 아니지만."

"좋아. 말숙 씨는 그렇게 넓혀가면 돼. 〈간 큰 여자들〉도 준비하라 하고."

"알았어요~"

이번엔 추민재 팀장의 차례였다.

"뭐, 알다시피 재욱이는 학교 다니면서 브랜디드 기다리고 있고, 건욱이는 무비트리 거 빼곤 안 받고 있어. 본인은 받으라고 하는데, 아직까진 좀."

"그렇지."

"하진이는 〈19살 그리고 20살〉이랑 교복 광고. 아! 해창에서 핸드폰 광고 추가로 들어왔어."

"예전 그 웹드라마가 잘돼서 그런가?"

"그렇겠지? 은근히 전속 느낌으로 얘기하던데. 잘만 하면 해창 핸드폰 광고는 하진이가 먹을 수도 있겠어."

주혁이 고개를 끄덕이는데, 추민재 팀장이 조심스레 말을 이었다.

"저…… 그리고, 하진이가 하도 졸라서 〈간 큰 여자들〉 시나리오 줬다."

졸랐다는 말에 주혁이 피식하며 추민재 팀장을 쳐다봤고.

"왜? 하고 싶대?"

"어어, 어지간한 배역은 대충 픽스됐다고 했는데도. 후— 사장님, 모르지? 하진이 걔가 작품 욕심이 좀 과해."

"뭐, 배우가 작품 욕심부리는 거야 당연하잖아. 됐어, 냅둬봐."

흡족해하며 자리에서 일어났다.

늦은 밤. 정신없는 일정을 소화한 주혁이 타이를 풀어헤친 채, 노트북을 보고 있었다.

"이강수가 누구야?"

그가 보고 있는 것은 방금 뜬 뜨끈뜨끈한 기사였다.

「GM엔터테인먼트, 새로운 사장은 이강수」

「이강수가 누구? GM엔터테인먼트의 공식발표에 대중들 물음표」

물음표가 떠오른 것은 강주혁 역시 마찬가지였다. 처음 듣는 이름이었다. 기사에는 이강수라는 인물의 정보는커녕 사진 한 장 없다. 이 바닥에서 알 만한 인물을 죄다 꿰고 있는 주혁에게도 생소한 이름이었다.

"GM 정도의 회사가 아무나 앉히지는 않았을 텐데…… 대체 뭐야, 이 인간."

바로 그때, 느닷없이 사장실 문이 열렸다.

"형, 아니 이제 사장님이라고 불러야 하나?"

"어? 야. 너 이 시간에 여긴 왜 왔어."

나타난 것은 흰색 롱패딩을 입은 김건욱이었다.

"회복했다고 너무 싸다니지 마, 인마."

주혁의 걱정에 작게 웃으며 자리에 앉은 김건욱이 커피를 주문했고.

"아아 줘."

"뭐?"

"아이스아메리카노 부탁드려요. 진하게."

"……후."

긴 한숨을 뱉은 주혁이 주문대로 아이스아메리카노를 김건욱에게 건넸다.

"그래서, 뭐야, 갑자기."

방금 나온 커피를 한 모금 마신 김건욱이 대뜸 본론부터 시작했다.

"작품 더 시켜줘. 민재 형은 씨알도 안 먹혀."

"당연하지. 나도 동의한 거니까. 너 왜 그렇게 작품 하려고 난리야? 원래 그렇게 몰아서 하는 스타일도 아니었잖아. 1년에 한 개 작품이 진리다 뭐다 했잖아, 너."

김건욱이 느릿한 손짓으로 커피를 추가로 마시고선 대답했다.

"지금은 좀 바쁘게 지내고 싶어. 나 다 나았어. 건강상태는 최고야."

그래 보이긴 했다. 그러나 주혁이 김건욱에게 다작을 만류하는 것은 현실적인 부분도 없지 않았다.

"건욱아. 솔직히 말하자면, 너 이미지 어느 정도 회복됐다 해도 완벽한 건 아니야. 그래서 이 바닥 인간들이 너를 예민하게 본다. 작품은 들어오지만, 큰

놈이 없어. 너 계속 주연만 했는데, 갑자기 반도 안 나오는 조연 할 수 있겠어?"

배역에 차별을 두는 것은 아니었지만, 김건욱은 이미 톱배우였다. 대뜸 조연으로 내려앉으면 그건 그것대로 곤란하다고 주혁은 판단했다. 틀린 말은 아니었는지, 김건욱이 다시 답했다.

"……작품이 아니라도 뭔가 사람들과 얘기하면서 좀 부대끼고 싶어."

그런 김건욱을 주혁이 빤히 쳐다봤다.

'큰일인데. 몸 건강은 둘째치고, 정신적인 부분의 회복이 필요해.'

이대로 둔다면 삽시간에 슬럼프가 찾아올 듯싶었고, 트라우마로 남을 가능성이 높았다.

'뭐라도 시키긴 해야겠는데, 뭘 시켜야 하지? 사람들과 얘기하면서 부대끼는 것……:'

정적이 흘렀다. 그러다 갑자기, 주혁의 머릿속에 전구가 팍! 하고 켜졌다.

"건욱아."

"어?"

"너 예능 해볼래?"

"예능? 아…… 하영이가 들어가는 그런 거?"

주혁이 고개를 저었고.

"아니아니, 그런 거 말고."

"그럼 어떤?"

답을 던졌다.

"토크쇼."

"토크……쇼?"

"그래. 너 몸짓은 느린 주제에 말하는 건 좋아하잖아. 거기다 배우 생활 그정도 했으니까, 게스트 섭외야 어렵지 않겠고."

"토크쇼. 어? 뭔가 좋은데? 어. 좋아, 형, 아니 사장님."

좋아하는 김건욱을 보며 주혁이 턱을 쓸며 머리를 굴리기 시작했다. 우연히 뱉은 아이디어였지만, 계획을 짜고 있는 모양. 그러던 주혁이 입을 열었다.

"그래. 제목은…… '얘기하고 부대끼고' 같은 거면 좋겠는데."

"얘기하고 부대끼고?"

바로 그때.

─ 우우우우웅 우우우우웅

마치 이때를 기다렸던 것처럼 강주혁의 핸드폰이 울렸다. 주혁이 번호를 확인하더니 자리에서 일어났다.

"미안한데, 잠깐 전화 좀."

"어? 그래."

이어서 복도로 나온 주혁이 보이스피싱을 받았고.

"'실버' 단계의 주인이신 강주혁 님 안녕하세요!

강주혁 님의 유료서비스 '실버'의 남은 횟수는 총 19번입니다."

1번을 눌렀다.

그런데 키워드를 듣자마자 주혁이 눈을 크게 했다.

"……이게 왜 여깄어?"

놀랄 만했다. 아니, 새삼 신기하다고 주혁은 생각했다.

"들으실 항목의 키워드를 '선택'해주세요!

1번 '바람처럼 사라진', 2번 '없어졌던 남자', 3번 '얘기하고 부대끼고', 4번 '누나 넷 3대 독자', 5번 '1년 전 겨울', 6번……"

방금 사무실에서 김건욱에게 얘기한 토크쇼 제목이 3번에 걸려 있던 것이다. 주혁이 피식 웃었고, '이런 경우도 있구나' 따위의 혼잣말을 하며 3번을 선택했다.

"탁월한 선택! 강주혁 님이 선택한 키워드는 '얘기하고 부대끼고'입니다!

애초 30화로 기획된 토크쇼 '얘기하고 부대끼고'가 생각지도 못하게 대중의 큰 사랑을 받으면서 60화를 넘기는 장수 토크쇼로 자리잡습니다. 다만 70화 부터 사연을 받아 초대받는 방청객 중 제작진이 임의로 얼굴을 알려야 하는 신인배우 등을 배치, 불특정 다수의 엔터테인먼트 회사와 거래한 것이 알려지면서 토크쇼 '얘기하고 부대끼고'는 75화에 막을 내립니다."

그렇게 보이스피싱이 끊겼고, 어느새 주혁은 속주머니에서 수첩을 꺼내 방금 들었던 미래 정보를 정리했다.

"그러니까, 토크쇼가 예상외로 잘된다는 뜻이네. 엔터 회사랑 거래하는 것만 처리하면."

은은한 미소를 짓던 주혁이 수첩을 주머니에 넣으며 사장실 문을 열었다. 김건욱이 기다리기 지루했는지, 핸드폰을 보고 있었다.

"어, 형. 뭔 일 있어?"

"아니, 없어."

짧게 답한 주혁이 다시 자리에 앉았고.

"것보다, 건욱아."

"어?"

"토크쇼, 추진해보자. 아니, 무조건 해야겠다."

김건욱이 천천히 눈을 빛냈다.

"나도 기다리면서 생각해봤는데, 재밌을 것 같아. 방금 떠오른 건데, 배우나 뭐, 연예인들 초대도 재밌긴 하겠지만, 특이하게 화제 인물이나 스포츠 스타 같은……."

움직임은 느렸지만, 아이디어를 끝없이 내뱉는 김건욱을 보며 주혁이 다리를 꼬았다.

'토크쇼만 들어가면 건욱이는 걱정 없겠어.'

따따따 말하는 김건욱의 모습에는 생기가 가득했다. 조금 전 사장실을 찾았을 때와는 전혀 딴판인 표정.

"알았다, 알았어. 그런 건 나중에 방송국 확정되고, 기획 과정에서 PD한테나 말해, 인마. 까먹지 않게 어디 적어두든가."

"어? 그렇지. 적어둬야지. 형, 저 종이 좀 쓴다?"

"그러든지."

김건욱이 자리에서 벌떡 일어나, 강주혁의 책상에서 대충 빈 종이를 찾아 펜을 휘갈기며 말을 이었다.

"그런데 형, 언제쯤 가능할까? 첫 촬영까진 오래 걸리겠지?"

"아니, 최대한 빨리 움직여야지. 내가 알아서 해줄게. 넌 준비나 하고 있어."

주혁의 단언에 대답은 없었지만, 김건욱의 입꼬리가 올라갔다. 그러다 순간 그의 움직임이 멈췄고.

"아! 형. 나 진짜 엄청난 아이디어가 떠올랐어."

"뭔데?"

천천히 강주혁과 눈을 마주치며 그가 아이디어를 뱉어냈다.

"첫 번째 게스트는 강주혁 어때?"

"……"

순간 강주혁의 입에서 욕이 나올 뻔했다. 간신히 욕을 삼킨 강주혁이 어렵사리 입을 열었다.

"미쳤냐, 너?"

"끄으!"

다음 날, 침대에서 눈을 뜬 주혁이 대충 기지개를 켤 때였다. 핸드폰이 울렸다.

— 박한철 PD

"아침부터 웬일이지."

발신자를 확인 후, 전화를 받았다.

"네, PD님."

"아, 사장님. 아침부터 죄송합니다. 일찍 말씀드려야 할 것 같아서."

"괜찮습니다. 말씀하세요."

강주혁의 허락이 떨어지자, 핸드폰 너머에서 종이 넘어가는 소리가 나더니, 박한철 PD의 목소리가 다시 들렸다.

"먼저, 주말에 나간 〈만능엔터테이너〉 2화 시청률은 11.8%입니다."

"첫방보다 올랐네요. 근데 PD님 목소리가 좀 텁텁한 건 기분 탓입니까?"

"아하하, 아뇨. 기쁘죠, 굉장한 수치니까. 그런데 사람 마음이 참 간사한 게, 뭐랄까, 좀 아쉽습니다. 전 이번 주에 12%는 넘을 줄 알았거든요. 제가 미쳤죠."

박한철 PD는 시청자들의 반응이나 언론 반응 등을 추가로 알려줬다. 그러면서 본론을 꺼냈다.

"그래서 말인데, 이번 주 본선 2차 녹화를 한 주 정도 미룰까 합니다."

"미뤄요?"

"네. 이번 주 3화 방송까지 나간 다음에 시청자 반응을 좀 봐야 할 것 같습니다. 어느 참가자 인기가 좋은지, 어떤 장면에서 시청률이 확 오르는지 등의 데이터를 토대로 편집을 다시 해볼까 합니다."

즉, 시청률 상승을 위해 칼을 빼 든다는 말이었다.

"그러니까, 편집을 전부 다시 한다는 말이네요."

"예. 밀어줄 건 밀어주고, 걷어냈던 장면들 다시 보면서 수술 좀 해보겠습니다."

"알겠습니다. 녹화일정 다시 잡히면 알려주세요."

"옙! 그럼!"

박한철 PD의 대답을 끝으로 통화를 마치려던 찰나, 무언가 떠오른 주혁이 외쳤다.

"아! 잠깐잠깐! PD님?"

"예? 예."

"뭐 좀 여쭤보겠습니다."

"말씀하세요."

"요즘 시장에서 토크쇼가 좀 먹힙니까?"

"토크쇼…… 말이죠? 으흠."

잠시 숨을 내뱉던 박한철 PD가 이내 답했다.

"토크쇼 좋죠, 뭐. 근데 아시다시피 케이블 쪽에서 토크쇼를 안 하는 이유는 공중파 토크쇼가 너무 잘나가서입니다."

"〈유송열의 스케치북〉이나 〈오미주의 토크콘서트〉 같은?"

"맞습니다. 거기다 공중파에서도 늦은 밤에나 해서 시청률이 5% 왔다 갔다 하는데, 케이블이면 1%나 나오면 절해야 할 판이죠. 그러니까."

"투자 대비 가성비가 안 좋다?"

"하하하, 맞습니다. 그런데 토크쇼는 갑자기 왜?"

"아, 아닙니다. 일단은 알겠습니다."

그렇게 통화를 마친 주혁은 잠시 무언가 생각을 정리하는 듯 보였다. 그러더니 이내 어디론가 전화를 걸었다.

"아침부터 죄송합니다. 국장님."

상대는 예능국장이었다.

"오~ 강 사장님? 아니에요. 괜찮아, 허허."

"그렇습니까?"

"그래요. 어— 근데 뭘까요. 강 사장님이 아침부터 전화해준 이유가."

"드릴 말씀이 있는데. 저녁 같이하시죠."

"허허, 재밌는 얘길 들을 수 있는가요?"

"재밌을 겁니다."

주혁의 대답에 예능국장이 너털웃음을 터뜨렸고, 스케줄을 확인하는지, 답변은 몇 초 후에나 나왔다.

"어— 내가 오늘은 계속 회의라 점심도 안에서 먹을 것 같고, 나가기가 쉽지 않은데. 혹시 괜찮으면 이따 방송국으로 오실 수 있겠어요? 우리 방송국 밥이 기가 막혀."

"알겠습니다. 그럼 오후에 연락드리겠습니다."

"좋아요."

예능국장과 약속을 잡은 주혁은 슬쩍 미소 지으며 냉장고에서 생수를 꺼냈다. 500mL 생수를 단숨에 원샷한 그가 화장실로 들어갔다.

잠시 뒤, 샤워를 마치고 나갈 채비를 끝낸 주혁이 홍혜수 팀장에게 전화를 걸었다.

"어, 누나. 지금 〈도적패〉 촬영장에 가볼 참인데. 현장이 어디지?"

위치를 들은 주혁이 현관문을 열었다.

* * *

같은 시각, 홍혜숙 작가는 작업실에서 보조작가의 작업물을 확인하는 중이었다. 그녀의 반대편에는 둥그런 안경을 낀 여자가 앉아 있었다. 홍혜숙 작가가 종이 넘기는 소리만 들릴 뿐, 방에는 무거운 침묵이 흘렀다. 분위기가 요상했다. 정적을 깬 건 반대편의 여자였다.

"왜 부르셨어요."

"어머머, 우리 정 작가 보고 싶어서 불렀지~ 왜긴 왜야. 〈28주, 궁궐〉 잘된 거 축하도 해줄 겸."

여자는 〈28주, 궁궐에 피어난 꽃〉을 집필한 정 작가였다. 그녀는 홍혜숙 작가의 제자였다.

"선생님이 아무 이유 없이 절 부르셨다고요? 절대 아닐 텐데."

"얘는. 것보다, 너 얼마 전에 차였다며?"

"얼마 전은 아니고, 한 달 넘었는데요."

"그래서, 남자 끊고 글만 써?"

"쓰죠. 근데 어떻게 아셨어요?"

"이 바닥이 좁잖아? 다 들리지."

대답을 들은 정 작가가 앞에 놓인 녹차를 들어 올렸다.

"난 또, 선생님 귀신이라도 씌신 줄 알았어요."

"씌었다기보다 쓰고 있지. 난 작가니까."

그러면서 보던 작업물을 책상에 대충 던진 홍혜숙 작가가 구불구불 꼬인 파마머리를 재정비하며 가볍게 본론을 던졌다.

"〈28주, 궁궐〉, 강주혁이 핸들링했다며? 작업할 때 강주혁 어땠어?"

"……네? 뭐가 어때요? 갑자기 그분은 왜."

"어머머, 그분? 네가 그런 존칭을 쓸 정도야?"

"아니, 뭐."

민망한 듯 머리를 쓸어올린 정 작가를 보며 홍혜숙 작가가 장난스러운 미소를 짓더니, 종이 몇 장을 정 작가에게 내밀었다.

"이게 뭐⋯⋯."

"보면 알잖아?"

여전히 반달 눈을 하는 홍혜숙 작가를 보던 정 작가가 이내 종이를 펼쳤다. 드라마 초기 기획안이었다. 내용을 쭉 읽던 정 작가의 눈이 커졌다.

"이, 이거!"

"맞아, 그 남자 이야기야. 차기작으로 써보려고."

"아니! 선생님은 딴 거 쓰고 계셨잖아요. 그것도 석 달 전부터!"

"작가가 작품 엎는 거야 뭐, 일인가? 코 풀기보다 쉽지. 강주혁, 호기심이 당겨. 여튼 그 남자 이야기로 드라마 쓰고 싶은데, 너한테 듣고 싶어서. 그 남자 어땠는지."

국내에서도 손꼽히는 초대형 스타작가 홍혜숙이 강주혁의 자료를 모으고 있었다.

"아⋯⋯."

"참! 잠깐만. 어제 백화점에서 때깔 좋은 과자를 사 왔는데, 먹으면서 얘기하자."

기분 좋게 방을 나서는 홍혜숙 작가였고, 그녀가 나가든지 말든지 기획안을 가만히 내려다보던 정 작가가 작게 읊조렸다.

"⋯⋯나돈데."

한 시간 뒤, 〈도적패〉 촬영장.

한 달 전쯤 보이스프로덕션에 입사한 김필성이 촬영 대기시간을 틈타 현장을 구경하고 있었다.

"엄청 뛰어댕기네."

그가 강하영의 로드매니저로 일한 지 이제 한 달. 김필성은 나름 연예계에 꿈을 가지고 뛰어들었고, 회사에 만족하고 있었다. 복지도 좋고, 동료 직원들도 괜찮았다. 무엇보다 강하영이 연예인 같지 않아서 좋았다. 그런 그가 신기한 듯 촬영준비를 구경하고 있을 때 뒤쪽에서 여자 목소리가 들렸다.

"오빠!"

"어?"

"뭐 해요, 밖에서! 춥잖아? 타요. 같이 이거나 먹어요!"

빙그레 웃는 강하영이 차 창문을 열고, 초콜릿이 발린 도넛을 흔들어댔다.

"너…… 또 홍 팀장님한테 혼나. 내려놔, 그거."

"그러니까, 빨리 와서 한입 해요."

"공범 만들려고 그러는 거지?"

"음? 아닌데! 아니 근데 진짜 맛있어요. 오빠 맛 좀 보라고 주는 건데!"

김필성은 결국 한숨을 쉬며 강하영이 창문으로 내미는 도넛을 받아 한입 물었다. 그러자 강하영이 배시시 웃으며 다른 도넛을 꺼냈고.

"됐다. 이제 오빠랑 나랑 공범. 혼나도 같이 혼나기?"

화이트초콜릿이 발린 도넛을 강하영이 단숨에 먹어치웠다. 그 모습을 보며 김필성은 '얘가 진정 연예인이 맞나?' 싶었다. 그냥 대충 사촌동생 같았다. 그때.

"리허설 가겠습니다!!! 배우님들 준비해주세요!"

검은색 모자를 푹 눌러쓴 스태프가 확성기에 대고 소리쳤다. 그러자 여기저기 주차된 밴에서 배우들이 하나둘 모습을 드러냈다. 그 모습에 김필성이 침을 꿀꺽 삼켰다.

'오늘은 전체 샷 촬영이 있는 날이지?'

즉 오늘 촬영에는 〈도적패〉에 출연하는 모든 배우를 볼 수 있었다.

은은한 분위기에 흑발이 잘 어울리는 주연배우 정진훈부터 송정태, 류석,

거기다 여배우로 김성미, 이난희 그리고 강하영 등등. 김필성은 눈앞에 펼쳐진 광경이 꿈만 같았고, 신기했다. 조연으로 나오는 원로배우들도 쟁쟁한, 어마어마한 라인업을 자랑했다. 그 촬영장 중앙에 쟁쟁한 배우들이 모이기 시작했고.

"오빠! 저도 갔다 올게요!"

입가에 묻은 빵부스러기를 털던 강하영도 촬영장으로 도도도 뛰어갔다. 와중에 마지막 말도 잊지 않았다.

"도넛! 다 먹지 마요! 하나는⋯⋯."

강하영이 합류하면서 촬영장 중앙에 배우들이 집결했다. 그중 단연 돋보인 것은 물론 주연배우 정진훈이었다. 어느 촬영장이 안 그러겠느냐마는 합친 몸값만 몇십억이 넘는 배우들은 주연 정진훈을 중심으로 모여들었고, 그에게 한마디씩 걸며 근황 따위를 전했다.

"정진훈 선배님. 이번에 중국에서 대박 터지셨던데? 축하드려요!"

"하하, 고맙다."

"난 진훈이 얘가 롱런할 줄 알았다니까. 일단 잘생겼잖아? 아시아에서 먹힐 마스크야."

그런 관심은 촬영 스태프들 역시 마찬가지였다. 배우들의 매니저와 스타일리스트 등이 할 일도 끝났겠다, 촬영장을 대놓고 구경하고 있었다. 가장 유난스러운 것은 스타일리스트 무리였다. 저마다 소속사가 다른데도 벌써 친해진 모양이었다.

"정아야, 어떡해! 진짜 정진훈 실물 대박이네."

"언니. 저 아까 지나가다 인사했는데, 제 인사 받아줌."

"헐! 부럽."

"확실히⋯⋯ 좀 현실이랑 동떨어진 비주얼이야."

"괜히 옷이 정진훈 빨 받았다고 그러겠어요? 하— 우리 오빠도 저런 옷걸이였다면 옷 입힐 맛 날 텐데."

끝없이 이어지는 극찬을 옆에서 듣던 김필성, 그의 시선이 다시금 현장 중앙으로 박혔다.

'확실히 레벨이 다르네. 같은 연예인이라도 급이 나뉜다는 게 이런 거구나.'

촬영장에 모인 사람들의 관심은 거의 정진훈으로 통일되고 있었다. 스타일리스트 한 명이 소리 지르기 전까진. 그녀 또한 정진훈을 보며 넋 놓고 있었다. 그러다 할 일이 생각났는지 양손을 부딪치더니 재빨리 몸을 돌렸다. 그러다 바로 뒤에 서 있던 남자의 가슴팍에 머리를 박았다.

"어머! 죄송해요."

사과하던 그녀의 시선은 앞에 서 있는 남자의 가슴에서 어깨로, 어깨에서 목선까지, 그리고 마침내 남자의 얼굴에 도달했다. 남자의 얼굴을 보자 그녀의 눈이 커다랗게 확장됐다. 남자는 담담하게 답했다. 미소까지 지으면서.

"괜찮아요."

그 순간, 멈췄던 뇌가 작동한 스타일리스트가 양손으로 입을 가리며 소리를 질렀다.

"꺅!!!"

이 소리에 촬영장을 구경하던 스타일리스트 무리가 가장 먼저 돌아봤고.

"헉!"

"대박."

남자를 보고 놀란 토끼 눈을 떴다. 동시에 누군가가 김필성 앞을 순식간에 스쳐 지나갔다. 아니, 뛰어갔다. 주연배우 정진훈이었다.

"안녕하십니까, 선배님! 진짜 뵐 수 있을 줄은."

"아, 반가워요."

역시나 남자의 대답은 담담했지만, 그를 보는 정진훈의 눈에는 선망의 빛이 가득했다.

정진훈이 물꼬를 트자, 리허설을 준비 중이던 배우들이 빠르게 모여들기 시작했다.

"안녕하십니까!"

"선배님, 처음 뵙겠습니다. 배우 류석입니다."

"오랜만이네? 기사 봤다. 요즘 잘나가더라."

그야말로 순식간이었다, 중심이 바뀌는 것이. 배우들은 물론 주변 스태프들까지 모여들면서 꽉 막힌 도로처럼 북새통을 이뤘다. 배우들에게 밀려 멀리서 정진훈과 남자의 투샷을 가만히 보던 스타일리스트 한 명이 입을 열었다.

"……확실히 뭔가, 아우라가 다르네."

"그치? 정진훈도 장난 아닌데…… 같이 서니까 확 티가 나네."

"진짜 죄다 오징어로 만들어버리네."

"톱배우들의 톱배우라는 거, 처음 봤다……."

방금까지 촬영 모니터 앞에 앉아 있던 김삼봉 감독마저 어느새 와서 남자에게 손을 내밀었다.

"음. 자네, 왔나?"

"예. 감독님."

인사를 받은 김삼봉 감독이 어수선해진 촬영장 분위기를 정리했다.

"자, 준비들 하지."

촬영장에서 절대권력을 행사하는 감독의 말 한마디. 덕분에 주혁의 주변에서 떠날 줄 모르던 배우들이 서서히 제자리를 돌아가기 시작했고.

"우, 우리도 가자."

마치 전설의 몬스터를 발견한 것처럼 미친 듯이 사진 찍던 스타일리스트와 스태프들 역시 흩어졌다. 물론 그 와중에도 재빠르게 주혁의 사진과 그를 본 감상을 SNS에 올리면서. 주변이 가까스로 한산해지자, 주혁이 길게 숨을 내쉬었다.

"후— 감사합니다, 감독님."

"뭘. 그나저나 일찍 왔군."

"예. 오후에는 일정이 있어서."

"그래. 바쁘겠지."

고개를 끄덕이는 김삼봉 감독을 주혁이 빤히 쳐다봤다. 왜 오라고 했는지, 눈빛으로 묻고 있었다. 눈빛을 읽은 김삼봉 감독이 짧게 헛기침했고.

"큼. 그 일단, 리허설 한번 보겠나?"

조금 의아하긴 했지만, 이내 주혁이 고개를 끄덕였다.

"네. 알겠습니다."

말없이 몸을 돌린 김삼봉 감독을 뒤따른 강주혁. 이어서 촬영 모니터 앞에 앉은 김삼봉 감독이 스태프에게 의자를 추가로 주문해 주혁에게 권했다.

"고맙습니다."

멀리서 그 모습을 지켜보던 배우들이 속삭였다.

"설마, 강주혁 선배님이 리허설 보는 건가?"

"모니터 앞에 앉았는데, 보겠지."

"왠지 긴장되는데."

주연 정진훈은 말없이 길게 숨을 뱉으며 전투력을 올렸다. 그리고.

"리허설, 들어가지."

김삼봉 감독이 리허설 시작을 알렸다.

리허설은 약 10여 분 동안 이어졌다. 주혁이 속으로 생각했다.

'분위기 자체가 다르네. 고작 리허설인데 말이지.'

확실히 거장 김삼봉 감독에다 국내 내로라하는 배우가 모인 촬영장은 수준이 달랐다. 리허설을 진행하는 촬영장 분위기는 열정적이면서 무거웠다. 다만, 그 분위기를 조성한 장본인이 본인인 줄 강주혁은 꿈에도 모르고 있었고, 옆에서 헛웃음을 짓던 김삼봉 감독이 조연출에게 주문했다.

"다들 힘이 너무 들어갔다. 안 되겠어. 10분만 쉬지."

"옙! 자! 10분만 쉬었다 가겠습니다!!!"

조연출이 촬영장 중앙으로 뛰어가자, 김삼봉 감독이 옆에 앉은 강주혁을 쳐다봤다.

"어때? 자네 배우, 잘하지?"

말을 들은 주혁의 고개가 촬영장 외곽으로 돌아갔다. 로드매니저와 신명나게 도넛을 먹어치우고 있는 강하영이 보였다. 그러나 주혁은 방금 본 강하영의 연기가 썩 맘에 들지 않았다. 해서 곧장 대답했다.

"잘하지만, 방금은 아쉽네요."

"그래. 그건 자네 때문이고, 평소엔 잘해."

"알고 있습니다."

"그나저나, 독립영화 쪽 프로젝트 준비 중이라지?"

주혁이 약간 놀라서 되물었다.

"어떻게 아셨습니까?"

"자네 회사 독립 감독들이 전화로 자랑하더군."

김삼봉 감독에게 전화해서 자랑했다? 새삼 류성원, 최철수 감독의 얼굴을 떠올리며 주혁이 피식했다.

"언제 그렇게 친해지셨는지."

"DBS 영화제 때 내가 번호를 물어봤네. 기특해서."

"그렇습니까?"

주혁이 짧게 답하자, 김삼봉 감독이 의자에 등을 움푹 기댔고.

"국내 영화판이 발전하려면 독립영화판을 키워야 해. 진짜 인재들은 거기에 숨어 있으니까. 아주 멋진 기획이라고 생각하네."

평소 말수 없기로 유명한 김삼봉 감독이 웬일인지 길게 말을 뽑아냈다.

"도움이 필요하면 말하게. 뭐하면 내 현장을 촬영해도 되고."

"예. 필요하다면 연락드리겠습니다."

짧게 답한 주혁이 김삼봉 감독을 빤히 쳐다봤다. 그러자 본론이 나왔다.

"어흠! 그…… 김건욱이 자네 회사로 갔다지?"

"맞습니다."

"그래. 작품 들어갔나?"

"예. 이제 프리프로덕션 거의 끝물입니다."

"그렇군. 혹시 차기작 점찍은 건 있나?"

김삼봉 감독이 벌써 차기작을 묻는 이유는 간단했다. 톱배우들은 차기작을 골라놓고 작품에 들어가는 경우가 흔했기 때문이었다. 작품의 호흡을 이어가기 위한 느낌이지만, 속내는 괜찮은 작품을 놓치지 않으려는 배우의 욕심이기도 했다.

"아뇨. 없습니다."

"하영이는?"

하영이? 주혁이 놀랐다. 김삼봉 감독이 이렇게 친근하게 부른 배우가 있던가?

"하영 씨도 아직은."

"그래? 그렇군."

짧은 정적. 그 정적을 깬 것은 김삼봉 감독이었다.

"……두 배우, 내 차기작에 점찍어두고 싶은데."

그 말에 강주혁보다 더 놀란 건 주변에 있던 스크립터나 조연출 등 스태프들이었다. 김삼봉 감독이 지금 본인의 현장에서 배우 딜을 치고 있는 것이다. 상대의 반응도 놀라웠다. 대개의 엔터 회사 대표라면 이 대목에서 당장 감독의 손을 덥석 잡겠지만, 주혁은 담담했다.

"그 말은, 두 배우를 두고 시나리오를 쓰시겠다는 말씀입니까?"

"그렇지."

이쯤 되면 남들은 당장 도장이라도 들고 오겠다 할지 모르지만, 여전히 주혁은 달랐다.

"확답은 못 드리겠습니다."

"음."

주변에 있던 스태프들의 눈빛이 통일됐다. '미친 건가?' 따위의 눈빛. 김삼봉 감독의 딜을 이렇게 단박에 뭉개다니? 반면 주혁의 생각은 간결했다. 아무리 거장이라지만 거절할 건 거절해야 했다. 시나리오를 직접 보기 전까지는. 김삼봉 감독이 보기 드문 웃음을 지었다.

"허허, 자네라면 그렇게 대답할 것 같았어. 그럼 또 시나리오를 보내야겠구면. 이번에는 바로 봐주게. 저번처럼 잊어버리지 말고."

앞에서 펼쳐지는 말도 안 되는 대화에 스태프들은 서로 눈만 껌뻑이며 어버버할 뿐이었다.

촬영장을 빠져나온 주혁이 다음 약속을 위해 WTVM으로 내비를 찍을 때, WTVM 예능국장에게서 전화가 왔다.

"예. 국장님."

"어— 강 사장님. 미안해서 어쩌죠? 오늘 식사, 힘들겠어. 갑자기 국장급 소집이 있어서."

"그러십니까?"

"내일은 어때요?"

곤란했다. 내일은 주혁이 힘들었다. 사정을 얘기하니 국장이 더욱 미안해하며 아이디어를 냈다.

"그럼, 주말 어때요? 토요일에. 〈만능엔터테이너〉 본방 보면서. 내가 거하게 쏠게요."

나쁘지 않았는지 주혁이 고개를 끄덕였다.

"알겠습니다. 그럼 그날 뵙죠."

"정말 미안해요. 내가 오늘 예약 잡아서 장소는 바로 쏴줄게요."

"알겠습니다."

그렇게 전화가 끊겼다. 일정이 틀어진 주혁이 잠시 생각하는 것 같더니, 어디론가 전화를 걸었다. 연결 신호는 짧았다.

"아, 강 사장님. 안 그래도 연락드리려고 했습니다."

상대는 강필름의 박건웅 사장이었다.

"사장님. 만나서 드릴 제안이 있는데, 혹시 지금 가도 괜찮습니까?"

"지금이오?"

"예. 제가 그쪽으로 이동하겠습니다."

"어— 알겠습니다."

한 시간 뒤, 강필름 사장실에서 마주한 박건웅 사장은 그간 마음고생이 많았는지, 꽤 초췌해 보였다. 주혁이 입을 열었다.

"상황이 많이 안 좋은 모양입니다."

"아…… 예. 뭐, 아무래도."

"들어오다 봤는데, 직원이 많이 빠진 것 같던데요."

"그렇죠. 그 사건 때문에 정리를 좀 하기도 했고, 자발적으로 나가기도 해서 지금은 40% 정도…… 빠졌습니다."

"그럼 대략 얼마나 있는 겁니까? 제작팀까지 포함해서."

"제작팀까지는 한 30명…… 근데 그건 왜. 아니, 오늘은 무슨 일로 오신 겁니까?"

이제야 주혁이 던진 질문에 의문을 느낀 박건웅 사장이 살짝 언성을 높였고, 주혁이 간단하게 답했다.

"강필름을 제가 사볼까 합니다만."

"예?!"

"죄송하지만, 제가 좀 알아봤습니다. 현재 강필름 상황을. 이대로 가면 1년 안에 장사 접겠던데요. 작품 들어갈 상황이 아니죠? 애초에 감독도 감독이지만, 시나리오 자체를 구할 수 없으니까."

"……"

"제작팀 포함 직원들 급여도 슬슬 버거우실 텐데요."

말을 듣던 박건웅 사장이 패배자처럼 고개를 숙였다. 그런 그에게 주혁이 가까이 다가갔고.

"안 그렇습니까?"

박건웅 사장은 이미 생각해본 적이 있는지, 침묵하다 답했다.

"……자세한 조건을 들어볼 수 있겠습니까?"

"아뇨. 사장님이 직접 적정선의 조건을 정하셔서 저한테 보내주세요."

강필름은 무너지기엔 아까운 회사였다. 비록 심황석 감독과 버러지 같은 직원 하나 때문에 이 지경까지 왔지만, 강필름은 중소 제작사 중에선 꽤 열정적인 회사로 손꼽혔다. 즉, 선량한 인재가 많았다. 거기다 지금껏 만들어낸 작품 필모도 나쁘지 않다. 그런 회사지만, 최근 터진 사건으로 투자는커녕 주혁처럼 먹으려는 회사도 없는 상황. 벼랑 끝, 수세에 몰렸다. 한마디로 싼값에 인재를 대거 영입할 기회였다. 박건웅 사장으로서도 지금껏 자신을 믿고 따라

와준 직원들을 한꺼번에 길바닥으로 내놓을 수는 없는 노릇. 주혁은 그점을 찔렀다.

"어쩌시겠습니까. 이대로 무너지시겠습니까? 아니면 보이스프로덕션에 흡수돼서 다시 시작하시겠습니까."

잠시간의 침묵.

"……알겠습니다. 조건, 곧 보내드리겠습니다."

답을 들은 주혁이 미소 지으며 박건웅 사장에게 손을 내밀었다.

그리고 이어진 화요일, 수요일. 24시간이 24분처럼 지나가는 상황에서도 주혁은 최대한 세세하게 주변을 관찰했다. '차가운 이별'이 터지며 꿈속을 걷던 최화진은 헤나의 정규앨범에 넣을 노래를 만들기 시작했고, 〈간 큰 여자들〉의 원작자 송미진 작가는 백번 촬영팀에 복귀해, 다음 작품 집필을 시작했다. 그사이 한 번의 보이스피싱이 왔는데.

"오랜만이네. 단타 주식."

나름대로 나쁘지 않았다. 어차피 나갈 자금이 많았으니까.

수요일 저녁에는 최근 속도를 높인 영화 〈간 큰 여자들〉의 2차 제작 회의가 있었다. 그런데 시작과 동시에 제작부 실장이 예상 캐스팅보드를 내밀며 말했다.

"사장님, 이게 좀 문제가…… 아니, 이걸 문제라고 해야 할지."

"문제?"

"그…… 배우들이 오디션 신청을 너무 많이 했습니다. 중심 격 배역, 그러니까 주연부터 조연까지. 혹시나 해서 시나리오를 좀 돌리긴 했는데, 거의 다 연락이 왔습니다."

당연하다면 당연했다. 〈척살〉로 9백만을 넘긴 최명훈 감독의 차기작이고,

핫한 보이스프로덕션의 두 번째 영화였으니까. 영화판에서는 이미 최명훈 감독이 사단을 형성 중이라는 소문과 함께 보이스프로덕션과 인연을 만들어두려는 분위기가 조용히 형성되는 중이었다.

"그게 뭐, 문제랄 게 있습니까? 오디션부터 앞당기죠. 연락 온 배우들 전부 오디션 볼 수 있게 진행하세요."

"어…… 그럼 류진주나 하성필한테는."

"주연들은 그냥 리허설만 보고 넘기려 했는데. 스읍— 상황이 재밌게 됐으니, 전부 똑같이 갑시다."

화제성을 더욱 높이기 위해 주혁이 결단을 내렸다.

그 후 다시 수요일이 목요일로, 목요일이 금요일이 되는 동안에도 여러 가지가 시작됐다.

먼저 무비트리의 영화 〈19살 그리고 20살〉의 대본 리딩이 있었다. 확실히 송 사장은 영화판에서 잔뼈가 굵었던지라 주연인 김건욱과 강하진 캐스팅 확정 이후, 조연부터 조단역까지 빠르게 물색했다.

"여기는 다들 아시는 김건욱 씨. 모시기 힘들었습니다."

"안녕하세요. 김건욱입니다. 잘 부탁드립니다."

"그리고 우리가 염원하던 강하진 씨!"

"……안녕하세요."

거기다 배급사부터 투자사까지 정해진 상황. 이제 첫 촬영이 목전이었다.

김재형의 예능 〈당해낼 수 없다〉 역시 속도를 늦추지 않았다. 애초 늦춰질 이유가 없었다. 투자부터 시작해 밑바탕을 모두 주혁이 해결해놓았기에 편성도 빠르게 나왔다. 이민주 PD는 이 같은 소식을 실시간 김재형에게 전했다.

"네, 재형 씨. 편성은 금요일 저녁이고, 밤 9시로 확정됐습니다."

"금요일? 저번 미팅에선 목요일이 될 거라고."

"그러니까요. 저도 놀랐어요. 국장님이 갑자기 편성을 바꾸셔서."

"하하, 좋네요."

"자! 그러니까 이번 주 1화 기획회의 때 하영 씨도 불러서, 기본적인 포맷 숙지하고 27일에 첫 촬영 들어갈게요. 그리고."

예능 〈당해낼 수 없다〉의 첫 촬영일이 정해졌다.

"4월 10일 첫방으로 가닥을 잡고 있어요. 이 속도라면 거의 확정적이라 보시면 될 것 같아요."

"아아, 그럼 다음 기획회의에 주혁이, 아니 강 사장님께도 연락드려서, 참여 부탁드리는 건 어때요? 홍보 마케팅 관련해서 잘 아실 테니까."

"안 그래도 연락드리려고요."

그렇게 정신없이 일주일이 흘렀다. 어느새 토요일, 주혁은 이른 점심부터 WTVM에 들렀다. 예능국장을 만나는 김에 이민주 PD나 박한철 PD, 그리고 가을 편성으로 요즘 드라마 대본만 보고 산다는 김태우 PD까지 쭉 인사를 하기 위해서였다. 로비에는 예능국장이 친히 강주혁을 기다리고 있었다.

"아하하, 강 사장님. 저번에는 미안했어요. 사장님이 갑자기 소집하는 바람에."

"아, 괜찮습니다."

"그럼, 올라가실까요?"

"저는 잠시 드라마국에 들렀다 올라가겠습니다."

"아하! 같이 가시죠."

예능국장이 엘리베이터 버튼을 누르자, 7층에 한참 동안 멈춰 있던 엘리베이터가 힘겹게 1층에 도착해 문을 열었다. 여러 사람이 내리고, 꽉 차 있던 엘리베이터가 텅 비자 예능국장이 먼저 타라는 손짓을 했다. 주혁이 가볍게 고개를 숙이며 엘리베이터에 타려는 찰나.

"강주혁 사장님?"

뒤쪽에서 누군가 강주혁을 불렀다. 주혁이 고개를 돌리자.

"아~ 맞구나? 실물로는 처음 봐서 긴가민가했는데. 역시 잘생기셨네."

한걸음 정도 거리에 아이 같은 웃음을 짓고 있는 남자가 서 있었다. 깔끔한 회색 슈트 차림. 남자를 보자마자 주혁이 처음 느낀 것은.

'낯이 익은데, 누구지?'

주혁이 곧장 되물었다.

"낯이 익은데, 우리 어디서 봤죠?"

"아아— 우리 본 적은 없어요. 잠깐만요."

남자가 명함지갑을 꺼내 주혁에게 명함 한 장을 내밀었다.

"반가워요. 강주혁 사장님."

경쾌하게 건네진 명함을 받은 주혁이 잠시간 남자를 쳐다보다 이내 명함으로 시선을 내렸고.

— GM엔터테인먼트

— CEO 이강수

머릿속에 전구가 '띵!' 켜졌다.

'아.'

그러고는 다시 웃음 짓는 이강수의 얼굴을 쳐다봤다.

'박종주와 공항에서 같이 찍힌 남자. 그놈이다.'

박종주가 마치 부하처럼 찍혔던 사진. 왜인지는 모르지만, 사진에 찍힌 이강수의 아이 같은 웃음이 기분 나빴던 기억을 끄집어 올린 주혁이 명함을 속주머니에 집어넣었다.

'박종주가 귀국하자마자 한 행동은 GM엔터의 지분을 사들이는 일. 그것도 상당 부분.'

그다음 뜬금없이 GM엔터테인먼트의 마스코트 사장이었던 황동욱의 사건이 줄줄이 터졌고, 결국 황동욱은 자리에서 물러났다.

'그리고 GM 측이 새로운 사장을 앉혔다고 했어. 그래, 그놈이 이놈이었군.'

이어서 여러 기사를 떠올린 강주혁.

'공사 친 거야, 황동욱을.'

침묵을 지키며 생각을 정리하던 주혁이 여전히 미소 짓고 있는 이강수를 쳐다봤다.

'그리고 이놈은 박종주와 깊은 관련이 있다.'

그때 이강수가 강주혁에게 손을 내밀었다.

"강주혁 사장님, 우리 손 한번 잡아볼까요? 앞으로 자주 봐요."

그런 이강수의 모습을 주혁이 간단하게 축약했고.

'애새끼가 놀아달라는 것처럼 보이네.'

내민 이강수의 손을 담담하게 맞잡았다.

'까짓거, 놀아주지.'

어느새 주혁의 입가에도 웃음이 번졌다.

"그러시죠. 재밌겠네요."

"재미? 하하하."

그때 묘한 대화를 가만히 지켜보던 예능국장이 끼어들었다.

"아하! 이번에 바뀌신 GM엔터 사장님? 아하하, 반가워요. 나 예능국장입니다."

"국장님, 반가워요. 그럼 전 여기서."

"네."

강주혁과 맞잡고 있던 손을 놓은 이강수가 짧은 순간 주혁에게 다시 눈길을 던지고는, 이내 몸을 돌려 로비를 빠져나갔다. 그 뒷모습을 가만히 지켜보던 예능국장이 작게 속삭였다.

"소문이 돌아요, 소문이."

"소문이오?"

"그렇지. 그 굳건하던 황동욱을 한순간에 잘라내고 바로 트레이드됐으니까. 그 회사 윗선에서 작업 친 게 아닌가 하는. 실제로 보니 젊네."

꽤 정확한 추측을 한 예능국장이 다시 엘리베이터 버튼을 눌렀고.

"그냥 소문이죠, 소문."

주혁이 작게 웃으며 엘리베이터에 몸을 실었다.

드라마국 창가 쪽 책상에는 남자 한 명이 종이더미에 묻혀 엎어져 있었다. 김태우 PD였다.

"후— 진짜 이러다 죽는 거 아닌가."

벌써 대본만 30편 이상 읽은 터였다. 대본실에 쌓여 있는 것들부터 시작해서 작년 공모전 작품까지. 하지만 어느 작품도 마음에 들지 않았다.

"가을 편성이면, 적어도 7월에는 들어가야 하는데."

현재는 3월. 작가 미팅부터 시작해서 프리 기간을 생각하면 지금부터 준비해도 살짝 빠듯했다. 하지만 들어갈 만한 작품이 없었다.

"……편성 미룰까. 아오 씨!"

바로 그때.

"김태우 PD님?"

갑자기 들린 목소리에 김태우 PD는 볼에 종이를 붙인 채 천천히 고개를 들었다. 그리고 앞에 서 있는 남자를 보더니 벌떡 일어났다.

"사장님!"

앞에는 미소 짓고 있는 강주혁이 서 있었다.

"살아 계셨네."

"네? 아! 방금까지 대본 읽느라…… 근데 방송국엔 무슨 일로?"

"예능국장님 좀 뵈러 왔다가, 인사차 들렀습니다."

말을 마친 주혁이 가까이 있는 의자를 당겨 앉았다.

"그래서, 괜찮은 작품 좀 있습니까?"

주혁의 질문에 김태우 PD가 머리를 긁었다.

"없어요, 없어. 〈28주, 궁궐〉 터져서 다음 것도 밥벌이는 해야 하는데, 미치겠습니다."

괴팍하게 머리를 긁는 김태우 PD를 보던 주혁이 앞에 놓인 대본 한 뭉치를 펼치며 말을 이었다.

"정 작가님은요? 차기작 안 쓰십니까? 보통 드라마는 연출, 극본 차기작까지 이어가잖아요."

"아…… 그렇긴 한데, 정 작가님이 뭘 쓰긴 쓰는데, 보여주질 않아요. 뭐, 다른 곳이랑 할지도 모르죠. 몸값이 치솟았으니."

"잡으셔야죠. 아시잖아요. 공중파 넘어간 작가는 케이블로 잘 안 돌아오는 거."

"안 그래도 일단 계약부터 하자고 했는데 영 반응이…… 아! 혹시 사장님, 정 작가랑 저랑 식사 한 번."

순간 묘안이 떠올랐던 김태우 PD의 표정이 곧바로 식었고.

"아니지, 바쁘시죠? 요즘 예능 쪽 핸들링하신다고 들었."

"약속 잡아보세요."

"아, 괜찮으세요?"

펼쳤던 대본을 제자리에 둔 주혁이 자리에서 일어나며 웃었다.

"네, 식사자리 잡아보세요."

그 뒤로도 한 시간쯤 WTVM 순회를 마친 주혁이 예능국장실을 찾았다.

"앉아요, 앉아. 요즘 예산이 팍팍해서 내올 게 이것밖에 없네."

살짝 어색한 웃음을 짓는 예능국장이 간단한 다과와 차를 내밀었다.

"이걸로 충분합니다."

"하하하, 그래요."

이어서 예능국장은 끝없는 근황 토크를 뱉어냈다. 잠시간 기분을 맞춰주던 주혁이 안 되겠다 싶었는지, 본론을 던졌다.

"국장님."

"음?"

"제가 프로 하나를 구상 중입니다."

"프로를? 오호, 그런데 나를 만나러 왔다? 예능이겠네요."

"맞습니다."

순간 예능국장이 고개를 갸웃했다.

"……음, 그런데 지금 김재형 씨 예능 곧 들어가잖아요? 여유가 되나?"

"그것과는 별개입니다. 이건 보이스프로덕션 단독으로 WTVM에 처음으로 드리는 제안입니다."

"다른 방송사는 아직 안 갔다?"

"그렇죠."

슬며시 고개를 끄덕인 예능국장의 표정이 짐짓 진지하게 변했다.

"들어봅시다. 강주혁 사장님이 어떤 구상을 하고 계시는지."

"토크쇼를 구상 중입니다."

"……토크쇼?"

"예."

그러나 예능국장에게서 나온 첫 반응은 영 뜨뜻미지근했다.

"……강 사장님, 토크쇼는 말이야. 그 가성비가."

"압니다. 투자 대비 가성비가 안 뽑힌다는 것. 그래서 다른 케이블 방송사도 도전을 안 하는 것이겠죠."

"맞아요, 이게."

순간 무언가 설명을 시작하려는 예능국장의 말을 주혁이 막았고.

"총제작비의 70%를 제가 투자하겠습니다."

"……70%를?"

"예."

"호오."

비로소 예능국장이 관심을 가지기 시작했다. 주혁은 그 기회를 틈타 단숨에 밀어붙였다.

"제가 투자 70%를 한다고 해서, 외주로 가자는 것도 아닙니다. 자체제작으로 가셔도 됩니다."

"조건이 너무 달달한데, 그렇죠? 무슨 속뜻이 있나요?"

속뜻. 예능국장이 뭔가 의도를 파악하듯이 툭툭 찌르자, 주혁이 무심하게 답했다.

"이제 꼴찌 탈출하셔야죠."

"……어허, 이건 또 흥미로운 발언인데."

"말 그대롭니다. 방송국 순위를 갈아치우려면 도전을 마다하지 말아야죠. 제 생각에는 말이죠. 시청자는 똑같은 예능에 질려 있어요. 그래도 계속 보는 건 방송사들이 도전하지 않기 때문이죠."

"계속……해봐요."

"시청자들은 요즘 WTVM의 행보를 지켜보고 있습니다. 〈28주, 궁궐〉부터 〈만능엔터테이너〉까지. 이목이 쏠린 상태죠. 거기다 새로운 포맷의 김재형 예능을 론칭합니다. 그러면."

예능국장이 턱을 쓸었다.

"관심도가 높아진 데다가, 신선하겠지."

"그 상태에 토크쇼까지 올리면 시청자들은 이렇게 생각할 겁니다. 아, WTVM이 트렌드를 이끄는구나."

"트렌드? 어째서?"

"방송 쪽의 트렌드는, 결국 시청률이니까요."

"……"

틀린 말이 아니었다. 예능국장은 자신과 눈을 마주친 강주혁을 한마디로 표현했고.

'하여튼, 보통 놈은 아니야.'

다시 물었다.

"그 시청률은 어떻게 끌어올릴 수 있을까요?"

주혁이 미소 지으며 간단하게 답했다.

"토크쇼 진행자를 파격적으로 가면 됩니다."

"누구?"

"김건욱을 생각 중입니다."

톱배우 김건욱의 이름이 나오자, 내내 평온하던 예능국장이 탁자를 양손으로 내리쳤다.

"김건욱?!"

"예."

"김건욱, 김건욱. 허— 김건욱을 토크쇼에?"

확실히 신선했다. 김건욱이 토크쇼를 진행해? 일단, 이 소식을 접한다면 누구나 호기심이 부풀어 오를 것이다. 거기에 마케팅이라는 양념만 친다면 꽤 재밌는 그림이 그려질 거라 예능국장은 추측했고.

'예산 70%를 보이스프로덕션에서 지원하고, 톱배우 김건욱을 배치한 다…… 이 판에서 발 빼면 미친놈이지. 문제는.'

주혁이 자리에서 일어나며 결론을 던졌다.

"문제는 편성이겠죠. 저희 쪽은 움직일 준비가 끝났습니다. 나머진 국장님이 처리해주셔야 합니다. 윗선, 설득하실 수 있습니까?"

던져진 결론을 예능국장이 웃으며 받아먹었고.

"물론입니다."

그 이유도 말했다.

"말씀을 들어보니, 이 판은 못 먹어도 고 아닙니까?"

늦은 밤, 보이스프로덕션 사장실. 일정을 얼추 마친 주혁이 자리에 앉아 노트북을 켰다.

"반응 좀 볼까?"

오늘 방영한 〈만능엔터테이너〉 3화의 반응을 확인하기 위해서였다.

「'만능엔터테이너' 3화 만에 시청률 12% 돌파!」

「심사위원들의 기 싸움 중 보인 '강주혁'의 카리스마」

「게스트 심사위원인 '김진철'과 설전을 펼치는 강주혁/ 사진」

시청률 12% 돌파의 여파인지, 이미 기사는 쏟아지는 중이었고 오늘 대부분의 참가자가 소개된 덕분에 대중의 반응 역시 뜨거웠다.

— 포프린 이미소 코인 탄다!

— 오늘 강주혁ㅋㅋㅋㅋㅋ김진철 말할 때마다 자르는 거 개웃김ㅋㅋㅋㅋㅋ

— 수현 존예....근데 마니또는 인지도 괜찮지 않음?

— 나는 이혜원 코인탄다!!

— 아니 왜 장주연 얘기가 없지? 존나 임팩트 쩔었는데.

— 임팩트는 있었는데, 오래는 못갈 듯. 비주얼이 노답이랔ㅋㅋㅋㅋ

— 위에 거울 보고 와라.

확실히 3화를 기점으로 모든 참가자가 소개돼서 그런지, 각자 취향에 맞는 참가자에게 폭발적인 관심을 표했다. 즉 인지도가 급속도로 올라가고 있다는 뜻. 흥미롭게 읽어내려가던 주혁이 노트북을 덮으며 짧게 읊조렸다.

"지금쯤 김수열 사장은 놀라자빠졌겠네. 쉬고 있는 줄 알았던 수현이 여기서 튀어나왔으니."

잠시간 마니또를 떠올린 그가 피식하며 의자에 걸쳐둔 코트를 집었고.

"좋아. 이쪽은 이렇게만 굴러가면 돼."

화요일, 상암 WTVM 사옥 예술원. 〈만능엔터테이너〉 본선 2차 녹화의 날이 밝았다. 역시나 심사위원 중 촬영장에 가장 먼저 도착한 주혁은 문을 열자마자, 스태프들 분위기를 살폈다.

'확실히 들떠 있네.'

시청률 덕분에 힘을 받은 스태프들은 평소보다 빠른 움직임으로 방송기기와 소품 등을 세팅하고 있었고.

"아! 사장님. 오셨습니까?!"

더블코트를 팔에 걸친 채 입구에 서 있는 강주혁을 발견한 박한철 PD가 달려왔다.

"네. 촬영장 분위기가 좋네요."

"하하하. 시청률은 계속 오르지, 시청자 반응은 폭발적이지, 윗선에선 계속 예산을 당겨주지, 아주 좋습니다. 자! 준비 부탁드립니다."

"네."

짧게 대화를 마친 주혁은 들고 있던 코트를 뛰어온 스태프에게 건네며 심사위원석으로 향했다. 그리고 책상 위에 올려진 본선 2차 참가자들의 프로필을 확인.

"80장…… 정도 되려나?"

본선 1차에 비해 굉장히 줄었다.

"사장님, 아시죠? 오늘부터는 참가자 전부가 솔로 심사입니다. 과제도 자유연기고. 즉, 심사위원님들끼리 협의할 필요가 없단 소리죠. 그러니까 저번에 말씀드린 것처럼 좋은 그림 부탁드리겠습니다."

박한철 PD가 예능 PD다운 악마의 웃음을 지으며 PPL 음료를 건넸고, 주혁은 웃음으로 대답을 대신했다.

약 10분 뒤, 심사위원인 JH엔터테인먼트 사장 장황수와 MV e&m의 제작이사 오희연이 도착했고.

"안녕하세요~ 안녕하세요~"

사회사 김정식까지 도착함으로써 2차 본선 녹화가 시작됐다.

첫 번째로 투피스 의상을 입은 여성 참가자가 무대로 올라 자유연기를 펼쳤다.

"인간은 나약해. 그런데 그런 인간이 하는 사랑이 무슨 힘이 있어? 형체나 있으면 몰라."

1번 참가자가 대사를 치자, 카메라가 그녀를 다리서부터 틸업(아래에서 위로 촬영)했고.

"형체도 없는 사랑을 왜 믿지? 진짜 믿어? 왜? 가장 바꾸기 쉬운 게 말인데, 사랑한단 말을 어떻게 믿어?"

강주혁이 1번 참가자를 유심히 바라보며 펜을 돌렸다. 뭔가 오묘한 표정. 그리고 5분 뒤.

"감사합니다!"

1번 참가자의 연기가 끝났다. 그러자 카메라가 당연한 듯이 강주혁을 첫 번째로 잡았다. 그 모습에 주혁이 핸드마이크를 집어, 다른 심사위원들에게 고개를 돌렸다.

"먼저 하세요. 제가 마지막에 하겠습니다."

주혁의 말에 녹화를 지켜보던 박한철 PD가 의미심장한 웃음을 흘렸다. 오희연이 핸드마이크를 들었다.

"음— 정소현 씨. 괜찮았어요. 일단~ 리듬이 안정적이고 뭣보다 시선 처리가 좋네요. 강세가 약간 불안정하긴 한데. 그건 차차 교정해가면 충분히 극복할 수 있을 것 같아요. 전 합격!"

오희연의 심사가 끝나자, 장황수가 심사를 이었다.

"이거 〈한여름 밤〉 대사죠? 류진주 씨 대사를 아주 특이하게 비튼 것 같습니다. 보는 내내 다른 사람이 떠올랐어요. 재밌습니다. 저도 합격입니다."

다음은 강주혁의 차례였다. 동시에 박한철 PD가 작은 목소리로 촬영팀에 무전을 쳤다.

"강주혁 님 얼굴 바짝 당깁시다. 한 장면도 놓치지 말자고."

무심한 표정의 강주혁이 핸드마이크를 들었다. 그런데 첫 멘트부터 후진 없이 직진이었다.

"전 다르게 생각합니다."

강주혁의 첫마디에 촬영장은 순간 축축한 정적이 흘렀고, 모든 이들의 시선이 강주혁에게 맞춰졌다. 그 기대에 부응하듯 잠시간 말을 멈춘 주혁이 정소현을 쳐다보며 고개를 살짝 꺾었다.

"소현 씨."

"네?"

"예선전부터 제가 말씀드린 버릇이 아직 그대로네요?"

"아······."

주혁이 그녀의 프로필을 넘기며 말을 이었다.

"예선전부터 지금까지 꾸준히 제가 지적했던 부분인데, 왜 고쳐질 기미가 없을까요."

그때 옆에서 가만히 듣고 있던 오희연이 끼어들었고.

"버릇? 무슨 버릇?"

주혁이 짧은 한숨을 내뱉었다.

"호흡. 소현 씨가 대사를 꼭꼭 씹어서 뱉는 것은 명백한 장점입니다. 그만큼 대사가 깔끔하게 깎여서 나와요. 그런데 소현 씨는 중간 호흡을 안 합니다. 본인도 알고 있죠? 첫마디부터 끝까지 공기를 안 마셔."

"······."

참가자 정소현이 고개를 떨궜다. 그리고 오희연의 눈이 커졌다. 호흡이라니? 전혀 몰랐다는 듯 오희연의 고개가 다시금 무대로 향했다. 그러거나 말거나 주혁의 심사는 계속됐다.

"마치 공기에 유효기간이 있는 것처럼 한번 쭉 들이마시고, 다급하게 그 숨에다 대사를 얹어서 뱉고 있어요. 그러니까 오희연 심사위원님 지적처럼 '강세가 불안정하다'는 말이 나오는 겁니다. 아니, 정확하게 말씀드리면 대사에 핑퐁이 없어요."

그는 참가자들을 확실히 보고 있었다. 예선전부터 지금까지, 모든 참가자의 프로필에 장단점을 하나하나 정리해가며 지켜봤다. 지금 80명의 실력자가 모인 상황에서는 더욱 냉철해졌을 따름이었다.

"확실히 장황수 선배님 말씀처럼 류진주 씨의 대사를 재밌게 바꾸긴 했어요. 다만 자신의 단점을 고칠 기미나 노력이 안 보이고, 거기다 그런 쪼를 지닌 채 현장에 나가면 상대 배우의 호흡까지 망칩니다."

주혁이 심사를 이어가는 중간에 오희연의 표정이 일그러졌고, 장황수의 눈썹이 꿈틀거렸다. 주혁이 앞선 심사위원들의 심사평에 관해 자신이 반기를 든 이유와 설명을 은근히, 하지만 철저하게 피력하고 있었던 것이다. 오희연이 팔짱을 끼며 속으로 혀를 찼다.

'아주 꼴값은.'

장황수는 별 반응이 없었다. 이들이 반응한 진짜 이유는 자신들이 보지 못한 것을 강주혁은 보고 있었기 때문이었다. 그렇다고 괜한 자존심을 부릴 자리도 아니었고.

"그래서 선배님들과는 다르게 저는 탈락입니다."

주혁이 무심하게, 그러나 꽤 강력하게 전쟁을 선포했다. 상황을 지켜보던 박한철 PD가 작게 미소 지었고, 살짝 멍하게 있던 진행자 김정식이 번뜩 정신을 차리곤 크게 외쳤다.

"1번 참가자! 정소현! 합격2, 탈락1로 합격!"

그 시각, 참가자들이 모여 있는 1번 대기실의 공기는 무거웠다. 오늘 적어도 반 이상의 탈락자가 생길 터였다. 자신이 가혹한 결과의 주인공이 되지 않기 위해 제각각 다른 방향으로 마음을 다잡고 있었다. 어떤 이는 준비한 자유연기의 대사를 끝없이 읊조렸고, 어떤 이는 벽을 보며 멘털 관리에 힘썼다.

그리고 마니또의 수현은 구석에 쪼그려 앉아 핸드폰을 붙들고 있었다.

"언니, 사장님 어때? 역시 화나셨지?"

마니또의 다른 멤버와 통화를 하는 모양.

"진짜? 그 정도로 난리 났어? 응. 아니…… 오빠한테 시간마다 전화가 오긴 오는데, 안 받았어. 응. 응. 아니야. 여기 숙소도 좋아. 응, 알았어. 언니, 일단 열심히 할게!"

수현의 표정은 실시간 어두워졌다가 밝아지기를 거듭했다.

통화를 하는 것은 수현만이 아니었다. 대기실 입구 주변, 음산한 분위기를 내뿜는 장주연 역시 통화 중이었다.

"할머니, 밥 먹었어? 왜? 아, 정말 왜 그래. 내가 나올 때 반찬 다 해놓잖아. 끼니 거르면 허리 그거 더 안 좋아진다고 의사 선생님이 그랬는데 왜 안 먹어! 움직이기 힘들면 시켜먹어. TV 선반 제일 아래 서랍장에 내가 돈 넣어놨어."

할머니와 몇 분간 입씨름을 이어가던 장주연이 긴 한숨을 내쉬며 고개를 떨궜다. 5대 5 단발머리가 장주연의 얼굴 전체를 가렸다.

"애들은? 학교 잘 다니고 있지? 어?! 태수가 싸웠어? 왜? 아, 정말 말썽 피우지 말라고 그렇게 신신당부했는데. 어? 아…… TV 보지 마. 뭐가 왜야. 쪽팔리니까."

그리고 그녀의 옆자리. 턱을 괴곤 세상을 다 가진 표정으로 사진을 보는 남자, 도경태였다.

"……"

사진 속에는 갓난아기와 그 아기를 안은 어여쁜 여성, 그녀를 감싸며 웃는 도경태가 있었다. 그때 그의 핸드폰에 톡이 도착했다.

— 자기야! 오늘 준수가 아빠라고 했다? (사실은 아빠까진 아니고, 아바아바 정도지만!) 후. 오빠 춤 안 보니까 밤에 잠이 안 와. 보고 싶다. 오빠 탈춤.

예선전부터 지금까지 내내 표정 변화가 없던 도경태의 입이 귀에 걸리는 순간이었고.

"미소야, 이거 봐봐."

"응?"

"이 댓글. 이혜원 진짜 존예네. 꺄— 완전 보는 눈 있어."

"어? ……으응, 그러네."

언제 친해졌는지, 아니면 이혜원이 일방적으로 이미소에게 찰싹 붙어 있는 건지는 알 수 없지만, 걸그룹 포프린 이미소와 MV e&m의 이혜원이 나란히 앉아서 네티즌 댓글을 확인하고 있었다. 그렇게 이혜원이 자신의 댓글을 숨은 진주 찾듯 하다 우연히 반대편에 앉아 대사를 중얼거리는 남자를 쳐다봤다.

'뭐야. 저런 아저씨도 붙은 거야? 어디서 머스크향이 나나 했네.'

이혜원이 아저씨라 말한 남자는 턱 봐도 50대는 넘어 보이는 중년남자였다. 일명 스포츠머리라는 짧게 친 머리에 머리부터 발끝까지 하얀 운동복을 입은 남자. 그 남자를 보며 표정을 구기던 이혜원이 속으로 혀를 찼다.

'뭐, 이번에 떨어지겠지.'

같은 시각, 뮤직톡스튜디오 사장실에는 말 그대로 난리 난 김수열 사장이 직원들과 다급하게 회의 중이었다.

"아니! 이 사람아! 애가 하나 부족한데 그걸 몰랐다는 게 말이 되나?"

"죄, 죄송합니다!"

"사장님, 진정하세요. 애초에 걸그룹 숙소라 매니저가 자세하게 들여다보기가 힘든 거 아시잖습니까."

"그래도 한 달 동안 몰랐다는 게!"

소리치던 김수열이 이마를 감싸며 두통을 호소했고, 긴 한숨을 내뱉으며 다시 말을 이었다.

"후— 수현이는? 아직도 연락 안 돼?"

"예."

"뭐야. 제작진이 외부 연락을 차단하는 거야?"

"그건 아닙니다. 그냥 수현이가 연락을 피하는 게 아닌가 싶습니다."

바로 그때, 사장실 문을 열며 종이를 잔뜩 들고 직원 한 명이 들어왔다. 그러자 김수열이 자리에서 벌떡 일어났고.

"어! 그건가?"

"예. 다른 건 전부 쳐내고, 수현이 위주 반응만 모았습니다!"

"이리 줘봐."

직원에게서 종이뭉치를 받은 김수열이 빠르게 내용을 확인했다. 그리고 곧 그의 눈이 커졌다.

"이게…… 전부 〈만능엔터테이너〉 방송 단 한 번에 나온 반응이나 기사란 말이야?"

"예. 애초에 수현이가 등장한 화는 3화가 전부여서."

"허— 이건 뭐, 지금껏 마니또가 활동하면서 받은 관심보다 더 높잖아? 근데 이게 고작 하루 만에 일어난 일이라고?"

한동안 내용을 읽던 김수열 사장이 종이를 탁자에 내려놓으며 입을 다물었다. 그를 지켜보던 직원 한 명이 조심스레 말을 꺼냈다.

"사장님. JH엔터 쪽에서 계속 연락이 옵니다. 계약일을 잡자고……."

그 순간 김수열 사장의 머리는 빠르게 돌고 있었다.

'지금 이 상황에 굳이 마니또 애들을 JH에 넘길 필요가 있을까?'

사실이 그랬다. 당장 넘겼다가는 복잡하게 꼬일 일들이 많았다. 거기다 지금 김수열 사장의 심장이 너무 빨리 뛰었다. 아니, 기대감이 샘솟고 있었다.

"전부…… 홀드 잡자."

"전부요?!"

"그래. JH 포함해서, 제안 준 회사 전부 스톱 걸어. 상황을 좀 지켜보자."

그 순간 김수열의 뇌리에 어떤 인물이 스쳤다.

'강주혁…… 어째서 그때 말해주지 않았지?'

그는 〈만능엔터테이너〉의 메인 심사위원. 그렇다면 분명 수현을 봤어도 수십 번을 봤을 터. 거기다 뮤직톡스튜디오를 먹고 싶다는 속내를 가지고 있으니, 분명 마니또에 관해서도 조사를 마쳤을 거였다.

'그런데 비밀로 했단 말이지. 왜?'

김수열 사장은 찜찜하다고 느꼈다.

'분명 무슨 꿍꿍이가 있어.'

생각을 마친 김수열 사장이 핸드폰을 꺼내, 강주혁에게 전화를 걸었다.

— 뚜루~ 뚜루~ 뚜루~ 뚜루~

하지만 불통이었다. 이어서 두 번째 시도도 실패. 세 번째 시도를 하려던 김수열 사장이 옆에 있던 직원에게 지시했다.

"누구였지? 저번에 연락 왔던 보이스프로덕션 여자 팀장."

"아, 홍혜수 팀장입니다."

"그래. 그 팀장한테 지금 전화해봐."

"네."

그러고 5분 뒤. 강주혁이 계속 전화를 안 받자, 짧게 혀를 찬 김수열 사장이 직원에게 물었다.

"왜 전화 안 받아! 그 팀장은 받아?"

그러자 직원이 고개를 저었다.

"이쪽도 안 받는데요?"

같은 시각, 홍혜수 팀장은 추민재 팀장과 식당에 마주 앉아 콩나물국밥을 흡입하는 중이었다. 추민재 팀장은 매고 있던 넥타이까지 풀고는 본격적으로 팔을 걷어붙였고, 홍혜수 팀장은 입고 있던 적색 코트를 무릎 위에 올려놓고 국밥 삼매경에 빠졌다. 그때.

— 우우우우웅 우우우우웅

탁자 위에 올려둔 홍혜수 팀장의 핸드폰이 진동을 뱉어냈다. 그 바람에 방금 집었던 깍두기를 내려놓은 홍혜수 팀장이 발신자를 확인했고.

— 뮤직톡스튜디오 최 팀장

말없이 핸드폰을 내려보던 홍혜수 팀장이 진동을 무음으로 바꿨다. 받지 않겠다는 뜻. 그러곤 집다 만 깍두기를 다시 들어 올렸다. 그 모습을 가만히 지켜보던 추민재 팀장이 콩나물을 집으며 물었다.

"근무 태만이냐?"

"어머, 너만 하겠니? DCS타워 공사 진척된 거 왜 공유 안 해? 알려줘야 인테리어 가닥을 잡지."

갑자기 훅 들어온 공격에 추민재 팀장이 헛기침하며 국밥 한 숟갈을 떴다.

"금방 보내줄게. 것보다, 뭔데? 뭐길래 아예 받지도 않냐?"

"뮤직톡스튜디오."

"김수열 거기? 그럼 받아야지? 사장님이 신경쓰는 곳 아니냐?"

그러자 홍혜수 팀장이 싱긋 웃으며 추민재 팀장의 이마를 검지로 톡 치며 입을 열었다.

"내가 너니? 밥 먹는다고 일 전화를 무시하게."

"아— 터치하지 마라."

"왜 오버래?"

쿡쿡 웃던 홍혜수 팀장이 물컵을 들어 올렸고.

"사장님이 지금부터 뮤직톡스튜디오 관련 전화는 절대 받지 말래."

"어? 왜 갑자기?"

"나도 몰라. 톡으로 받아가지고."

다시 숟가락을 집은 홍혜수 팀장이 결론을 던졌다.

"근데 우리 사장님이 받지 말라니까 뭐, 생각이 있지 않겠어?"

다시 상암 WTVM 사옥 예술원. 80명의 참가자 중 20명 가까이 심사가 진행됐을 때, 박한철 PD가 외쳤다.

"테이프 좀 갈고 가겠습니다! 이참에 한 10분 쉴게요!!"

그 말에 장황수와 오희연이 기지개를 켜며 자리를 떴고, 주혁은 곧장 핸드폰을 꺼냈다.

"14통?"

꽤 쌓여 있는 부재중 전화에 고개를 갸웃한 주혁이 전화를 확인했다.

— 김수열 사장

뭐가 급했는지 약 3분 단위로 전화를 걸었다. 찍힌 번호를 본 주혁이 피식했다.

"그렇지. 이렇게 나와야지."

그런데 맨 마지막에 찍힌 번호는 처음 보는 번호였다. 고개를 갸웃한 주혁이 모르는 번호를 터치해 전화를 걸려는 찰나.

— 우우우우웅 우우우우웅

그의 핸드폰이 울렸다. 핸드폰 액정에는 방금 봤던 모르는 번호가 찍혀 있었다. 잠시간 번호를 보던 주혁이 전화를 받았고.

"네. 강주혁입니다."

익숙한 목소리가 들렸다.

"강주혁, 나다."

대뜸 들리는 반말. 그래서 주혁도 반말을 던졌다.

"누군데?"

"……"

잠시간의 침묵.

"나 박종주다."

그러자 강주혁이 슬쩍 웃으며 답했다.

"그래서 어쩌라고."

박종주의 갑작스러운 전화. 하지만 강주혁 역시 어느 정도 예상하던 바였다. 저번 WTVM에서 마주쳤던 이강수를 포함해 GM엔터테인먼트를 먹은 것까지 무슨 꿍꿍이가 있긴 한데, 조용해도 너무 조용했으니까. 슬슬 무슨 모션을 취하겠지 싶었던 것이다.

"넌 대체 뭘 믿고 그렇게 나대는 거냐?"

"글쎄, 나를 믿고?"

핸드폰 너머로 박종주가 화를 억지로 누르는 듯한 목소리가 들렸다.

"……할 말이 있다. 얼굴 좀 보자."

"할 말이 있다?"

"그래."

뜬금없이 박종주가 만남을 요청했다. 어째서일까? 순간 주혁의 머릿속에 여러 추측이 난무했지만, 어차피 추측은 추측일 뿐. 상대가 어떤 속내인지 알 순 없다.

'박종주를 만났을 때, 분명 내가 얻는 것이 있기야 하겠지.'

그와의 대화에서 여러 가지 정보를 유추할지도 모르고, 어쩌면 박종주가 무슨 협상이나 딜을 제안할 수도 있다. 따라서 현재 박종주를 만나는 것이 이득일지 모른다. 다만.

'괜히 싸하단 말이지.'

강주혁의 본능이 이 만남을 피하라 말하고 있었다. 거기에다 새로 등장한 인물 이강수. 이쪽은 정보가 없어도 너무 없다. 전쟁터에 아무런 무기 없이 나가는 것은 자살행위일 뿐.

'이번엔 피한다.'

결론을 내린 주혁이 입을 열었다.

"귀찮은데? 내가 너 면상을 보면서 편히 대화를 나눌 수 있을 것 같냐?"

"……후회할 텐데."

"후회?"

후회라는 단어에 주혁이 몇 초간 크게 웃었다.

"야, 박종주. 요즘 개그도 배우냐? 후회 같은 소리 하고 자빠졌네. 꺼져. 네 얼굴 보느니 후회하는 편이 백배 나으니까."

"……역시 넌 거슬려."

끊긴 핸드폰을 내려다보던 주혁이 웃으며 짧게 읊조렸다.

"거슬린다…… 앞으론 그걸로 끝나지 않을 텐데."

"뭐가 그거론 끝나지 않아?"

그때 느닷없이 장황수의 목소리가 끼어들었다. 아마 강주혁의 혼잣말을 들은 모양. 주혁이 핸드폰을 속주머니에 넣으면서 고개를 돌렸다.

"아무것도 아닙니다."

담담한 주혁의 대답에 장황수 역시 대수롭지 않게 자신의 자리에 앉았고, 다음 참가자들의 프로필을 보려는 찰나, 강주혁이 다시 목소리를 냈다.

"선배님."

"음?"

"혹시 GM엔터테인먼트에 새로 사장으로 앉은 이강수라는 사람 아십니까?"

"아."

혹시나 싶었다. 장황수는 굴지의 JH엔터테인먼트를 이끄는 수장. GM엔터테인먼트는 경쟁사이니 새로 사장으로 온 이강수에 관해 조사해봤을 가능성이 클 거라 생각했다. 그러나 돌아온 대답은 간단했다.

"나도 처음 봤어."

"그렇군요."

장황수의 대답은 간단했지만, 거짓처럼 보이지 않았다.

'하긴, 장황수가 알고 있을 정도면 내가 모르는 게 말이 안 돼.'

거기에다 장황수가 어느 정도 정보를 얻었다고 해서, 이런 자리에서 술술술 말해줄 것 같지도 않았다. 강주혁은 이내 생각을 접고 참가자들의 프로필을 집었다. 그런 강주혁의 옆태를 가만히 지켜보던 장황수가 시선을 정면 무대로 돌리면서 말을 이었다.

"주혁아, 아니 강 사장님."

"예, 선배님."

"심사, 살살 하자. 살살."

살살 하자는 말이 무슨 뜻인지 단박에 알아차린 주혁이었지만, 굳이 되물었다.

"무슨 말씀이신지."

"나도 알지. 내가 너를 몰라? 지금 보이스프로덕션부터 시작해서 전투적인 건 알겠는데, 살살 좀 하자."

살살? 강주혁이 웃었다. 그야말로 쓸데없는 단어였다. 살살 해서는 주혁이 이 자리에서 얻어갈 것이 없기 때문. 슬쩍 미소 짓던 주혁이 장황수에게 꽂혔던 시선을 거두며 무심하게 답했다.

"알겠습니다."

하지만 그의 속내는 달랐다.

'살살? 이제 시작인데 뭘 살살.'

잠시 뒤, 짧은 쉬는 시간이 끝나고 녹화가 속행됐다. 진행속도는 생각보다 더뎠다. 참가자의 인터뷰가 길어져서였다. 점점 실력이 비등한 참가자들만 남다 보니 그들의 개인적인 것부터 꿈, 목표 같은 세세한 부분까지 신경써야 했다. 그런 작은 것들이 합격과 탈락을 판가름할 정도로 심사는 꽤 힘들게 진행됐다. 그런데.

"안녕하십니까! 이필수입니다! 잘 부탁드립니다!"

한눈에 봐도 꽤 나이 들어 보이는 남자 참가자가 무대로 올라왔다. 발걸음이 당당했다. 지금까지와는 다른 느낌의 참가자가 등장하자 주혁이 팔짱을 꼈다.

'기억나. 분명 생산직에서 일하고 있다는. 여전히 흰색 운동복을 입으시네.'

상의와 하의가 모두 새하얀 데다 신발도 흰색. 반면 얼굴은 진한 갈색에 가깝고 옆머리와 뒷머리가 깔끔하게 정돈된 모습. 그런 이필수를 주혁이 흥미롭게 보고 있을 때, 오희연이 핸드마이크를 집었다.

"이필수 씨? 나이가 좀 있으시네요."

"옙! 올해로 마흔다섯 살입니다!"

"그 정도 나이면 지금 다니시는 회사에서도 꽤 위치가 있을 텐데."

"박스를 생산하는 회사에 있었습니다!"

"있었다?"

"네네. 잘렸습니다. 그간 쌓인 연차 좀 쓴다고 하니 그럴 거면 그만두라고 하길래 그냥 그만뒀습니다! 하하하."

"아……."

호탕하게 웃는 이필수에 비해, 질문한 오희연은 머쓱한 웃음을 지었다. 그 모습을 구경하던 주혁이 웃으며 마이크를 들었고.

"네. 이필수 씨, 준비하신 것 보여주세요."

"옙!"

짤막하게 대답한 이필수가 심사위원석을 올려다보며 대뜸 욕을 뱉었다.

"야 이 미친놈아! 내가 처음부터 생각했는데. 넌 보통 정신병자가 아니야!

누가 아파? 네 여친이가 아프다고? 이런 시발! 그게 조퇴 사유라고?"

표정과 행동은 진지한데, 대사 자체에는 꽤 코믹이 섞여 있었다. 덕분에 촬영장 분위기가 탁 풀렸다. 주혁은 이필수의 연기를 보며 누군가를 떠올렸다.

'황석후 선배님.'

코믹 연기의 대가, 그리고 진정한 다작의 상징. 배우 황석후.

"야 이 정신병자야! 너의 여친이가 아픈 만큼 내 속도 존나게 아파!"

결국 심사위원들의 웃음이 터졌다. 물론 스태프들도 박장대소했다. 그렇게 그의 연기는 약 5분간 이어졌고.

"이번엔 강주혁 심사위원부터 시작하죠?"

아까의 복수인지 뭔지, 오희연이 강주혁을 보며 요청하기에 주혁은 대수롭지 않게 핸드마이크를 집었다.

"아주 재밌게 봤습니다. 짧은 연극을 보는 것 같았어요. 장면을 자신과 잘 맞게 아주 잘 짜신 것 같습니다. 더 드릴 말씀이 없네요. 아주 잘하셨습니다. 합격입니다."

이어서 장황수.

"저도 딱히 얹을 말이 없습니다. 당연히 합격입니다. 아, 그런데 그 운동복은 컨셉입니까?"

"예? 아! 아닙니다. 제 전투복이랄까요! 이래 봬도 메이컨데."

이필수가 대답하며 머리를 긁었다. 덕분에 질문한 장황수가 웃으며 자신도 하나 사야겠다는 농담을 던졌고, 오희연 역시 합격을 주면서 이필수는 다음 스테이지로 갈 티켓을 거머쥐었다. 연신 꾸벅꾸벅 인사하며 무대를 내려가는 이필수를 보며 주혁이 턱을 쓸었다.

'연기는 그렇다 치고, 지금까지 올라왔다는 건 춤, 노래까지 잘한다는 거겠지? 춤은 좀 궁금한데.'

과연 이필수가 추는 춤은 어떨까? 주혁은 무대에서 내려가는 그의 뒷모습을 보며 욕심 담긴 침을 삼켰다.

이후 녹화는 정신없이 흘러갔고, 충격적인 결과도 많았다. 일단 대중의 관심을 꽤 받던 걸그룹 포프린의 이미소가 탈락했다. 그녀 역시 강주혁이 눈여겨보던 참가자였지만, 연기 중간 대사를 잊어버리는 치명적인 실수를 저질렀다. 반면 비슷한 실수를 한 MV e&m 소속 이혜원은 합격했다. 오희연의 프리패스 덕분이었다.

거기다 오희연이 강주혁과 슬슬 마찰을 빚기 시작했다. 시작은 참가자 도경태부터였다.

"도경태 씨 연기는 굉장히 무심한 듯 보이는데, 생동감이 있어요. 신기합니다. 그러면서 딕션은 섬세합니다. 충분히 다음 단계로 넘어갈 실력이 있다고 생각합니다. 전 합격입니다."

강주혁의 극찬 섞인 심사평. 그러나 오희연은 달랐다.

"저는 강주혁 심사위원과는 다르게 대사가 잘 안 들렸어요. 잘 안 들려서 중간에 몸을 앞으로 숙일 정도로. 그러니 대사에 담긴 감정이나 목표가 느껴지지 않아요. 으음— 아쉽지만 전 탈락."

그녀의 심사를 들은 주혁이 고뇌했다. 도경태에게 프리패스를 사용해야 하나? 솔직히 여기서 떨어지기에는 도경태가 좀 아까웠다. 그러나 다행히도.

"심사를 하기 전에 말씀드리자면, 전 합격입니다."

장황수가 도경태를 합격시키면서 주혁의 프리패스 사용이 미뤄졌다.

여기서부터 심사위원들의 보이지 않는 전쟁이 시작됐다. 각자가 원하는 참가자, 올리고 싶은 참가자가 다르고, 보는 눈과 추구하는 연기가 다르니 당연한 현상이었다.

그 와중에 마니또 수현이 무대에 올랐다. 그런데 상태가 이상했다. 긴장한 모습이 역력할까? 때문인지 그녀의 연기는 쭉쭉 늘어지는 모습을 보였고. 무대를 보던 스태프들은 전부 그녀가 탈락할 거라 생각했다. 첫 번째로 마이크를 든 장황수가 심사도 하기 전에 프리패스 카드를 들기 전까진.

"……"

그런 장황수를 물끄러미 바라보던 주혁이 피식했다.

'선배님. 나이스 샷.'

마니또의 수현. 그녀 역시 여기서 떨어지면 주혁으로선 곤란했다.

'무슨 꿍꿍이인 줄 모르겠으나, 어지간히 욕심나나 보네. 어차피 헛짓거리겠지만.'

서로의 꿍꿍이와 보이지 않는 전쟁 속에 녹화는 어느덧 막바지로 치닫고 있었다. 남은 참가자는 다섯 명. 무대로 올라오는 참가자를 보던 주혁의 자세가 변했다. 장주연은 오늘 한층 더 드라이한 분위기를 뿜고 있었다.

'저 아이야 걱정 없지.'

주혁은 큰 걱정 없이 장주연이 펼치는 무대를 감상했다. 그만큼 지금껏 보여준 장주연의 연기는 안정돼 있었기 때문. 그러나.

"난 이제 해봐야 스무…… 살이야. 고작 스무 살."

대사 첫 줄에 주혁의 얼굴에서 옅은 웃음이 사라졌다.

'……여유가 사라졌어. 어째서지?'

장주연의 연기가 답답하게 변해버렸다. 어째서일까? 물론 그 이유는 주혁이 알 수 없었다. 다만.

'아마추어니 심사마다 긴장하는 것은 당연하지만…… 그런 걸로 떨어지긴 가능성이 너무 아까운데.'

그녀가 지닌 무한한 가능성과 희소성이 아까웠고.

"……감사합니다."

어느새 장주연의 연기가 끝났다. 장주연의 연기가 끝난 후, 어째선지 주혁의 표정이 미묘했다. 딱딱하게 굳어 있었고, 실망감이 가득한 얼굴.

'아깝지만, 자신을 컨트롤하지 못한 것도 사실. 어쩔까?'

주혁이 팔짱을 낀 채 여전히 장주연을 바라보고 있을 때 오희연부터 심사가 시작됐다. 당연히 탈락이었다. 장황수 역시 마찬가지. 이제 강주혁의 차례. 그 역시 결단을 내려야 했고.

'……딱 한 번, 한 번만 더 보자.'

강주혁이 입을 열었다.

"……장주연 씨에게 프리패스를 사용합니다."

결국 여기서 강주혁의 프리패스가 발동됐다.

* * *

같은 시각, 태신식품 이사실에서는 정장을 깔끔하게 차려입은 박종주가 핸드폰을 검지로 툭툭 때리며 생각에 빠져 있었다.

"……안 만난다 이거지? 건방진 새끼. 기회를 주려고 해도 걷어찬다는데, 어쩔 수 없지. 손잡을 놈이야 널렸으니까."

그때 박종주의 핸드폰이 진동을 뱉었다. 핸드폰 액정을 확인한 박종주가 살짝 미간을 찌푸리긴 했으나, 이내 전화를 받았다.

"종주 씨? 바쁘신가요? 전화를 늦게 받으시네."

"아닙니다! 방금 사무실에 들어와서."

"그러시군요. 것보다, 며칠 전 강주혁 사장님을 만났습니다."

"예?! 강주혁을 말입니까? 어디서."

"방송국에서. 실물로 보니 아주 잘생기셨던데."

박종주의 표정이 일그러졌다. 마치 일어나지 말아야 할 일이 일어난 듯. 그가 다급하게 말을 이었다.

"말이 나온 김에 사장님! 이번에 제가 새로운 정보를 입수했습니다."

"새로운 정보요?"

"예. 이번에는 쥐새끼처럼 빠져나가지 못할 겁니다."

"으음—"

상대방 남자는 뭔가 마음에 안 든다는 듯, 짧은 목소리를 냈고.

"종주 씨. 내가 강주혁 사장님을 딱 만나보니까, 그렇게 잽잽 날려봐야 소용없을 것 같던데요? 그냥 제가 짠 설계대로 하심이?"

"아, 아닙니다! 이번엔 확실합니다."

"하핫, 그래요. 뭐, 그럼 그 건은 알아서 진행해보세요. 전 구경만 할 테니."

약간은 비아냥거리는 말투에 박종주가 주먹을 꽉 쥐며 속으로 혀를 찼다.

'약에 찌든 원숭이 새끼. 이번에 강주혁 확실히 치워내고, 너도 곧 치운다 내가.'

그때 남자가 박종주에게 다시 물었다.

"그런데 종주 씨, 이번에는 무슨 건으로 장난치실 건데요?"

"아."

물음에 반응한 박종주가 책상 위 투명 파일을 펼쳤다. 파일에는 남자의 사진과 여러 가지 정보가 적혀 있었다. 그 종이를 보며 박종주가 입을 열었고.

"강주혁 측근 중에 황 실장인지 뭔지 과거 형사 하던 놈이 있는데."

악의적인 미소를 지었다.

"그놈, 사람을 죽였습니다."

* * *

늦은 오후, 보이스프로덕션. 〈만능엔터테이너〉의 기나긴 녹화를 마친 주혁이 넥타이를 거칠게 풀며 사장실 문을 열었다.

"어머! 사장님 왔어? 고생했어."

"그러게. 점점 녹화가 빡세지네."

사장실에는 홍혜수 팀장이 다이어리를 펼친 채 앉아 있었다. 아마 주혁과 약속이 된 모양. 주혁이 정장 재킷을 의자에 걸친 뒤, 커피를 내리며 그녀에게 물었다.

"뮤직톡스튜디오, 전화 오지?"

"와. 엄청 와. 문자도 오고."

"안 받았지?"

"당연하지. 덕분에 시끄러워 죽는 줄 알았지만."

"잘했어."

주혁이 홍혜수 팀장에게 커피를 건네며 말하자, 홍혜수 팀장이 '땡큐'라 화답하며 대뜸 물었다.

"그런데 사장님. 왜 갑자기 그쪽 연락을 싹 다 무시해? 버리는 거야?"

"그럴 리가 있나."

"그럼?"

종일 궁금했는지, 홍혜수 팀장의 얼굴에는 물음표가 한가득이었다.

"뮤직톡스튜디오는, 아니 김수열 사장은 지금."

― 우우우우웅 우우우우웅

그 순간 주혁의 전화가 울렸다. 설명하던 주혁이 말을 멈추고, 핸드폰을 꺼내 발신자를 확인했다.

"예. 황 실장님."

그런데 들려온 황 실장의 목소리가 심상치 않았다.

"사장님, 떴습니다."

"떴다?"

"예. 저 남자가 류진태를 만난 게 확실합니다."

현재 여주 쪽에 있는 교도소에서 류진태의 동향을 살피던 황 실장. 누군가를 주시하며 보고하는 듯한 그의 목소리는 확신에 차 있었다. 그 말에 주혁이 별안간 자리에서 일어나 책상으로 움직였다.

"좋습니다, 황 실장님. 지금까지 류진태에게 면회를 신청한 인물은 지금 그 남자가 답니까?"

"예. 애초 류진태에게 면회를 신청한 인물은 저놈이 처음입니다."

주혁이 책상 위에 있던 다이어리를 펼쳤다. 그러고는 무언가 빼곡하게 정리해둔 페이지를 보던 주혁이 입을 열었다.

"일단, 조용히 그놈 뒤를 쫓으세요."

"알겠습니다."

"그리고 지금 그놈과 그놈이 타고 온 차를 찍어서 보내주시고. 아, 현재 박 과장님은?"

"옆에 있습니다."

"그럼 두 분이 답니까?"

"예."

황 실장의 대답을 들은 주혁이 다이어리를 보느라 굽혔던 허리를 펴면서 말을 이었다.

"부를 수 있는 보이스가드 인원들 전부 호출하시고, 일단 그놈 뒤를 밟으세요. 자세한 내용은 다시 전화하겠습니다. 상황 보고는 때마다 전화 주시고."

"알겠습니다."

주혁의 입가엔 어째선지 미소가 번졌다. 어쩌면 곧 박종주를 걷어낼 수 있는 강력한 무기를 쥘지도 모른다. 다만 확실치는 않았다. 현재 황 실장이 발견했다는 남자가 주혁이 찾는 인물이 아닐지도 모를 일.

'어쨌든 가능성이 크니까 확인은 해봐야겠지.'

짧게 생각을 정리한 주혁이 다시 핸드폰을 들었다. 이어서 그가 터치한 것은 랜덤박스에서 보내준 미래 음성 파일. 지금 강주혁이 찾는 인물은 이 음성 파일에서 류진태와 대화하던 부하 느낌의 남자였다. 만약 황 실장이 발견한 남자가 강주혁이 찾는 인물이 맞다면.

"내가 일을 재밌게 만들 수 있겠지."

"어머, 또 무슨 재밌는 일이 있어?"

그때 주혁의 혼잣말을 들은 홍혜수 팀장이 미소 지으며 끼어들었고, 강주혁이 고개를 저었다.

"아니야."

"……있지, 주혁아."

"응?"

"요즘 보면 너 진짜 많이 변한 것 같아. 예전에도 요지경 같긴 했지만, 무슨 생각을 하고 지내는지는 알 수 있었는데, 요즘은 진짜 모르겠어."

그녀의 말에 주혁이 피식하며 다시 홍혜수 팀장 옆으로 다가갔다.

"글쎄, 난 그대론 것 같은데."

"넌 모르겠지. 하긴 배우 강주혁과 사장 강주혁은 아예 영역이 다르니까, 다를 수밖에 없는 건가?"

"그래서, 별론가?"

"아니, 이건 또 이거대로 보는 맛이 있어. 그래도…… 역시 강주혁은 연기할 때가 멋있어. 완성된 그림을 영화관에서 보는 거랑 네가 현장에서 직접 연기하는 것을 보는 건 아예 느낌이 다르거든."

"……"

강주혁은 말없이 어색하게 웃고 있는 홍혜수 팀장을 바라봤다.

같은 시각, 여주 교도소 앞. 주혁과 전화를 끊은 황 실장이 운전대를 잡고 있는 박 과장에게 작게 말했다.

"저 남자, 따라붙자."

"혀, 형님. 우리 둘밖에 없잖아요?"

"보이스가드 부를 거야."

"그럼 괜찮지."

안도의 숨을 뱉은 박 과장이 100미터 정도 떨어진 곳에서 담배에 불을 붙인 남자를 쳐다봤다.

"저놈은 또 사장님이랑 어떤 관련이 있답니까?"

"나야 모르지. 그런데 아마 예전 음성에서 잡았던 류진태와 관련이 있겠지. 면회까지 올 정도니."

"어휴 그 양반도 우리 사장님이랑 어지간히 악연이네."

"사장님께서 이번에 확실히 정리하실 모양이야. 추가로 다른 놈까지."

"오호!"

박 과장이 양손을 부딪치며 외칠 때, 담배를 피우던 남자가 차에 탔다. 그 모습에 박 과장이 꺼냈던 시동을 조용히 켰다.

"후— 형님. 우린 그냥 따라붙기만 하면 돼요?"

"일단은."

이어서 남자의 차가 서서히 움직였고.

"사장님이 지시하신 일이니까. 분명 뭐가 나와도 나오겠지."

박 과장이 고개를 끄덕이며 남자의 차를 쫓으려던 찰나였다.

"어? 형님, 저 차는 뭐죠?"

뜬금없는 박 과장의 물음에 황 실장의 시선이 앞을 향했다. 남자의 차, 그 뒤를 낯선 검은색 승합차가 따라붙었다. 처음 보는 차였다. 황 실장의 미간이 살짝 찌푸려졌다.

"뭐야, 저 차."

* * *

비슷한 시각, 상암 WTVM 사옥 예술원.

본선 2차에서 살아남은 참가자들이 모두 무대에 올랐다. 80명 정도 있던 참가자들은 32명밖에 남지 않았다.

"자, 여러분. 일단 축하드립니다. 본선 2차까지 살아남으셨네요."

그들을 무대로 올린 박한철 PD가 웃으면서 축하인사를 했다.

"남은 노래 및 댄스파트 본선 녹화일은 이틀 뒤입니다. 그러니까 지금부터는 자유시간인데, 이번엔 특별히 여러분의 외출을 허락하겠습니다. 대신에 외출 시 녹화 과정을 절대 함구하셔야 합니다. 만약 정보 유출 시 그분은 통보 없이 탈락됩니다."

"……"

박한철 PD의 근엄한 통보에 참가자들이 마른침을 삼켰다.

"혹시~ 외출을 희망하시는 참가자분? 손들어주세요."

달콤한 유혹이었으나, 혹시나 하는 위험 때문인지 손을 드는 참가자는 없었다. 조용히 서로의 눈치를 볼 뿐. 그때.

"저, 저요!"

"……저."

두 명이 손을 들었다. 이에 그 둘만 남고 나머지 참가자들은 숙소로 돌아갔다. 박한철 PD가 둘에게 물었다.

"그럼 장주연 씨, 수현 씨. 두 분 모두 외출하시는 순간부터 촬영에 동의하세요?"

"네!"

"네."

간단히 동의한 그녀들에게 박한철 PD는 스태프를 불러 마이크를 부착하고, 후배 PD와 전담 VJ를 배치했다.

"그럼, 다녀오세요."

웃으며 손을 흔드는 박한철 PD를 뒤로하고, 장주연과 수현은 각기 다른 승합차를 타고 녹화장을 떠났다. 장주연이 향한 곳은 종합병원이었다. 그녀는 승합차에서 내리자마자, 다급하게 어디론가 뛰어갔다. 그 장면을 VJ가 같이 뛰며 전부 찍기 시작했다.

수현이 도착한 곳은 마니또의 숙소였다.

"언니!! 흐어어어엉~"

그녀는 숙소에 도착하자마자, 멤버들을 보고 울음을 터뜨렸다.

"수현아! 어떻게 왔어? 호, 혹시, 떨어졌어?"

"아니야아아허허헝. 마를못해해헝."

그녀의 울음은 그칠 줄 몰랐고, 숙소 거실에는 마니또 멤버들이 전부 나와 수현을 위로했다. 몇 분쯤 울고서야 겨우 진정한 수현이 코를 훌쩍거리며 그제야 떠오른 사실을 말했다.

"흡! 아! 맞다. 1층에 〈만능엔터테이너〉 제작팀 와 있어."

"어? 누가 와?"

"〈만능엔터테이너〉 촬영팀."

그녀의 말에 나머지 멤버들이 멍한 눈으로 서로를 바라봤다. 이게 무슨 소리냐는 눈빛. 그 모습에 답답했는지 수현이 빽 소리쳤다.

"아, 뭐 해! 빨리 들어가서 얼굴 좀 만져!"

그 시각, 보이스프로덕션 사장실에서는 홍혜수 팀장이 작게 헛기침을 하며 다이어리로 시선을 돌렸다.

"그래서, 김수열 사장은 넘어올 수밖에 없다?"

주혁이 고개를 끄덕였다.

"누나, 사람이 돈을 빌리기 전과 후가 왜 다른지 알아?"

"돈? 글쎄? 아까워서?"

"맞아. 빌리기 전에는 상황이 척박해서 미친 듯이 빌리고 싶지. 그런데 막상 돈을 갚을 때쯤 되면 이게 쌩돈 나가는 것 같거든. 돈을 갚는 건데, 마치 내 돈을 주는 느낌이 드는 거야."

"으음! 그렇지."

세차게 고개를 끄덕이는 홍혜수 팀장을 보며 주혁이 피식했다.

"김수열 사장이 지금 딱 그 꼴이야."

"그 꼴?"

"맞아. 그는 실패했어. 하지만 마니또는 아직 실패하지 않았어. 다른 회사들이 마니또를 노리는 게 증거야. 그러니 마음이 급했을 거야. 시간이 갈수록 마니또의 인지도가 떨어질 테니, 빨리 새 둥지를 찾는 것이 형편에 좋았겠지."

홍혜수 팀장이 웃었다.

"김수열 사장이 지금 돈 빌리는 입장이네?"

"그렇지. 전전긍긍했겠지. 한시라도 빨리 새 회사를 구해주고 싶었을 거야. 그런데 막상 마니또를 시장에 내놔보니 의외로 다른 회사들의 관심이 컸어. 다행이었지."

"진행도 순탄했고?"

그사이 주혁이 커피로 목을 축였고.

"순탄했지. 누나가 조사한 것처럼 JH 같은 대형 소속사도 참여했을 정도니까. 그대로 갔다면 이변은 없었겠지."

"우리가 끼어들기 전까진. 맞지?"

"맞아. 뭐, 우리가 낀다고 해서 큰 이변은 아니었을 거야. 그렇잖아? 우린 헤나 씨가 있지만, 걸그룹을 키워본 적도 없으니. 오히려 이변은 다른 곳에서 일어났어."

어떤 이변인지는 홍혜수 팀장의 입에서 나왔다.

"마니또의 수현이 〈만능엔터테이너〉에 나타난 것."

"그래, 나도 놀랐을 정도니까. 나뿐 아니라 JH 장황수 사장도 적잖이 놀랐을 거야. 그런데 여기서 재밌는 건, 저번에 김수열 사장을 만나보니까 수현 씨가 〈만능엔터테이너〉에 나간 걸 모르고 있었어."

"어? 정말? 멤버 개인 활동을 어떻게 회사 사장이 모를 수 있어?"

주혁이 짧게 숨을 뱉었다. 이 부분은 확실치 않은 모양.

"글쎄. 대충 예상해보면 수현 씨가 독자적으로 움직인 게 아닌가 싶어."

"어머, 애가 강단 있네."

"나는 거기서 계획을 수정해야 했어. 수현 씨가 〈만능엔터테이너〉에 나온 것을 김수열에게 함구했어."

"말을 안 했다?"

"응. 대신에 뮤직톡스튜디오가 탐난다는 속내를 더욱 강하게 피력했어."

"오호?"

강주혁의 속내를 들으며 홍혜수 팀장의 몰입도는 점점 깊어졌다.

"어째서 뮤직톡스튜디오만?"

"말했잖아. 계획을 수정해야 했다고. 나는 김수열 사장이 〈만능엔터테이너〉에 느닷없이 등장한 수현 씨를 본다면 돈 빌리는 입장에서 갚는 입장으로 변할 거라 판단했어."

"쌩돈 나가는 것 같은 입장."

"맞아. 〈만능엔터테이너〉는 시청률이 12%가 넘었어. 케이블치곤 폭발적이지. 거기다 애초 인지도가 있던 마니또의 수현이 나타났고, 제작진도 수현이라는 먹잇감을 놓칠세라 편집을 아주 기막히게 잡았어. 포커스가 집중되지 않을 리 없지."

어느새 홍혜수 팀장은 어린아이가 전래동화를 듣는 것처럼 눈을 초롱초롱 뜨고 있었고, 주혁은 그녀의 빛나는 눈을 보며 말을 이었다.

"단박에 마니또가, 수현의 인지도가 급부상했어. 아마 모르긴 몰라도 처음일걸, 그런 관심. 뭐, 처음엔 김수열 사장이 엄청 충격 받았겠지. 그런데 억눌렀던 욕심도 같이 터졌을 거야. 마니또의 성장 가능성을 〈만능엔터테이너〉를 통해 봤으니까. 자신이 꿈꾸던 게, 그리던 모습이 현실이 됐으니."

"더더욱 쌩돈 나가는 기분이겠네. 가뜩이나 성심성의껏 키우던 애들이니."

"자, 그럼 여기서 김수열 사장이 어떻게 행동하겠어?"

강주혁의 되물음에 홍혜수 팀장의 옅었던 미소가 짙어졌다.

"일단은 상황을 보려고 하지 않을까?"

"맞아. 돈 갚기가 꺼려졌을 거야. 마니또의 성장을 눈앞에서 봤으니 직접 키우고 싶은 욕심이 다시 타올랐겠지. 다른 회사로 보내고 싶겠어?"

그때 홍혜수 팀장이 고개를 갸웃했다.

"그런데 왜 수현이라는 애는 말도 없이 〈만능엔터테이너〉에 나갔을까?"

"뭐, 사정이 있었겠지. 어떻게든 마니또를 지키고 싶은 발버둥 아닐까? 그리고 그 이야기는 곧 김수열 사장의 귀에 들어갈 거야."

"더 보내기 싫어지겠네."

고개를 끄덕인 주혁이 커피잔을 다시 들었다.

"그렇다고 해서, 뮤직톡스튜디오의 현재 문제가 해결된 건 하나도 없어. 여전히 자금이 부족하고 당장은 마니또가 반짝 뜬다 해도 이어갈 힘이 없어. 그러면 결국, 같은 결과가 나올 뿐이야. 그걸 김수열 사장도 알 테고."

슬슬 강주혁이 이 상황을 어떻게 이용하고 있는지 이해한 홍혜수 팀장이 다리를 꼬았다.

"그러니까 그거네. 직접 키우고자 하는 욕심이 샘솟는데, 기껏 키울 만한 상황도 만들어졌는데, 현실적으로 불가능한?"

"그리고 내가 김수열 사장에게 뮤직톡스튜디오를 가지면서 내민 조건은 하나였어."

"뭔데?"

주혁이 들었던 커피잔을 내리면서 웃었다.

"마니또 관련 말은 일절 없이 '당신이 진행하던 모든 일은 보이스프로덕션에 넘어와서도 마음대로 할 수 있게 해주겠다'고. 자, 이러면 김수열 사장이 지금 상황에 어디로 마음을 기울까?"

"……보이스프로덕션."

"거기다 추가로 'Yellowmoon' 노래도 우리가 확보한 데다, 망해가는 뮤직톡스튜디오도 우리가 살려줄 수 있어."

순간 홍혜수 팀장의 눈이 커졌다.

"어머, 사장님. 나한테 'Yellowmoon' 확보하라고 했을 때, 여기까지 생각하고 움직인 거야?"

"중간에 계획을 수정하긴 했지만, 대충은?"

"하—"

헛웃음을 지으며 강주혁을 쳐다보는 홍혜수 팀장.

"이런 머리를 5년 동안이나 썩혀뒀다니. 아! 근데 왜 연락은 모조리 피하는 거야? 지금이라면 상황이 우리 쪽으로 넘어온 건데."

그녀의 물음에 주혁이 자리에서 일어나며 웃었다.

"이젠 우리가 김수열 사장에게 돈 빌려줄 입장이 됐으니까."

"아하! 급한 건 저쪽이다?"

"수현 씨의 인기가 높아질수록, 김수열 사장의 욕심이 커질수록 우리 상황은 좋아져."

이제야 모든 상황을 이해한 홍혜수 팀장이 홍홍홍 웃으며 되물었다.

"언제까지 안 받으면 될까?"

그러자 주혁이 살짝 고개를 꺾으며 답했다.

"글쎄, 입에 침이 바짝 말라서 직접 찾아올 때까지? 돈이 급한 사람이 은행에 가지, 은행이 직접 찾아오진 않잖아?"

실로 적절한 비유였다.

* * *

텅 빈 도로를 달리는 차 안. 시커먼 차 안에는 운전하는 남자 한 명이 전부였다. 오늘 류진태와 면회했던 남자였다. 여주 교도소에서 출발한 남자의 차는 음성군청 인근을 달리고 있었다. 남자가 미적거려서 그런지 시간은 어느새 밤 9시를 향하고 있었다. 핸들을 왼쪽으로 꺾으며 남자가 짧게 읊조렸다.

"후— 피곤하다, 피곤해."

남자가 운전하는 차량은 곡예하듯 골목길을 요리조리 통과했다. 어느새 주변에 보이던 높은 건물들이 사라졌고, 민가들이 보이기 시작했다. 그마저도 드문드문이었다.

얼마나 달렸을까? 남자의 차는 주황색 지붕의, 누가 봐도 폐가 앞에 멈춰 섰다. 차에서 내린 남자는 쭉 기지개부터 켜고는 어둠이 자욱하게 깔린 주변을 둘러보았다. 그러고는 흐느적흐느적 발길을 돌려 문이 떨어져 나간 입구를 통과해, 방으로 들어섰다. 창고 같은 방 중앙에 멈춰선 남자가 바닥에 깔린 장판을 들어냈다. 그러자 그 밑으로 사람 손이 겨우 들어갈까 싶은 작은 틈이 보였고.

"잘 있네."

남자가 짧은 혼잣말을 던졌다. 틈 안에는 투명 비닐에 싸인 정체 모를 책과 수첩, 종이 등등이 보였다. 남자가 허리를 굽히며 틈새로 손을 뻗었다. 바로 그 순간.

"야."

별안간 남자의 뒤쪽에서 낮은 목소리가 들렸고, 소스라치게 놀란 남자가 앞으로 고꾸라졌다.

"으아아아!"

그대로 엉덩방아를 찧은 남자가 고개를 들었다. 그곳에는 복면에 어울리지 않게 정장을 입은 괴한이 세 명 서 있었다.

"누, 누구야!!"

괴한들은 대답 없이 딱 얼굴이 들어갈 만한 자루를 꺼내, 남자에게 억지로 씌웠다. 남자가 발광하며 꽥 소리 질렀다.

"아악!!! 하지 마! 하지 마! 살려줘!"

하지만 괴한들은 가차 없었다. 억지로 남자를 포박한 괴한들이 서로를 쳐다보며 고개를 끄덕거렸다. 그러자 가운데 있던 괴한이 품속에서 은색 물체를 꺼냈다. 칼이었다. 괴한이 꺼낸 칼이 엎어져 발광하는 남자와 가까워지는 찰나.

"니들 뭐냐?"

난데없는 목소리에 괴한의 움직임이 멈췄다.

"……!"

뒤에는 황 실장이 양손을 주머니에 쑤셔 넣은 채 서 있었다. 이어서 괴한들의 감춰진 얼굴을 따라 천천히 움직이던 황 실장의 고개가 우뚝 멈췄고, 다시 입을 열었다.

"니들 뭐냐고."

* * *

홍혜수 팀장이 돌아간 사장실은 적막했다. 그런 사장실에서 주혁은 황 실장의 연락을 기다리고 있었다.

"아직 쫓는 중인가?"

통화한 지 얼추 한 시간은 넘었다. 살짝 고민하던 주혁이 책상 위 핸드폰을 집었다. 그 순간.

— 우우우우웅 우우우우웅

기다렸다는 듯이 주혁의 핸드폰이 울렸다. 그런데 핸드폰 액정이 표시하는 번호는 황 실장이 아니었다.

* 070-1004-1009

보이스피싱이었다.

* * *

괴한들과 황 실장은 여전히 대치 중이었다. 다만, 초반과는 다르게 괴한들은 눈에 띄게 차분해진 모습이었다. 심지어 서로 얘기를 나누기까지 했다.

"……"

황 실장은 그들을 유심히 살폈다. 세 명 다 건장했다. 키가 다들 180은 넘어 보였다. 거기다 문제는.

'칼을 잡는 모양새부터 다르다. 프로야, 이놈들은.'

그때였다.

"형님!"

괴한들과 대치한 황 실장 뒤로 박 과장이 다급하게 뛰어왔다. 처음에는 괴한들을 보지 못했는지, 도착하자마자 황 실장에게 보고를 올렸다.

"보이스가드들 15분이면 도착하고 아까 봤던 검은색 승합차는 아래쪽에…… 어? 뭡니까, 이놈들은?"

"그 승합차를 타고 온 놈들이겠지."

"어허."

박 과장이 빠르게 눈알을 굴려 상황을 파악했다. 움직임이 멈춘 건장한 괴한 세 명, 얼굴에 자루를 쓴 채 바닥에 엎어져 있는 남자, 그들을 비추는 자동차 라이트. 박 과장이 머리를 긁었다.

"스읍─ 이 새끼들 뭘까요?"

"몰라. 다만 아까 나를 보고 놀란 걸 보니 우리가 나타날 줄은 몰랐던 눈치다."

박 과장이 추가로 어둠에서 나타나자, 괴한들이 다시금 서로 고개를 돌리며 의견을 나누듯 목소리를 작게 냈다. 그 모습을 가만히 지켜보던 박 과장이 미간을 찌푸렸다.

"중국……말 같은데? 짱깨놈들인가."

"모르지, 조선족일지도. 뭐가 됐든 프로다."

"쯧, 귀찮게 됐는데요."

그 순간, 무기를 든 괴한이 걸음을 뗐다. 그러자 황 실장이 양손을 펼쳤다.

"어어, 잠깐. 야, 너희 한국말 알아들어?"

"……"

알아듣는 눈치였다. 다만, 대답은 돌아오지 않았다. 어쨌거나 움직이던 괴한이 멈추자, 황 실장이 빠르게 머리를 굴려 박 과장에게 작게 말을 전했다.

"저쪽은 셋, 우리는 둘이다. 심지어 저놈은 무기도 가지고 있어. 보이스가드 도착까지 얼마라고?"

"15분 정도."

"상황이 안 좋다. 뭐, 어찌어찌 제압할 수 있을지 모르지만…… 내가 사장님 옆에서 보고 배운 게 있어."

"뭔데요?"

"뭐든 확실한 쪽으로 움직이라는 것. 일말의 실패 가능성이 있는 길은 피한다."

말을 마친 황 실장의 왼쪽 발이 마찰음을 내며 약간 뒤로 밀렸다.

"딱 보니까, 목격자를 살려둘 놈들이 아니야. 즉, 우리가 도망치면 쫓아온다. 그런데 저기 포대 쓰고 누워 있는 놈도 지켜야 하니까."

"한 놈은 여기 남겠네요."

황 실장이 박 과장을 기특한 듯 쳐다보며 고개를 끄덕였다.

"맞아. 일단 수를 줄이자. 우리 차에 가면 사장님이 혹시나 몰라서 사주신 호신용품들이 있다. 스프레이나 뭐 그런 거."

"강주혁 사장님이요?"

"그래."

그들은 과거 내로라하는 형사들이었다. 그런 그들에게 작은 무기가 생긴다면? 상황은 달라질 수 있었다.

― 지지직

신발이 흙과 닿아 내는 마찰음이 더 커졌다. 그러자 복면 쓴 괴한들이 대놓고 움직이기 시작했다. 일촉즉발의 상황. 그 순간, 황 실장이 크게 외치며 몸을 돌렸다.

"뛰어!!!"

황 실장과 박 과장이 타고 온 차 방향으로 냅다 뛰기 시작했다. 난데없이 두 명이 뛰어가자, 괴한들이 알아듣지 못할 소리를 치더니 한 명은 남고, 두 명이 황 실장과 박 과장을 쫓기 시작했다. 거리는 겨우 열 걸음 남짓. 어쨌거나 양쪽 모두 젖 먹던 힘까지 쏟아내 뛰기 바빴다.

"허! 헉! 오냐? 와?"

"옵니다!! 와요! 으아아아아!"

마치 자신의 목소리가 추진력의 원천인 것처럼 박 과장이 소리치며 뛰었고, 황 실장 역시 작게 숨을 헐떡이며 빠르게 달렸다. 하지만 뒤따라오는 괴한들 역시 빨랐다. 어느새 열 걸음 차이는 다섯 걸음으로 좁혀졌다. 그 순간 황 실장의 눈에 타고 왔던 차의 실루엣이 보였다.

"내가 운전석! 넌 뒷좌석이다!"

"예!"

― 타다닥!!!

― 덜컥!!

순식간이었다. 황 실장과 박 과장이 차에 타고 문을 잠그는 것까지. 물 흐르듯 일사천리였다.

"허헉! 헉! 어디! 어딨어요, 형님! 그거!"

"뒤쪽 트렁크에! 거기 어디 트렁크랑 연결된 데가 있을 거야. 손 넣어서 빼내 봐!"

황 실장과 박 과장이 차 안에서 정신없이 움직이고 있을 때, 이미 괴한 두 명은 차 창문을 부술 돌덩이를 집은 상태였다. 그 모습에 황 실장이 다급하게 외쳤다.

"아무거나! 아무거나 집어서 내놔!"

— 훙!

— 팍!!!

이어진 첫 번째 타격. 운전석 창문에 금이 갔다. 괴한이 두 번째 타격을 위해 돌덩이를 들어 올릴 때.

"형님! 여기!!"

박 과장이 다급하게 무언가를 집어서 운전석 쪽으로 던졌다. 손바닥만 한 스프레이였다. 빠르게 집은 황 실장이 씨익 웃었다.

"눈물 좀 흘릴 거다."

— 훙!!

— 팍!!!!!

황 실장의 혼잣말 끝에 괴한의 두 번째 타격이 있었고, 운전석 창문은 걸레처럼 흐느적거렸다. 그 창문을 통해, 괴한의 손이 차 안으로 쑥 들어왔다. 이때다 싶었는지, 황 실장이 들어온 손을 강하게 붙잡고, 자신의 왼손을 번쩍 들었다.

"먹어라!!"

— 취이이익!!!!

"*끄*아아아악!"

괴한의 얼굴에 무언가 분사됐다.

모두가 퇴근한 태신식품 이사실. 박종주가 양손을 주머니에 넣은 채 사무실을 이리저리 휘저었다. 마치 무언가를 기다리고 있는 듯했다.

"처리했어도 벌써 했어야 할 시간인데, 시발 뭐하고 자빠진 거야, 짱깨새끼들."

욕설을 뱉은 박종주가 책상으로 움직여 거칠게 서랍을 열었다. 그리고 서랍 안에 잠들어 있는 파란색 핸드폰을 집어 들어 확인했다. 하지만 도착한 문자나 전화는 없었다.

"시발 짱깨새끼들!"

핸드폰 화면을 보던 박종주가 짜증 내며 어디론가 추가로 문자를 보내기 시작했다.

* * *

같은 시각, 강주혁은 보이스피싱을 받고 있었다.

"*들으실 항목의 키워드를 '선택'해주세요!*

1번 '바람처럼 사라진', 2번 '없어졌던 남자', 3번 '화이트 빅 마우스', 4번 '누나 넷 3대 독자', 5번 '1년 전 겨울', 6번……."

키워드를 들은 주혁이 잠시간 고민하는 모습을 보이다가.

"1년 전 겨울."

이내 생각이 있는지 5번 '1년 전 겨울' 키워드를 터치했다.

"*탁월한 선택! 강주혁 님이 선택한 키워드는 '1년 전 겨울'입니다!*

영화 〈간 큰 여자들〉의 제작발표회에 보이스프로덕션 사장으로서 참석한 배우 강주혁이 괴한이 휘두른 칼에 복부를 찔려 중태에 빠집니다. 현장에서 잡힌 괴한은 '1년 전 겨울' 해외 성매매 및 마약 브로커 등의 죄목으로 지목됐으나 행방불명이던 태신식품 상무이사 박종주로 알려지면서 충격을 더합니다."

전화는 그렇게 끊겼지만, 강주혁의 움직임은 없었다. 꽤 충격을 받은 모양. 그런 상태로 잠시간 움직임이 없던 주혁이 들고 있던 핸드폰을 천천히 내리며 짧게 읊조렸다.

"행방불명."

순식간의 그의 얼굴이 일그러졌다. 그 표정 그대로 주혁이 수첩을 꺼내 방금 들었던 미래 정보를 메모했다. 메모하면서도 계속 혼잣말을 뱉었다.

"행방불명…… 도망친다는 건데……."

그리고 그 순간.

— 우우우우웅 우우우우웅

이번엔 황 실장이었다. 발신자를 확인한 주혁이 빠르게 전화를 받았다.

"황 실장님, 지금 어디!"

"……."

잠시간 들리는 통화 소음. 그 소음을 끝으로 황 실장의 목소리가 들렸다.

"사장님, 이쪽으로 좀 오셔야 할 것 같습니다. 위치는 문자로 보내드리겠습니다."

"바로 갑니다."

그대로 전화가 끊겼고, 주혁이 곧장 자리에서 일어나 사장실을 나서려는 찰나, 그의 발이 멈췄다. 그러더니 책상 주변에서 숫자들이 적힌 종이 몇 장을 집어 속주머니에 넣고는 주차장으로 향했다.

강주혁이 폐가에 도착한 시간은 자정 넘어 새벽녘이었다. 구불구불 시골

길을 따라 주혁의 차가 진입했고, 곧이어 주황색 지붕의 폐가가 나타났다. 차에서 내린 강주혁이 이내 상황을 파악했다.

"……이게 무슨."

황 실장과 다섯 명가량의 보이스가드 인원들이 폐가 앞에 있었고, 그들 앞으로 남자 네 명이 손발이 묶인 채 누워 있었다. 심지어 한 명은 얼굴에 자루를 쓴 상태. 박 과장은 누워 있는 남자들의 소지품을 뒤지고 있었다.

"사장님."

강주혁을 발견한 황 실장이 다가왔다.

"황 실장님. 이게 전부…… 어떻게."

평소 포커페이스로 일관하는 강주혁도 적잖이 놀란 모양.

"시작은 교도소 앞이었습니다."

한참 동안 설명을 들은 주혁이 턱을 쓸었다. 그러고는 황 실장과 주변을 마치 산책하듯 돌아다니며 생각을 정리했다.

'아까 들은 보이스피싱대로라면…… 박종주가 행방불명이 된다는 건데. 그렇게 둘 순 없지.'

주혁이 황 실장을 불렀다.

"황 실장님."

"예."

"움직여볼까요?"

"어떻게 처리할까요?"

"간단합니다."

웃으며 결론을 던졌다.

"이 상황을 이용해봅시다."

다음 날, 주혁의 일과는 평소와 다를 바 없이 흘렀다. 마치 전날 일이 없었던 것처럼. 첫 일정은 예능 〈당해낼 수 없다〉의 2차 제작 미팅이었다. 김앤미디어에는 이미 붉은 머리의 제작실장이나 김재형, 강하영 그리고 이민주 PD까지 도착해 있었다. 가장 먼저 대두된 사안은 마케팅이었다. 이민주 PD가 입을 열었다.

"일단 현재 계획은 이렇습니다."

이민주 PD가 강주혁에게 서류파일을 내밀었다. 간략하게 정리된 예상 마케팅안이었다. 서류를 보던 주혁이 답했다.

"PD님, 조금 더 파격적으로 가도 괜찮지 않겠습니까?"

그러자 대답은 김앤미디어의 제작실장 쪽에서 나왔다.

"예산도 예산인데…… 그 너무 빵빵 내보내면 TVL 측이 아무래도."

말하기 어려운지 제작실장이 말끝을 흐리며 마케팅안을 보고 있던 김재형을 쳐다봤고.

"하하하, 전 괜찮은데."

이어서 주혁이 서류를 책상에 내리며 아쉬움을 토로했다.

"PD님, 그리고 제작실장님. 이 예능은 따지고 보면 비단 TVL만이 아니라 지상파를 포함해 전체 방송사에 내미는 도전장과 같습니다. 그리고 국민MC 김재형의 도전도 내포돼 있죠. 어물어물하면 티가 안 납니다. 쫄지 마세요. 예산이 부족하면 저한테 추가 예산안 보내주시고, 마케팅에 더욱 힘을 실어주세요."

주혁의 말에 묘한 표정을 짓고 있던 이민주 PD가 마음을 다잡았는지, 입을 열었다.

"알겠습니다. 으휴— 사실 저도 좀 답답하긴 했어요. 성격이랑 안 맞아서. 날뛰어볼게요."

만족스러운 대답에 주혁이 미소 지었고, 제작회의는 탄력을 받았다. 마지막 순간에 주혁이 자리에서 일어나 옆에서 쿠키를 먹고 있는 강하영의 어깨에 손을 올렸다.

"아! 사장님! 이것만 먹고 그만 먹으려고!"

"아니아니, 그건 먹어요. 다른 게 아니라, 앞으로 무슨 일이 일어나도 놀라지 말라고."

"그렇죠…… 이렇게 먹다간."

"아니, 그게 아니라."

침울한 표정으로 고개를 숙이는 강하영을 보며 주혁이 피식했다. 그러고는 하려던 말을 삼키며 말을 바꿨다.

"하긴, 계속 그러다간 홍혜수 팀장님이 간식 금지령 내릴 것 같긴 해요."

같은 날 이른 점심. MBS 라디오국 〈정오의 음악, 조진희입니다〉에 스케줄이 있던 헤나가 라디오 부스를 열었다.

"안녕하세요!!"

헤나의 밝디밝은 인사에 라디오 PD며 작가 등이 반갑게 화답했다. 그리고 헤나 뒤로 들어오는 남자들에게도 인사했다. 헤나를 밀착취재하듯 카메라를 들고 있던 남자가 라디오 PD에게 고개를 숙였다.

"촬영 허락해주셔서 감사합니다."

"뭘요. 헤나 씨가 출연해주신 것만으로 감사한데. 그리고 어차피 보이는 라디오라 숨길 것도 없어요. 근데 헤나 씨 따로 뭐 찍는 거예요?"

라디오 PD의 물음에 헤나가 웃으며 고개를 저었다.

"아뇨! 제가 아니라, 회사가 프로젝트 따로 준비하는 게 있어서. 이분 영화 〈내 어머니 박점례〉 감독님이세요."

"어머! 정말요? 저 진짜 울면서 봤는데!"

인사를 마친 헤나가 라디오 부스로 들어섰다. 부스에는 헤드폰을 낀 개그우먼 조진희가 앉아 있었다.

"안녕하세요!"

"어, 헤나 씨 왔구나."

"네, 헤헤. 보라(보이는 라디오)는 올 때마다 뭔가 떨려요."

헤나가 조진희와 간단히 인사를 나누며 핸드폰을 꺼냈다. 그녀의 버릇이었다. 심심하면 검색사이트에 들어가는. 그런데 돌연 그녀의 표정이 변했다.

"어?"

이어서 최철수 감독이 부스로 들어오자 헤나가 벌떡 일어나 핸드폰을 들이밀었다.

"감독님! 이것 좀 봐요!"

"네?"

고개를 갸웃한 최철수 감독이 핸드폰을 확인했다. 그녀가 보여준 것은 기사였다.

「보이스프로덕션의 보안팀장, 살인미수?」

같은 시각, 강주혁의 차 안.

한참 운전하던 주혁의 차가 신호에 걸려 멈췄다. 그리고 주혁이 핸드폰을 꺼내 어디론가 문자를 보냈다. 첫 줄은 이랬다.

— 기자회견 준비는…….

32. 정돈

기사는 순식간에 퍼져나갔다. 마치 누군가 위에서 기사를 줄줄줄 흘리듯. 거기다가 내용이 자극적이라 그런지, 짧은 시간에 엄청난 관심을 받았다.

「'강주혁'의 보이스프로덕션 보안팀장 살인 제보, 진짜인가?」

「제보 현장 가보니, 혈흔과 가해자의 지갑만 덩그러니」

「행방 묘연한 피해자, 제보에 따르면 과거 빅엔터의 홍보팀장」

수요일 점심부터 터지기 시작한 기사는 목요일 오전을 기점으로 미친 듯이 타올랐다. 3사 검색사이트는 물론이고 너튜브, SNS 등을 통해서 전염되듯 콸콸 흘러나왔다.

— 진짜면 ㅈㄴ무서운데?

— 아무리 그래도 사람 죽고 죽이는 정도인거임?

이쯤 되니 애초 추측성으로 퍼지던 기사는 기정사실처럼 탈바꿈됐고, 대중 역시 어느 정도는 사실로 받아들이기 시작했다. 그러나 상황이 이렇게까지 흘러갔음에도 보이스프로덕션은, 아니 강주혁은 묵묵부답이었다. 마치, 타이밍을 기다리는 듯이.

반면 강주혁이 관여된 모든 곳은 비상이 걸렸다.

"야!! 강주혁 사장 전화 안 받아?!"

"예! 안 받습니다!"

"허이구, 이게 갑자기 뭔 일이야!"

WTVM 예능국장의 외침. 물론 보이스프로덕션 내부도 시끄러웠다.

"일단! 전부 홀드 잡아!"

강주혁이 손댄 모든 일에 스톱이 걸렸다. 이대로 가면 보이스프로덕션이 무너져도 이상하지 않았다. 무려 사람을 죽였다는 이슈였으니까.

이 지저분한 상황에서 강주혁은 입을 다물고 있었다. 각종 언론사는 이때다 싶었는지, 사실 확인이 되지도 않은 기사를 써제끼기 시작했다. 그런 상태로 목요일이 지나 금요일 아침이 밝았다. 여전히 싸늘한 여론 앞에 보이스프로덕션이 드디어 공식입장을 내놓았다.

「보이스프로덕션, 오늘 저녁 기자회견 연다」

늦은 오후, 기자회견장인 해창호텔 연회장에 수백 명의 기자가 몰렸다.

"오늘은 강주혁이 나오는 건가?"

"그렇겠지."

이어서 짧게 혀를 찬 기자가 말을 이었다.

"근데 그 피해자, 아직 못 찾았다며?"

"그렇다더라."

"이거이거 진짜 영화처럼 어디 바다에 던진 거 아냐?"

"에이 설마."

곧 시작될 보이스프로덕션의 기자회견은 공식 방송이 아닌, 인터넷 실시간 방송으로 볼 수 있었다. WTVM 드라마국, 예능국 등은 저마다 방송을 틀어놓고 국장부터 PD, 조연출까지 몰려들어 보고 있었다. 특히 최근 강주혁과 만남이 잦았던 예능국장이 가장 예민하게 받아들였다.

"허이고, 망했다, 망했어."

그에 비해 김태우 PD나 박한철 PD는 꽤 담담하게 모니터를 쳐다보고 있었다. 마치 지금 이 사태가 현실이 아닌 것처럼.

WTVM 외에도 기자회견을 기다리는 곳은 많았다. 무비트리는 물론 VIP 픽쳐스, 각종 엔터테인먼트, 제작사, 영화사 등. 강주혁을 알고 있는 하성필, 류진주 등 연예인들도 스케줄 중간중간 핸드폰을 보며 마른침을 삼켰다. 대중의 관심 역시 폭발적이었다. 보이스프로덕션 기자회견의 실시간 시청자 수는 50만 명을 넘기고 있었고. 이 모두가 보이스프로덕션, 아니 강주혁이 기자회견장에 나타나기를 목 빠지게 기다리고 있었다.

같은 시각, 태신식품 이사실에도 기다리는 사람이 있었다. 책상에 양주를 세팅한 박종주가 비릿한 웃음을 뱉으며 노트북을 쳐다보았다.

"보자, 얼마나 남았냐. 3분?"

노트북 하단에 표시된 시간을 보며 신나게 양주를 들이켜던 박종주가 양손을 비비며 기대감을 드러냈다.

"짱깨새끼들, 그래도 처리는 확실히 해줬어, 크크."

그러면서 책상 서랍에서 파란색 핸드폰을 꺼내, 최근 나눴던 문자를 확인했다. 가장 최근 문자에는 포대를 뒤집어쓴 채 피를 흘리고 있는 남자 사진과 짧은 문장이 적혀 있다.

— 처리 완료

"크큭, 시체처리는 알아서 했을 테고. 지금쯤 배 타고 있겠네. 깔끔해. 종종 이용해야겠어."

자신이 생각해도 완벽하게 흘러가는 상황이 여간 기분 좋은 게 아닌지, 박종주는 연신 행복한 미소를 지으며 양주를 삼켰다. 그사이에 노트북 화면 속 기자들의 움직임도 부산해졌다. 강주혁이 나타나는 즉시 플래시를 터뜨릴 기세. 그 모습을 화면으로 지켜보던 박종주가 의자에 움푹 기대며 다리를 꼬았다.

"강주혁 이 새끼가 굽신거릴 거 생각하니까 벌써 속이 시원하네. 내 앞에서 나댄 결과다. 크큭, 자, 다음은 원숭이 새낀데. 이 새끼를…… 어?"

'어떻게 처리하지?'라고 말하려던 박종주의 말이 순간 끊겼다.

"아, 안녕하세요."

노트북 화면에서 강주혁이 아닌 뜬금없는 사내가 나타났기 때문.

"……?"

박종주의 밝았던 표정이 순식간에 요지경으로 변했고, 움푹 기댔던 등을 당겨 노트북으로 얼굴을 들이댔다. 그러거나 말거나 기자회견은 계속되고 있었다.

"누구십니까!!"

"강주혁 씨는 안 나오시는 겁니까?!"

"지금 피한다고 다가 아닙니다! 강주혁 씨는 지금 어디 계신 겁니까?!"

"보이스프로덕션 직원입니까? 이번 사태를 어떻게 생각합니까?!!"

강주혁이 아님에도 플래시는 미친 듯이 터졌고 기자들의 질문도 끝없이 이어졌다.

"저…… 저는."

그 상황에 어렵사리 입을 연 남자의 대답을 가장 숨죽여 지켜보는 것은 박종주였다. 뭔가 이상하다는 것을 본능적으로 느낀 것. 이어서 남자의 대답이 들렸다.

"저는 이번 사건의 피해자입니다."

뜬금없이 나타난 남자의 폭탄 발언에 미친 듯이 쏟아지던 플래시 세례가 잠시 멈췄고, 웅성거리던 기자회견장에 순간적으로 정적이 흘렀다. 기자들은

'이게 무슨 똥딴지 같은 소리지?' 따위의 표정을 지으며 서로를 쳐다보기만 했다. 연단의 남자가 말을 이었다.

"저는 최근 보이스프로덕션 사건의 피해자입니다. 현장에서 나온 피 역시 제 것이 맞습니다. 그 부분은 이미 조사에서 확인이 끝난 상황입니다."

"그, 그게 무슨……."

남자의 말에 기자들이 당황했다. 행방이 묘연했던, 어쩌면 죽었을 거라 생각했던 피해자가 나타날 줄 몰랐던 것이다.

"진짜 그 피해자분이 맞습니까?"

첫 줄에 앉아 있던 기자 한 명이 되묻자, 남자가 고개를 끄덕였다.

"예. 제가 맞습니다. 그리고 저, 저를 해치려 한 것은 강주혁 사장님 쪽이 아니라, 태신식품의 박종주 상무이사입니다. 박종주 이사는 저를 해치고, 그 일을 강주혁 사장님께 뒤집어씌우려 했습니다. 강주혁 사장님은 오히려 저를 구해주셨습니다."

순식간에 상황이 뒤바뀌었다. 기자들의 손가락이 빨라졌다. 남자는 길게 심호흡을 한 후, 다시 입을 열었다.

"전 오늘 박종주 이사의 모든 악행을 밝히기 위해 이 자리에 섰습니다."

— 파파파파파팍!

박종주의 이름이 거론되자, 본능적으로 특종임을 느낀 기자들의 플래시 세례가 쏟아졌다.

"시작은 지난번 FNF엔터테인먼트의 마약 게이트, 그 이전부터입니다."

처음 등장했을 때 온몸을 떨던 남자는 어느새 진정됐는지, 담담하게 진실을 밝히기 시작했다. 이 일에 가담하기 시작했을 때부터 최근 죽을 뻔한 일까지. 그리고 중간중간 챙겨온 복사한 증거품을 기자들에게 보여주거나 나눠주면서 말에 힘을 실었다. 증거들을 본 기자들은 하나같이 혀를 내둘렀다.

"이 인간…… 진짜 쓰레기네?"

FNF엔터가 엮인, 여자 연습생을 일본이나 중국 등의 클럽으로 빼돌려 해외 성매매를 일삼은 일, 그 영업장으로 해외사업 일정이 있을 시 접대를 시킨 것, 국내 연예계에 마약을 유통한 것, 거기다 살인미수까지. 자잘한 죄목은 넘긴다 치더라도, 이미 구속되기에 차고 넘치는 증거들이었다. 남자의 폭로는 여기서 끝나지 않았다.

"그리고 최근 있었던 사건 중에 일본에서 사망한 한국 여자 관광객 사건. 그분들 역시 속아서 해외 성매매를 나갔던 분들이었고, 박종주 측이 일본 쪽 연줄로 덮은 것입니다."

여전히 번개 치듯 플래시가 터지고, 기자들의 수많은 질문이 쏟아지는 모습은 똑같았지만, 기자회견장은 처음과 달라진 점이 있었다. 누구도 강주혁의 이름을 거론하지 않았다. 이 상황을 실시간 방송으로 지켜보는 50만 명 넘는 시청자들과 관계자들 역시 마찬가지였다. 그들의 머릿속에는 이미 강주혁 이름 석 자가 온데간데없어진 상태였다. 지금껏 강주혁을 싸늘하게 바라보던 여론이, 더 나아가 전 국민의 이목이 거짓말처럼 박종주에게 쏠렸다. 마치, 잘 짜인 각본처럼.

그 각본을 방송으로 지켜보던 GM엔터테인먼트 이강수 사장은 박수를 쳤다. 몇 초간이나 이어지던 박수가 끊기자 이내 탄성을 질렀다.

"브라보~ 이걸 이렇게? 하하하, 대단해."

그 순간 책상 위에 올려진 이강수 사장의 핸드폰이 울렸다.

— 종주씨

발신자는 박종주였다. 미친 듯이 진동을 뱉어내는 핸드폰을 보던 이강수 사장은 싱긋 미소를 지으며 짧게 읊조렸다.

"종주 씨, 외통수네요. 강주혁에게 제대로 뒤통수 맞으셨어."

반면 전화를 거는 박종주의 표정은 휘발유만 부으면 터질 듯 시뻘겋게 달아올라 있었다. 그 상태로 핸드폰을 붙들고 있던 박종주가 별안간 핸드폰을 바닥으로 강하게 내리쳤다.

"시발!! 안 받아? 원숭이 새끼 발 뺀다 이거지! 시발! 시발!!!"

박종주가 머리를 움켜쥐었다. 그러더니 갑자기 책상 옆 캐비닛을 쳐다봤다.

"이, 일단, 잠수. 시발!"

혼잣말을 뱉던 박종주가 캐비닛을 열어, 가장 아래 박혀 있는 몸통만 한 가방을 꺼냈다. 일사천리였다. 마치 이런 상황을 대비해 준비해둔 것처럼. 가방 지퍼를 연 박종주가 내용물을 확인했다. 여권 같은 작은 책자나 돈다발 등등. 내용물을 확인한 박종주가 빠른 몸짓으로 가방을 들고 몸을 돌리던 찰나였다. 그의 사무실 문이 열리더니, 열댓 명의 사내가 들어왔다. 난데없이 들이닥친 사내들을 보며 박종주가 외쳤다.

"뭐, 뭐야!!"

"……."

하지만 대답은 없었다. 그저 선두에 선 사내가 종이를 들이밀며 한마디 던질 뿐이었다.

"박종주 씨. 같이 좀 가셔야겠습니다."

보이스프로덕션 사장실에는 강주혁 혼자 노트북으로 기자회견을 보고 있었다. 어느새 폭로는 끝나고, 기자들이 질문 세례를 던지는 중이었다.

"……."

주혁은 담담한 표정으로 노트북을 덮더니, 자리에서 일어나 양손을 주머니에 찌르고는 창밖 야경을 말없이 바라봤다.

"아직…… 멀었어. 대중은 언제고 이렇게 등을 돌릴 수 있어."

강주혁은 이번 사건으로 다시 한 번 느꼈다. 대중이, 여론이 언제고 자신에게 등 돌릴 수 있다는 것을.

"5년 전에도 그렇고 이번도 그래. 인기나 명성이 아니라, 아무도 나를 못 건드리는 막강한 힘을 가진 위치까지 올라가야 해."

— 우우우우웅 우우우우웅

그때 주혁의 핸드폰이 울렸다. 발신자는 황 실장이었다.

"네, 황 실장님."

"사장님, 말씀하신 대로 처리했습니다."

주혁의 고개가 천천히, 아주 천천히 위아래로 움직였고.

"……마무리합시다."

결론을 던졌다.

충격의 기자회견 이후 주말 내내 실검에는 태신식품과 박종주 그리고 그와 관련된 사건들이 줄지어 올랐다. 경, 검찰의 움직임은 신속했다. 마치 준비를 모두 끝내놓은 것처럼. 그리고 월요일, 조사를 벌이던 검찰이 한 가지를 확정했다.

「검찰 "일본에서 사망한 한국 여성 관광객, 해외 성매매로 일본에 끌려간 후 사망한 것 맞다. 박종주가 사건을 덮은 것 역시 확인 중"」

이 발표가 나고 같은 날 오후, 실시간 검색어에 새로운 키워드가 올랐다.

5. 일본 기업 불매운동

키워드를 가만히 쳐다보던 주혁은 말없이 속주머니에서 수첩을 꺼내 가장 첫 줄에 적혀 있는 미래 정보를 확인했다.

— 일본 기업 불매운동, KR마카롱 핫 아이템으로 승승장구 (진행 중)

"불매운동이 이렇게 시작되네."

꽤 오랫동안 강주혁의 수첩에 잠들어 있던 미래 정보. 일본 기업 불매운동은 결국 강주혁의 손에서 만들어진 거나 다름없었다.

"참 재밌단 말이지."

짧게 읊조린 주혁은 펜을 꺼내, 불매운동 관련 미래 정보를 지워냈다.

기자회견 이후로 보이스프로덕션을 보는 여론과 언론의 시선이 180도 달라졌다. 거기다 마치 영화 같은 상황 연출에 대중의 극찬마저 쏟아졌다.

— 와 씨 ㅋㅋㅋㅋㅋ지랄 떨던 놈들 다 어디 감?

— 결국, 강주혁이 사건 전부 정리한 거네.

— 딱 좋은 상황 만들어질 때까지, 침묵하고 기다린 거 진짜 지린다.

연일 보도되던 보이스프로덕션 관련 기사나 뉴스 등은 태도를 깔끔하게 바꿨고, 너튜브나 SNS에서 자행되던 유언비어나 찌라시들도 일순간에 사라졌다. 반면 보이스프로덕션과 강주혁의 인지도와 파급력은 전보다 더욱 치솟았다. 이 상황을 며칠간 지켜보던 주혁은 박 기자에게 전화를 걸었다.

"이쯤이면 되겠어. 전달한 심경문 발표해줘."

"오케이!"

이어서 디쓰패치를 통해, 강주혁은 이번 사건에 관해 보이스프로덕션의 공식 입장을 내놓았다. 마무리였다.

「'강트맨' 강주혁 이번 사건에 대해 진솔한 마음 발표」

이 심경문을 통해 훈훈함까지 챙긴 강주혁은 박종주를 잘라냄과 동시에 인지도를 끌어올리는 두 마리 토끼를 잡은 셈이었다.

강주혁과 관련해 중단된 모든 일이 토요일을 기점으로 정상화된 것은 물론이었다. 아니, 오히려 강주혁이 손댄 모든 일에 대한 관심도가 한층 높아졌다. 단적인 예가 바로 〈만능엔터테이너〉였다. 금요일 기자회견 전까지 방송을 내보낼지 말지 고민하던 박한철 PD는 토요일 방송분을 문제없이 내보내곤 함박웃음을 지었다. 시청률이 급격하게 올라 14.8%를 찍었기 때문. 기자회견

바로 다음 날 방송한 만큼 수혜를 입은 것이다.

위기 속 기회가 있다고 했던가. 주혁은 쉴 새 없이 움직였다. 이 타이밍을 놓치고 싶지 않았다. 가장 먼저, 첫 촬영이 들어갈 예능 〈당해낼 수 없다〉의 마케팅 시점을 공짜 관심이 범람하고 있는 현재로 당겼다.

「소문만 무성하던 국민MC 김재형의 첫 케이블 예능은 WTVM」

「김재형 측 "강주혁 씨가 많이 도와줬다. 도전의 마음으로 임하고 싶다"」

화요일 오전쯤 터진 기사 덕분에 김재형의 이름과 예능 〈당해낼 수 없다〉는 당당하게 실검 상위권을 차지했다.

화요일 점심에는 강필름의 박건웅 사장이 정리한 인수 조건을 들고 보이스프로덕션을 찾았다. 꽤 중요한 안건이었지만, 미팅은 길지 않았다. 애초 강주혁은 강필름이 제시하는 조건을 어느 정도 맞춰줄 작정이었다. 주혁은 박건웅 사장이 내민 종이를 가만히 내려다보다 입을 열었다.

"뭐, 이 정도는 맞춰드릴 수 있습니다. 다만 여기 7번, 팀을 따로 구분해달라는 조건은 어렵습니다. 보이스프로덕션에 포함되는 제작부서는 통합 이후 완벽하게 섞일 겁니다."

"……음, 알겠습니다."

박건웅 사장이 마른침을 삼켰다. 그런 그를 보며 주혁이 짧게 숨을 뱉었다.

"사장님, 제가 그리는 청사진은 작은 그림이 아닙니다. 스케일이 커질 겁니다. 그런데 따로 놀면 일이 진행되겠습니까? 힘을 합쳐야죠."

단념한 듯 박건웅 사장이 고개를 끄덕였다.

"잘 알겠습니다."

"좋습니다. 아, 그리고 정확하게 강필름이 흡수되는 시기는 사옥이 삼성동으로 옮겨진 다음입니다. 그전까지 인수인계 준비 확실하게 해주세요. 우리쪽으로 넘길 일과 강필름으로 정리할 일들."

"예."

오후에는 강주혁이 WTVM으로 들어갔다. 김건욱의 토크쇼 〈얘기하고 부대끼고〉의 편성 관련으로 예능국장이 미팅을 요청한 것이었다.

"하하, 강 사장님. 내가 기자회견 전까지 얼마나 가슴 졸였는지 알아요?"

"죄송합니다. 이게 좀 조용히 진행해야 하는 사안이었습니다."

"아니, 아니야. 괜찮아요. 잘 풀렸으면 됐지. 어후— 진짜 십년감수했다니까? 앞으로 없겠죠? 이런 일?"

주혁이 다리를 꼬았다.

"없을 겁니다."

"하하하, 그럼요. 그래야지."

그런데 분위기가 좀 요상했다. 마치 예능국장이 진땀을 빼는 듯한 모습. 예능국장의 주름진 얼굴을 가만히 보던 주혁이 입을 열었다.

"말씀해보세요."

"예?"

"뭔가 할 말이 있으신 거 같은데. 혹시 편성에 무슨 문제라도?"

"아아, 그…… 아무래도 위쪽에선 조금 조심스러운 모양이에요. 내가 편성을 내리긴 했는데, 이게 참, 위에서 스톱을 걸어서."

"위에서 스톱을 걸었다?"

주혁이 되묻자, 예능국장이 양손을 다급하게 저었다.

"금방 나와요. 이게 원래 윗사람들이 담이 작아서 그래요. 시간만 좀 주면 내가 금방."

예능국장은 다급한 듯 말을 이었지만, 주혁은 집중하지 않았다.

'……간을 보네? 내가 너무 잘해줬나.'

방송국도 어차피 회사고, 회사는 회사의 이익을 위해 움직인다. 즉 지금

WTVM은 강주혁과 힘겨루기를 해서 초반 영향력을 높여두려는 속셈이었다. 그럴 만큼 WTVM에 강주혁의 입김이 세졌다는 뜻이기도 했지만, 어쩐지 주혁은 이 상황이 마음에 들지 않았다.

"……"

말없이 예능국장의 말을 듣던 주혁이 고개를 끄덕이며 자리에서 일어났다.

"알겠습니다. 다시 연락 주세요."

"어어어, 강 사장님. 내 맘 알죠? 내가 최대한 빨리 처리할게요."

어색하게 웃음 짓는 예능국장을 보며 주혁이 무심하게 고개를 작게 숙였다. 이어서 국장실 문을 열고 나온 주혁이 혼잣말을 뱉었다.

"확실하게 짚고 넘어갈 필요가 있겠어. 액션을…… 취해볼까."

"무슨 액션이오?"

그때 남자 목소리가 끼어들었다. 고개를 돌려보니 함박웃음을 짓고 있는 박한철 PD가 있었다. 강주혁이 피식했다.

"아무것도 아닙니다. 것보다, 많이 놀라셨죠?"

"하하하, 놀랐습니다. 저 진짜 놀랐어요. 프로 그대로 엎어질까 봐."

진심이 담긴 안도의 숨을 내쉬던 박한철 PD가 강주혁에게 바싹 다가와 목소리를 죽였다.

"근데, 전 믿었습니다. 다들 그 기자회견 보면서 수군거릴 때, 저 진짜 한마디도 안 하고 봤어요. 뭐, 아직도 방송국 내에 말이 돌긴 하는데, 죄다 헛소문이죠. 이 바닥 방송쟁이들이 다 그래요. 질투가 심해. 신경쓰지 마세요."

"질투?"

"아무래도 그렇죠. 아시죠? 지금 WTVM 내에서……."

그때 강주혁 주변이 부산스러워졌고, 보는 눈이 많아졌다.

"……강주혁 맞네."

"바로 돌아다녀도……."

그 바람에 박한철 PD가 말을 끊고는 주혁에게 사무실을 빠져나가자는 눈짓을 던졌다.

"사장님, 혹시 잠시 얘기 나눌 시간은 되세요? 〈만능엔터테이너〉에 관해 드릴 말씀도 있고."

박한철 PD의 요청에 주혁이 손목시계를 확인했다.

"……잠깐은 괜찮아요. 좀 있다가 검찰 쪽에 좀 가봐야 해서."

"아! 그 사건 때문에 가시는구나."

"뭐, 정리는 필요하니까요. 볼 사람도 있고."

"어…… 혹시, 그 태신식품의."

순간 주혁이 몸을 돌렸다.

"괜찮으면 주차장에서 얘기하시죠."

* * *

같은 시각, 케이블 방송사 TVL 예능국. 빼빼 마른 예능 CP가 8년 차 예능 PD 최호의 책상에 걸터앉아 무언가 열변을 토하고 있었다.

"야야, 그러니까 어쩌겠냐. 아예 폐지하라는 게 아니라, 멤버를 새롭게 짜라는 거지."

"아— 형. 우리 지금 딱 반년 하고 선생님들 이제사 좀 적응해서 열심히 하시는데, 하차 통보를 내가 어떻게 해."

"그럼? 내가 해? 아니면 국장님이 해?"

"한…… 반년만 더."

최호 PD가 말을 꺼내려 할 때 CP가 말을 잘랐다.

"야, 1%도 안 나와 지금. 내가 아침 회의 때마다 너희 커버치는 것도 하루 이틀이지. 0.8%로 반년 했으면 됐어. 새로 가, 새로."

"후—"

"솔직히 그 어르신들 먹방하는 거 반년이나 전파 탔으면 많이 탄 거야."

CP의 현실론에 최호 PD가 이마를 쓸었다.

"이미 국장님 사인까지 떨어진 거니까, 정리할 거 정리하고. 어— 지금 한 주 남은 거 나가고, 다음 주에 특별편 한 주. 그다음 주에는 기획 올려."

"무슨 그렇게 갑자기!"

"그러니까, 일단 아무거나 짜서 올리란 말이야."

말을 마친 CP가 허리를 숙이며 목소리를 낮췄다.

"야, 너 지금 분위기 알지? 국장님도 국장님인데, 예능, 드라마 할 거 없이 전부 저기압이다. 본부장은 지나갈 때 인사도 안 받아줘. 이럴 때 눈에 띄면 훅 가는 거야."

"그 보이스 뭐냐, 여튼 강주혁 때문이지?"

"말해 뭐해. 최근 휩쓸고 있잖아, WTVM이."

그때 무언가 번뜩 생각났는지, CP가 손뼉을 쳤다.

"야. 맞네! 그러면 되겠네."

"뭘?"

"이참에 강주혁 쪽 애들 아무나 섭외해봐."

"뭐?! 아니 지금 WTVM에 김재형도 뺏긴 마당에 무슨."

"그러니까 해보라는 거지. 섭외 하루이틀 해보냐. 쉬운 게 어딨어. 해보면 되는 거지. 다리만 놔보자고."

"아니, 방금은 분위기가 어쩌고 했잖아. 강주혁 때문에."

CP가 허리를 굽혔다.

"위쪽 양반들이야 자존심이 상하니까 그러는 거고. 막상 강주혁이랑 접촉하면 좋아한다니까. 일단 가서 트라이해봐. 뭐든 해보고 안 되면 변명할 명분이라도 생기잖아. 안 그래도 요즘 순위 밀리다 어쩐다 지랄들을 하는데."

그 논리에 최호 PD가 설득됐는지, 천천히 고개를 끄덕이며 말을 이었다.

"지금 보이스 거기, 누가 있지?"

* * *

다시 WTVM 정문 주차장.

강주혁의 차 앞까지 따라온 박한철 PD가 뒷주머니에서 담배를 꺼내, 조심스레 강주혁에게 내밀었다.

"어— 사장님 담배 태우시던가요?"

"아뇨."

"아아. 그럼 전 한 대만."

"네."

건넸던 담배를 도로 입에 문 박한철 PD가 담배연기를 내장 속으로 깊숙이 넣었다가, 밖으로 빼내며 입을 열었다.

"아, 먼저 〈만능엔터테이너〉부터. 어차피 이번 주 금요일 녹화에서 설명 들으시겠지만, 오신 김에."

"그러시죠."

박한철 PD가 두 번째 연기를 내뿜었다.

"후— 일단, 남은 참가자는 이제 스무 명 정도 됩니다."

"많이 빠졌네요."

"네. 이번 노래, 댄스 심사에서 많이 탈락했습니다. 아무래도 이제 본선도 끝나가니까. 진짜 남을 친구들만 남았죠."

주혁이 고개를 끄덕였다.

"해서, 이번 주 녹화부터는 세트도 달라지고, 포맷도 달라집니다. 소제목을 아직 정하진 못했는데, TOP20로 여기부턴 시청자 참여가 붙어요."

"아예 시청자 참여로 돌리는 겁니까?"

"아니죠. 그건 TOP10 정도부터. 이번엔 반반."

말을 마친 박한철 PD가 어느새 다 피운 담배를 탁탁 털어서 꽁초를 주머니에 넣었다.

"재밌을 겁니다. 이제부터는 심사위원이 참가자를 선택하기도, 참가자가 심사위원을 선택하기도 하고. 하여튼 다이내믹할 겁니다. 아, 맞다!"

그때 박한철 PD가 뭔가 떠올랐는지 약간은 진지한 표정으로 강주혁을 쳐다봤다.

"그…… 혹시나 해서 말씀드리는데, 그 친구 탈락했어요."

고개를 갸웃하는 강주혁.

"누구요?"

"그 친구 있잖아요. 사장님이 프리패스 쓴 장주연. 아니, 사실 탈락은 아니고 본인이 기브업한 거지."

장주연이라는 이름에 주혁의 눈이 살짝 커졌다.

"……중도 포기를 했다는 말입니까?"

"예, 이번 노래부터 댄스까지 합격했는데. 아쉽게 됐죠."

"왜요? 왜 포기를 했답니까?"

주혁의 물음에 박한철 PD가 말하기 어려운지 말끝을 흐렸다.

"아, 그게……."

잠시간 말을 정리하는 듯하던 박한철 PD가 이내 입을 열었다.

"저도 그 친구 개인 인터뷰 딸 때 들었는데, 집안 사정이 많이 안 좋은가 보더라고요."

"집안 사정이요?"

"예, 뭐라더라. 밑으로 동생이 셋이고, 할머니랑 사는데 최근에 할머니 몸 상태가 많이 안 좋다고."

주혁은 약간 의아했다. 결코 좋은 환경은 아니지만, 그렇다고 자신의 꿈을 포기할 정도로 사정이 안 좋다고 말할 만큼은 아니었다.

"부모님은 안 계신 겁니까?"

"아아— 아버지는 있다고 했는데, 거기선 말을 아끼더라고요? 뭔가 말하기 싫은 표정이었습니다. 그래서 캐묻진 못했고, 원래 인터뷰가 사적인 모습을 보여주긴 해도 전부는 아니거든요."

주혁이 고개를 끄덕이며 팔짱을 꼈고, 박한철 PD가 추가로 담배를 꺼내며 말을 이었다.

"그 아이는 지금 꽤 화제성이 높고 인기가 좋아서 저희도 가능하면 도와주려고 했는데, 정확한 사정은 도무지 얘기해주지 않고 지금은 무슨 일인지 연락도 안 됩니다."

"그래요?"

고개를 끄덕인 박한철 PD가 머리를 벅벅 긁었다.

"아깝죠. 지금 〈만능엔터테이너〉 비공식 인기투표도 장주연 그 친구가 2위까지 했고, 애가 전투력이 있어서 그림도 좋았는데. 사장님과 투샷도 보기 좋았고. 그대로 갔으면 우승까진 몰라도, 아마 상위권에 올라서 데뷔는 쉬웠을 텐데 말이죠."

"포기할 때 상태는 어땠습니까?"

"상태요? 어— 글쎄요."

잠시간 당시 상황을 떠올리는 듯, 박한철 PD가 공중에서 담배연기가 사라지는 모습을 멍하니 바라보았다.

"확 이렇다저렇다 말하긴 애매한데, 하나는 기억납니다. 애 분위기가 워낙에 좀 다크하니까 표정으로 딱 알긴 힘들어도, 제가 보기엔 좀 억울하다는 느낌이 강하긴 했어요."

"억울하다?"

"예. 뭐, 그런 거죠. 실력은 있어도 환경이 안 따라줄 때. 그래서 포기할 수밖에 없는. 그런 스토리야 이 바닥엔 흔하니까. 안타깝죠, 기회라는 게 자주 오는 게 아닌데."

"기회라…… 그렇죠."

강주혁이 무언가를 생각하는 듯, 표정이 미묘했다. 그런 주혁을 보며 박한철 PD가 바싹 다가와 목소리를 낮췄다.

"그건 그렇고, 아시죠? 지금 WTVM 내에 사장님 영향력이 어떤지?"

"어떤데요?"

"하하, 뭐, 사장님 줄이 금줄이라는 말이 나돌 정도니까, 말 다했죠 뭐."

주혁이 피식했다.

"그렇습니까?"

"예예. 그럴 만도 하잖습니까? 지금 손댄 프로 시청률을 보세요. 지들이 보기에도 망한 게 없으니까. 그런데 이게 방송국도 회사다 보니까, 상황이 이렇게 흘러가면."

"적들이 생기겠죠."

답을 대신 한 강주혁을 보며 박한철 PD가 미안한 듯 머리를 긁었다.

"괜히 제가 죄송하네요."

"아닙니다. 뭐, 자연스러운 현상이니까. 저도 인지는 하고 있으니 걱정 마시고, 전 이만 가보겠습니다."

"아, 옙! 시간을 너무 쓰셨네요. 연락드리겠습니다."

고개 숙이는 박한철 PD를 뒤로하고, 주혁이 차에 올랐다. 그의 차는 검찰청 방향으로 움직였다. 그러다 신호에 걸려 잠시 멈췄다.

"……"

말없이 정면을 응시하던 주혁이 이내 무엇을 결정한 듯 황 실장에게 전화를 걸었다.

"네. 사장님."

"황 실장님. 확인해주실 게 있습니다."

같은 시각, 종합병원의 6인실 병실. 창문 쪽에 누워 있는 할머니 주변으로 약간은 후줄근한 정장을 입은 사내 세 명과 장주연이 서 있었다. 거동이 불편한지, 할머니는 걱정 가득한 눈빛으로 사내들과 장주연을 올려다보고 있었다. 검은 재킷에 호랑이 무늬 티셔츠를 받쳐 입은 건장한 사내가 웃으며 입을 열었다.

"아니~ 아가씨, 우린 진짜 정당하게 요구하는 거야. 근데 표정이 왜 그려. 뭐, 누가 보면 우리가 협박하러 온 줄 알겠네."

사내의 말에 장주연이 입술을 깨물었다.

"……이번 달 이자는 드렸잖아요."

"그렇지, 받았지. 반만."

"그, 그건! 제가 금방."

"어허— 아가씨, 목소리 높이지 마. 남들이 보면 진짜 우리가 뭐 불법적인 일을 하는 사람인 줄 알겠네."

사내가 주변에 선 동료들을 보며 약간은 악동스러운 미소를 지었다.

"우리~ 4대 보험도 꼬박꼬박 내는 아주 건실한 회사원들이라고, 회사원. 아니, 할매. 그렇게 쳐다보지 말라니까? 정 손녀가 걱정되면 아들을 데려와, 아들을."

"하, 할머니께 말 걸지 마세요! 말씀하시면 허리 아파요!"

"알았어, 알았어~ 그러니까, 남은 이자를 줘야지? 아니면 아가씨 아비를 데려오든가."

"내일, 내일까지 어떻게든 만들어볼게요."

"내일? 스읍— 에이 봐줬다! 딱 3일. 3일 줄 테니까, 곱게 가지고 와요? 응?"

"……알았어요."

대답을 들은 사내는 장주연을 힐끔 쳐다보더니, 병실을 흐느적거리며 빠져나갔다. 그들의 뒷모습을 보며 장주연이 양 주먹을 꽉 쥐었다. 얼마나 강하게 쥐었는지, 5대 5 단발이 떨릴 정도였다.

* * *

두 시간 뒤, 검찰청 취조실.

한 시간 반 정도 참고인 조사를 받은 주혁이 어둑한 취조실에 들어섰다. 눅눅한 데다 담배 냄새까지 섞여 공기가 탁했다. 살짝 미간을 찌푸린 강주혁이 정면으로 시선을 향했다. 정면 커다란 창문으로 박종주의 모습이 보였다. 작은 책상에 수갑을 찬 채 앉은 모습. 머리를 며칠은 안 감았는지 산발에다 헤집어진 흰색 셔츠 차림. 모양새만 보자면 주혁이 월세방에 살던 때보다 심해 보였다. 그 모습을 주혁이 쳐다볼 때, 옆에 있던 검사가 짧게 말했다.

"10분 드립니다."

"감사합니다."

검사에게 감사를 표한 주혁이 취조실 문을 열었다. 그러자 박종주가 천천히 고개를 들었다. 그러더니 그의 힘 빠진 눈이 순간적으로 커지며 얼굴이 일그러졌다.

"너!!!"

박종주가 수갑을 찬 채 자리에서 괴팍하게 일어났다. 그런 그를 주혁은 그저 무심하게 쳐다봤다. 가까이서 보니 박종주의 얼굴은 한층 상태가 험했다.

"앉아라."

"개새끼가……."

여전히 선 채로 욕설을 뱉는 박종주를 보며 주혁은 담담하게 자리에 앉았다. 박종주의 눈알은 강주혁을 따라 움직였고.

"앉으라고. 서 있고 싶으면 서 있든가."

"……."

결국 인중을 씰룩거리던 박종주가 자리에 앉았다. 수갑 때문인지 쇠사슬 소리가 들렸다. 그 수갑을 보며 주혁이 고개를 살짝 꺾었다.

"잘 어울리네."

"……."

장난 섞인 주혁의 말에 박종주는 어금니를 빠득 물며 눈을 치켜떴다. 그러거나 말거나 주혁이 말을 이었다.

"뭐, 사실 여기까지 와서 너한테 묻고 싶은 게 많은데, 시간이 많이 없다. 하나만 물어보자."

"지랄하네."

"나한테 왜 그랬냐?"

"뭐?"

"5년 전에 나한테 왜 그랬냐고. 아무리 생각해봐도 난 그때 너한테 뭘 한

게 없는데. 왜 그랬냐?"

"……진짜 몰라서 묻는 거냐?"

"알면 여기까지 왔겠냐?"

"……크큭."

주혁의 대답에 박종주가 느닷없이 크게 웃기 시작했다. 수갑 찬 손으로 얼굴을 감싸고 킬킬대던 박종주가 가까스로 되물었다.

"몰랐다고? 걸작이네, 걸작이야. 너는 뭔지도 몰랐는데, 그 원숭이 새끼가 너를 제거했다고?"

"원숭이 새끼라, 그건 이강수를 말하는 거지."

이강수라는 이름이 나오자, 박종주의 표정이 일순 얼었다가 이내 입을 열었다.

"나도 몰라. 그때 너가 왜 제거됐는지. 하도 오래돼놔서 기억도 안 난다. 뭐였더라~"

"모른다?"

"몰라, 이 새끼야."

어느새 비릿한 웃음을 뱉는 박종주가 말을 추가했다.

"뭐가 됐든 내가 너한테 말해줄 것 같냐?"

"아니겠지."

"크큭. 그래, 뭐, 하나는 말해주지. 너 이 새끼 나 하나 털어냈다고 기고만장하지 마라. 끝난 게 아니니까."

박종주의 선포에 주혁이 여유롭게 다리를 꼬았다.

"인생 종친 주제에 허세는."

"뭐 이 새끼야?"

거칠게 반문한 박종주를 주혁이 일어나 내려다봤다.

"그래. 너한테 큰 기대를 하고 오진 않았다. 저 밖에 계신 검사님이 그러더라. 10분 준다고. 그게 딱 너한테 쓰기 좋은 시간이야. 10분. 니 수준이 그래."

"시발⋯⋯."

"기분이 어때?"

"뭐?"

"한순간에 바닥까지 추락한 기분이 어떠냐고."

"⋯⋯."

박종주의 동공이 살짝 흔들렸다. 순간 현실이 느껴진 듯했다. 주혁이 몸을 돌리며 입을 열었다.

"아직은 괜찮을지 몰라. 근데 곧 느껴질 거다. 음, 교도소에 들어가는 순간쯤? 거긴 너 같은 재벌 새끼 싫어하는 인간쓰레기들이 버글버글하니까. 뭐, 파이팅해라."

짧게 웃던 주혁이 문손잡이를 잡고는, 고개를 돌려 죽상이 된 박종주를 보며 마저 웃었다.

"야, 박종주, 재밌었다."

늦은 밤, 사무실로 돌아온 주혁이 자리에 푹 널브러졌다.

"후—"

이어서 길게 숨을 뱉은 주혁이 책상 서랍을 열었다. 서랍에서 검은색 핸드폰이 나왔다. 가만히 내려다보던 주혁이 핸드폰을 집어, 무언가를 터치했다. 그러자 핸드폰에서 녹음된 듯한 음성이 들렸다.

"밖에 상황이 어때?"

"아직까진 조용합니다."

"조용해? 그년들이 일본에서 뒤졌는데, 아직 조용하단 말이야? 시발, 덮은 건가?"

"자, 잘 모르겠습니다."

녹음된 음성은 강주혁의 랜덤박스에서 나왔던 미래 음성 파일 목소리와 똑같았다. 하지만 지금 그가 들고 있는 핸드폰은 본인의 것이 아니었다. 바로 빅엔터 홍보팀장의 핸드폰이었다. 그가 류진태 면회를 갔을 때 녹음한 것. 그게 주혁의 랜덤박스에서 똑같이 재생된 것이었다.

"참, 신기하단 말이지."

주혁에게 미래 음성 파일이 도착한 건, 이 대화가 녹음되기 한참 전이었다. 즉 랜덤박스의 미래 음성 파일은 이 대화가 녹음되기도 전에 강주혁에게 전해진 것이다. 주혁이 속주머니에서 본인의 핸드폰을 꺼냈다. 은빛을 내뿜는 핸드폰을 주혁이 새삼 신기한 듯 가만히 바라볼 때, 때마침 진동이 울렸다.

"으엇!"

흠칫 놀란 주혁이 핸드폰을 떨어뜨릴 뻔했다가 가까스로 잡아냈고, 발신자를 확인했다.

— 김태우 PD

고개를 갸웃한 주혁이 전화를 받았다.

"네, PD님."

"아! 사장님, 혹시 주무셨습니까?"

"아뇨. 아직 사무실입니다. 말씀하세요."

"아아, 밤늦게 죄송합니다. 다른 게 아니라, 저번에 말씀하신 건 때문에."

저번에 말한 건? 잠시 주혁이 허공을 보며 생각을 짜냈다. 그러다 뭔가 떠올랐는지, 피식했다.

"아, 정 작가님과 식사자리 만들라고 했던?"

다음 날, 늦은 아침. 김태우 PD가 알려준 장소는 WTVM 주변 룸 형식의 동탯국 집이었다. 가게 문을 열고 들어가니 얼큰한 향이 풍겼다. 예약된 룸의 문을 열자 먼저 와서 뭔가 얘기 중이던 김태우 PD와 정 작가가 벌떡 일어났다. 주혁이 미소 지으며 인사했다.

"안녕하세요. 정 작가님은 오랜만입니다."

"아, 안녕하세요!"

"사장님 오셨어요?"

주혁이 김태우 PD와 정 작가 맞은편에 앉으며 말을 이었다.

"작가님은 저번보다 핼쑥해진 것 같네요. 드라마 끝내고 좀 쉬시지 그러셨어요."

크림색 후드를 입은 정 작가가 살짝 민망한지, 동그란 안경을 검지로 추켜올렸다.

"저는 정말 진짜 쉬려고 했는데. 뭔가 글을 안 쓰면 불안하기도 하고, 쓰고 싶었던 게 있어서."

"그래요? 하하, 김태우 PD님께 듣긴 했습니다. 차기작 집필 중인데, 뭔지 안 보여주신다고."

"아…… 그게."

말끝을 흐린 정 작가가 괜히 앞에 놓인 물을 원샷했다. 그 모습을 가만히 보던 주혁이 그녀의 컵에 물을 추가로 채워주며 입을 열었다.

"저는 정 작가님이 쓰신 〈28주, 궁궐에 피어난 꽃〉이 괜히 성공했다고 생각하지 않아요."

"예?"

"정 작가님 글에는 뭔가 생동감이 있어요. 그래서 그때 대본 보고 욕심이 생겨서 투자까지 들어간 거였고."

"아…… 헤헤, 감사합니다."

주혁이 싱긋 웃었다.

"뭘요. 그런데, 저한테도 안 보여주실 겁니까? 저는 슬쩍이라도 보고 싶은데. 김태우 PD님 몰래 저만 보겠습니다."

"아! 사장님!"

주혁의 농담에 김태우 PD가 펄쩍 뛰었다. 그 모습에 강주혁이 손을 까딱거리며 진정하라는 시늉을 던졌고, 어물거리던 정 작가가 주혁에게 되물었다.

"사, 사장님. 혹시, 홍혜숙 작가님 아세요?"

"알죠. 워낙 유명하시니까요."

"그분 작품에 출연하신 적은."

"없습니다."

주혁의 짧은 답변에 정 작가가 앞에 놓인 물컵을 만지작거리며 힘겹게 입을 열었고.

"호, 혹시, 왜 홍혜숙 작가님 작품에 출연 안 하셨는지, 여쭤봐도……."

의외로 강주혁의 대답은 빨랐다.

"대본은 왔었습니다. 다만 제가 영화에 무게를 두던 시절이라, 드라마는 하기 싫었죠."

주혁의 대답에 김태우 PD나 정 작가가 눈을 끔뻑였다. 아무리 톱스타였던 강주혁일지라도, 홍혜숙 같은 대스타 작가의 작품을 그리 쉽게 까냈다는 것에 놀란 것. 어쨌거나 답변을 들은 정 작가가 안심이라도 하는 듯 짧게 숨을 뱉으며 가방에서 종이 몇 장을 꺼내 강주혁과 김태우 PD에게 내밀었다.

"시놉이에요. 대본은 아직 안 뽑았어요."

"오오, 시놉이 있었구나!"

시놉을 받아든 강주혁과 김태우 PD가 곧바로 독서에 빠졌다. 1분, 3분, 5분. 두 남자의 반응은 정확하게 8분 정도에 나왔다. 김태우 PD가 약간은 미묘한 표정으로 강주혁을 쳐다봤고, 주혁의 시선은 정 작가에게 박혔다.

"이거…… 제 이야기 아닙니까?"

시놉의 내용을 줄이자면 이랬다. 당대 톱스타의 몰락 그리고 잠적, 이후 다시 세상에 나타나 연예계를 휩쓰는 이야기. 즉 강주혁의 이야기였다. 당연히 드라마 성향이 가미되고, 이것저것 다른 점들이 보이긴 했지만, 강주혁을 아는 사람이 본다면 단박에 알아챌 정도였다. 강주혁의 물음에 정 작가가 양손을 어색하게 맞비비며 답했다.

"마, 맞아요. 사장님 이야기……."

"그래서, 제 이야기라 아직 대본 작업도 안 들어가신 겁니까?"

정 작가가 고개를 푹 숙였다.

"네…… 사실 3화 정도의 스토리는 이미 잡았어요. 근데 아무리 창작은 자유라지만, 사장님 이야기니까 허락부터 받아야 할 것 같아서."

대답을 들은 주혁이 다시금 시놉으로 시선을 내렸다. 내용 자체는 흥미로웠다. 강주혁의 인생 자체가 꽤 재밌기도 한 데다, 거기에 정 작가의 글빨이 붙으면 어떤 작품이 탄생할지 상상이 안 갔다.

"언제부터 생각하고 계셨습니까?"

"……그때요. 〈28주, 궁궐〉 때 상황을 해결하시는 사장님 모습을 메모하다가…… 그러다가 장면이 또 떠오르고, 그러다 보니 또 메모하고, 반복하다가. 그, 그리고 저! 진짜 배우 강주혁 팬이라 사장님 정보를 거의 꿰차고…… 아, 죄송해요."

뭐에 홀린 듯 말을 줄줄줄 뱉는 정 작가를 보던 주혁이 피식했다.

"뭐가 죄송해요?"

"아, 그냥 좀 방금 덕질하는 모습이 나와버려서."

그 모습을 지켜보던 주혁이 턱을 쓸었다.

'내 이야기를 모티브로 잡은 작품이라…….'

생각지도 못했는지, 주혁의 머릿속이 살짝 복잡해졌다.

'하긴, 남이 보면 내 상황이 기적 같아 보일지 모르지. 아니, 기적 맞나?'

해외에는 실존 인물을 다뤄서 성공한 영화나 드라마가 꽤 있는 게 사실이다. 그러나 국내에는 그다지 많지 않았다.

'……그래도 이게 만약 터진다면 꽤 괜찮긴 할 텐데.'

만약 시놉만 나온 이 드라마가, 강주혁을 모티브로 잡은 작품이 성공을 거둔다면 보이스프로덕션은 물론, 강주혁과 관련된 모든 것들의 인지도나 파급력이 높아질 것이 자명했다. 주혁이 시놉을 탁자 위에 올리며 김태우 PD를 쳐다봤다.

"PD님은 어떠세요. 이거 그림으로 찍는다면 갈 수 있겠습니까?"

"어휴, 말해 뭐합니까. 제가 지금까지 공모전 포함 주구장창 대본만 봤는데, 이게 가장 당깁니다."

"그럼, 정 작가님은 이거 제가 허락한다면 똑같이 WTVM에서 하실 겁니까? 솔직히 다른 방송사에서 제안 많이 받으셨죠?"

"아…… 네. 솔직히 말씀드리면 많이 받았어요. 지상파에서도."

그럴 줄 알았다는 듯 주혁이 고개를 끄덕이며 다시 물었다.

"그래서, 지금 생각은 어떠세요?"

"전…… 만약 하게 된다면 차기작까지는 WTVM이랑 하고 싶긴 해요."

"저, 정 작가!"

정 작가의 말에 감동했는지, 김태우 PD가 눈을 초롱초롱 빛내며 정 작가를 바라봤다.

"뭐, 뭐요. 예의상이죠, 예의상. 그래도 제 입봉작 했던 곳이고, 그러니까."

"맞아. 입봉하자마자 초대박을 터뜨려서 스타작가가 되셨지."

"PD님!"

맞는 말이었다. 물론 강주혁이 개입해 순탄하게 흘러갔지만, 어쨌거나 드라마는 작가놀음. 〈28주, 궁궐〉을 터뜨린 정 작가는 현재 어느 방송사를 가도 상관없는 상황이었다.

"……."

주혁이 잠시 말을 멈추고, 생각을 정리했다. 그 바람에 룸에 정적이 흘렀다. 이제 강주혁의 허락만이 남은 상황이라 김태우 PD나 정 작가는 마른침을 삼킬 뿐이었고.

"좋습니다."

결국 주혁의 허락이 떨어졌다.

"저, 정말요?"

순간 눈이 커진 정 작가가 되물었으나, 주혁은 여유롭게 웃으며 답했다.

"네, 쓰세요. 자유롭게. 인터뷰 필요하시면 요청하세요. 따로 시간 빼도 되니까."

"아! 가, 감사합니다! ……아, 그런데 사실, 홍혜……."

"홍혜?"

기쁨도 잠시, 정 작가가 입을 오물거렸다. 분명 할 말은 있는데, 선뜻 꺼내지 못하는 것처럼. 그러다 정 작가가 말을 바꿨다.

"사장님. 사장님은 만약 비슷한 장르의 시나리오나 대본이 있으면 어떻게 판별하세요? 이걸로 가자! 같은 거."

"간단하죠. 더 재밌는 거."

"더 재밌는 거…… 네, 알겠습니다. 저 써볼게요!"

이내 마음을 다잡은 정 작가를 보던 주혁이 김태우 PD를 쳐다봤다.

"그런데요, PD님."

"예?"

"요즘 WTVM이 저울질을 해요. 참 난감하게."

"아……."

김태우 PD도 아는 바였는지 말끝을 흐렸고, 그 끝을 주혁이 붙잡았다.

"그래서 말인데, 오늘 이 자리의 얘기는 비밀로 했으면 좋겠습니다."

"비밀로요?"

"예. PD님은 그냥 계시면 됩니다. 제가 알아서 할 테니. 대신 정 작가가 계약을 안 해준다 같은 소문은 흘려도 괜찮겠네요."

"어…… 왜 그런."

주혁이 웃었다.

"때가 되면 다 아시게 될 겁니다."

이후 주혁이 김태우 PD, 정 작가와 늦은 아침을 먹는 와중에 검찰에서 몇 가지 발표가 있었다. 박종주에게 추가로 죄목을 덧붙인 것. 그와 동시에 태신식품 주가가 폭락하기 시작했다. 끝없이 떨어지는 주가는 국내서 꽤 굳건하게 순위를 지키던 태신식품을 단박에 주저앉게 했고, 결국 태신식품이 기자회견을 열어 대국민 사과문을 발표하는 상황까지 이르렀다. 태신식품 자체의 잘못은 없었으나, 박종주를 똑바로 관리하지 못했다는 사과였다. 그럼에도 태신식품의 주가는 회복 기미가 보이지 않았다.

반면 보이스프로덕션이 주관하는 일들은 속도를 내기 시작했다. 잠시 스톱이 걸렸던 영화 〈간 큰 여자들〉은 장소 헌팅까지 마치고 전체 배역의 오디션 일정을 정하는 중이었고.

"혜나 씨, 다음 스케줄이."

"저저, 이제 팬 사인회요!"

독립영화팀 최철수, 류성원 감독 역시 본격적으로 다큐 웹드라마와 그 웹드라마를 바탕으로 하는 독립영화의 촬영을 시작했다. 그 첫 타자가 요즘 일주일 스케줄 15개가 넘는 헤나였다. 다큐 웹드라마를 담당한 최철수 감독은 헤나를 밀착 취재했고, 그 모습을 류성원 감독이 다시 카메라에 담았다. 총인원은 15명 정도. 〈내 어머니 박점례〉에 비하면 스태프가 엄청나게 늘어난 셈이었다

오후, 주혁이 서류를 처리하는 틈에 사장실에 노크 소리가 퍼졌다.

"들어오세요."

허락이 떨어지자 문이 열렸고, 먼저 얼굴을 내민 것은 홍혜수 팀장이었다. 그리고 그 뒤로 남자의 얼굴이 나타났다. 뮤직톡스튜디오의 사장 김수열이었다. 홍혜수 팀장이 빙긋 웃으며 입을 열었다.

"김수열 사장님이 갑자기 찾아오셨네?"

"아, 이렇게 갑자기. 일단, 앉으세요."

"예."

마치 전쟁을 치르러 온 듯한 표정으로 대답한 김수열 사장이 자리에 앉았고, 홍혜수 팀장이 나가면서 사장실에는 두 남자만 남았다. 주혁이 김수열 사장에게 뜨끈한 커피를 내밀었다.

"놀랐습니다. 이렇게 갑자기 찾아오셔서."

"……연락이 안 되셔서."

"아— 아시다시피 최근 제가 일이 좀."

"예, 압니다. 저도 봤습니다. 그나저나 좀 대단했습니다. 생각보다 엄청난 분이시던데요."

김수열 사장의 말에 주혁이 손사래를 쳤다.

"그럴 리가요. 그보다 어쩐 일로?"

지금 김수열 사장이 왜 찾아왔는지, 주혁이 누구보다 잘 알고 있었다. 그러나 굳이 물었다. 그 이유가 김수열 사장의 입에서 나와야 했기 때문. 그런 주

혁의 마음을 확인하듯 김수열 사장이 입을 열었다.

"저번에…… 주신 제안, 아직 유효합니까?"

말을 들은 주혁이 속으로만 회심의 미소를 지었다.

'꽤 다급해 보이네.'

김수열 사장은 급할 수밖에 없었다. 〈만능엔터테이너〉를 통해 수현 그리고 마니또의 인지도는 급격하게 올라가는 중임에도 움직일 수가 없었으니까. 가장 큰 문제는 자금 부족. 그리고 개인의 욕심. 물론 이대로 마니또가 인지도를 계속 높여가면 어디선가 투자는 들어올 것이다. 다만 강주혁이 내민 제안만큼 달콤하지는 못할 터. 이미 승기는 강주혁에게 있었다.

"물론입니다."

"그, 그렇다면. 저는."

"다만."

"예?"

"다만, 그때와 조건은 조금 달라졌습니다."

주혁의 느닷없는 말에 김수열 사장이 눈을 크게 떴다. 그러거나 말거나 주혁은 담담하게 말을 이어갔다.

"많이 바뀌진 않았습니다. 일단 들어보세요."

"……들어보겠습니다."

"분명 제 제안을 받아들이신다면 뮤직톡스튜디오의 전 직원을 받아들이고, 현재 진행하시는 모든 일에 관해서도 제가 받겠습니다. 당연히 전권을 드리고요."

"바뀐다는 것은?"

"조건을 몇 가지 추가해야겠습니다."

"추가요?"

"예. 첫째로 뮤직톡스튜디오가 저에게 흡수되는 시기가 앞당겨졌으면 좋겠습니다."

"얼마나 빨리?"

주혁이 웃었다.

"음, 일주일 정도면 좋겠습니다."

"일주일이오? 아니 그게!"

"가능하다고 생각합니다. 불가능하진 않죠?"

"……"

김수열 사장의 얼굴이 살짝 구겨졌고, 주혁이 말을 이었다.

"둘째로 넘어오시는 즉시, 헤나 씨의 음악 활동을 메인으로 맡아주셨으면 좋겠습니다."

"……헤나만."

"아, 아닙니다. 정확히 말씀드리면 저희 보이스프로덕션에 소속된 또는 소속될 가수 전체를 핸들링해주세요. 즉 가수와 음반 전체를 맡기고자 합니다."

"예?!"

순간 눈이 커진 김수열 사장을 보며 주혁이 웃었다.

"보이스프로덕션은 곧 세분화 작업을 진행합니다. 거기서 파생된 매니지먼트 부분은 더욱 세세하게 쪼갤 생각입니다. 가수, 배우, 개그맨 등등. 분야마다 전문 팀을 따로 붙여서 운영할 생각입니다. 가수 쪽은 김수열 사장님이 맡아주세요. 아, 작곡가도 포함입니다. 이미 한 명 있기도 하고."

"그, 그렇게 거대하게!"

이미 놀란 상태였지만, 더욱 소스라치게 놀란 김수열 사장이 외쳤다. 보통 국내 매니지먼트 회사는 그 정도까지 하진 않으니까. 하지만 강주혁의 생각은 달랐다.

"남들과 똑같으면 결국 똑같을 뿐이니까요."

"허……."

"그리고 마지막."

마지막이라는 말에 김수열 사장이 마른침을 삼켰다.

"이 모든 일은 최대한 비밀에 부쳐졌으면 좋겠습니다. 적어도 〈만능엔터테이너〉가 끝날 때까진. 일단 큰 건은 이 정돕니다. 자잘한 부분은 차후 의논하시고. 어떠십니까? 저랑 같이하시겠습니까?"

"……."

김수열 사장은 강주혁을 물끄러미 바라봤다. 이어서 질투를 느꼈다. 저 당당함에, 저 뭔지 모를 자신감에. 어쩌면 순간적으로 그릇 차이를 느낀 건지도 몰랐다. 그런 김수열 사장이 주혁에게 물었고.

"사장님이 그리신 목표, 어디까지인지 여쭤봐도 되겠습니까?"

강주혁이 간단하게 대답했다.

"일단, 국내에선 모든 분야에서 정점에 설 생각입니다만. 다음은 그때 가서 생각해볼까 합니다."

결국 모든 조건을 받아들인 김수열 사장은 내일 정식 계약을 진행하기로 하고 돌아갔다.

이후 저녁 즈음, 주혁이 주차장으로 내려왔다. 황 실장이 오기로 돼 있었다. 바퀴가 바닥에 미끄러지는 마찰음을 내며 황 실장의 차가 주혁 앞에 멈췄다.

"아! 사장님, 제가 올라가도."

그러자 주혁이 웃으면서 조수석 문을 열었다.

"사무실 지겨워서요. 저녁이라도 같이하면서 진행하시죠. 식사하셨어요?"

"아, 아직입니다. 어디로 가시겠습니까?"

"황 실장님이 아시는 데 가시죠. 박 기자한테는 제가. 아, 박 기자와도 약속을 잡아놔서. 합류 괜찮으시죠?"

"물론입니다. 그럼 소고기 어떠십니까?"

넌지시 소고기를 제안한 황 실장이 운전석에 다시 올라탔다. 주혁이 박 기자에게 장소를 통보한 후, 잠시간 차 안에 정적이 흘렀다. 그 정적을 먼저 깬 것은 황 실장.

"말씀하신 장주연 양, 확인 마쳤습니다."

"네. 말씀해보세요."

"일단, 부모 중 아버지만 있습니다. 어머니는 병으로…… 오랫동안 할머니랑 같이 살았고, 아래로 동생이 셋 있습니다."

주혁은 대답이 없었다. 계속하라는 뜻이었다.

"문제는 아버지 쪽입니다."

"무슨 문제가 있습니까?"

"사채가."

그 순간 주혁의 핸드폰이 진동음을 토해냈다.

— 우우우우웅 우우우우웅

"아, 잠시."

고개를 끄덕인 황 실장을 뒤로하고, 주혁이 핸드폰을 꺼내 발신자를 확인했다.

* 070-1004-1009

"황 실장님. 잠시, 저 앞 갓길에 차 좀."

"아, 예."

황 실장이 갓길에 차를 세우자, 주혁이 내려 곧장 보이스피싱을 받았다.

"들으실 항목의 키워드를 '선택'해주세요!

1번 '바람처럼 사라진', 2번 '없어졌던 남자', 3번 '화이트 빅 마우스', 4번 '누

나 넷 3대 독자', 5번 '킬링타임 내한', 6번……."

키워드를 들은 주혁이 생각이 있는지, 1번 '바람처럼 사라진' 키워드를 터치했다.

"탁월한 선택! 강주혁 님이 선택한 키워드는 '바람처럼 사라진'입니다!

대대적인 대국민 사과문 발표에도 불구하고 연기처럼, '바람처럼 사라진' 태신식품의 주가가 불제육 볶음면의 출시로 어렵사리 회복에 성공합니다. 이 불제육 볶음면은 출시와 함께 유명 너튜버들의 리뷰 등으로 유명세를 끌어올리다가 이어서 태신식품이 내놓은 광고가 히트를 치면서 어마어마한 판매고를 올립니다."

미래 정보를 들은 강주혁이 크게 웃기 시작했다. 한참 웃던 그가 어렵사리 웃음을 멈추고는 혼잣말을 뱉었다.

"참 아이러니하네."

태신식품의 몰락은 강주혁의 손에서 시작됐다. 그런데 태신식품이 다시 일어나는 미래를 오직 강주혁만 알고 있는 현실. 웃음이 날 수밖에 없었다.

"뭐, 난 보이스피싱을 이용해먹을 뿐이지. 태신식품에는 미안하지만."

짧게 읊조린 주혁이 속주머니에서 수첩을 꺼내, 방금 들었던 미래 정보를 메모했고.

— 영화 〈간 큰 여자들〉, 6백만 관객수, 원작은 네리버 토크 (진행 중)

— 6·25 전쟁 배경의 영화 〈폭풍〉, 개봉 첫날에만 70만, 국민에게 극찬을 받는 영화로 성공 (진행 중)

— 마니또, 큰 인기를 끌 신곡 'Yellowmoon'의 제작을 앞두고 해체 (진행 중)

— 〈당해낼 수 없다〉, 김재형이 내놓은 컨셉으로 가면 시청률 5%, 과도한 게스트 출연은 X (진행 중)

— 토크쇼 〈얘기하고 부대끼고〉가 큰 사랑을 받음, 다만 불특정 다수의 엔터 회사와 거래하면 안 됨 (진행 중)

— 주가 폭락한 태신식품, 불제육 볶음면으로 기사회생 (진행 중)

마지막 줄에 적힌 미래 정보를 보며 읊조렸다.

"여기서 포인트는 불제육 볶음면과 히트 친 광고."

강주혁이 개입해서 이득을 얻어낼 두 가지 핵심.

"광고는 나중 일이고, 당장은 주식이네. 최근 태신식품 주가가 폭락했다고 했지?"

주혁은 스치듯 봤던 기사를 떠올렸다. 지금 태신식품의 주식을 사면 미친 놈 소리를 들을지 몰랐다. 허나 그것은 일반론일 뿐이었고, 강주혁에게는 달랐다.

"지금 똥값에 주식을 사두면, 금값에 되팔 수 있는 거지. 광고는 덤이고."

간단하게 결론을 내린 주혁이 수첩을 속주머니에 넣으며 차 문을 열었다.

"사장님, 무슨 일이 터진 겁니까?"

황 실장이 혹시나 했는지, 주혁을 보며 약간은 다급하게 물어왔다. 그러나 주혁은 여유로웠다.

"아뇨. 그냥 보이스피싱이었어요."

"아하, 요즘 피싱 전화나 문자가 기승이네요. 저도 어제 세 번이나 받았습니다. 무슨 택배 주소가 잘못됐다나 뭐라나. 아주 지능적입니다, 요즘은."

"하하, 그렇죠. 출발하시죠."

"예."

주혁의 말을 끝으로 정차돼 있던 차가 다시 움직였다. 이어서 벨트를 두른 강주혁이 입을 열었다.

"그래서, 그 아이 얘기 계속해보세요."

"아, 예. 그 장주연 양 아버지 사채가 상당한 모양입니다."

"얼마나 됩니까?"

"원금 3천에 이자까지 합치면 6천은 넘는 모양입니다."

"6천이라……."

6천만 원. 분명 적은 돈은 아니었다. 게다가 장주연은 고작 20대 초반. 그런 아이가 책임질 금액은 더더욱 아니었다. 금리가 높은 사채라면 평생 안고 가야 할지 몰랐다. 순간 주혁은 강자매나 김재욱을 떠올렸다. 그 아이들과 비슷한 나이. 하지만 현재 강자매나 김재욱은 강주혁을 만나 배우로서 성공가도를 달리는 반면, 장주연은 사채를 갚아나가고 있다. 그 괴리감에 주혁은 안타까운 한숨을 내뱉었다. 황 실장이 보고를 이었다.

"해서, 장주연 양은 고등학교만 마치고 곧장 공장에 취업하고 밤에는 편의점에서 아르바이트. 24시간 중 18시간은 일만 했습니다."

"아버지는요? 왜 그 아이만."

"잠적했습니다."

"쯧!"

강주혁이 짧게 혀를 찼다. 얼마나 책임감이 없으면 아이들에 노모만 남기고 도망을 치는가. 주혁으로선 이해하기 힘들었다.

"한마디로 그 아이가 가장이라는 소리네요. 그 어린애가."

"맞습니다. 동생들은 어리고, 최근 할머님도 많이 편찮으신 모양입니다."

보고를 들은 주혁은 그제야 왜 장주연이 〈만능엔터테이너〉를 중도 포기했는지 이해했다. 개차반 같은 아버지, 어린 동생들, 아픈 할머니. 그녀는 돈이 급했다. 물론 그 상황에 어떻게 〈만능엔터테이너〉에 나왔는지는 아직 확인이 안 되지만.

'자신의 꿈을 위한 마지막 발악이 아니었을까.'

이어서 주혁이 검지로 팔뚝을 톡톡 쳤다. 머리를 굴리고 있다는 뜻이었고, 잠시간 차 안에 정적이 흘렀다.

'해결하기는 쉬워. 다만 근본적인 해결이 필요한데……'

그렇게 짧은 시간이 흘렀다. 5초, 10초, 15초. 20초가 지날 때쯤.

"황 실장님."

"예."

강주혁이 결론을 던졌다.

"일단 그 사채업자들 접촉해서, 그 아이 사채 채권부터 사들이세요."

고깃집에 박 기자가 도착한 것은 막 고기를 불판에 올릴 때였다.

"하이고, 물주님. 죄송합니다. 지하철이 너무 막혀."

"그래, 지하철이 한창 막힐 시간이지. 차 타고 왔겠지만."

"그러니까, 하하하. 아이고 황 실장님 오랜만에 뵙네요."

"안녕하세요. 박 기자님."

들어오자마자 텐션 높은 목소리로 황 실장에게까지 인사를 마친 박 기자가 고기를 보더니 젓가락부터 들었다.

"야야, 아직 안 익었어."

"뭐 어떱니까! 소고기는 이쯤에 먹어야 꿀맛이야. 물주님이 뭘 모르네."

주혁이 못 말린다는 듯 고개를 저었고, 이후 남자 세 명의 먹방이 시작됐다. 그러기를 한 시간쯤. 내장 가득 소고기를 채운 박 기자가 양손을 등 뒤로 짚으며 길게 숨을 토했다.

"꺼억! 너무 먹었네."

"배부르지? 이제 일 얘기 좀 하자."

"크크, 물주님. 무슨 얘기를 하시려고 소고기부터 먹였지? 기대한다?"

장난스레 웃는 박 기자에게 주혁은 말없이 서류봉투를 내밀었고, 박 기자가 고개를 갸웃했다.

"이거 뭔데?"

"보면 알잖아. 일단 봐."

강주혁의 얼굴을 잠시간 쳐다보던 박 기자가 서류봉투를 열어 내용물을 확인했다. 종이는 세 장. 박 기자가 전부 읽는 데는 오래 걸리지 않았다. 내용을 확인한 그가 웃음 지었다.

"너 지금 나 영입하는 거냐?"

"기자로 열두 바퀴 돌았으면 충분하잖아. 기자 밥 얼마나 더 먹으려고."

아주 짧게 박 기자의 커리어를 축약한 주혁이 본론을 던졌다.

"보이스프로덕션 홍보팀, 네가 맡아줘."

"홍보팀이라……."

"거기 적힌 조건에서 추가로 원하는 게 있으면 말해도 된다."

"그래, 조건은 그렇다 치고. 왜 나냐?"

"이유야 여러 가지지. 기자로 디쓰패치에서 그만큼 일했으니 알 만한 사람은 다 알고, 뭣보다 소식통이 빠르잖아. 홍보팀은 속도가 생명이니까. 그리고."

주혁이 웃었다.

"나랑 일하면 재밌지 않겠냐?"

말을 듣던 박 기자가 탄산이 톡톡 터지는 사이다를 집어 올렸다.

"홍보팀장, 팀장. 와, 내가 살면서 팀장을 달아보네. 이거 이렇게 되면 물주님에서 사장님 되는 건가?"

"원하면 계속 물주님이라 부르든가."

시원하게 사이다를 원샷한 박 기자가 '크으' 따위의 탄성과 함께 결정했다.

"좋다! 나도 이제 팀장이다! 정리할 시간은 얼마나 있는 거야?"

박 기자의 물음에 강주혁이 웃었다.

"뭔 시간이야. 바로 넘어와."

돌아오는 길의 운전은 강주혁이 맡았다. 황 실장이 괜히 민망한지 머리를 긁었다.

"사장님. 그냥 제가 운전하겠습니다."

"아뇨. 아까 하셨으니까, 제가 해도 됩니다."

여유롭게 대답한 주혁을 가만히 쳐다보던 황 실장이 짧게 숨을 뱉었다.

"저…… 사장님. 그리고 드릴 말씀이 있습니다."

"예, 하세요."

"이번 박종주 사건. 아마 박종주는 제 과거 때문에 저를 타깃으로 삼았을 겁니다."

핸들을 왼쪽으로 꺾던 주혁은 대답이 없었다. 계속하라는 뜻이었고, 황 실장이 어렵사리 말을 꺼냈다.

"앞으로도 제 과거 때문에 피해를 드릴지 모릅니다. 사실…… 저는 예전."

"상관없습니다."

"예?"

그러나 주혁의 대답은 꽤 간단했다.

"상관없어요. 황 실장님 과거는."

"……."

말문이 막힌 황 실장을 힐끗 보며 주혁이 말을 이었다.

"이러고 있으니까, 예전 생각나네요. 퍽치기 잡고 재욱이 구했을 때. 그때도 이런 구도였죠?"

"아."

"황 실장님. 보이스프로덕션의 첫 시작은 황 실장님과 함께였습니다. 기억 나시죠? 분당."

"물론입니다."

때마침 신호에 걸렸다. 그 타이밍에 주혁이 입을 열었다.

"과거라…… 과거 하면 제 과거도 만만치 않죠."

"……그래도 저는."

"지나간 과거는 제게 의미 없습니다. 현재는 보이스프로덕션의 보안팀장이시니까, 과거가 어쩌고저쩌고 전 상관없어요. 오직 지금 제가 황 실장님이 필요하고, 앞으로 필요합니다. 과거 신경쓰지 마세요."

"……"

돌아온 대답은 없었다. 이어서 바뀐 신호에 주혁이 멈췄던 차를 움직였다.

"제가 그리는 보이스프로덕션 청사진에는 이미 황 실장님이 포함돼 있습니다. 그것도 매우 핵심으로. 피해요? 좀 입으면 어떻습니까. 입는 피해보다 황 실장님이 해주신 일들이 훨씬 많은데."

"그, 그래도."

"황 실장님."

무언가 말하려는 황 실장의 말 중간에 주혁이 끼어들었다.

"앞으로도 잘 부탁드립니다."

다음 날, 아침 일찍부터 주혁은 삼성동 DCS타워에 들렀다. 공사가 막바지에 접어들었다는 연락을 받아서였다. 실제로 도착해서 둘러본 DCS타워는 얼추 형태가 잡히고 있었다.

"마무리는 얼마나 걸리겠습니까."

"어— 이 속도면 5월 전엔 끝날 겁니다. 5월도 자잘한 것들, 뒤처리나 하는 시간이죠. 사실 4월 중순이면 끝난다고 보시면 됩니다."

공사업자의 말을 들은 주혁이 끄덕였다. 5월 전에 사옥 이전 준비를 마쳐야 한다는 뜻이었다.

'세분화 작업, 서둘러야겠어.'

그 길로 주혁은 곧장 보이스프로덕션으로 출근해 뮤직톡스튜디오와 강필름 계약을 차례로 진행했다. 강필름 사장 박건웅에게 사옥 이전은 5월쯤이라고 전달하며 정비를 하라 일렀고, 다음으로.

"지금 가장 급한 게, 헤나 씨 콘서트입니다."

"콘서트 말이죠."

"예. 일단 김수열 사장님은, 아니 이제 팀장님이죠. 김수열 팀장님은 헤나 씨한테 붙여주세요. 인원 전부."

"알겠습니다."

"그리고 마니또 분들이나 전체적으로 비밀은 유지하셔야 합니다."

"예."

보이스프로덕션에 흡수된 김수열 팀장에게는 세세한 정비는 뒤로 미루고, 당장 헤나를 맡겼다. 이어서 늦은 점심.

— 우우우우웅 우우우우웅

주혁의 핸드폰이 울렸다.

"네, 황 실장님."

"사장님. 말씀하신 채권 확보했습니다."

"사채업자들은?"

"역시 말씀하신 대로."

주혁이 지시를 내렸다.

"그럼 진행하세요."

그날 오후, 6인 병실에는 장주연이 5대 5 단발을 찰랑거리며 할머니의 팔을 주무르고 있었다. 누워 있는 할머니가 작게 말했다.

"주연아. 주연아, 아이고 고마 해도 된다. 고마 해."

"아까 간호사님이 그러는데 밤새 끙끙거렸다며. 그냥 있어. 의사 선생님이 팔다리 주무르면 좀 괜찮아진댔어."

"아이고— 아들은? 밥 잘 챙겨 묵나?"

"괜찮아. 할머니는 걱정하지 마."

묵묵히 팔을 주무르는 장주연을 보던 할머니가 그녀의 머리를 쓰다듬었다.

"우째 이런 아가 내 손녀로 왔을꼬."

"……"

"주연아. 그거는? 오디션은 우째 됐는데?"

"떨어졌어."

"진짜가?"

"어, 진짜. 나 이제 일해야 돼. 돈 벌어야지. 잠깐 좋은 꿈 꿨다 치지 뭐."

장주연의 표정은 여전히 담담했다. 그 얼굴을 안타깝게 바라보던 할머니가 길게 한숨을 내쉬었다.

"내 몸이 이래가꼬 우짜면 좋노. 어디 가가 청소라도 해야 돈을 벌 낀데."

"됐어. 내가 하면 돼."

"하이고, 그 돈을 니 혼자 어찌 벌끼고."

사채, 할머니 병원비, 동생들 교육비, 생활비 등등. 살짝만 나열해도 눈앞이 아득해지는 상황에도 장주연은 그저 묵묵히 할머니의 팔을 주무를 뿐이었다.

"됐어. 알바 늘리지 뭐."

그리고 지옥 같은 미래를 간단하게 알바를 늘린다는 말로 축약했다. 나이에 맞지 않게 성숙한 모습. 그런 장주연을 보며 할머니가 할 수 있는 건 긴 한숨뿐.

"후우— 우야꼬."

그때 병실 문이 열리더니 정장 차림의 남자 세 명과 꽤 편한 복장의 남자가 뚜벅뚜벅 걸어들어왔다. 남자는 들어오자마자, 병실을 한 번 휘 둘러보더니 머리를 긁다가 입을 열었다.

"에— 죄송한데, 장주연 양 계십니까?"

자신의 이름이 불리자 할머니의 팔을 주무르던 장주연이 고개를 팍 들었다. 언뜻 봐도 건장해 보이는 남자들. 장주연은 순간 긴장부터 했다.

"……저, 전데."

"아!"

반면 남자는 쾌활하게 미소 지으며 장주연에게 다가와 손을 내밀었다.

"주연 양, 반가워요."

"아, 네. 근데 누구세요?"

"아하! 그냥 박 과장이라고 불러주세요."

"……어디서 오셨는지."

"장주연 양 아버님 성함이 장성필 맞으시죠?"

"……네."

아버지의 이름이 나오자, 그녀의 표정이 눈에 띄게 경직됐다. 그런 그녀에게 남자가 서류봉투를 꺼내며 환하게 웃었다.

"저희는 장성필 씨 채권을 산 사람들입니다."

33. 기회

남자의 뜬금없는 말에 장주연의 눈이 커졌고, 그 커진 눈은 남자가 들고 있는 서류봉투로 움직였다.

"……네? 채권이오?"

장주연은 이게 무슨 소린지 알아듣지 못하는 표정이었다. 20대 초반이 채권이니 뭐니 자세히 알 리가 없으니까. 대신 누워 있던 할머니가 대꾸했다.

"제, 제 아들놈 빚을 샀다꼬요?"

"예. 할머님."

"……그기 무신."

할머니나 장주연 모두 현실을 받아들이지 못하는 상황에 남자는 병실을 조용히 둘러봤다. 소란스러워진 탓인지, 누워 있던 환자들이 구경꾼으로 변해 있었다. 그 모습에 남자는 들고 있던 서류봉투를 뒤에 선 건장한 남자에게 넘기면서 장주연에게 말을 걸었다.

"여기서 얘기하긴 뭐하고. 장주연 양, 잠시 나가서 얘기 좀?"

남자의 요청에 대답은 할머니 쪽에서 나왔다.

"그래, 주연아. 가서 얘기해봐라. 뭔 일이고 이기."

"아…… 네."

"이쪽으로."

남자가 손짓하며 일행과 병실을 빠져나가자, 잠시 어물거리던 장주연이 따라나섰다.

밖은 아직 바람이 찼다. 남자는 햇볕이 내리쬐는 나무벤치 앞에 멈춰섰다. 남자와 함께 온 일행들이 어디론가 사라지고, 그 모습을 어색하게 지켜보던 장주연에게 남자가 웃으며 손을 내밀었다.

"서 있지 마시고 여기, 여기 앉으세요."

"아, 네."

장주연이 벤치에 앉자, 남자가 길쭉하게 기지개를 켰다.

"끄윽! 슬슬 봄이네요. 날씨가 많이 풀렸어."

"……"

"하하하, 그렇게 경계하지 마세요. 내가 생긴 건 이래도 나쁜 사람이 아니랍니다."

남자가 호탕하게 말하자, 장주연이 급하게 고개를 저었다.

"아, 아뇨. 그런 건 아니고. 저…… 제가 뭐라고 불러야."

"아까도 말씀드렸죠? 그냥 편하게 박 과장이라고 불러주세요. 장주연 양 일은 제가 맡기로, 아니 그냥 자주 보게 될 겁니다."

요상한 말을 뱉은 남자가 벤치에 궁둥이를 붙이며 양손을 맞비볐다.

"으후, 날씨가 풀려도 손은 시렵네. 춥죠? 간단하게 말씀드릴게요."

"네."

"음, 아버님인 장성필 씨의 채권, 즉 갚아야 할 빚에 관한 권리를 저희가 전부 샀습니다. 그러니까 앞으로 그 사채업자들을 볼 일은 없을 겁니다."

"어째서…… 아니, 왜 제 아버지의 빚을."

"장주연 양, 〈만능엔터테이너〉 나가셨죠?"

"네?!"

뜬금없는 대화 전개에 장주연이 놀랐다.

"음, 어떻게 말씀을 드려야 하나. 어— 저희 사장님이 장주연 양 팬이랍니다. 간단하게 투자라고 생각해주세요."

"투자요? 저한테요?"

"솔직히, 자세한 것은 알려드리지 못해요. 그래도 언젠가 분명 전부 알게 되실 텐데, 지금은 요 정도에서 이해해줄 수 있어요?"

그럴 리가. 장주연의 표정은 점점 더 멍해졌다. 하지만 남자는 더욱 웃음을 짙게 하며 말을 이었다.

"앞으로 이 빚에 관해 어떻게 진행할 것인지는 차차 문자나 전화로 전해드릴 겁니다. 그전까지는 이자가 붙진 않을 거예요."

"저, 정말요?"

고개를 끄덕인 남자가 궁둥이를 탁탁 털면서 자리에서 일어났고.

"네. 정말요."

그런 남자를 장주연이 앉은 자리에서 멍하게 올려다봤다. 그러거나 말거나 남자는 '또 연락드릴게요' 정도의 말을 끝으로 걸어갔다. 그러다 멈칫, 다섯 걸음 정도 멀어진 남자가 걸음을 멈추더니 몸을 돌렸고.

"아! 장주연 양."

"네. 네?"

마지막 말을 던졌다.

"기회라는 건 일단, 잡고 봐야 합니다. 아셨죠?"

같은 시각, 강주혁이 셔츠를 팔뚝까지 걷은 채 검토용 시나리오를 확인하던 중, 책상 위에 올려둔 핸드폰이 울렸다. 박 과장이었다.

"네, 박 과장님."

"사장님. 말씀하신 대로 처리했습니다."

"수고하셨습니다. 그대로 황 실장님과 합류하세요."

"옙!"

가볍게 통화를 마친 주혁이 의자에 몸을 움푹 기대며 짧게 숨을 뱉었다.

"후— 기회를 잡았으면 좋겠는데."

주혁이 잠시 허공을 바라보다 다시금 시나리오로 시선을 돌렸다.

그대로 시간이 빠르게 흘렀다. 10분, 30분, 한 시간. 정신없이 시나리오를 읽어내려가던 주혁이 시간을 확인했다. 어느덧 주식 장이 마감하기 30분 전이었다. 주혁이 보던 시나리오를 옆으로 치운 후, 노트북을 열어 HTS 프로그램을 실행했다. 태신식품의 주식 현황을 확인하기 위함이었다. 끝없는 하한가. 아래로 곤두박질치는 파란색 화살표를 보면 땅을 치고 후회하는 장면이 나와야 할 테지만, 주혁은 달랐다.

"딱 좋은데."

바닥에 떨어진 쓰레기보다 못하게 된 태신식품 주식. 사들이기엔 지금이 적기였다. 그리고 강주혁은 묵묵히 주식을 사들이기 시작했다. 진행은 순탄했다. 너도나도 더 늦기 전에 주식을 던지고 있었다.

'내 것도 사줘! 제발! 제발 내 것도!'

소리 없는 아우성이 들리는 듯했다.

그렇게 30분. 장 마감에 맞춰 주혁의 클릭도 멈췄다. 목표한 금액을 모두 태신식품에 쏟아부었다. 예전 같으면 손이 떨릴 금액이지만, 현재 주혁은 담담했다. 그 표정으로 쓰레기더미를 사들인 주혁이 미소 지으며 읊조렸다.

"이제 똥이 금으로 변하기를 기다리면 돼."

그러나 그 미소는 오래가지 못했다. 책상에 쌓인 서류와 시나리오 및 시놉들, 보고서. 저절로 자라는 식물처럼 줄어들지 않는 종이를 보며 주혁이 눈을 질끈 감았다.

"도핑, 도핑을 하자."

힘없이 자리에서 일어난 주혁이 커피를 추가로 뽑아 자리로 돌아왔다. 어쨌든 이 모든 일은 주혁이 손대지 않으면 시작되지 않기에 긴 한숨을 내쉬며 눈앞에 놓인 투명 파일을 집었다. 파일 제목은 이랬다.

─ 보이스프로덕션 세분화

최근 가장 무게를 두고 처리하는 사안. 가급적 빈틈없이, 실수 없이 정리해야 했다. 큰 줄기로는 투자, 제작, 매니지먼트. 여기서 다시 여러 파트로 나뉘었다. 확실히 하기 위해선 상호를 모두 다르게 가야 했다. 이후 주혁은 서류를 보고 수정하고, 수정된 사항을 노트북 엑셀에 기입하며 시간을 보냈다. 한 시간, 두 시간. 어느덧 오후 6시를 넘기고 있었다.

"으윽!"

시계를 본 주혁이 기지개를 길게 켜고는 정해둔 일정이 있는지 핸드폰을 꺼내 어디론가 전화를 걸었다.

* * *

비슷한 시각, 해창전자 대회의실.

50명 넘게 앉을 수 있는 자리마다 데스크 마이크가 놓여 있고, 숫자 0 같은 모양으로 책상이 길게 배치돼 있다. 그 자리를 팀장급 이상 되는 간부들이 가득 채우고 있었다. 앞에는 젊은 남자 직원이 장표를 정면 스크린에 띄워놓고 발표를 이어갔다.

"이렇듯 상반기 브랜디드 콘텐츠는 다국적 단편영화로 시작해 하반기에 넷

플렉스와 협업하여 브랜디드 장편영화로 마무리 짓는 일정으로……."

남자 직원은 중간중간 장표를 바꿔가며 오랜 시간 준비한 발표를 당당하게 이어갔다. 그 내용을 상석에서 팔짱을 낀 채, 김재황 사장이 묵묵히 듣고 있었다. 그 순간.

— 우우우우웅 우우우우웅

책상 위에 올려둔 김재황 사장의 핸드폰이 울렸다. 팔짱 낀 자세 그대로 핸드폰 화면을 확인하는 김재황 사장. 하지만 직원의 발표는 끊기지 않았다. 김재황 사장은 회의시간에 전화를 받지 않기로 유명했고, 추가로 '내 전화가 울려도 절대 회의를 끊지 말라'는 지시도 있었기 때문. 이후로 남자 직원의 발표가 이어지는 중간 김재황 사장의 전화는 세 번이나 더 울렸지만, 그는 전화를 받지 않았다.

그렇게 시간이 흘러 발표가 막바지, 결과 도출로 이어지는 순간이었다.

— 우우우우웅 우우우우웅

다시 김재황 사장의 전화가 울렸고, 이번에도 남자 직원은 신경쓰지 않고 발표를 이어가려 했다. 그런데.

"아, 잠시 멈추지."

회의 중 처음으로 김재황 사장이 손을 들어 발표를 끊었다.

"예? ……아, 옙!"

회의실에 모인 모두가 의아하다는 눈빛으로 쳐다봤다.

'누구길래 사장님이 회의 도중에 전화를 받지?'

그러거나 말거나 김재황 사장은 전화를 받았다. 심지어 약간의 미소까지 지으면서.

"그래, 강 사장."

김재황 사장이 회의까지 멈추며 전화를 받은 상대는 강주혁이었다.

"이번 일 처리, 아주 시원하게 잘라버리더군. 재밌게 봤어."

"뭘요. 그보다 사장님, 드릴 말씀이 있습니다. 오늘 같이 저녁 어떠십니까?"

"오늘? 음. 오늘은 어렵고 내일 아침은 어떤가? 항상 먹는 그 횟집에서."

"제가 내일은 아침부터 방송 녹화가 있어서요. 그럼 내일 저녁은?"

"그래. 내일 저녁으로 하지."

"알겠습니다."

김재황 사장이 옅은 미소를 지으며 핸드폰을 책상 위에 올렸다. 그 모습에 회의실에 모인 모두의 표정이 더욱 요지경이 됐다. 김재황 사장의 저런 표정은 낯설었다. 마치, 아끼는 손자의 전화를 오랜만에 받은 듯한 얼굴이었다. 때문에 다른 의미로 회의실이 얼음장처럼 굳어버렸고.

"……"

정적을 깬 것은 다시 무심한 표정으로 돌아온 김재황 사장이었다.

"뭐 하나? 계속하게."

다음 날 이른 아침, 예능 〈당해낼 수 없다〉 첫 촬영일이 밝았다. 우연히 〈만능엔터테이너〉 녹화와 같은 날이었다. 이미 WTVM 앞 드넓은 광장에 수십 명의 〈당해낼 수 없다〉 스태프가 촬영준비를 서두르고 있었다.

"야! 소품팀! 아이템 박스 어딨어!"

"그거 저 두 번째 버스에 실었습니다!!"

"촬영팀, 연출팀이 왜 따로 타! 같은 버스에 타! 회의시간도 쪼개서 써야지!"

"예이~"

이런 정신없는 와중에 1층 대기실에는 메이크업을 마친 김재형이 커피를 마시며 신문을 보고 있었다. 노크 소리가 들린 것은 그때였다.

"네. 들어오세요."

김재형의 허락으로 문이 열렸고, 종이 몇 장을 든 이민주 PD와 상기된 표정의 강하영 그리고 작은 카메라를 든 VJ가 들어왔다.

"오, 하영이 표정이 왜 그래? 긴장했어?"

약간은 장난 섞인 표정으로 김재형이 말을 걸자, 얼굴을 감싼 강하영이 콧소리를 냈다.

"선배님…… 저 심장이 너무 뛰어서 미치겠어요! 이게 영화 촬영이랑은 완전 딴판이라, 죽겠네. 아! 사, 사장님께 전화해볼까요?!"

"사장님? 주혁이 말하는 거야? 갑자기 주혁이는 왜?"

"그게요…… 이상하게 사장님 목소리만 들으면 차분해진다고 해야 하나? 제가 떨릴 때마다 쓰는 방법인데. 아, 이건 사장님께 비밀이에요!"

"하하, 괜찮아. 그냥 편하게 해. 나머진 내가 알아서 받아줄게. 캐릭터나 분위기 잡히면 점점 편해질 거야."

"으우, 후— 네! 해볼게요!"

그때 강하영과 김재형의 투샷을 흐뭇하게 바라보던 이민주 PD가 촬영하던 VJ에게 뭐라뭐라 작게 말을 전한 후, 김재형을 불렀다.

"재형 오빠, 이제 나가서 오프닝 딸게요."

"어어, 민주 PD. 오늘 첫 촬영지 어디라고?"

"인천 송도요."

"오케이~ 가자, 하영아."

"……네, 넵!"

강하영의 당찬 대답으로 예능 〈당해낼 수 없다〉의 첫 촬영이 시작됐다.

같은 시각, 〈만능엔터테이너〉 녹화장에 들어선 강주혁의 입이 벌어졌다. 스케일이 어마어마하게 커졌던 것이다.

"대단하네."

지난 주 본선을 촬영하던 장소가 맞나 싶을 정도였다. 무대도 훨씬 크고 웅장해졌다. 거기다 무대 반대편으로 심사위원석은 여섯 자리였다.

"자, 1번 메인 조명 쏴봐!"

"예!!"

"PPL 음료 누가 마셨냐! 야! 누구야!"

"죄송합니다! 새로 배치하겠습니다!"

"관객석에도 전부 음료 배치해라!!"

스태프들은 발이 안 보이게 뛰어다니며 녹화 준비를 서두르고 있었다.

"그래. 이번 녹화에는 관객들도 참여한다고 했지?"

웅장한 무대, 여섯 자리의 심사위원석 그리고 3백 명 가까이 되는 초대 관객들. 박한철 PD가 스케일을 작정하고 키운 것이 확 느껴졌다. 그런 광경에 주혁이 피식하며 걸음을 옮길 때였다. 추민재 팀장에게 전화가 왔다.

"어, 형."

핸드폰 너머로 추민재 팀장의 살짝 다급한 목소리가 들렸다.

"사장님, 미팅 요청이 왔는데. 이게 좀."

"어딘데?"

미팅을 요청한 곳이 꽤 재밌는 곳이었다.

"TVL 예능국이라는데?"

* * *

WTVM 사장실에 본부장과 드라마 국장, 예능국장 그리고 상석에 사장이 앉아 있었다. 이미 한 차례 얘기가 오간 모양인지, 본부장이 팔짱을 낀 채 생각에 빠져 있고, WTVM 사장은 탁자에 놓인 커피를 홀짝이며 작게 고개를 끄덕였다. 짧은 정적. 그 정적을 깬 것은 테 없는 안경에 흰머리가 듬성듬성 난 WTVM 사장이었다.

"그래요. 그러니까 예능국장님 말은 계속 강주혁 씨를 밀어줘야 된다?"

"예, 그렇습니다! 결과가 그렇잖습니까? 강주혁 사장이 지금 손댄 것 좀 보십쇼. 〈28주, 궁궐〉부터 예능까지."

"그래요. 알지, 알아. 누가 모르나, 그걸."

살짝 높아진 언성에 예능국장이 입을 닫았고, 대신 옆에 있던 드라마 국장이 살짝 짜증이 묻은 말투로 물었다.

"그런데 사장님, 저번 회의 때도 사장님께서 강주혁 사장을 언급하기도 하셨고 지금 결과도 좋은데, 왜 편성에 스톱을 걸으신 건지."

"음."

드라마 국장의 짜증은 간단했다. 사장이 편성에 느닷없이 끼어들었기 때문. 어느 방송국이든 편성 자체는 국장의 고유권한이다. 물론 사장이 기를 쓰고 끼어들면 이렇게 스톱이 걸리지만, 보통은 국장이 내린 편성에 직접 칼질을 하지는 않는다. 이런 그림은 썩 좋지 못했다. 편성조차 마음대로 못한다면 국장이라는 직급이 무색해진다. 드라마국 국장의 불만 섞인 말에 본부장도 동의하는 듯 입을 열었다.

"저도 김 국장 말에는 동의합니다. 강 사장이 참여한 작품은 어째선지 성적이 잘 나옵니다. 어쨌든 그 친구가 대중에게 잘 팔리고 있고, 이 속도를 늦추는 건 좋을 게 없다고 생각합니다."

"알지. 강주혁 씨가 우리에게 붙은 게 드라마부터죠?"

"〈28주, 궁궐〉부터입니다."

답을 들은 WTVM 사장이 팔짱을 꼈다.

"그렇게 따지면 그 친구가 우리 방송국에 온 게 1년이 좀 안 됐다는 소린데.

반대로 말하면 고작 1년 만에 한 방송국에 이 정도의 영향력을 끼치고 있어요. 이거 2년 되고 3년 되면 그 친구 감당할 수 있겠습니까?"

"……."

본부장부터 국장까지 대답은 없었다. 그 모습에 사장이 한숨을 쉬었다.

"방송국이 그 친구를 쥐락펴락해야지, 그 친구가 방송국 하나를 쥐락펴락하면 그림이 이상하잖아? 아무리 종편이라도, 그게 그렇게 되면 안 돼요."

"그럼 〈만능엔터테이너〉를 끝으로 아예 척을 질 생각이십니까?"

"아니지. 말을 잘 듣게 만들자는 거야. 우리가 우위에 서야 한다는 거지. 거기다 그 친구만 너무 싸고도니까 여기저기서 말이 나와요. 방송국이 강주혁 씨 홍보팀도 아니고 말이야."

명백하게 썩어버린, 고인물다운 말이었다. 드라마 국장은 속으로 혀를 찼다.

'누가 누굴 쥐락펴락해? 강주혁을? 어처구니가 없군.'

WTVM 사장이 결론을 던졌다.

"어쨌든, 강주혁 씨 관련 편성은 잠시 스톱하세요. 다른 곳도 신경써주시고."

사장실에서 나온 드라마 국장과 예능국장이 엘리베이터에 몸을 실었다. 먼저 입을 연 것은 예능국장이었다.

"망할 영감탱이, 이거 어디서 돈 찔러준 거 아냐?"

"어허, 이 친구야. 말조심해."

"아니, 상황이 그렇잖나? 후— 이걸 또 강 사장한테 뭐라 설명해야 하나. 미치겠네."

머리를 감싸는 예능국장을 보던 드라마 국장이 긴 한숨을 내쉬었다.

"별수 있나. 일단 그 친구 움직임을 좀 두고 보자고. 설마 바로 다른 방송사로 가거나 하겠어? 벌여놓은 판이 있는데."

같은 시각, 부산스러운 녹화장에서 복도로 나온 강주혁이 핸드폰에 대고 말했다.

"TVL 예능국?"

그러자 추민재 팀장이 긍정했다.

"어어, TVL. 근데 좀 이상하지? 얘네 따지고 보면 사장님한테 김재형 뺏긴 거나 다름없잖아. 그런데 대뜸 미팅 요청이 왔어."

"연락은 언제 온 거야?"

"방금. 나도 방금 받았어."

"내용은?"

강주혁의 물음에 잠시 종이 넘어가는 소리가 들리더니 추민재 팀장의 답변이 들렸다.

"그거 있잖아? TVL에서 선생님들 모여서 먹방하는 리얼버라(리얼버라이어티)〈먹방로드〉, 그거 칼질하는 모양이더라. PD 말론 재욱이 보고 싶다는데?"

"재욱이? 그럼 형이 미팅해보면 되잖아?"

"아니, 나 말고, 그쪽에서 사장님이랑 독대를 청했다니까. 아니었으면 내 선에서 정리하지, 사장님한테 전화를 왜 해?"

"나를?"

"어어. 그냥 대충 둘러댈까? 귀찮지?"

하지만 주혁의 대답은 달랐다.

"아냐, 잡아줘. 아, 그냥 그 PD한테 내 번호로 전화를 하라고 해."

"어? TVL 만나보게?"

"응. 하여튼 그렇게 처리해줘."

"알았다~"

추민재 팀장의 대답을 끝으로 전화가 끊겼고, 주혁이 미소 지었다.

"이건 써먹을 수 있겠어."

그 시각, 인터넷 실검에 가파른 변화가 일어나기 시작했다. 1위는 김재형이었고.

1. 김재형

2. 송도

3. 강하영

3위가 강하영이었다. SNS를 통해 송도에서 촬영하고 있는 〈당해낼 수 없다〉의 현장 사진이 무더기로 올라오고 있었던 것이다. 김재형의 첫 케이블 예능이라는 기대감과 강주혁이 투자했다는 호기심, 그리고 적절한 마케팅 등으로 화제성이 높아진 터여서 아직 첫 방영, 아니 제작 발표회도 진행하지 않은 〈당해낼 수 없다〉는 첫 촬영만으로 실검을 갈아치우고 있었다.

통화를 마친 주혁이 〈만능엔터테이너〉 녹화장에 돌아오니 그사이 심사위원들이 모두 도착해 있었고, 녹화 세팅 역시 마무리 단계였다.

"자, 솔로 조명 쏴봐! 어어, 위로, 아래로, 좌우. 좋다, 오케이!"

"음향 테스트 들어갑니다~"

"야! 박군아! 무대에서 한 열 번 뛰어봐! 쿵쿵 소리 나게!"

"예이~"

연출, 조명, 음향, 촬영 등 팀별로 각자 리허설하는 와중에 강주혁이 들어서자, 전체적으로 녹화 점검을 하던 박한철 PD가 웃으며 다가왔다.

"사장님, 오셨어요?"

"네. 세트가 그새 바뀌었네요."

"위에서 예산을 빵빵하게 당겨주니까, 일할 맛이 납니다. 하하."

박한철 PD의 너스레를 보던 주혁의 시선이 심사위원석으로 옮겨졌다. 심사위원석에는 이미 JH엔터의 장황수, MV e&m의 오희연 그리고 노래, 댄스파트의 박종우와 민효정이 한 자리씩 차지하고 있었다. 뉴페이스도 보였다. 꽤 젊어 보이는 여성. 분명 본 적 있는 얼굴이었다. 주혁의 시선을 눈치챈 박한철 PD가 목소리에 힘을 주어 말했다.

"어험! 아시아의 별 서아리 아시죠?"

"알죠. 어떻게 섭외를 하셨네요."

서아리는 국내 아이돌이 아시아에 진출하는 밑바탕을 닦았다고 해도 과언이 아닌 솔로 가수였다. 데뷔를 열세 살에 해서 열일곱 살에 일본으로 진출, 그것이 대박이 터졌다. 이후 일본뿐 아니라 여러 아시아 국가에 진출하면서 K-POP을 알렸다. 이미 그녀는 국내에 몇 없는 성공한 솔로 여가수 중 하나였고, 20대 후반인 지금도 아시아 어디에서 콘서트를 열든 매진이 되는 어마어마한 가수였다. 그런 서아리를 섭외해서인지, 박한철 PD의 입이 귀에 걸려 있었다.

"앞으로 진행되는 포맷에 따라 노래, 댄스파트 쪽 심사위원분을 충원했는데, 서아리 씨가 직접 전화를 주셨어요. 하하하, 일이 잘되려니까 뭐든 되는 것 같습니다."

옅은 미소를 머금은 주혁이 마지막으로 심사위원석에 도착했다.

"안녕하세요, 선배님."

"음, 왔나?"

"주혁이 안녕~"

주혁의 인사에 장황수와 오희연이 차례로 반응했다. 이어서 주혁은 바로 아랫줄 심사위원석으로 고개를 돌렸다.

"안녕하세요."

"주혁 씨, 안녕하세요."

"어머, 오셨어요?"

"……아."

그런데 민효정과 즐겁게 떠들던 옅은 회색 머리의 서아리가 주혁을 보곤 몸이 굳었다. 그 요상한 반응을 설명한 것은 옆에서 웃음을 참는 민효정이었다.

"푸풉, 주혁 씨, 얘 그거예요. 그거."

"그거요?"

"강하단, 주혁 씨 팬클럽 회원이래요. 나도 오늘 처음 들었다니까."

"아! 언니!"

"엄머, 얘 봐라? 뭐 어때. 어차피 프로 끝까지 같이 갈 건데, 주혁 씨도 알면 좋잖아?"

서아리가 회색 머리칼을 흔들며 다급하게 얼굴을 가렸다. 꽤 편한 회색 후드집업 차림에 동안이라 언뜻 보면 20대 초반으로 보일 정도였다. 그런 서아리를 보며 주혁이 손을 내밀었다.

"처음 뵙네요. 서아리 씨."

"……아, 네."

힘겹게 주혁의 손을 양손으로 맞잡은 서아리가 몇 번이나 말을 더듬었다.

"어, 그, 그 강하단에서는 서숙이로 활동하고 있어요. 그냥 알아두시라고."

주혁이 그녀의 손을 놓으며 미소 지었다.

"고마워요."

그때 뒤쪽에서 상황을 지켜보던 오희연이 끼어들었다.

"얼굴이네. 아시아의 별도 결국 얼굴이야."

"아니거든요!"

아시아의 별이 버럭하는 순간, 박한철 PD가 큐카드를 심사위원들에게 나눠주면서 상황을 정리했다.

"자, 심사위원분들, 오늘 진행 방향 간단하게 설명해 드리겠습니다."

덕분에 주혁이 어렵게 자신의 자리에 앉았고.

"저번에 전달한 기획서대로, 앞으로는 합격 탈락이 아니라 전부 점수로 참가자를 평가하게 됩니다. 그 점수를 포함해 시청자 투표까지 넘어가고요. 심사위원 50, 시청자 50으로 점수별로 합격자와 탈락자가 나눠집니다."

주혁이 물었다.

"TOP20부터는 연기, 노래, 댄스파트 심사위원들이 같이 녹화를 진행합니까?"

"맞습니다. 앞으로는 전부 같이 진행하시게 될 텐데, TOP12부터는 심사위원분들끼리 팀을 짜게 됩니다. 즉 연기 심사위원 한 분과 노래 및 댄스 심사위원 한 분 해서, 참가자들을 골라 작품을 만드시게 됩니다. 그걸 시청자들이 평가하는 포맷으로 흘러갈 겁니다."

즉 TOP20까지만 심사위원 평가가 반영되고, TOP12부터는 오롯이 시청자 투표로만 진행된다는 말이었다. 가만히 듣고 있던 장황수가 입을 열었다.

"그럼 탈락자 발표는 언제 나는 건가?"

"오늘 녹화분이 방영되는 건 다음 주고요. 그 주말에 ARS와 인터넷을 통해 시청자 투표를 진행해서 화요일에 발표할 예정입니다. 예선과 본선 방영분이 남긴 했는데, 빠르게 치고 넘어갈까 합니다. 진짜는 TOP20부터거든요."

심사위원들이 대충 이해한 듯 고개를 끄덕일 때 박한철 PD가 들고 있던 큐카드 한 장을 넘기면서 말을 이었다.

"그리고 오늘 참가자들이 펼칠 무대는 아시다시피 뮤지컬입니다. 이후 심사과정이나 녹화 진행은 전과 동일하다고 생각하시면 됩니다. 자, 그럼 준비 부탁드리겠습니다!"

말을 마친 박한철 PD가 심사위원석에서 스태프들이 넘실대는 무대로 뛰어갔고, 심사위원들은 각자 받은 큐카드를 넘기며 녹화 진행표를 확인했다.

주혁이 고개를 살짝 꺾으며 무대를 바라봤다.

'뮤지컬이라…… 나쁘지 않네. 연기와 감정에다 성량과 가창력, 춤까지 볼 수 있으니.'

뮤지컬은 연기와 노래, 춤까지 삼박자를 모두 갖춰야 하는 난이도 높은 직종. 세 가지 중 하나만 부족해도 무대에서 바로 티가 나기에 〈만능엔터테이너〉의 과제로 손색없었다.

'뮤지컬 배우. 생각은 하고 있었는데, 한번 제대로 확인할 필요가 있어.'

강주혁이 생각에 빠져 무대를 보고 있을 때, 아래쪽 심사위원석에서는 민효정이 서아리에게 말을 걸었다.

"내가 아까 오다가 애들 용기도 줄 겸 대기실에 들렀는데, 카메라 마사지 좀 받더니 애들이 달라졌더라. 예선전 때 풋내가 없어졌어."

"당연하지. 쟤들 이제 전문 스태프 다 붙어, 스타일리스트부터 의상까지. 안 달라지는 게 이상한 거야."

"……아리야. 너 이렇게 말만 잘하면서 아까 왜 주혁 씨한텐 읍!"

순간 서아리가 민효정의 입을 틀어막으면서 능청스러운 표정으로 그녀의 귀에 대고 뭐라 속삭였다. 그러자 민효정이 눈을 크게 뜨며 입을 틀어막은 서아리의 손을 찰싹 때렸다.

"진짜? 진짜야? 어후— 독한 년. 널 누가 말려."

그러면서 민효정이 슬쩍 강주혁을 돌아봤다. 주혁은 여전히 웅장한 무대를 바라볼 뿐이었다.

5분 후, 사회자 김정식이 도착해 마이크 테스트 및 간단한 멘트를 친 뒤, 촬영팀이 심사위원단 전체 샷과 바스트 샷을 따면서 오프닝컷을 담았다. 이후 약 한 시간가량 참가자들의 간단한 무대 리허설이 끝나고 심사위원들이 자리에 돌아오자, 김정식이 큐카드를 보며 외쳤다.

"그럼! 바로 TOP20의 무대를 시작하겠습니다!"

첫 무대에 걸그룹 의상을 챙겨입은 마니또 수현이 올라오자, 주혁이 눈을 빛냈다. 물론 JH엔터의 장황수 역시 마찬가지. 그런데 무대에 올라오는 수현을 보던 주혁이 살짝 놀랐다.

"응?"

이유는 간단했다.

"둘셋! 너의 비밀친구 안녕하세요! 마니또입니다!"

무대에 마니또 멤버 전체가 올라왔기 때문이었다. 갑작스런 완전체의 등장에 강주혁을 포함한 심사위원 전원의 눈빛이 의아하게 변했다. 가장 먼저 핸드마이크를 든 것은 주혁의 아래쪽에 앉은 민효정이었다.

"수현 씨, 마니또 멤버가 전부 올라왔네요?"

"네! 언니들이 오늘 뒤에서 댄서 역할을 해주기로 했어요. 덕분에 치킨을 쏘는 출혈은 있었지만⋯⋯."

"오~ 그래서 수현 씨만 무대의상이고 언니들은 댄서 복장이구나? 안무 연습 열심히 했겠네."

민효정이 웃으며 던진 질문에 수현이 마니또의 리더 효진에게 마이크를 넘겼다.

"네, 선배님! 막내가 TOP20까지 올랐는데, 저희가 가만 있을 수 없어서요. 여쭤보니까 PD님도 좋다고 하셔서."

그 모습을 지켜보던 주혁이 피식했다.

'좋은 그림 나오겠네. 시청자들도 은근 바라고 있었을 테고. 하긴 박한철 PD도 계산기 두드려보고 허락한 거겠지.'

마니또의 수현은 인지도가 급상승했다. 그러니 마니또 전 멤버가 무대에 오른 지금, 주혁은 박한철 PD가 어떻게 예고편을 짜깁기할지 안 봐도 알 것 같았다.

'대충 마니또 멤버가 무대에 오른 장면에 어째서? 같은 자막 넣고. 그럼 시청자들이 궁금해 미치겠지.'

지극히 예능 PD다운 선택이었다. 그때.

— 둥, 둥, 둥, 둥

수현을 비추던 조명이 암전되고, 느닷없이 북소리가 울려퍼지기 시작했다. 무대의 시작을 알리는 북소리. 강하게, 약하게, 강하게, 약하게, 강하게. 강약을 조절하며 울리던 북소리는 어느새 빠른 비트가 끊기는 현대음악으로 전환됐고, 컴컴하던 무대에 형형색색의 조명이 쏴졌다. 그러자 안 보였던 것들이 보이기 시작했다. 혼자만 화려한 무대의상을 차려입은 수현, 그 뒤로 흰색 셔츠와 블랙진으로 통일한 마니또의 나머지 멤버 포함 열댓 명의 댄서, 리듬을 전달하는 밴드까지. 경쾌한 음악에 맞춰 딱딱 들어맞는 안무를 시작으로 수현의 신나는 무대가 출발했다.

"오~"

"춤선도 그렇고, 리듬도 신나는데?"

무대를 보며 리듬에 맞춰 고개를 까딱거리던 민효정이 탄성을 질렀고, 서아리가 감탄했다. 그때 신나는 음악의 소리가 살짝 작아지더니, 수현이 노래를 부르기 시작했다.

"평범해? 난 평범하지 않아! 하지만 여긴 평범하지 않은 사람들이 모인 정글—♬"

경쾌한 음악에 맞춰 쾌활한 음색으로 뽑아내는 수현의 노래. 여기까지 딱 1분 정도 진행됐는데, 주혁은 이미 무대에 빠져들었다. 강주혁만이 아닌, 무대를 지켜보는 여섯 명의 심사위원 모두 마찬가지였다.

그 순간 경쾌한 노래가 멈췄다. 그러자 댄서들이 무대 뒤편으로 사라지고,

언뜻 봐선 방송국 스태프처럼 인터콤 등을 착용한 남자가 튀어나와 대사를 쳤다.

"마니또. 5분 뒤 녹화 들어갈게요."

"어? 저희 제일 마지막에 들어간다고."

"아아, 어쩔 수 없어. 사녹(사전녹화) 예정됐던 빅보이 녹화가 오늘로 변경 됐어요. 그냥 그렇게 알아요."

"어— 그럼 빅보이 선배님들이 마지막 무대예요?"

"네."

마치 음악방송의 무대 뒤편 같은 상황을, 현실을 꼬집는 듯 보였다. 가만히 보던 오희연이 입을 열었다.

"노래도 노랜데, 장면이나 대사 모두 창작이네."

천천히 고개를 끄덕이던 장황수가 답했다.

"음, 연출부터 연기까지 전부 짜서 연습한 거지. 일주일 동안."

지금 마니또의 수현이 보여주는 무대는 딱 뮤지컬 무대라고 말하기는 어려웠다. 뮤지컬의 탈을 쓴 연극이랄까? 연기에 노래와 안무를 얹은 느낌. 그 모습에 주혁이 감탄했다.

'다른 참가자들도 모두 같은 과제를 받았겠지. 녹화 전까지 연출을 짜고, 동선을 깔고, 대사를 만들어 피 토하며 죽어라 연습했을 거야.'

확실히 TOP20라 그런지 무대의 질이 달랐다. 저들은 이미 아마추어가 아닌 프로였다.

'돈 주고 봐야 할 정돈데, 이건.'

하지만 여긴 예술극장이 아닌, 예능 녹화장이다. 바로 그곳에 강주혁은 심사위원으로서 앉아 있었고, 어렵지만 프로그램의 포맷대로 평가를 내려야 했다. 현실을 직시한 주혁이 수현의 프로필에 무언가 적기 시작했다. 그가 중점적으로 본 것은 수현의 연기와 감정 등. 노래나 안무야 노래, 댄스파트 심사위원들이 평가할 테니, 주혁은 자신의 주종목을 주로 다뤘다.

대사를 치던 수현의 무대는 다시 신나는 노래와 함께 경쾌한 안무로 연결됐고, 깔끔한 고음으로 무대를 마무리했다. 형형색색의 조명이 툭 꺼졌고, 잠시 뒤 무대에 홀로 서 있는 수현을 솔로 조명이 비추었다.

가장 먼저 박수가 터진 것은 3백 명의 관객으로부터였다.

"와!!!!"

이어서 그녀를 보고 있던 강주혁 포함 심사위원들이 아낌없는 박수를 보냈다. 굉장했다. 적어도 강주혁은 그렇게 생각했다. 그 모습에 무대에 홀로 남아 숨을 헐떡이던 수현이 약간 울컥하며 허리를 넙죽 접었다. 모호한 표정의 오희연이 먼저 핸드마이크를 집었다.

"일단 수현 씨, 나 너무 놀랐어요. 우리 연기파트 심사위원들은 노래나 안무는 처음 보잖아? 노래나 안무를 호흡 하나 흐트러지지 않고 잘하네."

"가, 감사합니다!"

여기서 끝냈으면 꽤 훈훈한 장면으로 마무리됐겠지만, 오희연의 심사는 끝이 아니었다.

"음. 그런데, 노래나 안무는 그렇다 치고, 꾸며진 무대 전체로는 조금 부족한 감이 있었어요. 무대연출이야 당연히 서툰 것이 맞겠지만, 안무에서 노래로 이어지는 도입부가 무척 난해했고, 특히나 연기모드로 돌입할 때부터는 마치, 관객들에게 장면을 욱여넣는 느낌? 아쉽네요. 어색함은 시청자도 비슷하게 느낄 거라 생각해요. 수현 씨는 실력이 좋은데 그걸 십분 활용하지 못한 부분이 아쉽네요."

잠시 말을 끊은 오희연이 결론을 던졌다.

"일단, 무대연출에서 감점이 들어갔어요. 그래서 제 점수는"

말을 마친 오희연이 앞에 놓인 기계를 조작했다. 그러자 무대 뒤에 걸려 있는 전광판에 수많은 숫자가 교차하며 한 자리씩 멈췄다. 70. 진행자 김정식이 외쳤다.

"네! 오희연 심사위원님 70점! 다음은 장황수 심사위원님!"

자신의 이름이 호명되자, 팔짱을 끼고 있던 장황수가 생각을 마친 듯 마이크를 집었다.

"대체로 경쾌한 분위기로 이끌어가는 게 좋았어요. 사실 걸그룹 하면 색안경을 끼고 보기 마련인데, 색안경을 끼고 볼 정도의 무대는 아니었습니다. 안무도 좋았고, 중간에 들어간 연기도 아주 잘 소화했어요. 확실히 수현 씨는 실력이 좋아요. 다만 퍼포먼스가 부족했고 무대를 장악했다 정도까진 아니었습니다. 그래서 제 점수는요."

"75점! 꽤 높은 점수 같은데요? 다음 강주혁 심사위원님!"

돌아온 강주혁의 차례. 주혁은 무대에서 두 손을 모아 자신을 올려다보는 수현을 물끄러미 바라봤다.

과연 이 무대를 틀에 박힌, 또는 기존에 가지고 있는 얄팍한 경험만으로 판단해도 되는 걸까? 주혁은 의문이 들었다. 앞선 심사위원들이 무언가 놓치고 있다고 주혁은 생각했다. 그것은 바로 이 시점부터 시청자들의 평가가 시작된다는 점. 그렇다면 정답은 고작 여섯 명의 심사위원이 아니라 이 무대를 지켜보는 시청자들이 내려주는 것이 맞았다. 거기다 지금 수현이 보여준 연기는 흠잡을 곳이 없었다. 따라서 강주혁은 그냥 내뱉기로 마음먹었다.

"우린 무대연출이나 평가하자고 앉아 있는 것이 아니라고 생각합니다."

첫마디에 앞을 보던 오희연의 고개가 강주혁 쪽으로 휙 돌아가더니 표정이 쩌적 갈라졌다.

"촬영팀. 지금 심사위원 강주혁, 오희연 바스트보다 당겨서 찍으세요. 좋은 그럼 나올 것 같으니까."

묵묵히 무대를 바라보던 박한철 PD가 장난스런 웃음을 뱉으며 촬영팀 전체에 무전을 때렸다. 옆에 있던 후배 PD가 걱정스런 표정으로 입을 열었다.

"선배님. 괜찮은 겁니까, 저거?"

"몰라."

"예?!"

"모른다고. 근데 예능 PD는 일단, 찍고 보는 거야. 그리고 저 양반들도 프로야. 쌍욕은 안 할걸?"

그런 상황에도 주혁은 무심하게 핸드마이크를 들고 있었다.

"평가가 무의미한 무대였습니다. 하나의 잘 짜인 콘서트를 보는 기분으로 감상했어요. 무대연출이야 프로가 보면 당연히 부족하겠죠. 그러니 연출이나 감상은 시청자분들이 잘 판단해주실 겁니다. 장면을 억지로 삼켰는지, 아니면 편하게 꿀꺽 삼켰는지. 전 연출 자체는 시청자분들에게 맡기는 게 맞다고 생각합니다."

강주혁의 심사는 명백하게 오희연의 심사평을 가르는 말이었고.

"너!! 적당히!!"

순간 욱했는지, 오희연이 자리를 박차고 일어나며 외쳤다. 그 바람에 분위기가 을씨년스러워졌으나.

"……적당히 하라고."

이내 상황을 파악한 오희연이 흐트러진 앞머리를 수습하며 목소리를 죽였다. 그러면서도 강주혁의 눈을 똑바로 노려봤다. 그녀의 눈을 똑같이 쳐다보는 주혁은 무심했다. 그 표정을 유지한 채 주혁은 묵묵히 말을 이어갔다.

"저는 참가자들의 연기를 보기 위해 여기 앉아 있습니다. 무대연출, 퍼포먼스 등등은 시청자분들이 평가할 문제고, 제작진도 그런 생각으로 이번 과제를 내놨다고 생각합니다."

말을 마친 주혁이 오희연을 쳐다보던 눈길을 무대로 돌렸고.

"수현 씨가 이번에 보여준 연기는 자신의 과거를 새로운 인물로서 표현했다고 생각해요. 연기를 보는 내내 수현 씨 본연의 캐릭터는 없었고, 새로운 인물만이 보였습니다. 그만큼 캐릭터 소화를 잘해냈다는 뜻이겠죠. 분명 희소성이 엿보였습니다. 흥미롭게 봤어요. 제 점수는요."

오로지 연기만을 판단한 감상. 전광판에 95점이 찍혔다.

* * *

같은 시각, 송도 해돋이 공원에는 많은 인파가 몰렸다. 김재형과 강하영을 둘러싼 촬영팀의 원, 그 촬영팀을 둘러싼 구경꾼들의 원. 이렇게까지 인파가 몰릴 줄 몰랐는지 이민주 PD가 스태프들과 회의 중이었다.

"아니, 왜 이렇게 많이 모여?"

"그게 지금 실검 1위부터 5위까지 우리 프로가 먹었어요. SNS에서 지금 난리 났다고."

후배 PD의 말에 이민주 PD가 헛웃음을 뱉었다.

"기분은 좋은데, 촬영 상황은 안 좋네."

"이대로 있으면 계속 몰릴 것 같은데."

"안 되지. 이러다 사고나. 여기서 그림 하나만 따고 빠지자."

상황이 점점 악화될 것을 우려한 이민주 PD가 촬영팀 전체에 빠르게 움직일 것을 전했고.

"민주 PD! 어떡해? 가? 아니면 여기서 하나 더?"

"아, 오빠. 여기서 하나만 더 갈게요."

"오케이."

김재형이 고개를 끄덕이며 구경꾼들과 사진을 찍고 있는 강하영을 장난스레 불렀다.

"강하! 이리 와! 우리 촬영지는 여기야!"

"아! 선배님! 죄송해요."

이어서 강하영이 구경꾼들에게 고개를 숙이며 양해를 구했다.

"죄송합니다. 저 혼나요. 가야 해요. 살려주세요."

연신 고개를 숙이던 강하영이 다시 김재형 옆에 서자, 헬리캠(드론 캠)이 하늘 높이 날아올랐고 잠시 멈췄던 촬영이 재개됐다. 돌아온 강하영에게 몇 번 농담과 멘트를 치던 김재형의 눈에 구경하는 남녀 커플이 띄었다. 김재형이 사악하게 웃으며 그들에게 다가갔다.

"두 분은 커플이에요?"

"네? ……아, 네네!"

"조금, 아니 상당히 긴 텀이 느껴졌어요~"

"아! 커플 맞아요. 맞아요!"

여기서 무언가 캐치했는지, 김재형이 남자의 손목을 잡아채며 말을 이었다.

"우리 토크 좀 해볼까요? 잠시 시간 괜찮아요?"

그런데 희한하게 대답은 여자 쪽에서 나왔고.

"괜찮아요!"

옆에 있던 강하영이 주머니에서 에너지바를 꺼내 여자에게 건네며 중앙으로 이끌었다. 그러자 김재형이 깔깔 웃으며 지적했다.

"야야, 강하! 그건 토크 거절할 때 뇌물로 주는 거잖아! 왜 벌써 줘!"

"너무 예쁘셔서요. 주고 싶어요!"

그 바람에 촬영장 스태프나 구경꾼들의 웃음보가 터졌다. 어쨌든 커플이 중앙으로 이동하자, 스태프 한 명이 신속하게 목욕탕 의자 네 개를 세팅했고.

"앉아요. 우리 앉아서 얘기해요."

"여기에 앉아요?"

"그렇지. 우리 컨셉이 좀 이래서 미안한데, 저기 앞에 있는 PD를 욕해. 우린 잘못 없어요."

어색하게 웃는 남녀 커플과 김재형, 강하영이 차례로 목욕탕 의자에 앉으며 토크가 시작됐다. 역시 진행은 김재형이 맡았다.

"두 분은 데이트 나오셨어요?"

커플이 동시에 대답했다.

"아뇨."

"예."

순간, 강하영이 외쳤다.

"뭐지! 이거 뭐예요, 선배님! 방송 나가도 되는 건가!"

"침착해, 강하! 얘기를 한번 들어보자."

웃음 짓는 김재형이나 강하영이 '아뇨'라고 말한 여자 쪽을 바라봤다. 그러자 여자가 어색한 표정의 남자를 쳐다보며 짧게 말했다.

"데이트는 아니고요. 얘가 뭘 좀 잘못해서, 사과받으러 나온 자리 정도?"

"하이고! 무슨 잘못을 했어요! 너무하시네. 이렇게 예쁜 여자친구분한테!"

"아니, 저희 곧 결혼하는데."

순간, 김재형이 눈을 빛내며 설명 중간에 끼어들었다.

"결혼? 결혼해요? 언제?"

"아, 저희 다음다음 주에."

"하영아. 에너지바 하나 더 드려! 아니, 두 개 드려."

"언니, 축하드려요!"

김재형이 진행하는 토크의 범위는 대본을 쓸 수 없을 정도로 획획 바뀌었다. 이후로도 커플의 웃음보 터지는 토크가 이어졌고.

"저희가 마지막에는 소원을 받아서 들어드리거든요? 아! 다 들어드리는 건 아니고, 녹화 마지막에 선배님이랑 제가 저기 저 사다리 타기를 해서 선택받은 소원만 들어드리는데. 어떤 소원을 원하세요?"

끝으로 커플의 소원을 요청했다.

〈당해낼 수 없다〉의 포맷이 그랬다. 종일 녹화하며 만나고 이야기 나눈 시민들의 소원을 모두 모아 제작진이 준비한 사다리 타기 판에 적고, 김재형과 강하영이 번호를 선택. 그렇게 선택된 소원을 다음 주 녹화분에서 들어주는, 딱 김재형이 원하는 시민과 함께하는 포맷이었다. 소원 요청을 받은 커플 중 대뜸 여자 쪽이 강하영의 얼굴을 보며 외쳤다.

"저! 혹시 강주혁 님과 통화 한 번만!"

"아니, 잠깐만. 왜 그런 소원을."

그러자 남자 쪽이 말리고 나섰다. 그 틈에 김재형이 끼어들어 다시 멘트를 따내고, 그림을 만들어냈다. 결국 커플이 합의하여 나온 소원은 이랬다.

— 결혼식 사회 김재형, 진행 강하영

자신들의 소원이 사다리 타기 판에 적히는 걸 본 커플 중 남자가 어렵게 입을 뗐다.

"근데, 진짜 들어주시는 거예요?"

"선택되시면요!"

"선택되면 진짜 김재형 님이 사회 보시고 강하영 님이 행진 진행 봐주시는 거예요?"

"그럼요!"

강하영의 당찬 대답에 여자가 입을 틀어막았다.

"헐, 대박."

그 모습을 보며 미소 짓던 김재형이 핸드폰을 꺼냈다.

"보자. 우리 주혁이가 지금 뭘 하는지 궁금한걸?"

이처럼 정신없이 흘러가는 촬영장을 백 명 넘는 구경꾼들이 사진이나 동영상으로 찍고, 누가 먼저랄 것도 없이 SNS에 업로드하고 있었다.

김재형이 전화를 건 타이밍은 마침 〈만능엔터테이너〉 녹화 중 점심시간이었다. 대부분의 심사위원이 자리를 뜨고 주혁이 방금 무대를 마친 참가자 프로필에 무언가 적고 있던 때, 핸드폰이 울렸다. 발신자를 확인한 강주혁이 고개를 갸웃했다.

"지금 촬영 중 아닌가?"

그리고 같은 순간, 무대 앞쪽 스태프들이 모여 있는 곳에 박한철 PD의 전화 역시 진동을 울렸다. 박한철 PD는 사회자 김정식과 얘기를 나누며 시선은 그대로 큐 카드에 박은 채 전화를 받았다.

"네. 박한철입니다."

그러자 옅은 음성의 여자 목소리가 들렸다.

"……안녕하세요, PD님. 저, 장주연인데요."

심사위원석에서는 강주혁이 김재형의 전화를 받았다.

"형? 지금 촬영 중 아니에요?"

"맞아. 촬영 중에 인터뷰한 분이 너 팬이라고 해서. 혹시 통화 좀 가능해? 명색이 우리 프로 투자자신데 목소리라도 방송 타면 그림 좋잖아?"

주혁이 피식했다.

"그래요. 바꿔줘요."

이어서 핸드폰 너머에서 여자 목소리가 와자지껄 들리더니, 이내 주혁의 핸드폰으로 여자 목소리가 흘러나왔다.

"가, 강주혁 님?!"

"안녕하세요."

"와!! 진짜예요? 이거?!"

"네. 반갑습니다."

이후로 주혁과 여자는 몇 분 동안 '진짜 팬이에요!'라든지 '앞으로도 열심히 응원할게요!' 같은 말을 주고받았다. 그런데 순간, 들리던 여자 목소리가 바뀌었다.

"사장님!!"

"하영 씨?"

"네네! 저 열심히 하고 있어요!"

갑자기 강하영이 끼어든 모양이었다.

"그래요. 열심히 하고, 조심하고."

"네! 선배님, 저 이제 됐어요. 완전 충전 완료했……."

핸드폰을 건네주는지, 강하영의 목소리가 멀어지더니 다시금 김재형의 목소리가 울렸고.

"주혁아! 고맙다!"

그렇게 전화가 끊겼다. 주혁이 끊긴 핸드폰을 내려보며 혼잣말을 뱉었다.

"정신없네."

"뭐가요?"

그때 갑자기 아래쪽에 앉아서, 주혁을 힐끔거리며 호시탐탐 기회를 엿보던 서아리가 살짝 미소 지으며 끼어들었다.

"아. 아니에요."

주혁이 간단하게 답하자, 옅은 회색 머리카락을 찰랑거린 서아리가 말을 더듬었다.

"그…… 오, 오빠라고 불러도 돼요? 오늘 처음 뵌 거라 좀 그렇죠? 사장님? 이것도 좀 그런가."

"아뇨. 제가 선배도 아니고, 그냥 편한 대로 부르세요."

"그, 그럼! 오…빠라고."

어렵사리 결론을 낸 서아리에게 주혁이 미소 지으며 답했다.

"네."

"옷! 좀 반칙이다. 그 표정은."

"뭐가요?"

"아, 아니에요. 참, 헤나는 잘 지내요? 소속사 옮긴 뒤로 통 못 봐서."

"헤나 씨가 고생이 많죠."

"그런 것치곤 너무 잘 지내는 목소리던데……."

아예 몸을 강주혁 방향으로 튼 서아리가 긴 머리카락 끝을 돌돌 말면서 말 끝을 흐렸다. 주혁은 대답 대신 미소를 지으며 시선을 다시 참가자들의 프로 필로 돌렸다.

"그런데 보이스프로덕션은."

이어서 서아리가 보이스프로덕션에 관해 무언가를 물어보려는 찰나에.

"진짜 무조건 편집해요! 알았죠?!"

"예예. 봐가면서 알아서 할게요."

"아니! 진짜 해줘요!"

오희연이 박한철 PD를 붙잡고 고래고래 소리를 지르다, 이내 심사위원석 으로 돌아왔다. 때문에 서아리가 말을 멈췄고, 자리로 가던 오희연이 강주혁 의 얼굴을 뚫어져라 노려봤다.

"……소문이 진짜구나?"

주혁이 피식했다.

"무슨 소문이오?"

"너 달라졌다더니, 그게 건방져졌다는 얘기였어. 엄청 건방지네, 너?"

"그럴 리가요."

"흥."

짧게 혀를 찬 오희연이 자리에 궁둥이를 붙이면서, 마지막 말을 던졌고.

"적당히 나대. 이 바닥이 무슨 할리우드도 아니고, 다리 하나 건너면 전부 아는 사람들인데. 그치, 주혁아?"

주혁 역시 무심하게 답했다.

"그럼요, 선배님."

이후 녹화가 재개됐다. 지금껏 시크한 모습으로 일관하던 참가자 도경태는 아내와 아이를 모티브 삼아 신혼부부에 관한 무대를 펼쳤고, 녹화 내내 흰색 운동복을 입었던 이필수는 깔끔한 턱시도 차림으로 드라마 〈미생〉을 패러디 한 무대를 펼쳤다. 심사위원 오희연의 프리패스로 간신히 TOP20에 오른 이 혜원은 연예인 연습생 관련 무대를 펼쳤는데, 삑사리를 냈다. 게다가.

"제 생각은 좀 다릅니다."

"……저 자식이 진짜."

"후—"

사사건건 스파크가 튀는 오희연과 강주혁 간의 전쟁과, 관망하는 듯 보이 지만 알게 모르게 머리를 굴리는 장황수까지, 여러 가지로 볼거리가 풍성했 던 녹화는 해가 떨어지고 달이 하늘 한 자리를 차지한 뒤에야 끝났다. 박한철 PD가 녹화 끝을 알리자, 민효정부터 박종우가 가장 먼저 자리에서 일어났고.

"……다음 녹화 때는 좀 수더분하게 보자, 주혁아?"

오희연이 앉아 있는 강주혁을 흘기며 쏘아붙였다. 주혁은 대답 없이 그저 웃기만 했다. 그 모습을 가만히 보던 장황수가 긴 한숨을 내쉬며 강주혁의 어깨를 툭 쳤다.

"살살. 응? 살살 해, 살살."

자기 말만 하고 사라지는 두 선배를 보며 주혁이 혀를 찼다.

'그저 남이 바뀌기를 원하지. 자기들이 변할 생각은 없는 거야.'

그때였다.

"오빠."

"네?"

서아리가 주혁에게 핸드폰을 내밀었다.

"저 번호 좀 알려주세요."

잠시 뒤. 가장 늦게 자리를 정리한 주혁이 심사위원석을 내려올 때, 박한철 PD 목소리가 들렸다.

"사장님."

"아, PD님. 오늘 수고하셨습니다. 이제 일정이 어떻게 되죠?"

주혁의 물음에 박한철 PD가 뒷주머니에 꽂아둔 종이를 펼쳤다.

"어— 보자. 28일, 그러니까 내일 방송분에서 본선 그림 전부 내보낼 것 같고, 4월 3일 금요일 패자부활전 녹화, 4일 방송분에는 오늘 녹화분이 나갈 거고요. 그 주 주말에 투표, 7일에 결과발표, 14일에 패자부활전 결과발표, 17일에 최종 TOP12 녹화가 있습니다."

"그렇군요."

간단하게 고개를 끄덕이는 강주혁에 비해, 박한철 PD는 얼굴을 찌푸렸고.

"어휴, 제가 말하긴 했지만, 진짜 지옥 같은 스케줄이네요."

"프로가 망한 것보다야 그게 낫겠죠."

억지로 고개를 끄덕였다.

"그, 그렇죠. 아! 그러고 보니, 아까 그 친구한테 전화가 왔어요."

"누구요?"

"장주연이요. 왜 저번에 말씀드렸던."

장주연의 이름이 나오자, 주혁이 가던 걸음을 멈췄다.

"그래서요?"

"무슨 바람이 불었는지, 포기한 이유를 설명하면서 꼭 패자부활전에 나가고 싶다고 하던데요. 저희야 쌍수 들고 환영이죠. 그 친구 지금 반응이 좋으니까."

말을 들은 주혁이 웃음을 지었고.

"PD님, 그 패자부활전 녹화가 언제라고 하셨죠?"

"4월 3일. 다음 주 금요일인데, 그때는 제 후배놈이 현장을 책임질 겁니다. B팀 같은 개념이죠. 그날 저는 편집실에 박혀 있어야 해서."

손에 걸쳐둔 코트를 입으면서 마지막 말을 던졌다.

"그날, 몰래 녹화 좀 구경해도 되겠습니까?"

〈만능엔터테이너〉 녹화장을 떠난 주혁은 곧장 김재황 사장과 만나기로 한 강남의 횟집을 찾았다. 꽤 늦은 밤이라 그런지 손님은 많지 않았다.

"VIP 1번 룸입니다."

입구에서 직원 안내를 받은 주혁이 VIP 1번 룸의 문을 열었다.

"아, 왔나?"

룸에는 이미 김재황 사장이 도착해, 코끝에 안경을 걸치고 신문을 읽고 있었다.

"네. 좀 늦었습니다."

"아니야. 나도 방금 왔어. 아, 우리는 조금 있다가 시키겠네."

"네."

김재황 사장에게 고개를 숙인 직원이 룸을 빠져나갔고.

"이번에 많이 도와주셔서 감사합니다. 장소부터 검찰 쪽 소개까지."

"음? 아아, 그 정도로 뭘. 덕분에 호텔 홍보나 내 검찰 쪽 인맥도 재미 봤으니, 나도 도움받은 셈이지."

주혁의 말에 고개를 젓던 김재황 사장이 보던 신문을 접으며 말을 이었다.

"뭐, 앞으로도 이렇게 서로 돕고 가자고."

얼마나 먼 미래를 두고 얘기하는지는 모르지만, 여기서 포인트는 '앞으로도'였다. 그 속뜻을 이해한 주혁은 대답 대신 옅은 웃음을 지었다.

"그래서 말인데."

김재황 사장이 책상 아래쪽에서 두꺼운 서류봉투를 들어 올렸다.

"이것 좀 봐줄 수 있나?"

꽤 묵직한 서류봉투를 집어든 주혁이 잠시 김재황 사장의 얼굴을 보다, 봉투 안을 확인했다.

— 해창전자 상, 하반기 브랜디드 콘텐츠 (최종안)

서류봉투 안에는 두꺼운 기획서가 들어 있었다.

"……이걸 왜."

"자네가 감이나 보는 눈이 좋으니까. 신통하잖나?"

되물으며 슬쩍 웃던 김재황 사장이 물컵을 집으며 말을 이었다.

"최종안이야. 내가 사인만 하면 바로 진행이지. 그런데 솔직히 말하면, 뭔가 아쉽단 말이야. 그런데 내가 또 미디어 쪽은 머리가 안 돌아서 그래. 이쪽으론 자네가 더 빠삭하니까."

"흠……."

"한 번 보고, 저번 브랜디드 콘텐츠 초기 기획 때처럼 조언만 해줘. 그때 자네 덕분에 일본 쪽 분량을 싹 빼서 여기까지 올 수 있었던 거니까."

강주혁이 팔짱을 끼고는 짧은 숨을 뱉으며 고민하는 표정을 지었다. 그러자 김재황 사장이 또 다른 서류를 책상 위로 올렸다.

"이건 뭡니까?"

"계약서."

"계약서요?"

"그래. 자네 소속 친구들 있잖나? 우리 핸드폰, 노트북 광고 찍는 친구들. 다음 것까지 그 친구들 전속으로 갈까 하는데. 별 탈 없으면 그 친구들로 쭉 가지."

간단하게 말했지만, 지금 김재황 사장이 내민 건 꽤 굉장한 계약서였다. 강하영이나 강하진이 문제를 일으키지 않는 한, 무려 해창전자의 주력 상품인 핸드폰이나 노트북 광고 전속. 그런 계약서를 내려다보며 주혁이 웃었고.

"꽤 담담하게 말씀하시네요."

김재황 사장 역시 미소 지었다.

"그러니까 말했잖나? 서로 도우면서 가자고."

다음 날, 출근한 주혁이 김재황 사장에게 받은 브랜디드 콘텐츠 기획서와 광고 전속 계약서를 책상 위에 올렸다. 그와 동시에 사장실의 문이 열렸다. 사람보다 추민재 팀장과 홍혜수 팀장의 목소리가 먼저 들렸다. 이미 엘리베이터에서부터 계속 전쟁 중이었던 모양.

"아니, 얼마나 늦었다고 아침부터 잔소리냐?"

"어머, 민재야. 내가 말했지? 아슬아슬도 안 된다고?"

"아줌마. 5분 늦었어, 5분."

"내가 분명 어제 전화로 아슬아슬 안 되고, 지각 엇비슷하게도 안 된다고 했지?"

그들의 티키타카를 오랜만에 봐서인지, 주혁은 그저 웃고만 있었다. 그러다 어렵사리 전쟁을 멈춘 두 팀장이 강주혁에게 인사를 건넸다.

"사장님, 일찍 왔네?"

"사장님, 좋은 아침~ 커피는 내가 내릴게."

자연스럽게 커피를 내리는 홍혜수 팀장과 자리에 먼저 앉은 추민재 팀장을 보던 주혁이 시간을 확인하더니 곧장 본론을 던졌다.

"나도 모닝커피 하고 싶은데, 시간이 좀 없네. 이것만 전달하려고."

주혁이 김재황 사장에게 받은 계약서를 책상 위에 올렸고, 추민재 팀장이 고개를 갸웃했다.

"이게 뭔데?"

"해창전자 건으로 하영 씨, 하진 씨 광고 전속 계약서."

그때 커피를 나르던 홍혜수 팀장이 화들짝 놀랐다.

"뭐? 1~2년도 아니고 전속? 어머, 진짜야, 사장님? 해창전자 전속을 따왔다고?"

"어어. 대충 검토는 했는데, 두 분이 한 번 더 세세하게 검토해주고, 하진 씨나 하영 씨한테 전달 좀 해줘. 괜찮다고 하면 계약 진행하고."

담담하게 말하는 강주혁을 멍하니 올려다보던 추민재 팀장의 시선이 다시금 책상 위 계약서로 향했다.

"하— 참나. 사장님, 지금 이게 이렇게 푸대접받을 종이가 아닌 건 알지? 금보다 귀한 거야, 지금 이게."

추민재 팀장이 계약서를 무슨 국보급 문서 대하듯 집어드는 모습에 주혁이 웃었다. 그러다 옆에 놓인 브랜디드 콘텐츠 기획안을 내려다보며 혼잣말을 뱉었다.

"이것도 금보다 귀하게 만들어봐야지. 재욱이가 들어가는 거니까."

계약서를 받아든 두 팀장이 다시 전쟁을 벌이며 사장실을 빠져나갔고, 혼자 남은 주혁은 전화를 걸었다. WTVM 예능국장이었다. 그러나 연결되지 않았다. 길게 신호만 나는 핸드폰을 가만히 들고 있던 주혁이 짧게 읊조렸다.

"이것 봐라? 아예 안 받는다?"

통화연결을 취소한 주혁이 핸드폰을 책상 위에 대충 올려둔 채, 팔짱을 끼면서 생각에 빠졌다.

"흠."

바로 그때 주혁의 전화가 울리기 시작했다.

"국장인가?"

타이밍상 주혁은 당연히 예능국장인 줄 알았다. 하지만 모르는 번호였다.

"네. 강주혁입니다."

"아! 사장님. 안녕하십니까!"

"어디시죠?"

"저 TVL 예능국 최호 PD라고 합니다. 그 추민재 팀장님께 번호를 받았습니다."

순간 주혁은 며칠 전 추민재 팀장의 전화를 떠올리며 미소 지었다.

"네. 전달받았습니다."

"주말에 전화드려서 죄송합니다! 혹시 통화 좀 괜찮으십니까?"

"괜찮아요. 평일 주말 상관없이 일하니까."

"아하! 배우 시절보다 바쁘시다고 들었습니다."

"뭘요. 근데 무슨 일로?"

강주혁의 물음에 최호 PD가 잠시간 뜸을 들였으나, 이내 답했다.

"그…… 전화로 말씀드리기가 좀. 호, 혹시 만나뵐 수 있습니까? 시간은 저희 쪽에서 맞추겠습니다!"

"으음."

침음을 삼킨 주혁이 말을 이었다.

"그럼 제가 5분 후 다시 전화드리겠습니다. 지금 회의 중이라."

"아~ 예, 알겠습니다! 핸드폰 붙들고 기다리겠습니다!"

그렇게 전화가 끊겼고, 주혁이 끊긴 핸드폰으로 어디론가 다시 전화를 걸었다. 연결 신호는 길지 않았다.

"예에— 물주, 아니 사장님."

상대는 박 기자였다.

"어어. 지금 디쓰패치 쪽 인수인계 중이지?"

"그렇지. 야야, 아무리 빨라도 한 2주는 걸려."

"알았어. 그것보다."

"엉?"

박 기자의 되물음에 주혁이 자리에서 일어나며 입을 열었다.

"박 기자님. 디쓰패치 나오기 전에 일 하나만 더 하자."

대뜸 던진 주혁의 요청에 박 기자가 실소를 뱉었다.

"아주 마지막의 마지막까지 우려먹는구나? 사골이네, 사골."

"내가 그래도 디쓰패치에 그 정도는 받을 수 있잖아? 준 특종이 얼만데."

"그렇긴 하지. 편집장도 별말 못하긴 할 거야. 앞으로는 편집장 그 양반이 나 대신 통로가 될 테니까. 그래서, 뭔데? 큰 거야? 큰 거면 아껴두지?"

"그냥 작은 거. 찌라시 정도. 일단 각만 잡고 있어줘. 던질 타이밍은 내가 알려줄게."

"알았어. 퇴사 기념으로 예쁘게 쏘지, 뭐."

"연락 줄게."

짧게 전화를 끊으며 미소 짓던 주혁이 이어서 TVL 최호 PD에게 다시 전화를 걸었다. 정말 핸드폰을 붙잡고 있었는지, 연결 신호가 1초 만에 끊겼다.

"예, 사장님. 회의는 끝나셨어요?"

"아, 네. 어— 혹시 주말도 괜찮으면 내일 점심쯤 어떠세요?"

"그럼요. 방송쟁이가 평일 주말이 어딨습니까. 되죠. 어디로 가면 되겠습니까?"

"제 회사로 오시죠. 어딘지는."

주혁이 주소를 부르려는 찰나에 최호 PD가 끼어들었다.

"지금 방송가 사람이 보이스프로덕션 어딨는지 모르면 안 되죠. 얼마나 핫합니까. 하하하."

어째 최호 PD의 입에 발린 아부가 바로 옆에서 들리는 듯했고, 피식한 주혁이 고개를 끄덕였다.

"그래요? 알겠습니다. 그럼 내일 12시쯤 뵙죠."

"옙! 내일 뵙겠습니다!"

이후 강주혁이 사무실에 틀어박혀 일을 처리하던 와중, 〈만능엔터테이너〉의 본방이 전파를 탔다. 마지막 예선전과 1차 본선 그리고 장주연과 수현이 외출하는 모습 등이 그려졌다. 박한철 PD가 작정하고 편집했는지, 속도감 있는 전개가 펼쳐졌다. 특하나 이번 방송에서는 탈락자가 속출했다. 걸그룹 포프린의 이미소, 중도 포기한 장주연 등 애초 60명까지 살아남았던 참가자가 20명까지 좁혀지는 과정이 한 화에 모두 실린 셈이었다. 덕분에 본방이 끝난 뒤, 인터넷은 뜨겁게 달아올랐고.

「'만능엔터테이너' 이번 화에 40명 탈락!」

「'장주연' 중도 포기, 왜?」

「심사위원 강주혁, 오희연 불꽃 튀는 신경전/ 사진」

「시청률 고공행진, '만능엔터테이너' 15% 돌파!」

그만큼 시청자들의 반응도 폭발적이었다.

— 아니, 도경태 뭐임? 지금껏 몰랐는데. 존잘이네?

— 정보 : 도경태는 유부남이다.

— 안돼ㅐㅐㅐㅐㅐㅐㅐㅐ 이미소가 탈락하다니!

— 수현 코인 떡상.

— 헐ㄹㄹㄹㄹㄹㄹ장주연 왜 중도 포기임? 적어도 TOP 5에는 들 실력 아님?

— 와! 담주에 서아리 심사위원 나오는 거 실화?

— 강주혁ㅋㅋㅋㅋ심사위원들이랑 싸우러갔냐ㅋㅋㅋ빠꾸없는 거 보소.

대중의 반응은 각양각색이었다. 재밌는 점은 시청자들이 참가자들의 이름을 완벽하게 외우고 있다는 사실. 그만큼 프로그램 자체는 물론 참가자들의 인지도가 상승하고 있다는 증거였다.

* * *

다음 날 아침, MBS 〈쇼! 가요중심〉 녹화장.

녹화장은 일요일 아침부터 분주하게 돌아갔다. 스케줄이 맞지 않는 가수들의 사전녹화가 진행되고 있었던 것이다.

"헤나 씨! 리허설 가겠습니다!"

"네에~"

커다란 무대 앞, 인터콤을 목에 두른 스태프가 소리치자, 무대 위에서 몸을 풀던 헤나가 준비 자세를 취했다. 그러자 곧 음악 플랫폼 1위를 석권하고 있는 노래 '차가운 이별'이 흘러나왔다.

〈쇼! 가요중심〉의 메인 PD 최정아는 리허설 장면을 부조정실 모니터로 지켜보며 무전으로 스태프들에게 지시하느라 바빴다.

"리허설 오케이. 자, 녹화 들어갑시다. 헤나 씨 준비시켜줘."

그때 옆에서 최정아 PD를 보조하던 남자 직원이 한숨을 내쉬었다.

"오늘 헤나에 서희에 사녹(사전녹화)이 몇 개야. 너무 많은 거 아닙니까?"

그러자 최정아 PD가 무표정으로 답했다.

"별수 있어요? 잘나가시는 가수님들 스케줄 쪽난 거 우리가 맞춰드려야지."

그러고는 마이크에 대고 말을 이었다.

"자, 하이― 큐. 첫 커트 카메라 4로 갈게요. 오케이. 헤나 얼굴 잡아주고, 빠지면서 음악 스탠바이― 큐. 카메라 원 컷, 포 컷, 투 컷, 자, 파이브 스탠바이― 컷, 투 컷, 바스트 컷, 원 컷."

최정아 PD가 내뱉는 컷이 끝날 때마다, 헤나를 찍는 카메라가 동시다발적으로 움직였다. 그 영상은 그대로 최정아 PD가 보는 수많은 정면 모니터로 출력됐다. 잠시 후.

"헤나 오케이. 다음 서희 준비시켜~"

만족스러운 컷을 담아냈는지, 최정아 PD가 다음 사전녹화가 예정된 솔로 여가수 서희를 호출했다. 그런데.

"……쟤네 무대에서 뭐 하니?"

여전히 무대를 비추는 모니터에 내려가는 헤나와 올라가는 서희가 뭐라 말하는 장면이 잡혔다. 결코 친밀해 보이지는 않았다. 그 모습에 피식한 남자 직원이 속삭였다.

"헤나하고 서희 완전 앙숙이잖아요. 소문으론 사석에서는 거의 욕이 난무한다던데."

그 말에 짧은 한숨을 뱉은 최정아 PD가 마이크에 대고 지시했다.

"야야, 뭐 하니. 빨리 떼어놔라. 녹화 진행 안 할 거야?"

사전녹화 무대. 방금 녹화를 마친 헤나가 무대를 내려갈 때, 뒤쪽에서 여자 목소리가 들렸다.

"너 운 좋다?"

기분 좋게 내려가던 헤나가 고개를 돌리더니, 이내 미소를 지었다.

"아아— 언니. 언니도 쪽난 거 메꾸러 왔구나? 근데 무슨 운?"

"아니~ 보이슨지 나발인지 구멍가게로 이적하더니 싱글 내서 1위 하고 있잖아? 하여튼 운 참 좋아?"

금발의 서희가 비아냥거렸다. 서희는 대외적으론 헤나의 라이벌로 표현될 만큼 인기나 인지도 자체는 헤나와 버금가는 가수였다. 하지만 최근 헤나가 〈28주, 궁궐〉이나 노래 '차가운 이별'로 껑충 뛰어오르는 바람에 서희가 살짝 뒤처지는 것 아니냐는 말이 나오는 중이었다. 그 때문에 독이 오를 대로 오른 서희를 보며 헤나가 싱긋 웃었다. 그리고 대수롭지 않게 대처했다.

"노래가 좋잖아? 그러니까 팔리지. 언니는 노래 안 내?"

"……뭐?"

"노래 안 내냐고."

헤나의 물음에 서희의 표정이 눈에 띄게 일그러졌다. 이유는 간단했다. 서희는 이미 정규앨범을 내고 활동 중이었던 것이었다. 즉, 대놓고 무시하는 발언이었다.

"……너, 말 그따위로 할래?"

"왜요? 헐! 언니 앨범 냈어? 난 몰랐지. 하도 안 보여서. 상위권에는 보이지도 않던데. 언제 냈데?"

느닷없는 차트 1위의 반격에 서희가 금발을 부르르 떨며 어금니를 꽈득 물었다. 그런 서희를 보며 헤나가 직격탄을 날렸다.

"뭐, 여튼 수고해, 언니. 아 맞다. 곧 내 콘서트 하는데, 초대장 좀 보내줄게. 바이~"

그렇게 손을 흔드는 헤나를 죽일 듯 쏘아보던 서희에게 스태프가 조용히 다가와 말을 전했고.

"저…… 서희 씨, 스탠바이 좀."

서희가 쏘아붙였다.

"알았어요!!"

잠시 뒤. 녹화를 끝내고 대기실로 들어온 서희가 탁자를 발로 강하게 차며 소파에 앉았다.

"아으! 짜증 나!"

그 바람에 서희의 로드매니저는 바싹 쫀 꼴뚜기처럼 구석에 숨었다. 그러나 서희의 화풀이를 피하지는 못했다.

"오빤 뭐 해?! 헤나 저게 저렇게 나대는데? 홍보 좀 팍팍 해줘야 할 거 아냐! 23위가 뭐니! 그것도 정규앨범인데!"

"그…… 일단, 대표님이 방송을 좀 돌리자고."

"아! 예능 싫다고! 내가 가수지 예능인이야?! 씨!"

애꿎은 탁자만 발로 차대는 서희를 보며 로드매니저가 눈을 질끈 감았다. 전할 말이 있는 모양이지만, 선뜻 입을 떼지 못하는 듯한. 하지만 일은 일이기에 로드매니저가 힘겹게 입을 열었다.

"저…… 그래서 말인데, 서희야."

"왜!! 뭐!"

"예능 섭외가 들어왔는데, 확정은 아니고 미팅을 가져보자는 뜻에서."

"아, 진짜!! 오빠 머릿속에는 두부만 들었어? 방금 내 말 듣고도 그런 소리가 나와?!"

"조, 조건이 좋아서, 사장님이 꼭 말해보라고."

"어딘데!"

서희가 소리 지르자, 로드매니저가 재빠르게 다이어리를 펼쳤다.

"그거 있지? TVL에 선생님들 나와서 먹방하는. 그거 판 새로 짠다고."

"TVL? 누구누구 나온다는데."

"아직 확정된 건 없나 봐. 일단 소문으로는 젊은 층으로 간다고 하던데. 아이돌이나 신인배우로. 동규도 거론되는 것 같고, 김재욱도."

"김재욱? 그게 누구야."

"그 있잖아. 〈28주, 궁궐〉에 나왔던 무사 역할. 연하남으로 꽤."

"몰라, 그런 애. 뭐야, 완전 꽝이네. 안 할래."

"그, 그렇지? 하긴 아무리 보이스프로덕션이 잘나가도 신인은 좀."

순간, 서희가 움직임을 멈췄다.

"잠깐만, 어디라고? 보이스프로덕션?"

"아? 어어."

"그 신인배우 나부랭이가 그 소속사야? 헤나 소속사랑 같아?"

"아— 그러고 보니 그렇네."

로드매니저의 대답을 들은 서희가 팔짱을 끼곤 잠시 생각에 빠졌다.

"오빠, 미팅 잡아봐. 나 제작진 한번 만나볼래."

비슷한 시각, 주혁이 사장실에서 해창전자의 브랜디드 콘텐츠 기획서를 보고 있을 때였다. 노크 소리가 울렸다.

"네."

사장실 문이 살며시 열리더니 등산복 점퍼를 입은 남자와 흰색 롱패딩을 입은 여자 두 명이 들어왔다. 먼저 인사한 건 남자 쪽이었다.

"아, 안녕하세요! 사장님. 저 TVL 최호 PD입니다! 너무 일찍 왔나요?"

최호 PD의 너스레에 주혁이 웃으며 자리에서 일어났다.

"아— 아닙니다. 반가워요. 여기 앉으세요."

"감사합니다! 아! 이쪽은 메인 작가고, 옆은 보조입니다."

"반가워요."

잠시 뒤, 보조작가까지 인사를 나눈 주혁이 각자 자리에 커피를 놓은 후 자리에 앉았다. 커피를 한 모금 넘긴 최호 PD가 극찬을 쏟아냈다.

"캬— 여기 주변 엄청 발전했네요. 제가 집이 예전에 이 근방이라 좀 아는데, 거의 도시급으로 바뀔 것 같던데요?"

"뭐, 광주시에서 알아서 해주겠죠."

"크, 거기에 HY테크놀로지 제2공장도 주변으로 들어오죠? KR마카롱도 1층에 있던데, 완전 발전의 중심에 있네요, 이 건물."

새삼 놀라웠는지, 최호 PD가 사장실을 둘러보며 부러움을 뱉어냈다. 그런 그를 잠시간 쳐다보던 주혁이 시간을 확인했다. 꾸물거릴 시간이 없었다.

"그래서, 무슨 일로?"

"아! 죄송합니다. 바쁘시죠? 일단, 이것부터 봐주세요."

최호 PD가 들고 온 투명 파일을 잽싸게 내놓았고, 파일을 집어든 주혁이 최호 PD와 눈을 마주쳤다. 그러자 최호 PD의 입에서 설명이 줄줄줄 흘러나왔다.

"단도직입적으로 말씀드리면, 저희 예능이 새로 판을 짜고 있는데, 거기에 김재욱 군을 넣고 싶습니다."

"그렇군요. 그런데 그 정도 안건이면 우리 팀장님들하고 얘기하셔도 충분할 텐데, 저를 직접 보자고 하신 이유가?"

주혁의 되물음에 최호 PD가 짧게 숨을 들이마신 후, 강력하게 답했다.

"사실 최근 보이스프로덕션, 그러니까 사장님께서 종편 케이블 중 WTVM에 힘을 싣고 있다는 건 방송가에 꽤 공공연하게 떠도는 말입니다."

"그래서요?"

"이미 사장님은 제작사로서도 투자사로서도 그리고 소속사로서도 방송가에서 파급력이 높습니다. 그런 사장님이 왜 WTVM만 보시는지 전 알 수 없지만, TVL이 결코 뒤지지 않는다고 생각합니다."

당연했다. TVL은 종편 1위였으니까. 강주혁 역시 모르지 않았고.

"네, 계속 말씀하세요."

주혁이 담담하게 다시 묻자, 최호 PD가 마지막 말을 던졌다.

"토크쇼를 준비하신다고 들었습니다. 그 토크쇼, TVL에서 해보심이 어떠십니까? 저희는 이미 윗선이랑 얘기가 끝난 사항입니다. 결정만 내리시면 바로 제작 시작할 수 있습니다!"

이번에는 주혁이 살짝 놀랐다. 방송가야 워낙 좁은 바닥이니 소문이 도는 거야 순식간이겠지만, TVL의 움직임이 너무 빠른 탓이었다.

'즉, 이 최호 PD라는 작자가 총대를 메고 온 건가? 종편 1위 자존심은 챙기겠다?'

이 정도 사안이라면 사실 CP 정도가 와도 이상하지 않은 그림.

'뭐, 상관없긴 하지. 예상 범위 안이니까.'

피식한 주혁이 몸을 최호 PD와 가까이하며 말을 이었다.

"자세히 한번 말씀해보세요."

두 시간 뒤. 최호 PD와 작가들이 돌아가고 사장실에는 주혁 혼자만 남았다. 그리고 그의 책상 위에는 최호 PD가 건네고 간 투명 파일 두 개가 놓여 있다. 그 파일을 검지로 톡톡 때리며 주혁이 혼잣말을 뱉었다.

"움직임이 빠른 건 둘째치고, 조건도 너무 달달한데? 거절하면 머저린데 이거."

실제로 최호 PD가 건네고 간 조건은 강주혁에게 달콤한 것들뿐이었다. 이쯤 되니 오히려 의심의 싹이 트기 시작했다.

"뭔가 살살 유도되고 있는 듯한."

TVL 측이 무슨 꿍꿍이가 있거나 아니면 그 뒤에 누군가 이 상황을 이용하고 있거나. 한동안 말이 없던 주혁이 이내 생각을 털어버리듯 일어나 창밖을 내다봤다. 그러고는 작게 웃었다.

"뭐, 상관 있나. 전부 쓸어버리면 그만이지."

* * *

월요일 아침, WTVM 사장실에 흰색 수염이 듬성듬성 난 본부장과 사장이 마주 앉았다. 본부장이 김이 폴폴 나는 커피잔을 들어 올리며 입을 열었다.

"기사 보셨습니까? 〈당해낼 수 없다〉가 주말 내내 엄청 터졌습니다."

"음, 봤어."

"촬영장 사진이나 동영상 등이 SNS에서 화제가 된 모양입니다. 시청률을 기대해도."

본부장이 기쁜 듯 말을 이을 때, WTVM 사장이 잘라먹었다.

"난 말이야. 개인적으로 그 프로, 잘 안 됐으면 싶어."

"예?"

"그게 잘되면 또 그 친구 말이야, 강주혁. 우리가 쥐락펴락하기 더 어려워질 거야."

본부장의 미간이 살짝 찌푸려졌다.

'이게 지금 사장이 할 말인가?'

그러거나 말거나 WTVM 사장이 말을 이었다.

"프로 한두 개 말아먹어도 괜찮아. 그 친구, 강 사장 기를 어떻게든 죽여놔야 나중에 쓰기가 편해."

"사장님. 그러다 진짜 죽 쒀서 다른 방송사 배만 불려줄지 모릅니다."

걱정하는 본부장의 말에 WTVM 사장이 고개를 저었다.

"그 친구도 우리를 버리긴 아까울 거야. 벌여놓은 게 있고, 지금 다른 곳에 손을 뻗으면 철새다 뭐다 여론이 안 좋아질 게 뻔해."

"그렇지만."

"그리고 본부장, 너무 거기만 싸고돈다고 다른 기획사 사장들이 불평불만이 많아. 주말에 기획사 사장들 몇몇 모여서 밥을 먹었는데, 다들 감정이 썩 좋지 못하더군. 아! 그 이번에 어디야. GM엔터 거기 새로 사장 된 친구, 사람 괜찮던데. 이름이."

"이강수 사장입니다."

"그래그래, 그 친구."

주말 식사자리가 꽤 즐거웠는지, WTVM 사장이 미소까지 지으며 침을 튀겼다.

"어쨌든 요즘 물올랐으니 TVL이나 HTVC 사장 놈들 표정 볼 만하겠어, 허허."

같은 시각, TVL 사장 역시 아침부터 CP와 최호 PD를 만나고 있었다.

"그래, 최 PD. 강주혁 사장 만나보니까 어땠어요?"

"예, 사장님. 소문이랑은 좀 달랐습니다."

"달랐다?"

"예. 소문이나 TV에 나온 걸 보면 굉장히 차가울 것 같은데, 직접 보니 그렇지도 않던데요. 오히려 냉풍이라기보단 온풍이었습니다."

"그래요? 어쨌든 전달하라는 건 모두 전달했지요?"

"물론입니다. 확실하게 전달했습니다. 그런데 아무리 뜨는 별이라지만, 너무 조건이 좋은 것이……."

최호 PD가 말끝을 흐리자, TVL 사장이 알 필요 없다는 듯 짧게 답했다.

"알았어요. 나가봐요."

"아, 예."

분위기상 최호 PD는 전후 사정을 전혀 모르는 듯 보였다.

"음, 이 사장. 일단 전달은 했네. 허허, 뭘 감사는. 편성 내주는 거야 뭐 어렵겠는가. 내가 약속은 잘 지키니까. 그래그래, 그러자고. 이번 주에 공 한번 치세. 음, 알았어."

최호 PD가 미팅룸을 나가자 TVL 사장이 어디론가 전화를 걸어 즐거운 통화를 이었고. 통화 상대 또한 웃으며 응대했다.

"예예, 사장님. 그럼 또 연락드리겠습니다."

네이비 정장을 깔끔하게 차려입은 이강수 사장이 핸드폰을 책상 위로 올리며 웃었다.

"하여간 돈 밝히는 땅딸보 늙은이. 좋다고 받아먹네요."

짧게 비웃은 이강수 사장이 가볍게 자리에서 일어나며 주머니에서 담뱃갑을 꺼냈고.

"자, WTVM이나 TVL에 약은 쳤어요. 그래서 강주혁 사장님은."

담배에 불을 붙이며 장난스레 혼잣말을 뱉었다.

"어딜 먹을까요? 뭘 먹든 체하긴 할 테지만."

이처럼 모든 곳이 북 치고 장구 치고 꽹과리까지 쳐댈 때, 강주혁은 조용했다. 아니, 정확하게 말하면 타이밍을 재듯, 조용히 커피를 마실 뿐.

화요일에도 주혁의 움직임은 별다를 게 없었다. 딱 한 가지, 두 글자를 찍어 박 기자에게 문자를 보낼 뿐이었다.

'지금.'

화요일 이른 점심. 디쓰패치가 기사 하나를 쏘아 올렸다.

「[단독]강트맨 '강주혁', 비밀리에 TVL과 접촉! 이제 TVL에 무게 두나」

특별할 것 없는 평범한 기사 하나. 그러나 이 평범한 기사가 낳은 파장은 결코 평범하지 않았다.

「강주혁과 사이 좋던 WTVM, 갈라진 내막은?」

「TVL 만난 미다스의 손 '강주혁', 이번에는 드라마인가 예능인가?」

디쓰패치가 쏘아 올린 기사에 타 언론사들이 득달같이 달려들었다. 강주혁과 보이스프로덕션이라는 이름은 그만큼 좋은 먹잇감이었으니까. 이에 예측, 상상, 찌라시, 추측성 기사들이 줄지어 쏟아지기 시작했다. 이 같은 언론의 움직임은 곧 여론의 움직임이 되고, 대중의 머릿속에 스며들기 시작했다. 그리고 늦은 점심쯤에는.

"아~ 예예, 박 기자님. 하하, 맞아요, 맞아. 우리 TVL이 강주혁 사장님 만났어요. 어? 아니~ 새로 들어가는 게 아니라, 〈먹방로드〉 있잖아? 그거 판 새로 짜는데, 그것 때문에."

"에헤이 김 기자, 속고만 살았나? 진짜야. 아직 〈먹방로드〉만 얘기 나왔다니까."

TVL에 전화가 쏟아지더니, 팩트가 흐름을 타기 시작했다. 사실이 포함된 기사가 오전의 추측성 기사들을 덮었고, 언론의 초점이 TVL에서 〈먹방로드〉로 순식간에 뒤바뀌었다. 시시각각 파도처럼 넘실거리며 속도를 내던 기사들은 곧 실검에 오른 키워드마저 갈아치웠다.

1. 먹방로드

2. TVL 먹방로드

3. 강주혁

4. WTVM

5. 먹방로드 출연자

대중이 느끼는 현재 상황은 그야말로 방송사들이 벌이는 정보의 전쟁이었다. 그리고 우위에 섰다고 여긴 TVL이 뒷구멍으로 정보를 흘리기 시작했다.

「[팩트체크] TVL 관계자 "강주혁이 이번에 준비하는 것은 토크쇼"」

TVL에서 흘린 정보 덕분인지, 〈먹방로드〉로 활활 타오르던 관심이 토크쇼로 옮겨붙었다.

— 토크쇼? ㅈㄴ 예상 못한 전개네

— ㅋㅋㅋㅋ강주혁이 직접 진행하는 거임?

— 좀 약빤 토크쇼 만들어줬으면 좋겠음. 우리나라 토크쇼는 재미가 없어.

— 빠꾸없는 강주혁이면 아마 19금 토크쇼 만들지돌ㅋㅋㅋㅋㅋ

여기까지 상황을 지켜보던 주혁이 미소 지었다.

"그래. 이렇게 나오겠지."

테트리스 조각이 차곡차곡 쌓여갈 무렵, 그저 관망하던 주혁이 핸드폰을 들어 추민재 팀장에게 전화를 걸었다.

"어— 사장님."

"내가 일전에 말했던 우리 공식입장, 지금 쏘자."

"알았어."

보이스프로덕션의 공식입장은 난장판인 전쟁통 사이를 화살로 가르듯 쏘아졌다.

「[단독] 보이스프로덕션 측 "TVL 측과 먹방로드나 토크쇼 관련 얘기 나눈 것은 사실, 그러나 확정된 것 없어"」

공식입장이 터지는 동안.

"반갑습니다."

"어이구~ 강 사장님, 처음 뵙겠습니다."

강주혁은 추민재 팀장과 함께 새로운 미팅을 진행했다. 그리고 그 시각.

"이, 이 친구가."

멍한 표정으로 노트북을 노려보던 WTVM 사장이 다급하게 본부장과 CP

등등을 호출했다. 이대로 있다간 황금알을 낳는 거위가 떠나갈 판이었다. 사장실로 본부장과 국장, CP, PD들이 들어왔다. 김태우 PD도 있었다.

"지금 이게 무슨 상황이야!"

사장이 대뜸 소리치자 작게 혀를 찬 드라마 국장이 답했고.

"뭐겠습니다. 강주혁이 TVL로 시선을 돌린 것 같습니다."

"아니, 이렇게 갑자기?!"

"워낙에 자유로운 양반이라."

다음으로 예능국장이 길게 한숨을 내쉬었다.

"그동안 전화가 몇 번 오긴 했는데, 사장님이 거리를 두라고 하셔서."

"아니! 이 사람아! 거리를 두랬지, 누가 아예 전화를 받지 말라고 했나?!"

"그게……."

"어허! 이게 지금!"

그때였다. 가만히 상황을 지켜보던 김태우 PD가 조용히 손을 들었다.

"저……."

"뭐야. 뭔가?"

"이 상황이라 말씀드리는데, 〈28주, 궁궐〉을 쓴 정 작가도 계약을 마다합니다. 일전에 강주혁 사장님이랑 만났었는데, 아무래도 정 작가도 강주혁 사장님 쪽으로 붙은 것이."

"뭐? 아직 계약을 안 했어? 그럼 뭐야. 그 작가도 TVL에서 차기작 푼다는 거야?!"

"이런 상황이니 아마도."

WTVM 사장의 얼굴이 사색이 됐다. 강주혁을 쥐락펴락하길 기대했지, 이렇게 거지 같은 상황을 원하진 않았다. 게다가 번지는 속도가 너무 빨랐다.

"빠, 빨리 강주혁 사장 전화 돌려!"

당황함에 WTVM 사장이 외칠 때, 공교롭게 그의 전화가 울렸다. 이어서 발신자를 확인한 WTVM 사장의 얼굴이 한없이 구겨졌다.

"……뭔가."

"하하하. 고맙네! 고마워."

"뭐?"

"덕분에 재미 보고 있는데, 고맙지."

상대는 TVL 사장이었다.

늦은 밤, 이강수 사장은 흘러가는 상황을 장난스레 웃으며 지켜보다 혼잣말을 뱉었다.

"TVL로 가닥을 잡으셨나?"

지금까지의 상황은 누가 봐도 강주혁이 WTVM을 버리고 TVL로 가는 그림. 이 속도라면 빠르면 오늘 밤, 늦으면 내일 정도에 공식발표가 나도 이상하지 않았다.

"뭐, WTVM이나 TVL이나 어딜 가도 똑같습니다~ 강주혁 사장님."

이어서 기대감 넘치는 표정으로 핸드폰을 꺼낸 이강수 사장이 어디론가 전화를 걸었다.

"PD님? 이강숩니다. 네~ 그럼요. 그보다 기사 봤는데, 어찌 되고 있는지…… 네? 뭐요?"

순간 웃음기 가득한 이강수 사장의 얼굴에 살짝 금이 갔다.

"지금, 뭐라고?"

그의 얼굴에 금이 간 이유는 다음 날 아침이 밝아서야 세상에 쏟아졌다.

「[공식]보이스프로덕션 측 "토크쇼 준비 중인 것은 사실이지만, WTVM, TVL에서 하지 않는다"」

같은 날 밤. WTVM 방송국 주변 고급 한식집 룸에 WTVM 사장과 본부장 그리고 예능국장이 차례로 앉아 누군가를 기다리고 있었다.

"……"

룸 안은 침묵이 무겁게 깔렸다. 강력한 한 방. WTVM 사장이나 본부장이나 방송가를 이틀이나 강타한 폭풍에 진이 빠진 터였다. 그때 문을 열고, 싱글코트를 입은 남자가 모습을 드러냈다. 여유로운 표정의 강주혁이었다.

"처음 뵙네요."

짧게 인사한 강주혁이 자리에 앉자, WTVM 사장이 살짝 퉁명스럽게 본론을 꺼내 들었다.

"……강 사장님, 너무 일을 크게 벌였어. 이렇게 대화로 풀면 좀 좋나."

WTVM 사장이 괜한 말을 꺼내자 화들짝 놀란 예능국장이 끼어들었고.

"사, 사장님! 제가 얘기하겠습니다."

WTVM 사장이 고개를 저었다.

"아니야, 내가 하지. 강 사장, 서운한 건 알지만, 말로 풀자고, 말로. 이렇게 방송국 하나 등지면 자네한테도 피해가."

"뭔가 착각하나 본데."

"……뭐?"

자신의 눈을 똑바로 바라보며 강주혁이 말을 자르고 들어오자, WTVM 사장의 미간이 찌푸려졌다. 그러거나 말거나 강주혁이 말을 이었다.

"이미 WTVM은 내 그림에서 빠졌는데, 아직도 허우적대고 계시네요."

"무, 무슨!"

"피해라 그러셨나요? 피해? 정말로 WTVM 하나 등진다고 저한테 피해가 있을 거라 생각하십니까? 어때요, 예능국장님. 한번 말씀해보세요. 저한테 피해가 있을까요?"

"아…… 그게."

예능국장의 어색한 반응에 주혁이 피식했다.

"참 이해가 안 돼요. 방송국 사장 자리쯤 올랐으면 이게 똥인지 된장인지 굳이 먹어볼 짬이 아닐 텐데, 하나하나 먹어보려고 하네."

"이, 이봐! 말을"

"빼겠습니다."

"뭐?"

"지금 WTVM에서 진행 중이거나 거론됐던 모든 것들. 싹 빼겠다고."

그러자 본부장이 눈에 불을 켜고 달려들었다.

"아! 사장님! 진정하시고!"

하지만 강주혁은 진정하지 않았다. 오히려 날뛰었다.

"먼저 〈만능엔터테이너〉부터. 투자금은 이미 들어갔으니 어쩔 수 없고, 간단하게 제가 빠지면 되겠네요. 그리고 다음 주면 들어가는 〈당해낼 수 없다〉, 투자금 뺍니다. 하영 씨도 뺍니다. 어, 정 작가님도 있군요. 그 작가는 WTVM 아니어도 날아오를 테니, 이번 참에 공중파 소개해드리면 되겠네요. 토크쇼? 당연히 중지합니다."

"아, 아니. 잠시만. 강 사장."

"그리고 앞으로 WTVM에 그 어떤 제안도 안 합니다. 즉, 보이스프로덕션이 WTVM 깔끔하게 털겠다고."

현재 WTVM을 급부상시킨 간판 프로와 작가 그리고 WTVM의 미래까지 전부 버린다는 뜻이었다.

"자, 이제 좀 보이십니까? 어디가 더 피해를 볼지? 감당 가능하십니까? 지금보다 상황이 악화되면 그 자리도 간당간당할 텐데. 왜요, 내가 못할 것 같습니까?"

"……아."

방에 앉은 모두가 부정하지 않았다. 강주혁이라면 하고도 남았다.

말을 마친 주혁이 자리에서 일어났다. 이어서 말문이 막힌, 얼굴에 똥을 끼얹은 듯한 표정의 WTVM 사장을 내려다보며 말을 이었다.

"언제까지나 방송국이 갑의 위치에 있다고 생각하지 마세요. 아시겠습니까?"

"……."

"진짜 해드려요?"

"……아, 아니. 미안하네."

이윽고 고개를 숙인 WTVM 사장을 잠시간 보던 주혁이 벗었던 코트를 입었다. 그때 예능국장이 어렵게 말을 걸었다.

"그, 그 사장님! 그럼 토크쇼는 아예 중지하시는."

"인터넷을 보세요. 지금쯤 떴을 테니."

대답을 마친 주혁이 룸을 나섰고.

"인터넷?"

예능국장이 다급하게 핸드폰을 꺼냈다. 이어진 짧은 터치. 곧 그의 핸드폰 화면에 한 가지 기사가 떴다. 예능국장의 눈이 커졌다.

「[단독] KBC 측 "보이스프로덕션 측과 논의 끝에 토크쇼 론칭하기로"」

토크쇼의 행선지는 공중파였다.

다음 날 목요일. 보이스프로덕션 3층 미팅룸은 직원들로 아침부터 붐볐다. 전체 직원회의가 있었기 때문이었다.

"민재야. 사장님한테 연락했니?"

"했다고. 그리고 사람도 많은데 이름으로 부르지 마."

"어머, 시비 튼 거지, 지금? 나도 한다? 해?"

"들어와! 나 요즘 홍삼 먹는다."

전쟁을 선포한 홍혜수 팀장이나 추민재 팀장을 제외하고도 사람은 많았다. 보안팀 황 실장과 박 과장, 실장으로 승진한 헤나의 스케줄매니저 고동구, 가수 파트의 김수열 팀장, 제작 파트의 박건웅 팀장, 홍보팀장 박 기자까지. 가까운 미래 보이스프로덕션의 핵심이 될 인물들이 모두 모였다. 이렇게 전체가 대면하는 것은 처음인지라 은근히 어색함이 흐르던 이들은 그저 홍혜수 팀장과 추민재 팀장의 티키타카를 구경하기 바빴다. 그때 미팅룸 문이 열리며 강주혁이 들어왔다.

"아, 늦었어요."

"사장님 왔어?"

가장 먼저 인사를 던진 홍혜수 팀장을 시작으로 모두가 자리에서 일어나 주혁에게 고개 숙여 인사했다. 그런 그들을 보며 주혁이 미소 지었다.

'이제 반 정도 남았나?'

주혁이 직접 발로 뛰며 모은 인재들. 하지만 아직 부족했다. 강주혁이 생각하는 미래 청사진에는 더 많은 인재가 필요했다. 어쨌든 상석에 앉은 주혁이 회의의 시작을 알렸고.

"다들 바쁘실 테니까, 핵심만 전달할게요. 어— 먼저, 김수열 팀장님."

"예."

"그쪽 사무실 정리는?"

"이번 주 안으로 짐 빼고 직원들은 다음 주부터 이쪽으로 출근하기로 했습니다."

"삼성동으로 사옥 이전할 때까지만 좀 참아주세요. 헤나 씨 콘서트는?"

"업체와 협의 중입니다. 일정 조율이 끝나면 속도를 내겠습니다."

고개를 끄덕인 주혁이 비슷한 안건으로 박건웅 팀장이나 박 기자 등에게 말을 전했다.

"어쨌든 지금 정리 중인 일들은 사옥이 이전하는 5월 전까지는 마무리하세요."

이어서 주혁이 황 실장을 불렀다.

"예. 사장님."

"보안팀 인원, 그러니까 보이스가드 인원을 더 늘릴까 합니다. 우리 소속 연예인 모두에게 한 명씩 붙였으면 좋겠어요. 정예로 잘 꾸려주세요."

"예. 알겠습니다."

다음으로 박 과장을 불렀다.

"박 과장님, 그 아이 채권은."

"그 친구한테 말은 전한 상태입니다. 채권을 어떻게 처리할까요?"

"흠— 일단 보류하시죠. 한번 생각해보겠습니다."

이후의 안건은 5월 사옥 이전 전에 정리해야 할 일들이 대부분이었다. 어느덧 회의가 막바지로 흘러가는 와중에 추민재 팀장이 손을 들었다.

"사장님. WTVM은 어떻게 처리해?"

"결과적으론 종편과는 잠시 거리를 둘 거야. 겁을 좀 줘야지."

"그럼?"

"슬슬 공중파로 눈을 돌릴까 해."

홍혜수 팀장이 웃었다.

"어머, 이제 우리 신대륙 개척하는 거네?"

"뭐, 얼추 비슷하겠지."

"그럼 진행하던 일은 전부 빼는 거야?"

"아니, 그럴 필요는 없어. 그러려고 판을 짠 것도 아니었고."

그때 박 기자가 끼어들었다.

"판? 뭐야. 그럼 어제그제 이틀간 몰아친 폭풍은 물주, 아니 사장님이 짠 설계였다는 소리?"

"응. 중간에 좀 계획을 변경하긴 했지만."

주혁이 살짝 뻐근했는지, 목을 돌리며 말을 이었다.

"나는 이번 판으로 세 가지 정도를 얻어낼 생각이었는데, 어쨌든 가장 큰 목적이."

"인지도. 〈먹방로드〉, 〈당해낼 수 없다〉, 토크쇼 맞지?"

"맞아."

순간, 눈을 크게 뜬 김수열 팀장이 목소리를 높였다.

"예?! 그럼 그 언론 흐름이 전부 짠 각본이었다는."

"뭐, 그렇죠. 그렇게 흘러가도록 유도했으니까."

놀란 표정의 직원들에 비해 주혁은 담담하게 말을 이었다.

"어— 추민재 팀장님. 이번 일로 TVL 〈먹방로드〉 인지도 끌어올렸으니까, 식기 전에 재욱이한테 물어보고, 하고 싶다고 하면 투입하자. 출연 확정 기사 잊지 말고."

"알았어."

"그리고 홍혜수 팀장님. WTVM은 〈당해낼 수 없다〉까지는 갈 거야. 〈당해낼 수 없다〉도 이번 일로 덕을 톡톡히 봤으니까, 하영 씨한테 재밌게 하라고 전해주고."

"응~"

"뭣보다 토크쇼가 내 생각보다 너무 화제가 됐어. 추민재 팀장, 건욱이 좀 들어오라고 해. 오늘 점심에 KBC랑 계약서 쓰게."

회의 자체는 담담하게 이어졌지만, 내용은 꽤 중량감 있어서 새로 합류한 직원들은 도통 적응이 되지 않았다.

"자, 그럼 여기까지."

주혁이 두 시간 동안 이어진 회의 끝을 알리며 미팅룸을 빠져나갔다. 내내 멍하니 지켜보던 김수열 팀장이 추민재 팀장에게 물었다.

"보통 이런 식입니까?"

"뭐가요?"

"이 회사 흐름이."

추민재 팀장이 씨익 웃으며 김수열 팀장의 어깨에 손을 올렸다.

"오늘은 좀 약한 편입니다만?"

이후, 주혁과 추민재 팀장 그리고 김건욱은 여의도 KBC에 들러 토크쇼 〈얘기하고 부대끼고〉의 세세한 계약을 진행했다.

"제작비는 50이 방송국에서, 나머지 50은 사장님께 부탁드리겠습니다."

"회당 얼마나 나올 것 같습니까?"

"4천 정도 봅니다."

주혁이 턱을 쓸었다. 회당 4천. 보이스피싱의 정보대로라면 이 토크쇼는 70화 이상 가는 장수 프로그램이 될 예정인데, 회당 4천이라면 총제작비만 28억이 넘는다. 다만 지금은 초반 기획이니 28억 중 반 정도 생각하면 되고, 14억의 50%라면 주혁이 감당할 초기 투자금은 7억 정도.

'나쁘지 않아.'

고개를 끄덕이는 강주혁을 보며 토크쇼 PD를 맡은 황만수가 슬며시 끼어들었다.

"위에선 SBC나 MBS를 잡길 원합니다. 그러니만큼 진행 방향을."

"신박하게 또는 파격적으로 가야겠죠."

"맞습니다. 일단 1차적으로 기획은 제작팀에서 준비하고, 보이스프로덕션과 미팅을 거치면서 조금씩 윤곽을 잡아볼까 합니다."

확실히 공중파는 체계적이었다.

"좋네요. 뭐, 대체로 계약 사항에 이견은 없으나 두 가지가 들어갔으면 좋겠습니다."

"예. 말씀하세요."

"첫째, 홍보 및 마케팅 시작 전 저희와 상의하기를 원합니다. 일단 김건욱이라는 진행자가 처음부터 밝혀지면 곤란합니다."

"알겠습니다."

"둘째, 토크쇼에 초대되는 방청객은 무조건 다 사연을 받아 채택했으면 합니다."

보이스피싱의 미래 정보에 따르면 장수 토크쇼로 자리잡을 〈얘기하고 부대끼고〉는 방청객에 불특정 다수의 연예인 연습생들을 끼우면서 문제가 터지기에 이 부분은 확실히 해둬야 했다.

"이 두 가지가 계약서에 명시된다면 바로 사인하겠습니다."

주혁이 내민 추가사항을 황만수 PD는 흔쾌히 승낙했다. 그런 그를 보며 주혁이 물었다.

"혹시나 해서 묻는데, 편성은."

"나왔습니다. 그날 국장님 뵙고 얘기하셨다면서요? 편성부터 나왔으면 하신다고."

"예."

"목요일 밤 11시 편성입니다."

황만수 PD의 답변에 강주혁이나 추민재 팀장 그리고 김건욱이 만족한 듯 고개를 끄덕였고.

"그럼 오늘 사인하시죠."

WTVM에서 KBC로 방향을 튼 〈얘기하고 부대끼고〉의 첫발을 뗐다.

그 와중에도 주혁이 손댄 일들은 착착 진행되고 있었다. 강하진, 김건욱이 주연을 맡은 영화 〈19살 그리고 20살〉은 촬영 콘티와 장소 헌팅이 끝나 첫 촬영 날짜를 4월 20일로 확정했다. 이제 프리프로덕션이 끝나고 프로덕션 단계가 코앞이었다.

영화 〈간 큰 여자들〉도 단역과 조단역부터 오디션을 시작했다. 비중이 적은 배역 오디션에는 최명훈 감독과 송미진 작가, 제작실장이 참석했고.

"배역 하나에 50명이나 몰린 거예요?"

오디션 자체가 처음인 송미진 작가가 놀란 눈을 떴다. 대답은 제작실장 쪽에서 나왔다.

"원래 이 정도까진 안 몰리는데, 지금 우리 회사 이름값이 그래요. 최명훈 감독님이 찍은 〈척살〉에서 신인이 몇 명이나 뜬 줄 아세요?"

"많이 떴어요?"

"하진 씨 포함 11명이 차기작 들어간다고 들었어요."

"와…… 11명."

"그러니 일단 도전하고 보는 거죠. 거기다 최명훈 감독님 차기작이고, 최근 사단을 구성한다는 얘기가 밖으로 새서."

오늘 뽑을 배역은 총 일곱 명. 대사가 들어간 단역 두 명, 조단역 다섯 명. 그런데 거의 3백 명이 몰렸다. 그 바람에 최명훈 감독이 길게 한숨을 내쉬었다.

"오디션장 안 빌렸으면 큰일날 뻔했어요. 사장님 말 듣길 다행이지."

뭔가 생각난 듯한 송미진 작가가 고개를 돌렸다.

"아! 사장님은 언제부터 오디션 참가하시는 거예요?"

"조연부터요."

"그리고 주연까지?"

제작실장이 고개를 끄덕이며 물었다.

"사장님 스케줄은 왜요?"

"아…… 저희 팀, 백번 촬영팀에 관해 여쭤볼 게 있어서."

어색하게 웃는 송미진 작가의 말을 끝으로 잠시 휴식을 취했던 오디션이 다시 시작됐다.

한편 김삼봉 감독의 영화 〈도적패〉는 막바지 촬영이 한창이었다.

"리허설 준비하겠슴돠!!! 강하영 배우님 준비해주시고! 감독님께서 거의 다 왔으니까, 배우님들 힘내시랍니다!!"

실제로 김삼봉 감독이 펼친 촬영 콘티는 이제 네 장 남은 게 전부였다. 12컷. 빡빡하게 찍으면 하루에도 끝낼 수 있는 분량이었지만, 김삼봉 감독은 이 12컷에 마지막 2주나 배정했다. 그 이유는 영화 스태프들의 입에서 나왔다.

"한 컷 찍는 데 네 시간이나 썼네."

"감독님이 힘을 빡 준다는 의미겠지."

"하긴, 제일 중요한 컷들이지 이제?"

어쨌든 〈도적패〉 크랭크업 역시 한 달도 남지 않은 상황이었다.

* * *

다음 날인 4월 3일 금요일. 〈만능엔터테이너〉의 패자부활전 녹화가 있었다. 그래서 주혁은 회사로 출근하지 않고 〈만능엔터테이너〉의 녹화장으로 바로 갈 참이었다. 주혁이 지하 주차장에 잠들어 있던 차에 탔을 때였다.

─우우우우웅 우우우우웅

그의 핸드폰이 울렸다.

"아침부터 누구야."

주혁이 고개를 갸웃하며 발신자를 확인했다.

— 하성필

발신자를 보자마자, 주혁의 입에서 웃음이 새어나왔다.

"야, 아침부터."

'뭐냐?' 정도의 말을 꺼낼 참이었던 주혁이 말을 끝내지 못했다. 하성필이 전화를 받자마자 짜증을 냈기 때문.

"야!! 이 새끼, 진짜 사람을 가지고 노냐?"

"첫마디부터 개소리냐, 너는. 뭔데."

"어이가 없어서 그런다, 어이가. 기껏 시나리오 인물 파악 다 해놨더만, 뭐? 주연을 오디션으로 뽑아? 미쳤냐?"

그때야 하성필의 짜증이 이해가 갔다. 〈간 큰 여자들〉의 주연 오디션 소문을 어디서 들은 모양.

"안 미쳤는데."

"아냐. 넌 미쳤어. 너 이 새끼야, 내기 어쩌고 하면서 출연하라매? 그래서 기껏 들어온 다른 작품도 다 까고 지금 이것만 한다고 회사에도 말해놨는데! 너 나랑 해보자는."

"너는 그냥 갈 거야."

"……뭐?"

"뭘 자꾸 물어. 안 들리냐? 너는 확정이라고. 그러니까 연습하던 거나 계속해."

예상치 못한 답이었는지, 하성필의 목소리가 잠시 들리지 않았다.

"진짜냐?"

"그럼 가짜겠냐? 이미 감독님하고도 얘기 끝난 사항이야. 그러니까 하던 인물 파악 계속해. 리허설은 볼 거니까. 아침부터 삐쳐서 전화했냐?"

"······끊어, 이 새끼야!"

만족스러웠는지 어쨌는지, 하성필의 전화는 끊겼고.

"하여간, 예나 지금이나 변한 게 없냐."

하성필의 예전 모습을 떠올린 주혁이 피식하며 차 시동을 걸었다.

한 시간 뒤, 녹화장에 도착한 주혁이 주차한 차를 뒤로하며 예술원 입구로 걷기 시작했다.

'얼마나 변했는지 기대되네.'

주혁은 기대감이 들었다. 이제 빚 부담도 덜었겠다, 거칠 것 없는 장주연의 모습이 어떻게 달라져 있을지.

'패자부활전도 저번과 동일한 과제라고 했지? 뮤지컬.'

이번 패자부활전에 참가하는 탈락자는 총 열 명. 그중 두 명만 합격한다는 말을 박한철 PD에게 들은 터였다. 거기다 이번 패자부활전은 100% 시청자 투표로 진행될 예정. 즉 심사위원 없이 쌩으로 시청자들의 선택을 받는 방식이었다. 주혁은 혹시나 방해될까 싶어 검은색 마스크를 착용하고는 닫혀 있는 예술원의 문손잡이를 잡았다. 바로 그때.

— 우우우웅 우우우우웅

그의 핸드폰이 다시 울렸다.

"또 그놈인가?"

순간, 주혁은 아침에 투정을 부렸던 하성필인가 싶었다. 그러나.

* 070-1004-1009

아니었다. 번호를 확인한 주혁이 잡았던 손잡이를 놓으며 전화를 받고, 곧장 1번을 눌렀다.

"들으실 항목의 키워드를 '선택'해주세요!

1번 '생각지도 못한 폭풍전야', 2번 '없어졌던 남자', 3번 '화이트 빅 마우스',

4번 '누나 넷 3대 독자', 5번 '새벽 1시 30분', 6번……."

"음?"

키워드를 들은 주혁이 살짝 놀랐다.

"키워드 하나가……."

주혁이 속주머니에서 수첩을 꺼내, 저번 보이스피싱의 키워드를 메모해둔 부분을 확인했다.

— 1번 '바람처럼 사라진', 2번 '없어졌던 남자', 3번 '화이트 빅 마우스', 4번 '누나 넷 3대 독자', 5번 '킬링타임 내한'

"1번은 내가 선택한 거고, 5번 키워드가 바뀌었네?"

즉 5번 '킬링타임 내한' 키워드가 현실에서 이미 일어났다는 뜻이었다. 분명 확인해봐야 할 문제였다.

"일단, 키워드 선택부터."

주혁은 순전히 호기심에 1번 '생각지도 못한 폭풍전야' 키워드를 터치했다.

"탁월한 선택! 강주혁 님이 선택한 키워드는 '생각지도 못한 폭풍전야'입니다!

7월, 첫 3백만을 넘기는 영화는 전혀 '생각지도 못한 폭풍전야'가 차지합니다. 국내 극장판 애니메이션인 폭풍전야는 애초 영화 시나리오였으나, 원작자인 작가가 애니메이션으로 제작을 의뢰해 히트를 칩니다. 다만, 개봉 한 달 만에 표절 의혹에 휩싸이면서 제작사인 큐애니스튜디오가 발 벗고 나서지만, 결국 애니메이션 폭풍전야는 한 달 만에 영화관에서 내려옵니다."

그렇게 보이스피싱은 끊겼다. 주혁은 수첩에 미래 정보를 메모하며 입을 열었고.

"폭풍전야? 국내 애니메이션인데 3백만이라. 엄청나네."

턱을 쓸었다.

"그보다 표절 의혹은…… 일단, 여기부터 캐봐야겠는데?"

주혁이 속주머니에 수첩을 넣으며 혼잣말을 뱉었다.

"일단, 폭풍전야부터."

제목을 검색해볼 참이었는지, 주혁이 핸드폰을 꺼내 검색사이트에 '폭풍전야'를 검색했다. 하지만 결과로 나온 정보들은 죄다 꽝이었다.

"애니메이션은 없어."

즉, 아직 시작도 안 했거나 시작은 했으나 홍보를 안 했을 가능성이 컸다. 이번에는 보이스피싱에서 알려준 제작사 큐애니스튜디오를 검색사이트에 적었다. 적어도 제작사는 나오겠지. 하지만 그의 예상은 빗나갔다.

"……뭐야. 제작사도 안 나와?"

제작사 쪽 검색결과는 꽝 정도가 아니었다. 아예 검색결과가 도출되지 않았다. 그러니까, 존재하지 않는 제작사거나.

"검색사이트에 등록을 안 했을 가능성도 있지."

역시나 앞길이 순탄치 않았다. 그런데도 주혁은 웃으며 읊조렸다.

"하긴 뭐, 언제는 쉬웠나."

애니메이션이라는 장르 자체도 주혁에겐 그리 친숙하지 않았다.

"제작단계 자체는 영화랑 비슷하다고 들었는데……."

강주혁의 혼잣말처럼 애니메이션 제작단계 자체는 영화와 흡사하다고 볼 수 있다. 간단히 말하자면 영화의 초기 기획단계인 프리프로덕션, 제작단계인 프로덕션, 후반 편집단계인 포스트 프로덕션, 이 3단계가 애니메이션에도 적용된다. 그러나 그 흐름이, 즉 진행방향이 조금 다르다. 당연하다면 당연한데, 애니메이션은 사람을 찍는 것이 아닌, 사람이 만들어내는 영역이기 때문. 그렇기에 영화와는 다른 측면으로 많은 노동력이 필요한데, 국내에선 그리 팔리는 장르는 아니었다. 이유는 여러 가지이지만 핵심은 볼 만한 콘텐츠가 넘쳐나는 반면 애니메이션의 수요는 여전히 적다는 것. 그러니 애니메이션을 만들지 않는다.

그렇다고 국내 기술이 타국보다 떨어지느냐? 그건 또 아니다. 오히려 잘나면 잘났지 결코 떨어지지 않는다. 국내에서 애니메이션이 잘 팔리지 않을 뿐. 때문에 국내 기술자들이 일본 등 해외로 넘어가는 현상이 발생한다. 아쉽지만 현실이 그렇고, 강주혁도 이런 상황을 모르진 않기에 극장판 애니메이션이 3백만을 넘긴다는 것에 놀란 것.

어쨌든 이 〈폭풍전야〉라는 애니메이션을 찾을 수 없으니, 먼저 큐애니스튜디오부터 찾는 것이 급선무였다. 대충 생각을 정리한 주혁이 핸드폰을 들었다.

"예, 사장님."

"황 실장님 지금 어디시죠?"

"회사로 들어가는 중입니다."

"오늘 일정이 어떻게 되나요?"

"오늘 말입니까? 오늘은 좀 이따가 박 과장 만나서 보이스가드 인원충원 관련해서 회의를 하고, 삼성동 DCS타워 좀 둘러볼 생각입니다."

답을 들은 주혁이 고개를 끄덕였고, 예술원 문을 열면서 지시를 내렸다.

"제작사 하나 찾아보세요. 큐애니스튜디오라는 곳입니다."

통화를 마친 주혁이 몰래 녹화장으로 들어섰을 때, 세트장에는 이미 패자부활전 녹화가 한창이었다.

"자! 오케이! 다음 이미소 씨!"

박한철 PD의 후배인 정창수 PD가 현장을 책임지고 있었고.

"자, 슬레이트 치고 바로 들어갑니다!"

확실히 B팀 개념의 녹화라 그런지, 속도가 빨랐다. 거기다 심사위원들의 심사평마저 배제됐으니, 탈락자 한 명의 녹화 따는 시간은 길어봐야 10분 남짓.

"아아— 조명, 음향 어때요?"

"문제없습니다~"

"오케이. 이미소 씨 무대 갑니다."

이어서 정창수 PD가 이것저것 점검하다, 무대에 올라 있는 걸그룹 포프린의 이미소에게 시작하라는 사인을 보냈다. 동시에 이미소가 준비한 무대에 음악이 깔리기 시작했고, 백색의 조명이 레이저빔처럼 쐈졌다.

"흠."

그 무대를 보며 정창수 PD가 턱을 쓸었다. 대충 편집점이나 감을 잡는 듯 보였다. 그때 그를 보조하던 파란 모자의 조연출이 물었다.

"어떠세요? 선배님."

"나쁘지 않은데? 메인까진 아니더라도 편집 없이 무대를 전부 보여줄 정도는 될 것 같아."

"화제성이 나쁘지 않아요, 포프린 정도면. 이미소 탈락했을 때 댓글도 엄청 났고."

"그래. 쟤는 그림 좀 살려야지."

정창수 PD와 조연출이 대화하는 사이에 이미소의 무대가 끝났다.

"자, 미소 씨 수고했고요. 다음, 어— 장주연 씨 준비하세요."

무대를 내려가는 이미소를 보며 정창수 PD가 대기실에 있는 스태프에게 무전을 날렸다. 5분 뒤, 살랑거리는 흰색 드레스를 입은 장주연이 무대로 올랐다. 언뜻 보면 개량한 웨딩드레스 같았다.

"자, 슬레이트 치고 바로 갈게요."

정창수 PD의 무전에 옆에 있던 조연출이 고개를 갸웃했고.

"어? 선배님 음향 조명 점검은."

"뭐 어때. 이미소 전에 했으니까, 괜찮아. 자, 장주연 스타트!"

곧 장주연이 선 무대에 조명이 쏴지며 BGM이 깔렸다. 처음은 약간 클래식 느낌의 피아노 선율이 나왔다. 그에 따라 장주연이 부드럽게 발레 안무를 펼치기 시작했고.

"선배님, 쟤가 걔죠. 중도 포기했던."

"맞아. 스읍— 확실히 실력은 좋네. 다른 애들이랑 다르게 무대도 잘 휘어잡고."

다시금 정창수 PD와 조연출이 장주연의 무대를 평가했다. 그런데 정창수 PD의 표정이 오묘하게 변했다.

"음. 저는 건 얘가 그림이 좋겠는데……."

"예? 뭘 절어요?"

"실수 컷 말이야. 실수 컷."

"아! 그 절다?"

"실수 컷은 확실히 잘하는 애한테서 뽑는 게 그림이 좋아. 못하는 애한테서 뽑아봐야 재미 못 뽑지."

정창수 PD의 말에 조연출이 고개를 끄덕이며 무대 쪽으로 시선을 돌렸다.

"그런데 실수할 분위기가 아닌데요?"

"그러게. 짜증 나게 잘하네."

그때였다.

— 탁!

장주연의 무대를 비추던 네 개의 조명 중 두 개가 꺼졌다. 그 바람에 안무를 이어가던 장주연의 움직임이 순간 멈췄고.

"어? 조명!"

조명 쪽 문제인 것을 파악한 조연출이 무전기를 들었다. 그런데 정창수 PD가 손을 내저었다.

"야, 잠깐만!"

"예?"

"냅둬봐."

"그게 무슨."

조연출의 물음에도 정창수 PD는 답하지 않았다. 그저 옅은 미소를 지을 뿐. 조명에 문제가 생겼음에도 무대가 중단되지 않자, 멈췄던 장주연이 당황하는 눈빛으로 끊었던 안무를 다시 시작했다. 그 모습을 보며 정창수 PD가 작게 읊조렸다.

"여기서 자르고, 노래는 따로 넣어서…… 그럼 실수 컷 살겠는데."

어느새 팔짱까지 낀 채 빠르게 머리를 굴리는 정창수 PD의 바람을 듣기라도 한 듯, 이번엔 잘만 나오던 BGM이 순간 뚝 끊겼다. 이 또한 명백한 제작진의 실수.

"……"

웅장하게 흘러나오던 음향이 끊기자, 녹화장에는 평소보다 훨씬 무거운 정적이 흘렀다. 그 상황에 정창수 PD가 무대에 있는 장주연에게 외쳤고.

"일단, 계속하세요!"

"아…… 네."

그와 동시에 정창수 PD가 들고 있던 무전기에서 말소리가 터져 나왔다.

"음향인데요. 5초만요."

"조명도 곧 복구됩니다! 죄송합니다!"

"알았어요."

짧게 답한 정창수 PD의 시선이 다시 무대로 향했다. 여전히 안무를 펼치는 장주연. 그러나 눈에 띄게 버벅거렸다. 당연했다. 조명도 두 개나 꺼졌고, 음향도 없이 무음으로 추고 있으니 무대를 이어가는 것만으로도 칭찬받아

마땅했다. 조연출이 정창수 PD에게 물었다.

"선배님, 왜 무대를 계속."

"실수 컷 따려고."

"예?! 아니, 이걸 쓰면 어떡합니까?"

"뭐 어때. 편집하기 따라 쓰기 좋으면 쓰는 거지."

"어어? 박한철 선배님이 난리 치실 텐데요!"

"냅다 그림 들이밀면 지가 어쩔 거야. 스케줄 안 맞아서 녹화 다시 딸 수도 없을 텐데."

정창수 PD가 대놓고 비아냥거렸고, 히죽거리는 그를 미친놈처럼 쳐다보는 조연출이 순간 속으로 외쳤다.

'아무리 사이가 안 좋아도, 공은 공이고 사는 산데. 이건 아니지 않나?!'

하지만 안타깝게도 조연출에게 PD의 마음을 돌릴 힘은 없었다. 그저 쓰고 있는 파란 모자를 더 푹 눌러 쓸 뿐.

* * *

그 시각, 검은색 후드티에 운동복 바지, 일명 똥머리를 한 정 작가는 작업실 4인용 책상에 앉아, 노트북을 두드리고 있었다. 그리고 맞은편에는 턱을 괸 채 힘없이 정 작가를 바라보는 김태우 PD가 앉아 있었다.

— 타타타탁!

그럼에도 정 작가의 신경은 온통 노트북에 박혀 있었고.

"정 작가."

"……"

"어이— 정 작가님. 들리십니까? 정 작가님."

"아! 왜요! 방해할 거면 가세요. 그냥!"

"너무하네."

살짝 삐친 듯한 김태우 PD가 책상에 놓인 〈28주, 궁궐〉의 16부 책대본 아무 페이지나 펼치면서 말을 이었다.

"난 나름 고민인데."

"뭐가요."

"앞으로 어떻게 해야 할지."

"그게 뭐가 고민인데요?"

정 작가의 되물음에 김태우 PD가 피식했다.

"내가 말했잖아. 강주혁 사장님이 정 작가 차기작 공중파로 밀어줄 것 같다고."

"그랬죠?"

"하— 그럼 난 뭘 찍나 싶어서. 빌어먹을 회사를 때려치울 수도 없고."

"때려치우면 되잖아요?"

"이 양반이, 프리랜서라고 말씀 편하게 하시네. 그럼 난 뭘 먹고 사나?"

김태우 PD의 살짝 울컥한 목소리에 정 작가가 짧은 한숨을 내쉬며 노트북을 덮었다.

"여기가 무슨 고민 상담소도 아니고. 외주 쪽에서 스카우트 몇 군데 왔다면서요?"

"왔지. 그런데 영 안 땡겨."

"하— 어쩌라고요. 그럼."

"에이씨! 회사가 아주 거지 같아! 사장이 멍청한 거지. 어째 건드려도 강주혁 사장님을."

바로 그때.

— 우우우우웅 우우우우웅

정 작가의 핸드폰이 진동을 뱉었다. 그 바람에 대화가 끊겼다.

"어? 추민재 팀장님이시네."

정 작가의 말을 들은 김태우 PD가 책상에 엎어졌다.

"받어~ 차기작 관련해서 뭔가 얘기할 게 있나 본데."

"안 그래도 받을 거거든요?"

정 작가가 틱틱거리며 핸드폰을 들었다.

"네. 팀장님. 네네. 아뇨. 저 작업 중이죠. 아— 오늘 밤에요? 네. 괜찮아요.
네네. 어? 김태우 PD님이요? 아, 제 바로 앞에 쓰러져 계시는데, 바꿔드릴까
요? 아— 네네. 알겠습니당."

약간의 콧소리를 낸 정 작가를 보며 김태우 PD가 피식했다.

"정 작가님, 온도차가 너무 난다."

"시끄러워요."

"그보다, 나는 왜? 안부라도 물으셨나 보네."

말을 마친 김태우 PD가 힘없이 일어나 자기 집인 양 냉장고 문을 열었고,
그 뒷모습을 보며 정 작가가 답했다.

"오늘 밤에 미팅 잡혔어요. 강주혁느님도 나오신대요."

"그래그래~ 갔다 와요. 내가 작업실을 지킬."

"아뇨."

"너무하네. 방송국 들어가기 싫다고."

눈에 띄게 침울해진 김태우 PD를 보며 정 작가가 급작스레 외쳤다.

"아니! 나랑 같이 가야 된다고요! PD님도 불렀으니까!"

냉장고 문을 열다 말고 눈을 크게 뜬 김태우 PD가 되물었다.

"뭐? 나도?"

그 사이, 〈만능엔터테이너〉 녹화장에서는 장주연의 무대가 끝났다. 하지만 장주연은 무대에서 내려가지 않고 정창수 PD를 물끄러미 바라봤다. 대답을 기다리는 듯했다. 그 모습에 정창수 PD가 외쳤다.

"장주연 씨! 내려오면 돼요!"

"네?"

"괜찮다고! 내려와도 된다고요!"

뜬금없는 대답에 드레스 양쪽을 꾹 쥔 장주연이 용기를 냈다.

"저…… 음향이나 조명에 문제가."

"알아요. 아니까 일단 내려오시라니까?"

정창수 PD의 대답은 오직 한 가지였다. 내려오라는. 하지만 녹화 현장의 그 누구도 정창수 PD에게 항변하지 못했다. 그의 의도를 알 수가 없었기 때문이었다. 결국 장주연은 여전히 드레스 양쪽을 꾹 쥔 채 무대를 내려올 수밖에 없었다.

"아…… 아, 저, 저기!"

그나마 조연출이 힘없이 대기실로 돌아가는 장주연을 보며 손을 뻗는 것이 위로의 전부. 이어서 빈 무대로 시선을 돌린 정창수 PD가 무전기를 들었다.

"자, 다음 준비해줘."

그때였다.

"당신, 이게 뭐 하는 짓거리지."

정창수 PD와 조연출 뒤로 뜬금없는 남자 목소리가 끼어들었다. 그 바람에 살짝 놀란 정창수 PD와 조연출이 몸을 뒤쪽으로 돌렸다. 그곳엔 검은 마스크를 쓴 길쭉한 남자가 서 있었다. 마스크 때문에 정확한 표정은 알 수 없었지만, 정창수 PD를 노려보고 있는 것만은 분명했다.

"방금 무대는 누가 봐도 제작진 실수인데, 왜 저 애가 그냥 대기실로 돌아가는 거야? 말해봐."

남자의 말에 정창수 PD가 인상을 구겼다.

"아, 뭐래. 야! 외부인 통제 똑바로 안 할래? 빠져가지고. 저기요, 나가세요."

일방적인 대답을 마친 정창수 PD가 다시 무대 쪽으로 몸을 돌렸고, 파란
모자의 조연출이 남자에게 다가가려는 찰나.

"나가주세요. 여기 들어오시면."

남자가 마스크를 벗었다. 그러자 조연출의 발이 멈췄고, 어버버거렸다.

"어…… 어어? 저, PD님! 이, 이분!"

"아! 뭔데!"

이어서 짜증 섞인 외침을 던지며 몸을 돌린 정창수 PD의 시선이 조연출의
시선을 따라 움직였다.

"……어, 어? 왜 여기에."

느닷없이 나타난 강주혁을 보며 눈을 크게 뜬 정창수 PD. 말까지 더듬는
그에게 한 걸음 다가선 강주혁이 입을 열었다.

"설명해봐, 이 상황."

34. 결과

WTVM 5층에 촘촘하게 나열된 편집실. 언뜻 보면 고시원을 방불케 하는 수많은 편집실 중 한 곳에 박한철 PD가 틀어박혀 있었다. 아직 가공을 거치지 않은 영상이 모니터를 통해 재생되고 있고, 박한철 PD가 손가락을 놀리며 편집점을 잡기 위해 영상을 되감았다 빨리 감기를 반복.

"스읍— 이 장면에 자막을 뭐로 넣어야 확 살려나. 좀 밋밋한데."

그때 편집실 문이 열렸다. 하지만 박한철 PD는 여전히 모니터에 얼굴을 박은 채, 나지막하게 입만 열었다.

"나 밥 안 먹는다. 김밥이나 몇 줄 사다 줘."

"네가 사다 처먹든가."

돌아온 대답이 영 파격적이었는지, 편집하던 박한철 PD가 몸을 휙 돌렸고, 이내 거친 대답의 주인을 확인했다.

"아."

그곳에는 조연출이 아니라 〈당해낼 수 없다〉의 이민주 PD가 서 있었다. 그녀 역시 주구장창 편집하는 중이었는지 눈 밑이 시커멓다. 그녀를 보며 박한철 PD가 피식했다.

"밤새웠구먼?"

"너는 안 그랬냐?"

"나는 오늘 새워야지."

대답을 들은 이민주 PD가 편집실 문을 닫으며 종이컵을 내밀었다.

"어? 커피? 땡큐."

"야. 근데 너네는 한 2주 여유 있지 않아?"

"방영 일정을 좀 당겼다. 지금 저번 주 녹화 딴 거 작업하는 거야."

"일을 만들어서 한다, 아주."

못 말린다는 듯 고개를 젓던 이민주 PD가 편집실 벽면에 붙은 〈만능엔터 테이너〉 포스터를 쳐다보며 말을 이었다.

"그럼 내일 나가는 게 시청자 투표 분량?"

"어어—"

"패자부활전은? 녹화 언제 따게?"

"따고 있어, 지금."

"지금?"

포스터를 보던 이민주 PD가 놀란 듯 박한철 PD 쪽으로 고개를 돌렸다.

"B팀? 현장 누가 나갔는데? 지금 돌릴 놈이 있나?"

이민주 PD의 물음에 박한철 PD가 커피를 한 모금 입에 넣으며 답했다.

"창수."

"창수? 정창수? 그 개새끼?"

"어, 그 개창수가 나가 있다, 지금."

"야, 무슨 팀이 그따위로 짰어? 개창수랑 너랑 사이 안 좋은 거 예능국에 서 빤한데, 왜."

"국장이 붙여주는데 뭐 어째. 그리고 너 말대로 지금 B팀에 붙을 놈이 없다잖아."

대답을 들은 이민주 PD가 안 그래도 산발인 머리를 긁었다.

"근데 지금 여기서 편집하고 자빠졌으면 어째? 현장 나가봐야 하는 거 아냐? 그 새끼 또 저번처럼 뻘짓하면."

이미 전과가 있는 모양인지 이민주 PD가 미간을 찌푸리자, 남은 커피를 입에 털어 넣은 박한철 PD가 웃으며 모니터 방향으로 몸을 돌렸다.

"괜찮아. 현장에 저승사자가 있으니까."

"저승…사자? 뭔 소리래?"

"크크크, 원래는 나도 창수 그 새끼 때문에 편집하다가 현장 가보려고 했는데, 막판에 저승사자가 무슨 바람이 불었는지 패자부활전을 보고 싶다고 하셔서. 나야 땡큐지."

"……설마?"

이윽고 가만히 눈알을 굴리던 이민주 PD의 머릿속에 한 인물이 떠올랐고.

"그 설마가 맞을걸?"

그 말대로, 〈만능엔터테이너〉 녹화장에는 저승사자가 정창수 PD를 심판하기 일보 직전이었다. 느닷없이 현장에 들이닥친 강주혁 때문에 녹화장 여기저기에 있던 스태프들이 주변으로 몰려들었다. 이 와중에 정창수 PD는 난데없이 나타나 자신을 노려보는 강주혁을 보며 속으로 혀를 찼다.

'아, 시발. 뭐야 이건 또.'

실로 짜증 나는 상황이었다. 하지만 아무리 막 나가는 정창수 PD라 할지라도 강주혁은 조금 조심스러웠다. 최근 윗선의 움직임도 그렇고, 강주혁 자체도 꽤 골치 아픈 인물이었기에. 어쨌거나 정창수 PD는 꼿꼿하게 서 있는 강주혁을 보며 입을 열었다.

"아, 강주혁 씨. 그…… 뭔가 오해가."

"무슨 오해?"

서늘하다 못해 싸늘한 강주혁의 대답에 정창수 PD가 얼굴을 살짝 구겼고.

"아니— 그게 아니라. 근데 강주혁 씨, 오늘 메인 팀 녹화도 없는데 여긴 어쩐 일로?"

담담하게 서 있던 강주혁이 정창수 PD에게 한 발짝 가까이 다가섰다.

"이상하게 말 돌리지 말고, 내 물음에 대답이나 하세요. 제작진 실수인데 왜 그 아이가 재녹화 없이 대기실로 들어갔는지."

"아…… 그게. 하하, 아니 진짜 오해라니."

그때 기회는 이때다 싶었는지, 파란 모자의 조연출이 대뜸 끼어들었다.

"PD님이, 장주연 씨 분량 실수 컷으로 간다고 하셨어요. 그래서 장주연 씨가 그냥 대기실로 들어가신."

"야! 너!"

갑작스런 폭로에 정창수 PD가 옆에 있던 조연출에게 소리쳤다. 동시에 주혁의 낮고 굵은 음성이 녹화장에 퍼졌다.

"실수 컷?"

"아, 아니."

"그러니까, 지금 제작진 실수를 돌려서, 그 아이 무대를 실수 컷으로 사용하려고 했다?"

주혁의 입에서 정창수 PD의 악행이 밝혀지자, 상황을 아는 스태프부터 전혀 몰랐던 스태프들까지 수군거렸다. 그런 상황에 짜증이 폭발한 정창수 PD가 에라 모르겠다는 심정으로 외쳤다.

"방송이 다 그런 거지! 까놓고 말해서 강주혁 씨도 모르지 않잖아?! 다들 그렇게 그림 찍고 내보낸다고!"

녹화장이 넓어서 그런지, 정창수 PD의 외침이 메아리처럼 퍼졌다. 이어서 스태프들 사이에서 중간중간 '헐'이나 '미쳤나 봐' 같은 말들이 튀어나왔고.

"잘 들어."

주혁이 거친 숨을 내뱉고 있는 정창수 PD를 내려다보며 입을 열었다.

"내가 이따위로 찍으라고 내 돈 투자한 줄 알아?"

"아니— 그."

"방송을 그따위로 찍어서 내보낸다는 건 내 알 바 아니야. 앞으로도 그렇게 하든지 말든지 당신 마음대로 해. 그런데 내가 투자한 프로에선 안 되지. 똑바로 찍어. 앞으로 연출 계속하고 싶으면."

"뭐, 뭐?!"

"쯧, 윗놈이나 아랫놈이나 갑질이 몸에 배서는. 내 말 못 알아들어? 똑바로 찍으라고."

심판이 내려졌다. 정창수 PD는 순간 울컥했지만, 쉽사리 덤벼들진 못했다. 아이돌이나 배우, 방송인 등에게나 먹힐 자신의 힘이 앞에 있는 강주혁에게 먹힐 리 만무했다. 거기다 방송가는 한 치 앞을 예측할 수 없는 곳.

'시발, 일단 여기선 발 빼자. 내 프로도 아니고.'

정창수 PD가 꼬리를 내렸다.

"아, 강주혁 씨 진정하세요. 너무 흥분하지 마시고. 사실 다시 가려고 했습니다. 진짜 오해라니까."

급작스레 180도로 반응을 바꾼 정창수 PD를 주혁이 살짝 고개를 꺾으며 쳐다봤고.

"흥분 안 했어요. 내가 흥분했으면 당신은 이미 이 자리에 없겠지. 똑바로 찍기나 해요. 오늘 녹화 끝까지 지켜볼 테니까."

"아…… 끝까지요?"

주혁의 대답은 없었다. 다만 코트를 벗고, 가까이 있는 플라스틱 의자를 집었다. 정창수 PD의 옆자리까지 플라스틱 의자를 끌고 온 주혁이 다리를 꼬며 자리에 앉았다.

"시작하세요."

잠시 후, 장주연이 다시 무대에 올랐다.

몇 시간 뒤 늦은 오후, 보이스프로덕션 사장실. 아직 주인이 돌아오지 않아 비어 있는 사장실의 문이 열렸다.

"들어오세요."

문을 연 것은 추민재 팀장이었고, 그의 뒤로 어느새 묶었던 머리를 푼 정 작가와 김태우 PD가 따라 들어왔다.

"앉으세요. 커피 좀 드릴까요? 저는 마실 건데."

이어서 머신 앞에 선 추민재 팀장에게 정 작가가 손을 번쩍 들었고.

"그럼 전 아이스로 부탁드릴게요!"

"아…… 그럼 저도 같은 거로."

"오케이~ 아아 석 잔."

얼음이 가득 담긴 컵에 커피가 떨어지기 시작했다. 그 틈에 추민재 팀장이 정 작가에게 물었다.

"한창 글 쓰고 계실 텐데, 피곤하죠?"

"아니에요! 직접 데리러 오셔서 감사해요! 택시 타도 되는데."

"하하하, 우리 사장님이 꼭 모셔오라고 신신당부를 해서. 어떻게 PD님도 같이 계셨네?"

"아! 그렇게 됐습니다."

"그래요? 자, 커피 나왔습니다."

간단하게 대화를 이어가던 추민재 팀장이 카페 아르바이트 같은 몸짓으로 정 작가와 김태우 PD 앞에 커피를 서빙했다. 커피를 받아든 정 작가가 고개를 들었다.

"그런데 사장님은?"

"아아, 〈만능엔터테이너〉 녹화장에. 아마 지금쯤 출발은 했을 겁니다."

순간 김태우 PD가 고개를 갸웃했다.

"어? 오늘도 그거 녹화가 있으시던가요? 아마 이번 주는 없는 거로."

"맞아요. 사장님 녹화가 아니고, 뭐 여러 가지 이유가 있어서. 현장을 한 번 뒤집었다고 하던데. 전화로 들어보니까."

"예에?!"

대충 '또요?' 같은 말을 뱉은 김태우 PD가 뭔가 떠올랐는지 다시 물었다.

"아, 근데 정 작가는 작품 때문에 그렇다 쳐도 저는 왜…… 이미 강 사장님은 WTVM에서 마음이 떠나신 게 아닙니까?"

물음을 들은 추민재 팀장이 미소 지으며 커피 한 모금을 삼켰다.

"WTVM은 아깝지 않아도 PD님은 아까운 모양이죠."

"엥?"

의미심장한 말에 김태우 PD가 눈을 크게 떴지만, 그 이상의 대답은 돌아오지 않았다.

강주혁이 사장실에 도착한 건 그로부터 한 시간은 더 지나서였다.

"늦었습니다. 오래 기다리셨죠?"

가장 먼저 주혁의 손을 잡은 정 작가가 고개를 다급하게 저었다.

"아뇨! 팀장님이 재밌게 해주셔서 시간 가는 줄 몰랐어요."

간단하게 인사를 마친 주혁이 들고 있던 코트를 의자에 걸치며 정 작가의 맞은편에 앉았다.

"오래 기다리셨으니까 바로 본론으로 들어갈게요. 작가님, 대본 얼마나 진행됐습니까?"

"아! 지금 1부 퇴고 중이랄까요?"

"속도가 빠르네요."

"네. 어차피 구상은 전부 해둔 상태라."

테 없는 동그란 안경을 추켜올린 정 작가를 보던 주혁의 시선이 김태우 PD에게 옮겨졌다.

"작가님. 들으셨는지 모르겠는데, 지금 쓰시는 드라마 WTVM에서 하긴 어렵겠습니다."

강주혁을 쳐다보던 김태우 PD가 고개를 숙였다. 이미 상황을 알고 있는 탓이었다. 이어서 정 작가가 고개를 끄덕였다.

"네, PD님한테 대충 들었어요."

"작가님. 혹시 생각하시는 방송사나 제작사가 있습니까?"

"아…… 솔직히 아직 거기까진 생각 못 했어요."

"그래요?"

말을 마친 주혁이 자리에서 일어나 책상에서 파일 몇 개를 들고 왔다. 그중 하나를 정 작가에게 내밀었다.

"이게…… 뭐예요?"

주혁이 여유롭게 웃었다.

"작가 전속 계약서. 작가님 혹시, 생각하시는 소속사가 있으십니까?"

"예? 소속사요? 아, 아뇨? 호…… 혹시 저 지금 스카우트하시는."

"맞아요. 앞으로 작품을 보이스프로덕션에서 쓰셨으면 좋겠습니다."

"헐!"

크게 탄성을 지른 정 작가가 두 손으로 자신의 입을 막았고, 꽤 벅차올랐는지 한동안 대답이 없었다. 옆에 있던 추민재 팀장이 웃었다.

"왜요? 우리 회사 싫어? 딴 곳 소개시켜드려?"

"아뇨! 좋아요! 완전 좋아요! 진짜로."

역시 미소 짓고 있던 강주혁이 다음 안건으로 넘어갔다.

"이건 작품 계약서."

"작품 계약서요?"

"지금 쓰시는 작품, 저희 보이스프로덕션에서 시작했으면 좋겠습니다."

그러자 정 작가가 고개를 갸웃했다.

"어…… 제가 보이스프로덕션에 소속되면 제가 쓴 작품도 자연스럽게."

"아뇨. 다릅니다. 작가님이 소속되는 건 소속사 개념이고, 작품 제작사는 따로 보셔야죠. 쉽게 말해서 〈28주, 궁궐〉의 제작을 맡았던 김앤미디어의 일을 보이스프로덕션에서 하겠다는 말입니다. 그리고."

말끝을 흐린 주혁이 어색한 표정의 김태우 PD를 쳐다봤다.

"그 작품의 연출, 김태우 PD님이 맡아주셨으면 좋겠는데요."

"아— 예? 그게 무슨! 이 작품 WTVM에서 안 하신다고."

"예. 안 합니다. 대신에."

주혁이 가져왔던 투명 파일 중 남은 파일을 김태우 PD에게 내밀었다.

"PD님, 프리 생각 없으십니까?"

"프리요?!"

정말 생각지도 못했는지, 한바탕 소리를 지른 김태우 PD의 시선이 정 작가부터 시작해서 추민재 팀장 그리고 결국엔 강주혁에게로 다시 돌아왔다.

"저, 정말입니까?"

주혁이 미소 지으며 자리에서 일어났다. 자신도 커피를 내릴 모양.

"물론이죠."

"아니, 근데 제가 터진 작품이라 해봐야 〈28주, 궁궐〉이 다라서."

"그거면 충분합니다. 이미 제작사 몇 군데서 컨텍도 왔잖아요?"

"그, 그렇긴 합니다만."

"일단 정 작가님, 김 PD님, 계약서 먼저 확인해보세요. 조건까지 보시고 얘기 계속 나누시죠."

때마침 머신이 커피를 뽑아내는 소리를 뿜었고 정 작가와 김태우 PD가 계약서를 펼쳤다. 검토는 약 15분이 지나서야 끝났다.

"계약금이나 조건 중에 부족한 게 있으십니까? 있으면 지금 말씀하세요."

정 작가나 김태우 PD가 고개를 저었다. 무척 강렬하게.

"아뇨! 좋은데요?"

"예. 좋습니다. 그런데 너무 조건이 좋은데, 저나 정 작가나 어찌 보면 이제막 신인 딱지 뗐는데 이런 조건이……."

말끝을 흐린 김태우 PD를 보며 주혁이 웃었다.

"미래를 위한 투자라고 생각해주세요. 그리고 두 분 더 비싸지기 전에 붙잡아둬야죠."

김태우 PD는 〈28주, 궁궐〉이 연출로서 세 번째 작품이었다. 거기다 장르는 처음 맡아본 퓨전 사극. 그럼에도 그는 장면 하나 허투루 사용치 않고, 혜나부터 김건욱까지 주연들을 멋지게 담아냈다. 심지어 조연들까지 살아 숨 쉬는 연출력을 보여줬다. 정 작가는 주혁이 만나본 작가 중 대사가 가장 날것인 작가로 손에 꼽을 정도이니, 당연히 영입해야 했다.

'아무리 내 도움이 있었다지만 그건 초반이나 통할 일이고. 결국 〈28주, 궁궐〉의 히트는 이 두 사람이 만든 거나 다름없다.'

실제로 시청률로 증명했으니 더 말할 것도 없었고, 옆에서 서포트해준다면 더욱 날아오를 것이 분명했다.

"결정에 도움이 될 수 있게, 제 계획을 설명해드릴까요?"

"계획이오?"

김태우 PD가 호기심 어린 표정으로 되묻자, 강주혁이 다리를 꼬며 말을 이었다.

"현재 보이스프로덕션 제작 파트에 영화 관련은 꽤 모였지만, 드라마 쪽으론 전무합니다. 그 스타트를 정 작가님과 김 PD님이 끊어주셨으면 좋겠습니다."

"저희가요?"

"예. 음— 드라마라는 게 보통은 방송국 PD가 작가에게 컨텍을 넣고, 작가가 작품을 쓰죠. 그러면 그 작가 소속사가 작품을 방송사에 판매하고, 방송국은 제작사를 구하는 순서대로 움직이죠?"

"크게 보면 그렇습니다. 전부 따로 움직이죠."

"저는 그 방식을 좀 깨보려 합니다."

아직은 잘 이해되지 않았는지, 김태우 PD가 다시 물었다.

"깼다고요?"

"여기저기 따로 움직일 필요 없이 전부 내부에서. 보이스프로덕션 작가님이 글을 쓰고, 소속 PD님이 연출하고, 보이스프로덕션이 투자하고 제작하는 그림을 보고 있습니다."

즉 모두 보이스프로덕션에서 진행하고, 방송국에 판매만 하겠다는 소리.

"……헐."

정 작가가 탄성을 질렀다. 김태우 PD도 놀랐는지 눈을 크게 떴다.

실제로 국내 드라마 제작사나 콘텐츠 제작사 중에는 작가를 영입해 자체 제작을 하는 곳이 몇 있지만, 극히 드물다. 거기다 보이스프로덕션은 드라마뿐 아니라 영화 제작까지 병행하고 있으니, 주혁은 어마어마한 미래를 설계하고 있는 셈이었다.

"뭐, 최종적으로는 영화나 드라마 등등 제작부터 투자, 캐스팅까지 작품이 완성되는 전 과정을 내부적으로 해결한다는 게 제 계획이긴 합니다만, 당장은 어렵겠죠. 하지만 속도를 내고 있습니다. 어때요? 같이해주시겠습니까?"

짧게나마 보이스프로덕션의, 강주혁의 원대한 계획을 들은 정 작가와 김태우 PD. 먼저 움직인 것은 정 작가였다.

"제가 보이스프로덕션 드라마 쪽으론 1호 작가겠네요."

그다음이 김태우 PD였다.

"그럼 전 1호 PD로 하겠습니다."

사인을 마친 정 작가와 김태우 PD에게 주혁이 웃으며 손을 내밀었다.

"잘 부탁드립니다."

보이스프로덕션이 영화뿐 아니라, 드라마까지 발을 뻗는 순간이었다.

다음 날, WTVM 예능국에는 아침 일찍부터 고성이 오갔다.

"야! 정창수! 너 미쳤냐?! 이 새끼가 연출하라고 현장 보내놨더니, 정신이 나갔냐? 어후— 진짜!"

전날 〈만능엔터테이너〉 패자부활전 녹화에서 강주혁과 마찰을 빚은 것이 예능국장의 귀에까지 닿았기 때문.

"가뜩이나 지금 나도 강주혁 사장 눈치 보고 있는데, 네가 뭔데 고춧가루를 처뿌리고 지랄이냐고!!"

"……죄송합니다."

가뜩이나 소문이 빠른 방송가에다, 어제 녹화장에 스태프만 수십 명이었기에 정창수 PD가 한 짓은 이미 예능국에 파다하게 퍼져 있었다. 그 때문에 정창수 PD는 사무실 한가운데에서 고개를 푹 숙인 채, 예능국장의 발광을 감당하는 수밖에 없었다.

"너 때문에 그 양반 빡쳐서 그나마 건진 〈당해낼 수 없다〉 엎어지면? 네가 책임질래?! 말해봐, 이 새끼야."

"……죄송합니다."

"어후! 진짜! 시발 그래, 내 죄다, 내 죄야! 시말서 써!! 그리고 창수 넌 몇 달간 조연출 뺑뺑이야. 알아들어?!"

"알겠습니다……."

— 쾅!

온갖 욕을 뱉은 예능국장이 문을 부술 듯 강하게 닫고는 사라졌고.

"후— 지랄 같네."

"어이구 우리 창수 어쩌냐. PD에서 조연출로 좌천됐네. 그러니까 윗선도 절절매는 강주혁한테 왜 개겨?"

"그러게. 창수 PD, 아니 창수 조연출님. 제 프로 이제 일주일 뒤면 나가는데, 제발 건들지 좀 말아주세요."

가까운 자리에 있던 박한철 PD나 이민주 PD가 웃으며 한마디씩 보탰다.

"……시발."

하지만 정창수 PD는 어금니가 으스러질 듯 물 뿐이었다.

그 시각, 김태우 PD는 드라마 국장과 얘기를 나누고 있었다.

"그래서, 나간다고?"

"예."

"후— 태우야. 요즘 우리 사정 뻔히 알면서 그러냐."

"죄송합니다."

김태우 PD의 묵직한 대답에 드라마 국장이 책상 위에 올려진 사표를 보며 머리를 긁었다.

"쯧. 그래, 어디냐? 제안 들어온 곳이. 〈28주, 궁궐〉 끝나고 여기저기 들어왔다며?"

"보이스프로덕션으로 갈 생각입니다."

"······역시나 그렇게 됐나?"

"예."

심각한 표정으로 사표를 서랍에 넣던 국장이 말을 이었다.

"강 사장, 아니다 싶으면 칼같이 돌아서는구먼. 후— 내 이럴 줄 알았지."

그날 늦은 오후에는 〈만능엔터테이너〉가 전파를 탔다. 이번에는 대부분 참가자들의 무대로 채워졌다. TOP20의 뮤지컬 무대. 지금까지의 포맷과는 다르게 연기파트와 춤, 노래파트의 심사위원들이 모두 모여서 심사를 이어가는 모습에 새로움이 담겼고.

「〈만능엔터테이너〉, 심사위원으로 '서아리' 출격」

꽤 기대를 모았던 서아리가 등장하면서 더욱 화제를 낳았다.

― 지금 바로 투표하러 간다!

― 솔직히 수현이 제일 잘하지 않았음?

― ㄴㄴ이혜원이 의외로 선방함

― 난 왜 이필수 아저씨가 멋있지....ㅠㅠ

― 오늘 자 강주혁: 선 긋기

― 솔까 강주혁 말이 맞지. 무대 자체는 시청자들이 보고 판단할 문제지. 오희연 심사 나는 전혀 공감 안 됐음.

― 난 걍 싸가지 없어 보이던데. 강주혁 나올 때마다 좀 불편함

― 니 얼굴이 더 불편함

수많은 의견이 오가는 가운데, 방송이 끝난 직후 〈만능엔터테이너〉 공식 홈페이지에 시청자 투표 페이지가 오픈했다. 그리고 정확히 10분 만에 사이트가 먹통이 되는 사태가 벌어졌다.

이어진 다음 날 아침. WTVM 예능국 입구에 시청률 표가 붙었다. 이미 표 주변으로 몰린 인원들 사이에 박한철 PD 역시 끼어 있었고. 가장 앞줄에서 시청률을 확인한 동료 PD가 웃으며 외쳤다.

"15.9%! 와씨! 시청률 미쳤네!"

모여 있던 인원들이 하나같이 박한철 PD에게 축하와 찬사를 보냈고, 그 모습을 저만치서 지켜보던 예능국장은 눈을 질끈 감았다.

"시발, 사장 새끼."

그 뒤 주말 동안 시청자 투표가 진행됐고, 어느덧 결과 발표날인 7일 화요일. 아침 10시를 기준으로 〈만능엔터테이너〉의 참가자 숙소 로비가 북적거렸다. 입구 쪽 게시판에 합격자 명단이 붙어 있었다.

"있다! 있어!!"

"……아."

"헐! 내 이름 있어!"

"없…어? 진짜?"

로비에 모인 20명의 참가자. 오늘 이 중 열 명이 짐을 싸서 집으로 돌아가야 한다. 때문에 로비에 모인 참가자들의 표정에는 각기 다른 얼굴이 만들어졌다. 지옥과 천당.

로비로 〈만능엔터테이너〉 제작진 몇 명이 들어와 외쳤다.

"합격자분들은 축하드립니다! 그대로 숙소로 올라가시면 되고요! 탈락자 분들은 짐 챙겨서 이쪽으로 모이겠습니다! 인터뷰 딸 예정입니다!"

한 시간 뒤, 합격자 명단은 〈만능엔터테이너〉의 공식 홈페이지에도 공개됐다. 강주혁이 노트북으로 홈페이지에 접속하자 작은 팝업이 떴다.

— TOP10 발표!

그 팝업을 클릭하자, 노트북 화면은 순식간에 결과발표 창으로 바뀌었다.

토, 일, 월 3일간 이루어진 〈만능엔터테이너〉 투표수는 인터넷 투표 65만여 건을 포함, 총합 백만 건을 넘기며 엄청난 화력을 자랑했다. 덕분에 주말 내내 실검과 수많은 기사가 〈만능엔터테이너〉로 시끄러웠다. 주혁은 합격자 명단을 확인했다.

— 수현(투표수 1위)

— 이혜원(투표수 2위)

— 도경태(투표수 3위)

— 김태림(투표수 4위)

— 최주희(투표수 5위)

— 서혜주(투표수 6위)

— 이필수(투표수 7위)

— 최원(투표수 8위)

— 전현수(투표수 9위)

— 신다정(투표수 10위)

결과를 확인한 주혁이 웃었다.

"오— 생각보다 다들 괜찮게 나왔네."

무엇보다 마니또의 수현이 1등이라는 것이 강주혁을 놀라게 했다. 이어서 주혁은 언론 반응을 확인했다.

「1위 수현을 시작으로 10위 신다정까지, 예상을 뒤엎는 결과」

벌써 언론사들은 각기 다른 시각으로 이번 투표 결과를 진단하고 있었다.

결과에 만족하며 주혁이 노트북을 덮고 자리에서 일어나려던 때, 속주머니에서 전화가 울렸다. 덕분에 일어나려던 주혁은 다시 자리에 앉아 핸드폰을 꺼내 발신자를 확인했다.

"누구지."

처음 보는 번호였다. 고개를 갸웃하던 주혁이 전화를 받았다.

"예. 강주혁입니다."

들려온 것은 여자 목소리였다.

"주혁 씨, 안녕하세요?"

"예. 누구시죠?"

주혁의 되물음에 전화를 건 여자가 짧게 웃더니 자기소개를 했다.

"나, 홍혜숙 작가예요."

상대는 스타작가 홍혜숙이었다. 주혁이 한 번 더 고개를 갸웃했다.

'홍혜숙 작가가 나한테 전화할 이유가 있던가?'

주혁과 홍혜숙 작가는 친분 있는 편이 아니었다. 아니, 정확하게 말하자면 생판 남이었다. 어쨌든 지금 그녀에게 전화가 왔고, 주혁이 대답할 차례였다.

"네, 작가님. 제 번호는 어찌?"

"어머머, 주혁 씨. 요즘 워낙 핫해서, 몇 다리 안 건너도 알아낼 수 있어요."

"아, 그러시군요. 그런데 갑자기 무슨 일로 전화를 주셨습니까?"

"할 말이 있어서?"

주혁이 피식했다.

"예. 하세요."

"그런데— 전화로 하긴 좀 그런데? 우리 만나서 얘기할까요?"

만나자는 요청에 주혁의 표정이 진지하게 변했다. 스타작가 홍혜숙, 그녀가 대뜸 만나자고 했으니 작은 일은 아닐 거라 주혁은 생각했다.

"제가 오늘은 힘들고. 내일쯤 어떠십니까?"

"아니아니, 우리 주말에 만나요. 토요일에. 그때 우리 보조 애들 전부 쉬거든요? 내 작업실로 올래요?"

답을 들은 주혁이 스케줄을 확인 후, 고개를 끄덕였다.

"그렇게 하시죠. 그럼 작가님 작업실 주소를 보내주시고. 오후에 괜찮으시겠습니까?"

"그래요. 저녁 어때요? 맛있는 거 먹으면서 얘기해요."

"알겠습니다."

"그럼! 그날 봐요~"

꽤 흥겨운 목소리로 전화가 끊겼다. 주혁은 핸드폰을 속주머니에 넣으며 생각에 빠졌다. 하지만.

"생각해봐야 의미 없나? 그날 가서 생각하지 뭐."

그때 노크 소리가 들리고.

"사장님. 식사 안 하십니까?"

황 실장이 미소 지으며 들어왔다. 덕분에 점심시간임을 인지한 주혁이 자리에서 일어났다.

"가시죠."

박 과장이 이끈 근처 백반집은 점심시간임에도 사람이 그리 많지 않았다. 거기다 주인인 노부부는 강주혁을 알아보지 못하는 눈치였다. 덕분에 주혁은 편하게 자리에 앉았다. 박 과장이 의기양양하게 입을 열며 의자를 빼냈다.

"어떻습니까? 사람도 없고 쾌적하죠? 하하! 그런데 맛이 없냐? 아닙니다! 맛도 좋아요."

갑작스레 텐션이 업된 박 과장을 보며 황 실장이 나지막하게 말했다.

"알았으니까 좀 앉아라. 사장님, 뭐 드시겠습니까?"

"백반집이니 전 백반 정식으로 하겠습니다."

"그럼 전부 같은 걸로 통일하시죠. 어머님, 저희 백반 정식 세 개 부탁드립니다."

"예이~"

흰머리를 곱게 틀어올린 할머니가 주문을 받은 후, 수저를 세팅하던 박 과장이 먼저 입을 열었다.

"사장님. 저번에 말씀하신 장주연 양 아버지 있잖습니까? 잠적했다던."

"예. 찾았습니까?"

"백방으로 찾아보고 있긴 한데, 꼬리가 안 잡힙니다. 잠적한 지 너무 오래 돼서."

"흠. 찾지는 못하더라도, 그 아이에게 접근하지만 못하게 하면 됩니다. 곧 TV를 보고 찾아올 수도 있으니."

"예. 신경쓰겠습니다."

이어서 주혁이 물컵을 올리며 황 실장으로 시선을 돌렸다.

"그 큐애니스튜디오는 뭐 좀 나옵니까?"

그러나 황 실장이 고개를 저었다.

"아직 나온 건 없습니다. 이상하긴 합니다. 인터넷에 등록은 안 돼 있어도, 이 정도 찾아보면 뭐가 나와도 나와야 하는데."

"음."

황 실장의 답변을 들은 주혁이 팔짱을 꼈다.

'여러 가지 가능성이 있어. 아직 제작사조차 만들어지지 않았다거나, 아니면 제작사가 상호만 바꿀 수도 있지.'

그것도 아니라면 국내에 회사가 없을지도 모른다. 어쩌면 해외에 있을지도.

'그런데 보이스피싱이 알려준 대로라면 7월에 3백만을 넘긴다고 했어. 그럼 7월 전에 개봉한다는 소린데.'

그 7월이 올해일지 내년일지, 10년 뒤일지는 알 수가 없다. 다만 지금은 4월. 만약 〈폭풍전야〉라는 애니메이션이 올해 개봉한다면 제작사는 이미 만들어져 있어야 했다. 애니메이션을 석 달 만에 뚝딱 만들 리는 없으니까.

'그렇다면 이 미래 정보는 올해가 아닌가?'

"일단, 좀 더 확인해보세요."

"알겠습니다."

점심을 마치고 돌아온 주혁은 곧바로 해창전자의 브랜디드 콘텐츠 기획서를 파고들었다.

"단편영화 세 편, 장편 하나, 웹드라마, 광고."

대충 훑어봐도 꽤 길게 전개되는 프로젝트였다. 이 수많은 작품 중에 김재욱이 출연하는 것은 단편영화 세 편. 대체로 기술과 제품을 소재로 만들어진 짤막한 이야기였다. 현재로서는 이해하기 힘든 기술과 제품을 섞은 흥미로운 전개.

"확실히 글로벌기업이라 그런가, 스케일은 어마어마하네."

비록 단편영화였지만, 감독부터 출연 배우까지 상업영화 못지않은 라인업이었다. 천만 영화를 두 번이나 기록한 고준호 감독, 연기파 톱배우 신준규를 필두로 이름만 말하면 알 법한 배우들이 즐비했다. 그 끝에 김재욱이 끼어 있는 그림이었고.

"영어는 확실히 필요하겠어."

대사 중 반 정도가 영어였다.

기획서를 전체적으로 확인하던 주혁은 자세를 바로 하며 첫 번째 단편영화 〈인공지능〉부터 파헤치기 시작했다. 주혁은 기획서 빈칸에 무언가 필기를 해가며 세세하게 수정할 부분을 체크했다. 물론 기업 브랜드나 해창전자의 창의성이 녹아들어간 기술력, 제품 등은 영역이 아예 다르니 건드리지 않고 오로지 시나리오, 연출, 전개 등을 손보는 중이었다. 그렇게 한 시간, 두 시간, 세 시간.

"끄으!"

얼추 정리를 끝낸 주혁이 기지개를 길쭉하게 켤 무렵, 시간은 어느새 오후 6시를 향하고 있었다. 시간을 확인한 주혁이 핸드폰을 들어 어디론가 전화를 걸었다.

"안녕하세요. 사장님."

"어, 재욱아. 지금 어디지?"

상대는 요즘 고3 스트레스가 이만저만이 아닌 김재욱이었다.

"저 학교요."

"야자?"

"네. 자율이긴 한데, 요즘 보통 남아요."

주혁이 웃었다.

"야. 너가 나보다 더 바쁜 거 같다. 얼굴 보기가 힘드네."

"아…… 죄송합니다."

"뭐가 죄송해. 스트레스는 관리하면서 공부하냐?"

"네. 아! 그래도 연기연습이나 사장님이 말씀하신 것들은 전부 지키면서 하고 있어요."

대답을 들은 주혁이 고개를 끄덕였다.

"무리하지 마. 대학이야 네 스펙이 될 테니까 뭐라 할 순 없지만, 진짜 달려야 할 때 체력 달리면 이도저도 안 되니까."

"네. 걱정 마세요."

"그래. 그건 하기로 했어? TVL 예능 〈먹방로드〉 얘기 전달받았지?"

"아! 맞다. 추민재 팀장님께 알려드린다고 했는데, 까먹었어요."

이제야 떠올랐는지, 김재욱이 살짝 목소리를 높였다.

"어때? 할 거야?"

"네. 하고 싶어요. 녹화해봐야 일주일에 한 번이고, 공부하면서 병행할 수 있을 것 같아서. 그리고 너무 쉬면…… 저 금방 잊히겠죠?"

"그런 건 괜찮아. 내가 알아서 해줄 테니까. 하고 싶은지만 말해."

"네. 하고 싶어요."

대답을 들은 주혁이 말을 이었고.

"알았어. 추민재 팀장님한테 한다고 전달하고. 미팅 한번 잡아볼게. 가서도 주눅들 필요 없어. 알았지?"

"네."

할 말을 다 했는지 주혁이 전화를 끊으려 하다, 다급하게 한 가지 질문을 추가했다.

"아! 재욱아."

"네?"

"너 영어는 좀 하냐?"

김재욱의 대답은 꽤 자신이 넘쳤다.

"네. 저 영어 잘해요."

강주혁이 하루 일정을 마친 시간은 밤 11시였다. 온몸이 천근만근인 상태로 오피스텔로 차를 모는 중. 때마침 신호에 걸려 주혁의 차가 멈췄을 때.

"아."

무언가 떠올랐는지 주혁이 속주머니에서 수첩을 꺼내 펼쳤다.

— 키워드 '킬링타임 내한' 확인할 것

며칠 전 적어둔 메모. 이미 현실에서 일어났기에 교체된 '킬링타임 내한' 키워드를 확인해야 했다. 주혁은 수첩을 다시 속주머니에 넣고는 핸드폰을 들어 검색했고.

"오호?"

의외로 결과는 깔끔하게 나왔다.

「내한하는 '킬링타임' 주역들, 어떤 일정 소화하나?」

「[이슈]다음 달 '킬링타임' 내한 예정, 롤랜드 감독도 합류!」

〈킬링타임〉은 외국영화였다. 거기다 내한하는 할리우드 배우들도 꽤 쟁쟁했다. 주혁이 혼잣말을 뱉었다.

"스읍— 무슨 정보였을까……."

* * *

다음 날인 수요일부터 주혁은 영화 〈간 큰 여자들〉의 오디션에 참여했다. 단역부터 조단역까지 차근차근 오디션을 진행한 끝에 어느새 조연을 뽑을 차례가 다가온 것이었다. 이틀간 뽑을 조연은 여덟 명. 이 자리에 2백 명이 넘는 프로필이 들어왔다. 1차로 제작팀과 캐스팅팀이 거르고 걸러서, 오늘 2차 오디션엔 50여 명의 배우가 살아남았고.

"송태수 이 친구는 굳이 오디션 볼 짬이 아닌데 보러 왔네요."

최명훈 감독의 말처럼 어느 정도 연차가 쌓인 배우도 더러 있었다. 그만큼 배우나 소속사들 사이에서 보이스프로덕션이 자체 제작하는 영화 〈간 큰 여자들〉의 관심도가 높다는 뜻이었다.

"시작합시다."

이틀간 진행된 오디션은 호흡이 빨랐고, 긴장감이 넘쳤다. 특히나 보이스프로덕션의 수장 강주혁이 참여했기에 그를 롤모델로 삼은 배우부터 처음 본 강주혁이 마냥 신기한 배우, 강주혁 앞에서 실력을 뽐내고 싶은 배우 등으로 오디션장 열기가 특히나 뜨거웠다.

그리고 금요일 아침. 이틀간 진행된 오디션의 결과를 내기 위해 강주혁을 제외한 나머지 인원이 모였다. 그런데 최명훈 감독이 주혁이 주고 간 프로필을 보며 웃었고.

"이건 뭐, 사전이네, 사전."

강주혁과 처음 오디션을 진행해본 송미진 작가는 눈을 크게 뜨며 놀랐다.

"이게 전부 뭐예요?"

"뭐긴 뭐예요. 사장님이 알려주는 배우 내비게이션이지."

강주혁이 준 배우 프로필에는 해당 배우의 인물 분석력부터 시작해서, 기본적인 딕션까지 아주 세세하게 적혀 있었다. 그게 총 50개. 이어서 오디션 결과는 제작실장의 입에서 나왔다.

"이건 회의를 할 필요도 없겠네요."

실제로 회의시간은 20분이 채 걸리지 않았다.

그날 늦은 밤, 강자매의 오피스텔. 간만에 집에 모인 강하영과 강하진 그리고 김점숙 할머니가 거실에서 TV를 보고 있었다. 강하영이 출연한 예능 〈당해낼 수 없다〉의 첫 방송 날이었던 것이다.

"으아아아— 어떡해! 하진! 할머니! 저 죽겠어요!"

"언니, 침착해. 아직 시작도 안 했잖아."

편한 티셔츠에 반바지 차림의 강하영은 이미 긴장이 턱밑까지 차올랐는지, TV 속 광고가 하나씩 끝날 때마다 전전긍긍 몸을 비틀었다. 강하영의 모습을 측은하게 여긴 김점숙 할머니가 주방 식탁에서 초콜릿을 한 움큼 집어 그녀에게 건넸다.

"일단, 이거부터 무라."

"하— 맞아! 이럴 땐 당 섭취해야 한다고 했어."

"어디서? 난 처음 듣는데. 언니 그러다 또 홍 팀장님한테 혼난다."

하지만 초콜릿은 이미 강하영의 입속으로 사라졌고, 그녀는 놈놈놈 소리를 내며 시선을 핸드폰에 맞췄다.

"왜 실검에 안 뜨지? 원래 예능 새로 들어가고 그러면 시작 전에 실검에 막 뜨고 하잖아!"

"그렇긴 한데…… 에이— 그래도 김재형 선배님이랑 들어갔는데 망하겠어?"

"야! 하진! 긍정적인 대답을 해줘야지!"

강하영의 말처럼 실제로 기대작 예능은 시작되기 직전에 실검을 갈아치우기도 하지만, 어째선지 〈당해낼 수 없다〉는 실검에 모습을 드러내지 않았다. 때문에 강하영의 초조함은 극에 달했고.

"어어! 시, 시작한다!"

그 타이밍에 〈당해낼 수 없다〉가 시작됐다.

강주혁은 회사 휴게실에서 TV를 보고 있었다. 화면에는 김재형의 섭외과정이 전파를 타고 있었다.

"……"

의자에 엉덩이를 대충 걸친 채 말없이 TV를 보던 주혁이 수첩을 꺼내 〈당해낼 수 없다〉 관련 미래 정보를 다시 확인했다.

"미래 정보대로라면 시작은 1%야. 과연 얼마나 변했을지."

혼잣말을 한 주혁이 핸드폰을 꺼내, 어디론가 전화를 걸었다. 연결 신호는 꽤 길긴 했지만, 이내 끊겼다.

"아! 사장님!"

"PD님, 지금."

상대는 이민주 PD였다. 그런데 그녀의 주변이 매우 시끄러웠다.

"사장님, 잠시만요! 야야! 비켜봐! 얼마야! 얼마 나왔어! 얼마? 얼마라고?!"

이민주 PD는 이미 주조정실에서 시청률을 확인하는 중이었고, 그녀의 성화에 주조정실 직원의 외침이 강주혁에게까지 전달됐다.

"5%요! 오프닝 시청률 5% 넘었습니다!!"

직원의 외침을 들은 주혁이 의자에 걸쳤던 엉덩이를 떼면서 미소 지었다. 마치 그 미소를 알아차리기라도 한 듯, 핸드폰 너머의 이민주 PD가 광분했다.

"5%?!!! 자, 잠깐만 나와봐!!"

핸드폰 너머로 이민주 PD 포함, 여러 명의 목소리가 마치 눈앞에서 웅장한 축구경기를 보듯 생생했고.

"야야! 민주 PD 축하해!"

"와씨! 넌 복귀하자마자 터지냐?!"

꽤 멀리 떨어져 있음에도 바로 옆에 있는 듯한 착각마저 들었다. 주혁이 웃으며 입을 열었다.

"PD님."

"국장님!! 야! 국장님 지금 어딨어?! 이거 보여줘야 돼!"

"이민주 PD님?"

"봐봐! 내가 뭐랬어? 게스트 필요 없다니까!"

"……"

얼마나 흥분했는지, 이민주 PD는 강주혁과 통화 중인 것마저 잊은 듯했다. 주혁은 그럴 만하다고 생각했다. 자신의 신념을 지키다가 좌천당했고, 강주혁 덕분에 그 신념을 다시 이어갔다. 즉 이민주 PD로서는 이제껏 지켜온 신념이 틀리지 않았음을 증명한 거나 다름없었다. 주혁은 이민주 PD가 예능국장을 크게 부르는 부분까지 듣다가, 핸드폰을 내렸다.

"1%에서 5%로 바뀌었다."

애초 보이스피싱이 알려준 미래 정보대로라면 〈당해낼 수 없다〉의 시청률은 1%로 시작해야 했다. 하지만 강주혁의 개입으로 시청률이 5%로 변했다. 이제 남은 것은.

"과도한 게스트 섭외만 조심하면 돼. 그런데 이민주 PD가 게스트를 섭외할 리 없지."

주혁이 미소 지으며 속주머니에서 수첩을 꺼내, 예능 〈당해낼 수 없다〉의 미래 정보를 지웠다.

다음 날 4월 11일 토요일 아침. 전날 방영됐던 〈당해낼 수 없다〉가 아침부터 SNS와 너튜브, 실검 등을 장악했다. 여기서 재밌는 점이.

1. 강하영

2. 김재형

3. 명전대학교

4. 당해낼 수 없다

실검 1등을 김재형이 아니라 강하영이 차지했다는 점. 덕분에 강하영의 공식 SNS는 폭발 직전이었고, 보이스프로덕션 공식 홈페이지 게시판 역시 수많은 게시글이 달렸다.

「시민에게 엉뚱한 질문하는 강하영/ 사진」

「[TV북마크]김재형, 강하영 케미 빛났다… 재미와 감동까지 잡은 '당해낼 수 없다'」

수많은 기사가 쏟아졌고, SNS와 너튜브에는 〈당해낼 수 없다〉의 편집본이 돌기 시작했다. 김재형은 국민MC로서 파워를 다시 한 번 입증했고, 더불어 강하영의 인지도 또한 급격하게 치솟았다. 〈28주, 궁궐〉에서 맡은 악역으로 굳어 있던 강하영의 이미지가 점점 다채롭게 변화하기 시작했다.

그 시각, 강하영은 〈도적패〉 촬영장에 나와 있었다. 마지막 촬영까지 며칠 남지 않은 상황. 따라서 촬영장 분위기는 한껏 부풀어 올라 있었다. 그 와중에 의자에 앉아 핸드폰에 코를 박고 있는 강하영에게 가장 먼저 축하를 전한 것은 의외로 김삼봉 감독이었다.

"축하한다."

"아! 감독님! 감사합니다!"

"이거 참. 다음 캐스팅할 때는 비싸서 허리띠 졸라매야겠어."

"흐아! 설마요!"

강하영이 얼굴을 가리며 부끄러워할 때 〈도적패〉의 주연 정진훈이 촬영 의상을 입고서 뒤쪽에서 나타났다.

"하영아, 축하해. 실검 1위."

"선배님! 감사합니다!"

"후배님, 사인 좀 해줘. 매니저가 너 팬이더라."

"헐!! 진짜요?"

"어, 진짜."

실제로 팬이었는지, 정진훈의 매니저가 조심스레 다가와 강하영에게 악수를 청하는 진풍경이 연출됐다. 이어서 속속 촬영장에 배우들이 도착해서 강하영에게 축하를 던졌다. 그중 〈도적패〉에서 강하영과 마주치는 씬이 특히 많은 이난희가 양손을 짝 소리 나게 부딪쳤고.

"아, 맞다! 하영이 때문에 우리 영화 공짜 홍보되고 있던데? 감독님, 제작부에서 뭐라도 줘야 하는 거 아니에요?"

아까부터 심기가 불편한 듯 무표정으로 분장을 하고 있던 김성미가 콧방귀를 뀌었다.

"고거 해봐야 얼마나 홍보된다고 선물을 줘."

"아냐, 언니. 진짜 엄청 되고 있던데?"

"해봤자 하루 깨작하고 말겠지."

"언니 진짜 꼬였다."

그러자 주연 정진훈이 끼어들었다.

"냅둬. 질투 나나 보다."

"아! 오빠! 아니라니까."

그때 촬영장 바깥쪽에 웬 트럭이 도착했다. 트럭 옆면에는 커다란 현수막이 달려 있었다.

'배우 강하영 브라보! 보이스프로덕션이 쏩니다!'

뒤이어 흰색 승합차가 도착했고, 차에서 홍혜수 팀장이 내려 크게 외쳤다.

"큰 건 아니지만, 저희 보이스프로덕션이 커피차 쏴요!! 종일 빌렸으니까, 편하게 와서 드세요!"

그 모습에 가장 먼저 반응한 것은 강하영이었다. 홍혜수 팀장을 보자마자, 놀란 듯 도도도 달려서 트럭 앞에 섰다.

"헐! 팀장님, 이게 뭐예요?"

"뭐긴 뭐니. 커피차지."

"커피차요? 호와! 저 이거 연예인들 SNS에서만 봤는데! 실물 영접!"

"얘 봐? 하영아, 너 연예인이야. 자꾸 까먹니?"

"아 맞다. 헤헤, 저 자꾸 까먹어요."

"사장님이 하라고 시킨 거니까, 스태프들부터 전부 부담 없이 먹으라고 해. 너도 인증샷 찍어서 SNS에 올리고."

홍혜수 팀장의 말에 강하영이 스타일리스트에게 핸드폰을 넘기고 커피차 앞에서 발랄한 자세를 취했고.

"팀장님! 오셨어요?!"

"어떡하죠? 전화가 계속 옵니다!"

어느새 로드, 스케줄 포함 세 명으로 늘어난 강하영의 매니저들이 홍혜수 팀장에게 달려왔다. 깡충깡충 뛰는 강하영을 보던 홍혜수 팀장이 여유롭게 팔짱을 끼며 매니저들에게 고개를 돌렸다.

"그럴 거야. 일단 인터뷰나 라디오 섭외는 오케이. 그 두 개 섭외 건은 전부 나한테 토스해주고. 나머지 예능이나 기타 등등 섭외는 전부 까내줘. 섭외 관련 자세한 내용은 메일로 정리해서 보내달라고 하고."

타고 왔던 승합차의 문을 열며 다시 한 번 당부했다.

"사장님 지시니까, 부탁해~ 아! 맞다. 하영이 오늘 먹을 거 주면 안 된다?"

* * *

같은 시각, 보이스프로덕션 사장실. 적막함 속에 주혁이 올라온 보고서를 확인하고 있다. 보고서는 여러 가지였다. 매니지먼트부터 제작까지. 투자야 강주혁이 직접 핸들링하는 부분이라 아직까진 세분화가 필요 없었다.

"하진 씨는 〈19살 그리고 20살〉, 해창 광고 전속."

보고서에는 강하진의 중점 스케줄과 추민재 팀장의 간략한 코멘트가 적혀 있었다.

— 작품에 관한 열의가 높은 상태, 컨디션 최상급, 추가로 작품 하나 더 들어가도 문제없음.

"음."

주혁은 침음을 뱉으며 올라온 보고서들을 차례차례 정독했다.

"하영 씨는 이대로 유지하면 되고."

집중하는 만큼 시간도 빠르게 흘렀다.

"재욱이는 해창전자 브랜디드 콘텐츠, 〈먹방로드〉 그리고 학교."

무엇 하나 빠짐없이 기억하려는 듯, 세세하게 보고서들을 확인했고.

"음, 말숙 씨는 들어가는 작품 두 개, 오디션 세 개. 속도는 나쁘지 않고, 혜나 씨…… 스읍— 가수 쪽은 좀 더 늘리고 싶은데. 배우도 마찬가지고."

살짝 고민에 빠졌다. 이제야 소속 배우부터 가수까지 제대로 수익이 나기 시작하는 상황. 이 타이밍이 매니지먼트 부문의 몸집을 늘리기에 적기라고 주혁은 생각했다.

"속도를 낼 땐 확실히 내야지."

현재 보이스프로덕션은 속도가 붙었다. 그 속도를 늦추고 싶지 않았다. 그렇게 몇 분간 말없이 검지로 보고서를 톡톡 때리던 주혁은 이내 생각을 정리했는지 제작 쪽 보고서로 시선을 돌려 최화진부터 시작해서 감독들, 작가, 백번 촬영 팀 등등의 진행률과 현 상황을 파악하기 시작했다.

그날 오후, 홍혜숙 작가의 작업실에 도착한 주혁이 벨을 눌렀다.

"주혁 씨?"

"네."

작업실 문이 열리고, 한눈에 봐도 고급스러운 실크 셔츠를 입은 홍혜숙 작가가 반달 눈을 뜨며 강주혁을 반겼다.

"와— 강주혁이다. 어서 와요. 우리 이렇게 보는 건 처음인가?"

"네. 처음이네요."

"그렇죠? 일단, 들어와요."

문밖에서 인사를 마친 주혁이 홍혜숙 작가를 따라 작업실 안으로 들어섰다. 작업실이라 하기엔 너무 거대했다. 대충 봐도 40평은 넘는 크기에 여기저기 이해하기 어려운 그림들이 걸려 있었고.

'흰색을 좋아하나?'

가구부터 자잘한 식기까지 온통 흰색으로 치장한 작업실. 그때 남자 목소리가 끼어들었다.

"처음 뵙겠습니다. 강주혁 사장님."

그 바람에 주혁의 고개가 거실 소파로 향했다. 거기에는 짙은 황갈색 피부에 진한 네이비 정장을 차려입은, 대충 50대 정도로 보이는 남자가 주혁에게 손을 내밀고 있었다.

"아, 예. 안녕하세요."

그의 손을 맞잡은 주혁이 옆에 선 홍혜숙 작가를 쳐다봤다. 그러자 그녀가 살짝 웃으며 남자를 소개했다.

"작가 에이전트 사장님. 그 에이전트에 제가 소속돼 있어요."

"문학창고 우진태라고 합니다."

"강주혁입니다."

작가 에이전트, 즉 작가들을 전문으로 키워내거나 관리해주는 회사. 배우나 가수 등이 소속되는 엔터테인먼트의 작가판이라고 보면 되는데, 스타작가 홍혜숙이 속해 있다면 회사 규모가 결코 작지 않을 거라 주혁은 생각했다. 간단하게 명함이 오가고, 홍혜숙 작가가 주혁을 ㄷ자형 소파에 안내하고는 좋은 홍차가 있다며 주방으로 향했다. 소파에는 문학창고 사장 우진태와 주혁이 남았다. 우진태가 먼저 입을 열었다.

"어험, 정소연 작가님을 영입하셨다고요?"

주혁이 피식했다.

"소식이 빠르시네요."

"허허, 아니면 이 장사 못 합니다. 아깝네요. 우리 홍혜숙 작가님 제자이기도 하고, 욕심나는 작가님이었는데."

그때 홍혜숙 작가가 홍차를 내며 끼어들었다.

"우리 사장님은 저로도 부족하신가 봐?"

"허허허! 그럴 리가. 홍 작가님만 있어도 되지, 우리 회사는."

둘의 대화를 가만히 듣고 있던 주혁이 손목시계를 보며 입을 열었다.

"말씀 중 죄송하지만, 저를 보자고 하신 이유가?"

"주혁 씨, 바빠요?"

"……."

고개를 갸웃하며 묻는 홍혜숙 작가를 보며 주혁이 그저 웃었다. 무언의 긍정이었다. 그러자 홍혜숙 작가가 양손을 짝 부딪치며 목소리를 높였다.

"맞다맞다! 바쁜 사람 앉혀놓고 내가 또 딴소리하고 있었네. 주혁 씨, 잠시만요?"

말을 마친 홍혜숙 작가가 눈웃음을 치며 방으로 들어가더니, 종이뭉치를 들고나와 주혁에게 내밀었다.

"내 용건은 이건데. 먼저, 보고 얘기할까요?"

손에 들린 종이뭉치를 내려다보던 주혁이 진지한 표정으로 변한 우진태 사장과 여전히 반달 눈을 한 홍혜숙 작가를 번갈아 보다, 이내 종이를 펼쳤다.

'어?'

첫 장을 넘기자마자, 주혁의 눈이 커졌다. 그러더니 손이 빨라졌다. 한 장 한 장 넘길수록 강주혁의 눈이 더 커졌다. 네 번째 장을 넘겼을 때, 주혁의 시선이 홍혜숙 작가에게 다시 맞춰졌다. 그러자 홍혜숙 작가가 고개를 살짝 꺾으며 웃었다.

"응, 맞아요. 내가 강주혁 씨를 초대한 이유가 바로 이거예요."

바로 그때.

— 우우우우웅 우우우우웅

주혁의 전화가 울리기 시작했고.

"편하게 받아요."

홍혜숙 작가가 받으라는 손짓을 했다. 주혁은 그녀에게 살짝 고개를 숙이고는 핸드폰을 꺼내 발신자를 확인했다. 이어서 강주혁의 입이 열렸다.

"여기 화장실이 어딨습니까?"

주혁이 화장실을 묻자, 다급한 줄 알았는지 홍혜숙 작가가 현관 쪽으로 손가락을 들었다.

"저쪽이요. 현관 앞에."

"잠시."

이어서 작게 고개를 숙인 주혁이 화장실 문을 여는 동시에 핸드폰을 꺼내 전화를 받았다. 전화는 보이스피싱이었다.

"들으실 항목의 키워드를 '선택'해주세요!

1번 '서울시 영등포구', 2번 '없어졌던 남자', 3번 '화이트 빅 마우스', 4번 '누나 넷 3대 독자', 5번 '새벽 1시 30분', 6번……"

키워드를 들은 주혁이 잠시 고민했다. 당장 호기심이 당기는 건 1번 '서울시 영등포구'와 4번 '누나 넷 3대 독자'였다. 잠시 둘을 저울질한 끝에.

"1번으로 간다."

결정을 내린 주혁이 1번을 눌렀다. 아니, 누르려 했다.

"아."

순간, 그가 살짝 손가락을 삐끗했고.

"탁월한 선택! 강주혁 님이 선택한 키워드는 '없어졌던 남자'입니다!"

2번 '없어졌던 남자' 키워드가 눌려버렸다. 주혁이 살짝 혀를 찼지만.

"뭐, 상관없나. 어차피 선택할 것들이니까."

이내 수긍했다. 핸드폰에서 여자 목소리가 계속 흘러나왔다.

"실화를 바탕으로 만들어진 드라마 '없어졌던 남자'는 무너졌던 배우 강주혁의 재기를 모티브 삼아 제작해 이례적인 성공을 거듭니다. 다만, 드라마 중반쯤 여자 주연배우의 음란한 카톡 대화가 느닷없이 터지면서, 드라마는 조

기종영합니다. 이에 시청자들은 시청률 30%가 넘는 드라마에 똥을 뿌렸다며 분노합니다."

그렇게 끊긴 전화를 천천히 내리던 주혁이 읊조렸다.

"잠깐, 잠깐만."

스스로에게 침착하라는 지시를 내리듯 주혁은 핸드폰을 속주머니에 넣고, 수첩을 꺼내 방금 미래 정보의 내용을 메모했다. 그러면서 생각을 정리하기 시작했다.

"제목이 '없어졌던 남자'? 내 이야기?"

즉 강주혁의 이야기를 바탕으로 제작된 드라마가 큰 성공을 한다는 뜻이었고.

"시청률 30%."

어마어마한 시청률, 하지만 여주의 사고가 터지면서 조기종영한다는 소리였다. 그런데 문제가 있었다.

"……"

그 문제를 되새기듯 주혁이 말없이 서 있다가, 급하게 화장실 문을 열고 다시 소파 쪽으로 다가갔다.

"오! 오셨다."

주혁의 등장에 홍혜숙 작가가 반겼지만, 강주혁의 귀에는 전혀 들리지 않았다. 그저 홍혜숙 작가가 건넨 종이뭉치에 정신이 팔려 있었고.

'……아무리 봐도 이건.'

가만히 종이뭉치를 보던 주혁이 고개를 들어 홍혜숙 작가에게 물었다.

"이 시놉, 제 이야기가 맞습니까?"

"응, 맞아요. 놀랐죠? 시놉 어때요? 진짜 시놉만 몇 주 걸렸어요."

"……"

종이뭉치는 시놉시스였다. 거기다 실화가 바탕이었다. 그것도 강주혁의 이야기로. 여기까진 전혀 문제될 것이 없었다. 실제로 방금 보이스피싱에서 나온 드라마 〈없어졌던 남자〉의 시놉이 강주혁의 손에 있는 것일지도 몰랐으니까. 다만.

'시놉이 두 개야.'

문제는 의외인 곳에서 발생했다.

'어느 시놉이 보이스피싱이 말한 거지?'

보이스피싱이 알려준 드라마는 하나, 하지만 현재 시놉은 두 개였다. 정 작가의 시놉, 홍혜숙 작가의 시놉.

'이게 우연이라고 볼 수 있나?'

거기다 두 시놉 모두 제목은 미정. 순간 주혁의 머리가 복잡해졌다. 그리고 예전 정 작가와의 미팅에서 강주혁의 이야기로 대본을 쓰겠다고 허락받던 그녀가 '홍혜, 홍혜'거리던 것이 생각났다.

'정 작가가 말한 상황이 이거였나?'

추가로 정 작가는 강주혁에게 비슷한 장르의 시나리오나 대본에 대해서도 물었다. 즉 그녀는 이 상황을 이미 알고 있었다는 소리였다. 생각을 정리하던 주혁이 다시 홍혜숙 작가에게 물었다.

"작가님은 정 작가님 차기작, 어떤 것으로 가는지 아십니까?"

"글쎄요? 저보다 주혁 씨가 더 잘 알지 않아요? 그 애는 원체 자기 얘기를 잘 안 해서."

'정 작가는 알고 있고, 홍혜숙 작가는 모른다?'

그렇게 시간이 흘렀다. 3분, 5분, 10분. 가만히 시놉을 내려다보는 주혁에게 홍혜숙 작가나 우진태 사장은 딱히 말을 걸지 않았다. 생각이 필요하다고 판단한 모양. 말 없던 주혁은 10분이 지나서야 결론을 내렸다.

"시간을 좀 주세요. 생각 좀 해보겠습니다."

회사로 돌아온 주혁은 팔짱을 낀 채, 30분째 책상만 내려다보고 있었다. 그의 머릿속에는 수십 가지 생각이 넘실거렸다. 그 앞에는 시놉이 두 개, 모두 강주혁의 이야기였다. 그런데 이렇게 놓고 보니 더 큰 문제가 있었다.

"……두 개 다 흠잡을 게 없어."

물론 시놉만으로 판단하기는 이를지 모른다. 하지만 드라마는 영화와 달리 시놉의 비중이 매우 크다. 그만큼 드라마 시놉에는 디테일이나 작품의 방향성이 잘 드러나는데, 현재 주혁이 보는 두 시놉은 분위기와 성향, 스킬, 대사 등이 다를 뿐 재미 자체는 비등했다.

"……"

때문에 주혁의 고민이 더 깊어졌다. 10분, 15분, 30분. 30분이 더 흐른 뒤에야 그에게서 움직임이 있었다. 결정을 내린 듯, 두 가지 시놉을 책상 한쪽으로 치운 주혁이 홍혜숙 작가에게 전화를 걸었다. 신호는 길지 않았다.

"주혁 씨. 금방 전화했네요?"

밝은 목소리의 홍혜숙 작가. 주혁은 그녀에게 말을 전했다.

"작가님. 월요일에 다시 한 번 뵐 수 있겠습니까?"

"물론이죠? 어디서 볼까요?"

"죄송하지만, 제 회사로 오실 수 있는지."

"그럼요. 오늘 내 작업실로 오셨으니까, 이번엔 내 차례가 맞죠."

"감사합니다. 그럼 시간과 위치는 문자로 보내드리겠습니다."

"알겠어요."

그렇게 홍혜숙 작가와의 통화가 끝났다. 그런데 주혁은 핸드폰을 넣지 않고 다시 어디론가 전화를 걸었다. 이번에도 연결 신호는 짧았다.

"사장님!"

상대는 정 작가였다.

그날 밤에 방영한 〈만능엔터테이너〉에는 패자부활전 영상이 전파를 탔다. 저번 주와 같은 방식으로 토, 일, 월 투표를 통해 14일 두 명의 합격자가 발표되는 형식이었다. 물론 박한철 PD는 저번 주에 발표된 합격자의 인터뷰 영상도 잊지 않고 끼워 넣었다. 하지만 역시 주된 내용은 패자부활전이었기에, 이번 편의 시청자 반응은 오로지 열 명의 탈락자에게 맞춰졌다.

— 와ㄷㄷㄷㄷㄷㄷ이번 패자부활전 장주연이 씹캐리했다

— ㄴ솔직히 ㅇㅈ 중간에 발레 할 때 소름

— 뭔소리임 이미소가 ㅈㄴ잘했는데

— 네 다음 포프린 팬

— 저 10명 중 2명만 살아남는 거?

이날 〈만능엔터테이너〉의 시청률은 15.5%까지 올랐다. 그리고 본방이 끝난 직후, 패자부활전 투표가 시작됐다.

* * *

주말이 지나고, 월요일 아침. 여주 교도소.

면회실 안, 연신 삐그덕 소리가 나는 철제의자에 이강수 사장이 다리를 꼰 채, 누군가를 기다리고 있었다. 그가 신기한 듯 앞쪽 철창이나 나무 턱 등을 손으로 쓸며 '오' 따위의 탄성을 내뱉고 있을 찰나, 철창 너머로 녹슨 철문이 열리더니 허리에 곤봉을 찬 간수와 초록색 죄수복을 입은 남자가 들어왔다. 그의 등장에 이강수 사장이 웃으며 일어났고. 반면 죄수복을 입은 남자는 묘한 표정으로 이강수 사장을 노려봤다. 남자의 얼굴은 상처투성이였다. 마치 조금 전까지 구타를 당한 듯 멍과 흉터투성이였다. 그런 남자를 보며 이강수 사장이 손을 내밀었다.

"진태 씨? 오랜만이죠? 앉아요."

류진태는 대답 없이 이강수 사장의 반대편에 앉았다. 두 남자 사이에는 철창이 전부였다. 이어서 이강수 사장이 안쓰럽다는 듯 말했다.

"어후! 진태 씨 얼굴이 왜 그래요? 많이 상했네."

"……뭡니까, 갑자기."

"아니— 진태 씨 소식이 궁금해서. 아! 안에서 종주 씨 상황은 들었죠? 어쩌면 감방에서 만날지도 모르겠네요?"

"……."

"어후— 근데 얼굴이 진짜 너무 심하네. 안에서 누가 괴롭혀요?"

"당신 짓이지?"

대뜸 물어오는 류진태에게 이강수 사장이 어린아이 같은 표정으로 고개를 갸웃했다.

"응? 무슨 소리?"

"당신이…… 당신이 나를 괴롭히는 거지? 범죄자 새끼들 시켜서."

"왜 그래요? 이상한 소리를 하시네? 그리고 진태 씨, 혹시 헷갈리시나? 진태 씨도 범죄자잖아요."

"네놈만 하겠냐?"

"참, 난감하네."

꽤 난폭한 반응에 이강수 사장이 머리를 긁으며 난처한 표정을 짓다, 이내 다시 류진태와 눈을 마주쳤다.

"진태 씨. 지금 목숨줄인 증거물도 없고, 그렇다고 무슨 끈이 있는 것도 아니죠?"

"……"

"유일한 끈인 종주 씨도 참 안타깝게 됐고. 자, 그럼 진태 씨는 앞으로 어떻게 될까요?"

이강수 사장이 웃으며 고개를 살짝 꺾었다. 협박처럼 들리진 않았지만, 류진태에게는 그와 비슷하게 들렸는지 순간 불안한 듯 눈알을 굴렸고.

"사, 살려줘. 당신 말대로 이제 아무것도 없잖아! 그냥 쥐죽은 듯이 살 테니까!!"

목소리를 높였다. 그 바람에 뒤쪽에서 류진태를 지키던 간수가 슬쩍 이강수 사장을 쳐다봤다. 그러자 이강수 사장이 미소 짓는 입에다 자신의 검지를 붙였고.

"쉿― 목소리가 너무 크네요, 진태 씨."

불안해하는 류진태에게 다시 물었다.

"진태 씨, 그 안에서 잘 지내고 싶어요? 별 탈 없이?"

"……그, 그래."

"그래?"

"아…… 그― 잘 지내고 싶습니다."

말을 다급하게 정정하는 류진태와 얼굴 거리를 좁힌 이강수 사장이 목소리를 죽였다.

"그럼 내 부탁 하나 들어줘요."

"부, 부탁?"

"네― 부탁."

"어떤?"

류진태의 되물음에 이강수 사장의 미소가 귀에까지 걸렸고.

"강주혁에 대해 전부 알려줘요, 처음부터 끝까지. 진태 씨가 강주혁 잘 알잖아?"

"가, 갑자기 강주혁을 왜."

이강수 사장이 대답했다.

"음, 글쎄요? 제대로 안 하면 질 것 같아서?"

같은 시각, 보이스프로덕션 사장실에 홍혜숙 작가가 들어왔다.

"어머머, 회사가 좋네요?"

주혁이 그녀에게 방금 내린 커피를 건네며 자리로 안내했다.

"앉으세요, 작가님. 오늘은 혼자 오셨네요?"

"아, 우진태 사장님? 네. 오늘 아침에 미팅이 있다고 해서. 커피 땡큐."

웃으며 커피를 받아든 홍혜숙 작가가 한눈에 봐도 고급스러운 명품백을 옆 의자에 놓으며 자리에 앉았다.

"그래서, 주혁 씨의 생각을 들어볼까요?"

"……"

하지만 주혁의 대답은 없었다. 그저 홍혜숙 작가의 얼굴을 바라볼 뿐. 홍혜숙 작가가 작게 한숨을 쉬었다.

"후— 주혁 씨는 참 이상하네요? 보통 내가 하자고 하면 대부분 1초 만에 칼대답이 나오는데, 주혁 씨 대답은 너무 오래 걸리네?"

그녀는 자존심이 상한 듯 보였다.

"작가님 시놉은 재밌었습니다."

순간 내뱉은 주혁의 말에 홍혜숙 작가의 눈썹이 꿈틀거렸고.

"그래요? 그렇게 재밌는데, 왜 주혁 씨 배우 할 땐 내 작품을 깠을까?"

"다른 이유가 있는 건 아니었습니다. 그저 그때는 영화에 치중하고 싶었습니다."

"그래요?"

"네."

주혁의 눈을 가만히 바라보던 홍혜숙 작가가 졌다는 듯 길게 숨을 내쉬더니 말을 이었다.

"후— 그래요. 뭐, 그래서? 내 시놉이 재밌었는데, 그다음은?"

"그건 도착하시면 이어서 말씀드리겠습니다."

"도착? 누가 또 와요?"

그때였다.

— 똑, 똑, 똑

"들어오세요."

주혁의 허락이 떨어지자, 사장실의 문이 다시 한 번 열렸고.

"사장님! 안녕하세요? ……어?"

동그란 안경을 쓴 정 작가가 강주혁에게 인사하다 순간 놀랐다. 놀란 것은 정 작가만이 아니었다. 홍혜숙 작가 역시 마찬가지.

"정 작가……? 여긴 왜?"

"아니, 전 사장님이 보자고 하셔서…… 그러는 작가님은 여기 왜 계세요?"

"나도 주혁 씨가 불러서 왔지?"

이윽고 두 작가의 눈이 강주혁에게 맞춰졌다. 먼저 입을 연 것은 홍혜숙 작가였다.

"주혁 씨, 이건 설명이 필요하겠어요."

두 여자의 분위기가 영 무거웠다. 한눈에 봐도 차가운 공기에 주혁이 고개를 갸웃했다.

'원래 사이가 좀 안 좋은가?'

주혁이 언뜻 들기로, 정 작가는 홍혜숙 작가의 제자라고 했다. 그럼 분명 정 작가는 보조작가부터 시작했을 터. 보통 보조작가는 적어도 3년은 구른 다음 입봉한다. 그마저도 불발인 경우가 허다하지만. 어쨌든 둘 사이의 시간이 짧지 않음을 뜻했다. 그녀들을 주혁이 가만히 보고 있을 때, 약간은 심드렁한 표정의 홍혜숙 작가가 되물었다.

"주혁 씨? 설명 안 해줄 거예요? 대답이 없네?"

"······."

주혁은 말없이 시선을 정 작가에게로 돌렸다. 그녀는 꽤 담담한 표정으로 책상을 내려보고 있었다. 상황이 이쯤 되니 정 작가는 대충 눈치를 챈 듯했다. 잠시 정 작가의 얼굴을 보던 주혁은 자신의 책상으로 가서 겹쳐놨던 시놉 두 개 들고선 홍혜숙 작가와 정 작가에게 공평하게 나눴다. 그러자 홍혜숙 작가가 고개를 갸웃했고.

"뭐예요, 이게?"

"시놉입니다."

"그러니까, 왜 갑자기 시놉을?"

"읽어보세요."

"······."

돌아온 강주혁의 짧은 대답에 홍혜숙 작가의 시선이 책상에 놓인 시놉에 박혔다. 그리고 5초 만에 그녀의 눈이 커졌다. 이유는 간단했다.

"정······ 작가 거네요?"

"맞습니다. 그리고 저는 홍혜숙 작가님 것과 정 작가님 것."

이어서 잠시 말을 멈춘 주혁이 홍혜수 작가 앞에 놓인 정 작가의 시놉을 검지로 찍으면서 답했다.

"두 개 모두 드라마로 만들어볼까 합니다."

순간 홍혜숙 작가의 얼굴이 '이게 다 뭔 소리야?' 따위의 표정으로 변하더니, 옆에 있는 정 작가에게로 고개를 돌렸다.

"네가 받은 시놉은 내 거니?"

"네, 맞아요. 작가님 거."

두 여자는 몇 초간 눈을 마주쳤다. 그러고는 홍혜숙 작가가 정 작가의 시놉을 펼쳤다. 정 작가도 마찬가지였다.

한 장.

두 장, 세 장.

한 장 한 장 넘어갈수록 홍혜숙 작가의 얼굴이 눈에 띄게 구겨졌다.

"……이건."

미간을 찌푸린 홍혜숙 작가의 입에서 목소리가 작게 새어 나왔다.

"이건, 나랑 같은."

"맞습니다. 비슷한 내용이지만 집필한 작가님은 두 분. 그런 상황입니다."

"하!"

짧고 굵게 현재의 기분을 표현한 홍혜숙 작가가 정 작가를 쳐다봤다. 정 작가는 이미 홍혜숙 작가를 보고 있었다. 먼저 입을 연 것은 홍혜숙 작가였다.

"이게 뭐니? 설명 좀 해보렴."

"시놉을 보시면 알겠지만, 작가님보다 먼저 썼어요. 그래서 그때 저한테 강주혁 사장님에 관해 물어보셨을 때 놀랐던 거고요."

"뭐? 그럼 그때도 이미 쓰고 있었다는 거니?"

"네."

"하— 이게 대체."

분명 흔치 않은 상황임은 틀림없었다. 홍혜숙 작가가 순간 머리가 아팠는지, 한 손으로 이마를 감싸며 혼잣말을 뱉었다.

"진짜~ 그동안 나 뭐한 거니. 기껏 쓰던 대본도 죄다 갈았는데. 후— 야! 정

소연! 넌 정말! 애가 왜 그러니?"

"……솔직히 말하면, 제가 포기하려고 했어요. 작가님이 강주혁 사장님 소재로 글 쓴다고 들었을 때. 하지만."

홍혜숙 작가를 보며 말하던 정 작가가 이번엔 담담한 표정의 강주혁에게 시선을 맞추며 말을 이었다.

"마음을 바꿨어요. 써보자, 한번 해보자, 같은 마음으로요."

"너 진짜! 어후—"

말을 들은 홍혜숙 작가가 신경질적으로 머리를 쓸어넘겼고, 그 틈에 주혁이 홍혜숙 작가에게 말을 걸었다.

"어떠십니까?"

양손으로 얼굴을 감싼 탓인지, 홍혜숙 작가의 목소리가 동굴 속에서 대답하듯 울렸다.

"뭐가요오—"

"정 작가님의 시놉, 보시기에 어떠십니까."

"……흥, 이 아이야 보조할 때부터 글빨은 좋았어요. 독립도 빨리 했고."

홍혜숙 작가는 '재미있다'는 표현을 빙빙 돌려서 했다. 그러거나 말거나 주혁은 다음으로 정 작가에게 고개를 돌렸고.

"정 작가님은요? 홍혜숙 작가님 시놉, 어떠세요?"

"재미…있어요."

얼굴을 감싸던 홍혜숙 작가의 언성이 높아졌다.

"아니! 재밌고 말고가 문제가 아니라! 이걸 어떻게! 후— 진짜."

그 상황에 주혁이 다시 자리에서 일어나 자신의 책상으로 움직였다. 그리고 준비해둔 투명 파일 두 개를 들고선 다시 작가들 앞에 앉으며 입을 열었다.

"과정이야 어찌 됐든, 결과가 이렇게 나왔습니다. 그래서 제가 내린 결론은 이겁니다."

작가들에게 들고 온 투명 파일을 하나씩 건네는 강주혁. 그 파일을 받은 정 작가가 되물었다.

"결론이오?"

"네, 아까 말씀드렸다시피 시놉 두 개 모두 제작해보면 어떨까 싶습니다."

"그러니까 그게 무슨 소리냐고요! 아, 정말!"

뒤늦게 현실을 파악한 홍혜숙 작가가 신경질적으로 파일을 펼치며 내용을 확인했다. 그러더니 잔뜩 굳은 얼굴로 되물었다.

"……주혁 씨. 이 기획서, 진심?"

반면 주혁의 대답은 담담했다.

"네, 진심입니다."

무심하기 짝이 없는 강주혁의 대답에 홍혜숙 작가가 재차 물었다.

"진짜 이 이야기를 시리즈로 만들겠다고요?"

고개를 살짝 끄덕인 강주혁이 계획을 설명했다.

"시리즈라고 말하긴 거창하고, 시즌제 정도로 보시면 됩니다. 제가 작가님들 시놉을 꽤 세세하게 확인했는데, 다행히 정 작가님이 쓰신 시놉은 과거형, 즉 성장하는 과정이고 홍혜숙 작가님이 쓰신 시놉은 현재진행형, 이미 성장을 마친 후의 이야기였습니다."

"그래서요."

"따라서 정 작가님이 시즌1, 끝나면 홍혜숙 작가님이 시즌2로 제작해보면 어떨까 싶습니다. 물론 완벽히 사전제작으로 가야겠죠."

"잠깐, 잠깐! 그러니까, 같은 드라만데, 작가는 두 명이다?"

"맞습니다."

"미쳤어요?!!!"

어찌 보면 미친 소리는 맞았다. 국내 드라마가 시즌제로 진행되는 경우는 더러 있지만, 시즌마다 작가를 따로 두고 진행하지는 않는다. 무엇보다도.

"그리고! 이 기획대로 되면 내가 애랑 시청률 경쟁하는 구도잖아요?! 주혁 씨 진짜!"

"맞습니다. 작가님은 그 유명한 홍혜숙 작가님이죠. 스타작가. 그러니까 더 재밌지 않겠습니까?"

"뭐요?"

〈28주, 궁궐〉을 히트 친 정 작가님, 그리고 국내 최고의 스타작가 홍혜숙, 이들이 시즌을 나눠서 써낸 드라마. 제가 보기엔 딱히 홍보 마케팅을 안 해도, 시청자들이 목이 빠져라 기다릴 것 같은데요. 호기심이 당겨서."

여론은 자극을 좋아한다. 이미 홍혜숙 작가와 정 작가 둘 사이에는 스승과 제자라는 스토리가 있고, 거기에 승부라는 타이틀이 걸린다면? 이미 그 시점, 드라마가 제작되기 전부터 스토리가 입혀진다.

"요즘 시청자들은 똑똑합니다. 드라마를 보기 전에 작감(작가, 감독)을 모두 확인하죠. 전작은 무엇인지, 문제점은 없었는지, 제작사는 어딘지 등등 자신이 보려고 하는 드라마에 애정을 가지는 거죠."

한마디로 시청자들로선 드라마를 보기도 전에 드라마가 시작되는 셈. 게다가 드라마의 주제는 최근 움직였다 하면 실검을 갈아치우는 강주혁의 이야기. 홍혜숙 작가, 정 작가, 강주혁. 이 세 명의 인물만으로도 충분히 파격적인 홍보 효과가 터질 것이 분명했다.

"이 기획. 제 예상이지만, 잘만 터지면 국내 드라마 바닥에 그 누구도 범접할 수 없는 기록을 남길 겁니다. 홍혜숙 작가님의 이름값은 지금보다 더 높아질 테고, 정 작가님도 엄청난 성장을 이루겠죠. 한마디로 작가님 두 분이 드라마 판에 한 획을 긋는 셈입니다."

"……"

주혁은 기획서의 내용을 간추려서 전달했다. 덕분에 홍혜숙 작가의 얼굴에 고민하는 모습이 역력했다. 하지만.

"아니, 아니야!! 아무리 생각해도 이건 미친 짓이야! 주혁 씨! 이건 안 들은 셈 치겠어요."

고개를 격하게 저은 홍혜숙 작가가 앞에 놓인 시놉과 기획서를 챙겨서 일어나, 성큼성큼 문 쪽으로 향했다. 바로 그때, 지금껏 조용히 앉아 있던 정 작가가 홍혜숙 작가의 뒷모습에 대고 나지막이 말했다.

"겁나세요?"

그 한마디에 움직임을 멈춘 홍혜숙 작가. 정 작가가 말을 이었고.

"그 위치에서 떨어질까 봐 두려우세요? 이거 하면 저한테 질까 봐?"

신경질적으로 몸을 휙 돌린 홍혜숙 작가가 받아쳤다.

"웃기지 마. 내가 그딴 걸로 겁낼 것 같아?"

"작가님, 아니 선생님은 제가 보조할 때도 그러셨죠? 제 대사가 너무 싼마이라고, 이걸로는 안 팔린다고. 그런데 강주혁 사장님은 제 대사 때문에 드라마에 투자해주셨어요. 그게 잘됐고."

"어쩌라는 거니?"

"저는 자신 있다고요. 작가님 이길 자신."

"너……!"

홍혜숙 작가의 외침은 컸지만, 길게 이어지진 않았다. 그저 자신을 똑바로 바라보는 정 작가, 자기가 키워낸 제자의 눈을 바라보기만 할 뿐.

몇 초의 시간이 더 흐른 후에야 홍혜숙 작가는 정 작가에게서 시선을 거두고는 뒤쪽, 강주혁과 눈을 잠시간 마주치다가 이내 사장실을 빠져나갔다.

"……"

이미 사라진 홍혜숙 작가의 잔상을 말없이 바라보던 정 작가가 천천히 강주혁 쪽으로 고개를 돌렸다.

"제가 너무 나댄 걸까요?"

주혁이 웃었다.

"잘하셨어요. 보이스프로덕션 소속 작가라면 그러셔도 됩니다."

같은 시각, WTVM 4층 회의실.

커다란 회의실에 박한철 PD 포함, 〈만능엔터테이너〉 스태프들이 30명 넘게 모여 있다. 패자부활전의 투표 집계를 위해서였다. 합격자 발표가 바로 다음 날이라 이 많은 인원이 노트북에 얼굴을 처박은 채, 투표 집계에 여념이 없었다.

"아으! 죽겠네!"

갑자기 상석에 앉아 있던 박한철 PD가 지금껏 참아온 기지개를 쭉 켰다. 하지만 옆에 앉아 있던 메인 작가가 콧방귀를 뀌었다.

"안 돼요. 변명 안 통해요. 담배 안 돼요. 커피 안 돼요. 화장실 안 돼요."

"야야야, 내가 뭔 말이라도 했냐?"

"하― PD님. 지금 인터넷 투표, ARS 투표, 문자투표까지 할 일이 태산인데. 발표는 내일이에요. 우리 전부 밤샐 판인데 놀 시간 없어요."

"안다, 알아. 그냥 기지개만 켰잖아."

이 둘의 모습이 재밌었는지, 카메라를 들고 있던 VJ가 쑥 들어왔다. 박한철 PD가 웃었다.

"동욱아. 바스트로 들어오지 말고 풀샷을 찍어, 풀샷을. 어차피 이 장면은 3초도 안 나와. 집계하는 장면 슉슉 끝이야."

"아― 예."

그때였다.

"PD님!!"

ARS 투표를 담당하던 스태프가 출력한 종이를 들고 다급하게 뛰어왔다.

"이, 이것 좀 보세요!"

"왜, 뭔데?"

"중간 집계표 나왔는데, 미쳤습니다!"

"미쳐? 뭐가……."

말끝을 흐리며 중간 집계표를 받아든 박한철 PD의 눈알이 튀어나올 듯 커졌다.

"말이 돼, 이게?!"

정 작가도 돌아간 보이스프로덕션 사장실. 주혁이 전화를 받고 있었다. 아침부터 황 실장의 전화였다. 황 실장의 목소리는 꽤 다급했다.

"사장님. 지금 연락받았는데, 여주 교도소에 이강수가 와 있답니다."

"이강수가요?"

"예. 아무래도."

"류진태를 만나고 있다?"

"제 생각엔 그렇습니다. 그리고."

무엇을 보며 말하는지, 잠시간 뜸 들이던 황 실장이 말을 이었다.

"저번에 말씀하신 애니메이션 제작사, 찾았습니다."

주혁의 얼굴이 순간 밝아졌다가 이내 다시 진지하게 변했다. 애니메이션 제작사, 즉 큐애니스튜디오를 찾은 것은 반가웠지만, 이강수의 소식은 영 달갑지 않았기 때문.

"황 실장님. 지금 혹시 출근 중입니까?"

"예, 한 시간이면 도착합니다."

"그럼 일전에 간 그 백반집에서 얘기 나누시죠. 맛 괜찮더라고요. 아직 아침 전이죠?"

"아, 예. 아직입니다. 알겠습니다."

전화를 끊은 주혁이 핸드폰을 주머니에 넣으며 읊조렸다.

"이강수가 류진태를 만난다……."

피식했다.

"놀아보자는 건가?"

한 시간 뒤, 보이스프로덕션 주변 백반집. 황 실장이 자리에 앉자마자 손을 들어 주문을 넣었다.

"어머님, 백반으로 두 개 부탁합니다."

"그래요."

이어서 주혁이 황 실장의 컵에 물을 따르며 물었다.

"먼저, 이강수부터. 그가 여주 교도소에 간 것은 확실합니까?"

"예. 이걸 보시면."

황 실장이 핸드폰을 들었다. 화면에는 류진태를 감시하기 위해 붙여둔 보이스가드 직원이 보내온 사진이 있었다. 그 사진에 이강수의 모습이 찍혀 있었고.

"흠…… 확실히 이강수가 맞네. 면회는."

"류진태를 만난 것이 확실합니다."

답을 들은 주혁이 팔짱을 꼈다.

"내 뒤를 캐겠다?"

"그것 말고는 현재 이강수가 류진태를 만날 이유가 없지 않겠습니까?"

"이 새끼 봐라……."

주혁은 생각을 정리하는 듯 한동안 말이 없었다. 그가 입을 다시 연 것은 밑반찬이 식탁에 깔렸을 때였다.

"이건 제 추측인데, 이번 WTVM이나 TVL에 바람을 넣은 게 난 이강수 같아요."

"어째서 그리 생각하시는지?"

"돌아가는 상황이 너무 미심쩍어요. WTVM이 갑자기 간을 본 것도 그렇고, TVL이 내민 조건도 너무 달달했고. 그런데 그 정도로 작업 칠 만한 인물이 지금 내 주변에 없거든."

"음."

이해 간다는 듯 황 실장이 침음을 삼켰고.

"어쨌든, 아직 이강수에 관해 정보가 나온 것은 없습니까?"

"예. 먼지 한 톨 안 나옵니다."

"쯧, 일단 알겠습니다. 이강수 쪽은 제가 좀 더 생각해보죠."

그때 주인 할머님이 보글보글 끓는 찌개를 탁자에 세팅했다.

"뜨거워요잉?"

"감사합니다."

칼칼한 김치찌개 한 숟갈을 입에 넣은 황 실장이 소주라도 한잔 넘긴 듯한 효과음을 내며 말을 이었다.

"크— 아 참, 사장님. 그리고 이것도."

강주혁에게 보여줬던 핸드폰을 회수하던 황 실장이 화면을 옆으로 돌리며 다시 주혁에게 내밀었다. 방금 쌀밥을 입에 욱여넣은 주혁이 밥알을 오물거리며 핸드폰 화면으로 시선을 던졌다. 반지하 원룸이었다.

"여기는 뭡니까?"

황 실장이 아무렇지 않게 답했다.

"찾으라시던 애니메이션 제작사, 큐애니스튜디오입니다."

"예?"

순간 놀란 주혁이 숟가락을 놓고 황 실장의 핸드폰을 가로채 사진을 확대했다. 그러자 화면에 출력된 원룸의 철문이 서서히 커지면서 상호가 보였다.

— 큐애니스튜디오

주혁이 미간을 살짝 찌푸리며 혼잣말을 뱉었다.

"뭐야, 이게."

주혁의 반응에 방금 깍두기를 입에 넣은 황 실장이 덧붙였다.

"과정을 좀 설명해드리면, 해외 쪽에는 '큐애니스튜디오'라는 이름과 유사한 곳은 더러 있었지만, 정확하게 상호가 '큐애니스튜디오'는 없었습니다. 국내엔 비슷한 이름조차 안 나왔습니다. 그런데."

"그런데요?"

"힘들게 찾았습니다."

"아니, 근데 여긴 제작사가 아니라 원룸이지 않습니까?"

분명 사진에는 강주혁이 찾던 상호가 적혀 있긴 했다. 근데 명패가 원룸 문짝에 스티커를 붙여놓은 것처럼 형편없다는 게 문제였다. 주혁이 머리를 살짝 긁었다.

"이게 제작사가 맞긴 합니까?"

"아마도."

"아마도?"

"솔직히 말씀드리면 사업체는 아닌 모양입니다. 찾아낸 경로도 애니메이션 관련 카페에서 찾아냈습니다. 같은 뜻을 가진 분들을 찾는다는 게시글에서."

"즉 시작단계도 아니고, 아예 준비단계다?"

"어쩌면 준비단계도 아닐지 모릅니다."

주혁이 약간은 허탈하게 웃었다. 상황이 이렇게 되면 〈폭풍전야〉 관련 미래 정보는 정말 꽤 먼 미래의 일일지 몰랐으니까. 이 정도 규모라면 존재하지 않는 것과 다를 게 없었다.

'어쨌든 올해는 확실히 아니라는 뜻이네.'

주혁이 김치찌개를 한 숟갈 넘겼다. 생각을 정리하듯, 찌개의 맛을 음미하며 한동안 말이 없던 주혁이 핸드폰을 황 실장에게 넘기면서 말을 이었다.

"여기 주소, 제 핸드폰으로 좀 보내두세요. 직접 확인해봐야겠습니다."

같은 날 늦은 오후, 아침에 보이스프로덕션을 다녀온 정 작가는 노트북을 켜놓고 있었지만, 손은 멈춰 있었다. 아침부터 지금까지 쭉 이 상태였다. 그러다 돌연 자리에서 일어나, 뒤쪽 방문을 열더니 서랍장에 꽂힌 종이뭉치를 꺼냈다. 얼마나 오래됐는지 종이뭉치는 너덜너덜했다.

― 보조작가 : 정소연

이어 정 작가가 종이뭉치의 첫 장을 넘기자, 수많은 따옴표가 박힌 대사들이 펼쳐졌다. 그런 대사가 족히 5백 장은 넘어 보였다. 정 작가는 손에 들린 종이뭉치를 꽤 측은하게 내려봤다. 보조 시절 정 작가가 집필한 작업물이었다.

몇 분간 자신의 습작을 읽던 정 작가는 이내 몸을 돌려 다시 노트북이 놓인 책상으로 움직였고, 노트북 옆에 놓아둔 투명 파일을 집었다. 아침, 강주혁에게 받아온 기획서였다.

"……"

정 작가는 말없이 기획서를 다시 읽어내려갔다. 이어서 보이스프로덕션에서 강주혁과 헤어지기 전 나눴던 대화를 떠올렸다.

"사장님…… 이 기획, 가능할까요?"

"정 작가님은 어떠세요? 가능하다면 하고 싶으세요?"

"……네. 저는 하고 싶어요. 홍혜숙 작가님은, 선생님은 제 목표였으니까."

"목표라, 좋네요."

만족스러운 듯 주혁이 미소 짓자, 정 작가가 고개를 숙였다.

"그런데, 홍혜숙 작가님은 안 하실 것 같은데."

정 작가의 확신 없는 말에 주혁은 담담하게 답했다. 심지어 웃기까지 하면서.

"될 겁니다. 제가 되게 만들 거니까."

강주혁의 마지막 말로 다시 현실로 돌아온 정 작가가 기획서를 책상에 내리면서 혼잣말을 뱉었다.

"진짜…… 될까?"

같은 시각, 홍혜숙 작가는 누군가에게 선물로 받았던 케이크를 통째로 꺼내놓고, 숟가락으로 퍼먹고 있었다. 무려 밥숟가락이었다.

"……"

홍혜숙 작가는 스트레스가 쌓인 얼굴로 케이크를 퍼먹기만 할 뿐, 딱히 말이 없었다. 바로 그때.

— 띠띠띠띡, 띠리릭

느닷없이 도어락 풀리는 소리와 함께 현관문이 열렸다. 그러나 홍혜숙 작가는 별 반응이 없었다.

"작가님?"

나타난 것은 문학창고의 사장 우진태였다. 우진태는 홍혜숙 작가를 찾는 듯, 고개를 두리번거렸다. 그러다 주방에서 홍혜숙 작가를 발견.

"작가님? 지금 뭘!"

영혼 없이 케이크를 퍼먹는 그녀를 보며 말문이 막혔다.

"작가님, 괜찮…지 않군요."

"……."

하지만 홍혜숙 작가는 대답이 없었다. 그런 그녀를 보던 우진태의 시선이 케이크 바로 옆에 놓인 종이뭉치와 투명 파일로 박혔다.

"이게 강주혁 사장한테서 받아오신 겁니까? 잠시 보겠습니다."

말을 마친 우진태가 곧장 종이뭉치부터 펼치더니, 세 장을 넘길 때쯤 표정에 변화가 일어났다.

"이게…… 정 작가님 시놉? 허—"

혼잣말을 뱉은 우진태가 정 작가의 시놉을 내린 후, 다급하게 투명 파일을 펼쳐 내용을 확인했다. 그리고 딱 1분이 지난 시점에 외쳤다.

"뭐, 뭐야, 이게. 지금 강주혁 그 친구가 생각하는 게 이거랍니까?!"

"……맞아요. 내 참, 기가 막혀서."

"엄청난데? 작가님! 허허, 이건 될지도 몰라, 진짜로. 이런 프로젝트는 누구도 상상을, 아!"

물 만난 고기처럼 신나게 말을 뱉던 우진태가 순간 입을 다물었다. 홍혜숙 작가가 자신을 쏘아보고 있었기 때문.

"아, 아니, 작가님. 제 말은."

"뭐? 될지도 몰라?"

"그게 아니고."

땀을 삐질삐질 흘리는 우진태 사장. 홍혜숙 작가의 대답은 심플했다.

"나가요."

"작가님."

"나가라니까!"

"허이구! 알겠습니다. 갑니다, 가요."

발에 모터가 달린 듯, 세상 빠르게 작업실을 빠져나간 우진태 사장. 그런 그를 쏘아보던 홍혜숙 작가가 쥐고 있던 숟가락을 케이크 중앙에 푹 꽂더니 정 작가의 시놉을 들어 올렸다.

"흥, 그새 또 컸어."

이어 탁자에 다시 정 작가의 시놉을 놓은 홍혜숙 작가가 나란히 있는 시놉과 기획서를 내려다봤고.

"……"

아침, 정 작가에게 들었던 말을 떠올렸다.

'겁나세요?'

정 작가의 말은 바람처럼 날아와, 홍혜숙 작가의 뇌리에 날카롭게 박혔다. 홍혜숙 작가가 양손을 탁자에 짚으며 한숨과 함께 읊조렸다.

"하— 그래. 겁난다, 이것아."

다음 날, 14일 화요일 아침 10시. 〈만능엔터테이너〉의 공식 홈페이지에 패자부활전 투표 결과가 업데이트됐다. 그와 동시에 연예면에 걸려 있던 기사들이 빠르게 바뀌었다.

「[팩트체크] 〈만능엔터테이너〉의 패자부활전 생존자는? 장주연, 이미소」

그 시각, 강주혁은 운전 중이었다. 막 주차장에서 빠져나온 주혁의 차가 미끄러지듯 도로 위를 달리던 중, 전화가 울렸다. 주혁은 움직이던 차를 갓길에 대고는 발신자를 확인했다.

— 박한철 PD

발신자를 확인한 주혁이 피식하며 전화를 받았다.

"네, PD님."

"사장님. 패자부활전 결과 확인하셨습니까?"

"물론이죠. 확인했습니다. 장주연 양, 이미소 양 맞죠?"

"맞습니다. 그런데요."

박한철 PD가 약간은 흥분한 듯 말을 이었다.

"투표수가 어떻게 나왔는지 아십니까?"

"저야 모르죠. 애초에 투표수는 안 나오니까."

"예. 그게, 투표가 너무 한쪽으로 쏠렸어요."

"한쪽으로?"

주혁이 되묻자, 박한철 PD가 결과를 토해냈다.

"장주연이 득표율 82%! 그 아이가 표를 거의 쓸어 담았습니다."

한 시간 뒤, 주혁은 황 실장이 보내온 '큐애니스튜디오'의 주소대로 향하고 있었다.

"여긴…… 기흥인데."

애초 황 실장에게 받은 주소가 도로명주소라 처음엔 용인인 줄 알았지, 기흥인지는 주혁도 몰랐던 모양. 어느덧 널찍하던 도로가 좁아지며 주혁의 차는 서서히 주택과 원룸이 밀집해 있는 곳으로 움직였다. 주혁이 내비게이션을 확인했다.

— 남은 시간 3분

즉 '큐애니스튜디오'가 이 주변이라는 뜻이었다.

"안쪽으로 들어가면 주차를 못 할 듯싶은데."

짧게 읊조린 주혁이 도로 갓길의 빈 주차공간에 차를 욱여넣었다. 이어서 차에서 내린 주혁이 주변을 훑었다. 그런데 묘하게 익숙한 느낌이 들었다.

"왜 낯설지가 않지?"

분명 언젠가 와본 듯한 느낌. 거기다가 이상하게 다리도 좀 시렸다. 아니, 정확하게 말하자면 다리가 아파서 부들거리는 느낌이 요상하게 올라왔다.

"뭐야, 여기."

혼잣말을 뱉은 주혁이 몸을 돌리자 정면 가게 간판이 눈에 들어왔다.

"어?"

너무나 익숙한 간판이었다.

— 행복 초대박 로또

"여기 분명······."

말끝을 흐린 주혁이 로또점 옆쪽의 골목길로 고개를 돌렸다. 골목길 역시
매우 익숙했다. 바로 그때.

— 딸랑

로또점의 문을 열고 중년남성이 나왔다. 그 모습에 주혁이 확신했다.

"맞아. 여기."

약 1년 전, 보이스피싱이 유료가 아닌 무료일 때.

"행복 초대박 로또점."

강주혁이 로또를 주운 곳이었다.

35. 과제

"여기서 내가 로또를 주웠어."

주혁은 주머니에서 수첩을 꺼내, 가장 앞 장으로 넘겼다. 거기엔 보이스피싱이 무료단계일 때 알려줬던 로또 관련 미래 정보가 적혀 있었다.

— 강순철 씨가 로또점 옆길로 들어서자마자 로또 한 장을 떨어뜨리고, 그 로또를 5분 뒤 김진구 씨가 줍게 됨.

당시 주혁은 이 정보를 접하고, 곧장 이곳에 와 벌어질 미래에 개입했다. 떨어진 로또를 강주혁이 주웠고, 추가로 로또를 산 뒤 주운 로또는 강순철에게 다시 돌려주기까지. 그 정보 덕분에 강주혁은 기반을 닦을 수 있었다.

"그런데 큐애니스튜디오가 이 주변이라 이 말이지? 우연인가?"

지금껏 보이스피싱이 주혁에게 전달한 미래 정보는 미묘하게 연결돼 있었다. 물론 전부 그런 것은 아니었지만.

"음."

침음을 삼킨 주혁이 꺼냈던 수첩을 다시 속주머니에 넣으며 모자를 더욱 눌러썼고, 이어서 쓰고 있던 마스크의 모양새를 다잡았다. 그런 주혁의 행색이 이상했는지, 퍼런 패딩을 입은 남자가 힐끔거리며 지나갔다. 그러다 주혁과 눈이 마주쳤고.

"으앗!"

주혁을 보느라 발이 꼬였는지, 대뜸 자빠졌다.

"아오— 씨."

남자가 바지를 툭툭 털며 일어나 길을 가기까지는 그리 오래 걸리지 않았다. 표정에 민망한 기색이 역력했다. 그런데 남자가 넘어진 자리에 검은색 물체가 주혁의 눈에 띄었다. 꽤 도톰해 보이는 지갑이었다.

"저기."

지갑을 보자마자 주혁이 남자를 불렀으나, 남자는 재빠르게 원룸 건물로 모습을 감췄다. 그 바람에 속으로 짧게 혀를 찬 주혁이 바닥에 떨어진 지갑을 주워 펼치자, 곧장 지갑 속 남자의 신분증이 보였다.

— 김진구

"김진구?"

남자의 신분증을 확인한 주혁이 다시 주머니에서 수첩을 꺼내, 아까 확인했던 로또 관련 미래 정보를 재차 확인했다.

— 그 로또를 5분 뒤 김진구 씨가 줍게 됨.

강주혁이 개입하지 않았다면 주혁 대신 로또를 줍게 됐을 인물. 살짝 소름이 돋은 주혁이 김진구의 지갑과 수첩을 가만히 내려다보다, 무언가 느낌이 왔는지 짧게 혼잣말을 뱉었고.

"……설마."

수첩과 김진구의 지갑을 주머니에 넣은 뒤, 황 실장이 건네준 큐애니스튜디오의 약도가 그려진 종이를 토대로 주혁이 천천히 움직이기 시작했다.

한 걸음.

두 걸음, 세 걸음.

오래 걸리지는 않았다. 황 실장이 그려준 큐애니스튜디오의 위치는, 김진구가 들어간 원룸 건물이었던 것이다.

"허."

어느새 건물 앞에 선 주혁의 시선이 지하로 통하는 계단에 고정됐다. 이윽고 원룸 현관문에 붙은 호수와 상호가 눈에 들어왔다.

— 큐애니스튜디오

그리고 남자들의 격한 목소리가 들려왔다.

"아니! 해도 해도 너무한 거 아닙니까? 우리가 작업한 게 얼만데! 받을 돈이 이게 다라고요?!"

"그럼? 어쩌라고. 왜? 받기 싫냐? 받지 마, 그럼. 할 사람 널렸다. 대한민국에 쌔고 쌘 게 너희 같은 애들이야."

주혁은 어느새 계단을 내려와 열린 문을 통해 원룸 내부를 확인했고 남자들의 얼굴을 보았다. 그리고 혼잣말을 뱉었다.

"김진구······."

아까 넘어졌던, 1년 전 강주혁이 개입하지 않았다면 주혁 대신 로또를 주웠을 김진구. 큐애니스튜디오 사무실에 김진구가 있었다.

같은 시각, 홍혜숙 작가는 작업실 거실의 흰색 소파에 대자로 누워 있었다. 강주혁을 만나고 온 어제와 별반 다를 게 없었다. 그녀는 양손을 배꼽 위치에 올려놓고, 눈을 감은 채 심호흡을 했다.

"후읍— 후우— 후흡— 후우—"

그렇게 지나간 시간이 약 5분.

"좋아."

짧게 읊조린 홍혜숙 작가가 무언가 결심한 듯, 소파에서 일어나 주방으로 움직였다. 그러고는 강주혁에게 받아온 기획서를 집었다. 기획서는 다섯 장이었다. 강주혁이 작성한 이 기획의 방향성과 가능성, 그리고 만약 시작한다면 어떻게 진행될 것인지에 관한 계획이 세세하게 적혀 있었다.

"백 프로 사전제작?"

그중 홍혜숙 작가는 '100% 사전제작'이라는 부분에서 실소를 뱉었다.

"하— 무슨 자신감이야, 대체."

드라마 사전제작은 양날의 검. 거기다 100% 사전제작은 도박에 가까운 방법이었다.

"배짱도 이런 배짱이 없네."

드라마 제작은 보통 일반제작과 사전제작으로 나뉘는데, 일반제작은 〈28주, 궁궐〉처럼 작가가 대본을 쓰고 PD가 받아 촬영, 이후 시청자들의 반응을 확인해 수정을 거치는 쌩라이브 방영. 반면 사전제작은 말 그대로 편성 전후에 모든 제작을 마친 뒤 방영하는 방식이다. 두 제작 방식의 장단점은 뚜렷한데, 사전제작은 시청자 반응을 확인했더라도 중간 수정을 할 수가 없다. 때문에 방송국도 선호하지 않고, 만약 사전제작을 간다면 그건 방송국이 작가의 능력을 완벽히 믿어야 가능하다.

"너무 위험해."

기획서는 뒤로 갈수록 가관이었다. 위험한 건 둘째치고, 일반적인 제작사가 취할 수 있는 방식이 아니었다. 쉽게 말해.

"미친년 소리 듣기 딱 좋잖아. 이대로 가면."

실제로 강주혁이 건넨 기획서는 드라마 판에서 권력이 어마어마한, 그만큼 경험이 쌓인 홍혜숙 작가도 처음 볼 정도로 비상식적이고도 도박적인 요소가 많았다.

"이대로 가다 망하면 누구 탓을 할 거야? 아무리 봐도 너무 위험……."

때문에 당연스레 따라붙은 걱정을 내뱉는 순간, 제자의 일침이 또 한 번 섬광처럼 홍혜숙 작가의 뇌리에 스쳤다.

'겁나세요?'

순간 홍혜숙 작가는 아랫입술을 살짝 깨물면서, 덮으려던 기획서를 다시 펼쳐 강주혁의 계획을 꾸역꾸역 읽어내려갔다.

여기서 재밌는 점은 중간중간마다 주혁이 세세하게 적어둔 코멘트였다.

— 사전제작으로 간다면, 공공연하게 떠도는 홍혜숙 작가님의 자기복제라는 말을 보완할 수 있음.

— 작가님의 시놉에는 전작과는 다른 도전적인 전개가 돋보였음. 따라서 차후 홍보 마케팅에서 이 부분을 정확하게 부각할 것.

— 다행히 정소연 작가님과 홍혜숙 작가님의 시놉시스 모두 전문가물 느낌으로 전개되기에 연결점이 끊기지 않음.

이후로도 기획서 곳곳에는 강주혁의 코멘트가 끼워져 있었다. 코멘트가 없었다면 기획서 자체는 두 장이면 끝나지 않았을까 싶은 정도.

"……내 작품들도 전부 파악했나 보네."

거기다 강주혁의 코멘트는 홍혜숙 작가의 전작 제목과 등장인물 등을 예로 든 부분이 많았다. 이 기획서가 허투루 작성된 것이 아님을 뜻했다. 이윽고 그녀가 기획서의 마지막 부분까지 읽었을 때였다.

"……!"

대뜸 홍혜숙 작가의 눈이 커졌다. 기획서의 마지막 부분, 드라마 제작 후의 유통과정 때문이었다. 지금껏 읽은 기획 내용도 기막힌 부분이 많았지만, 특히나 마지막 유통 부분은 그야말로 피날레였다.

"이 남자, 방송국 상대로 경매를 할 작정이야?!"

그 시각, 큐애니스튜디오에서는 여전히 고성이 그치지 않았다.

"학교 후배라고 챙겨주니까, 이제 와서 뭐? 부족해? 시발, 주는 것도 감지덕지하게 받아야지."

"너무 심하잖아요! 아무리 형이 소개해준 일이라지만, 일당 6만 원이 뭡니까! 처음이랑 말이 다르잖아요! 우린 그 작업한다고 며칠 밤을 새웠는지 아세요?"

"알 게 뭐야. 그래서 받을 거야, 말 거야? 받아야지. 애니메이션 나부랭이 계속하려면. 지랄, 팔리지도 않는 걸 죽어라 붙잡고 인생 허비하는 것들이 주는 대로 받을 것이지."

순간, 퍼런 패딩을 입은 김진구가 미간을 잔뜩 찌푸렸다.

"뭐라고요? 광태 형, 방금!"

"뭐, 어쩌려고, 왜? 한 대 치려고? 아주 한 대 치겠다?"

"이익!"

분위기가 양껏 험악해졌을 때였다.

"말씀 중에 죄송합니다만."

누군가 열려 있는 현관 철문에 노크를 치며 끼어들었다.

그 바람에 광태 형이라 불린 남자와 김진구가 동시에 현관 쪽으로 시선을 돌렸다. 그곳에는 검은색 모자에 코트, 후드집업 그리고 마스크를 쓴 남자가 서 있었다. 씩씩거리던 김진구가 물었다.

"누구세요."

"아, 저는."

이어서 마스크를 쓴 남자가 대답하려는 때 광태라는 남자가 끼어들었다.

"야! 하여튼 나는 갈 테니까, 주는 대로 받아. 알았냐?"

"형! 광태 형!!"

김진구가 다급하게 불렀지만, 광태라는 남자는 뒤도 안 돌아보고 원룸, 아니 큐애니스튜디오를 빠져나갔다.

"……어후 시발, 개 같은 새끼."

김진구의 눈에는 불길이 타올랐고, 입에서 욕설이 튀어나왔다. 그러다 김진구의 시선이 다시금 마스크를 쓴 남자에게 맞춰졌다.

"어떻게 오셨…… 그런데 아까 저기 밖에 계시던 분 아니에요?"

김진구는 조금 전 잠시 스쳤던 남자를 떠올렸다. 그 탓에 넘어지기까지 했으니, 꽤 기억에 강하게 남았던 모양.

"맞습니다. 넘어질 때 지갑을 떨어뜨리셔서."

말을 마친 남자가 지갑을 내밀자, 김진구가 퍼런색 패딩을 펄럭이며 주머니 이곳저곳을 더듬거리다 답했다.

"아, 진짜네. 감사합."

바로 그때.

— 우우우우웅 우우우웅

김진구 바로 뒤, 컴퓨터 책상에서 핸드폰이 진동을 뱉었고, '잠시만요' 따위의 말을 전한 김진구가 핸드폰을 받았다.

"어, 호경아. 어?! 무슨 소리야? 파일이 안 열린다니? 확인을 몇 번이나 했는데! 그게 왜 안 열려?! 아이 씨! 있어 봐! 내가 여기서 확인해볼게!!"

꽤 다급한 사안이었는지, 김진구의 신경은 곧 마스크를 쓴 남자에서 컴퓨터로 옮겨졌다.

"야야. 여기선 열리는데, 왜 너는 안 열려! 다시 확인해봐! 제출 시간도 별로 안 남았잖아?!"

어느새 김진구는 마스크를 쓴 남자에게서 신경을 끊어버렸다.

"……"

그렇게 마우스 클릭을 바쁘게 하는 김진구를 말없이 보던 남자가 머리를 슬쩍 긁었다. 이어서 원룸을, 큐애니스튜디오 내부를 한번 주욱 둘러봤다. 10평이 조금 넘는 정신없이 어질러진 공간, 다닥다닥 붙은 책상, 그 위 컴퓨터 세 대, 끝에 있는 작은 노트북 한 대, 쌓여 있는 종이들. 가만히 내부를 둘러보던 남자는 바로 옆 노트북이 놓인 책상에 김진구의 지갑을 올렸다. 그런데.

손이 순간 멈추더니, 노트북 옆에 쌓인 종이뭉치로 움직였다. 종이뭉치 첫 장을 넘기자, 작성자와 제목이 보였다.

— 애니메이션 초안(폭풍전야)

— 큐애니스튜디오

— 기획/스토리 : 고진아

흥미롭게 첫 장을 내려보던 주혁은 이어서 빠르게 애니메이션 초안을 읽어 내려가기 시작했다.

10분쯤 뒤, 얼추 상황을 정리했는지 김진구가 핸드폰에 대고 말했다.

"됐지? 어어, 알았어. 또 무슨 일 터지면 바로 연락해. 이제 진짜 제출 시간 간당간당해서, 뭐 터지면 망한다고. 어어, 알았어."

전화를 끊은 김진구가 핸드폰을 대충 책상에 던지면서 안도의 한숨을 내쉬었고.

"아! 맞다. 지갑."

이제야 마스크 낀 남자가 떠올랐는지, 의자에 앉은 채로 몸을 빙글 돌렸다.

"어? 없네?"

하지만 이미 남자는 없었다. 종이뭉치 위에 덩그러니 올려진 자신의 지갑 뿐. 이어서 지갑을 패딩 주머니에 넣은 김진구가 짧게 읊조렸다.

"뭐였지, 그 사람."

큐애니스튜디오를 나온 강주혁은 곧장 차에 올라 회사로 방향을 잡았다.

그러고는 황 실장에게 전화를 걸었다.

"네. 사장님."

"큐애니스튜디오, 방금 갔다 왔는데."

"어떠십니까?"

"그것보다, 좀 자세하게 알 수 있겠습니까?"

"어떤?"

주혁이 핸들을 왼쪽으로 꺾으며 답했다.

"기본적인 것들. 큐애니스튜디오 구성 인원이 어떻게 되는지부터 어떻게 여기까지 왔는지 정도?"

"그 정도면 금방 확인 가능합니다. 바로 착수하겠습니다."

그렇게 전화가 끊겼다. 때마침 강주혁의 차가 신호에 걸렸다. 천천히 차를 세운 주혁이 검지로 핸들을 톡톡 때렸고.

"분명."

조금 전, 큐애니스튜디오에서 읽었던 애니메이션 〈폭풍전야〉 초안을 떠올리며 읊조렸다.

"영화 〈폭풍〉 시나리오와 내용이 같았어."

큐애니스튜디오에서 사무실로 돌아온 주혁이 가장 먼저 확인한 것은 영화 〈폭풍〉의 시나리오였다. 그간 잊고 지냈는지, 시나리오는 주혁이 쌓아둔 시나리오 중간쯤 끼어 있었다. 이미 몇 번이나 읽었던 내용이지만 주혁은 재차 속독하며 읽어내려갔다. 그렇게 5분쯤 뒤, 펼쳤던 시나리오를 덮은 강주혁이 중얼거렸다.

"확실해. 영화 시나리오로 넘어가면서 영화스럽게 깎인 부분을 빼면, 전개 자체는 같아."

큐애니스튜디오에서 봤던 애니메이션 〈폭풍전야〉와 현재 주혁의 앞에 놓인 영화 〈폭풍〉의 내용이 너무나도 흡사했다. 같은 사람이 쓴 것 같은 느낌마저 들었다. 잠시간 시나리오를 내려보던 주혁이 어디론가 전화를 걸었다.

"예, 사장님."

"박건웅 팀장님. 혹시 지금 회사에 있습니까?"

상대는 현재 보이스프로덕션의 제작1팀장으로 있는 박건웅 팀장이었다.

"아닙니다. 지금 강필름에 와 있습니다. 사무실에서 마무리할 게 남아서."

"그래요?"

"예! 5월 사옥 이전까진 깔끔히 정리하라고 하셔서."

고개를 끄덕인 주혁이 입을 열었다.

"팀장님. 혹시 저한테 파셨던 〈폭풍〉 시나리오 기억하십니까?"

"네? 예예. 물론이죠."

"그 시나리오를 사셨을 때, 집필한 작가를 보셨습니까?"

"예. 봤습니다. 어— 여자였습니다."

"또 다른 정보는요."

대뜸 던져진 질문에 박건웅 팀장이 기억을 더듬는지 정적이 흘렀다. 그의 목소리가 다시 들린 것은 5초쯤 지난 후였다.

"시나리오 살 때는 제가 직접 확인하고 계약까지 진행했는데, 〈폭풍〉을 쓴 작가는 영화 시나리오를 전문으로 하는 작가는 아니었습니다. 무명이었고, 여자였는데, 나이는 20대 중반쯤?"

"당시 서류들 확인 가능합니까?"

"아, 찾아보겠습니다."

"찾으면 연락 주세요."

"알겠습니다!"

박건웅 팀장의 전화는 그렇게 끊겼고, 핸드폰을 책상에 올린 주혁이 작게 혼잣말을 뱉었다.

"김진구, 큐애니스튜디오, 애니메이션 〈폭풍전야〉, 영화 〈폭풍〉."

가만히 무언가 머릿속으로 주혁이 정리를 시작했을 찰나.

— 우우우우웅 우우우우웅

그의 핸드폰이 울렸다. 송 사장이었다.

"네, 형."

"어어, 물어보나마나 바쁘겠지?"

"왜요? 무슨 일인데?"

"아니, 무슨 일까진 아닌데. 〈19살 그리고 20살〉 오늘 첫 촬영이다."

"아—"

그제서야 주혁이 달력을 확인하며 고개를 갸웃했다.

"첫 촬영 4월 20일 아니었어요?"

"그게, 대학교 장소 섭외 때문에 앞당겼어."

"아, 그래요?"

"응. 어떻게, 와주면야 고맙긴 한데. 바쁘면."

"갈게요. 안 그래도 첫 촬영 때는 가려고 했어요. 형한테 할 말도 있고."

"나한테? 허— 약간 무서운데."

주혁이 웃음으로 대답을 대신했다.

"새끼, 웃기는."

점심 무렵, 신촌역 주변 서진대학교 도서관 주변에는 〈19살 그리고 20살〉 촬영 전체 스태프가 세팅에 여념이 없었다. 조명과 반사판이 세워지고, 카메라 레일과 간단한 소품 등이 스태프들의 손에서 서서히 모습을 드러냈다.

"막내야! 여기 그늘져서 빛이 좀 죽는데? 판 하나 더 대라!"

"예!!"

"감독님! 여기 확인 좀 부탁드립니다!"

"어어."

김필수 감독을 포함하여 전체 스태프가 바쁘게 움직였다. 서진대학교 측에서 장소 협조로 준 시간은 단 여섯 시간이 전부였다.

"자자! 앞으로 다섯 시간 48분 남았습니다!! 장소 협조도 3일밖에 못 받았으니까! 서두릅시다!!"

이렇듯 정신없이 흘러가는 가운데 약간 외진 곳에 모인 스타일리스트들의 시선은 모두 한곳에 박혔다.

"김건욱 실물…… 진짜 말도 안 나온다."

"아까 나 김건욱이랑 악수했는데, 미소 지어줄 때 심멎했다, 진짜."

"학교에 저런 선배가 어딨냐? 없다, 없어."

촬영장 중앙에는 검은색 야구점퍼에 백팩을 멘 채 촬영대본을 점검하는 김건욱이 서 있었다. 촬영 현장을 둥그렇게 둘러싼 대학생과 대학교 관계자 등 구경꾼들은 이미 미쳐 있었다.

"방금! 나 김건욱이랑 눈 맞추침!!"

"와씨! 진짜 김건욱이네?!"

"바로 부메랑(SNS 업로드 방식) 각이죠?"

촬영장을 둘러싼 인원은 대충 봐도 백 명은 너끈히 넘어 보였다. 덕분에 안전팀에 배치된 인원들이 서로 손을 잡고 그들을 통제해야 했고.

"야야, 쟤 걔 아니냐? 강하진?"

"어디?!"

"저기 흰색 롱패딩 입고 의자에 앉아 있는 여자애."

"헐— 진짜네? 와 진짜 시발 존나 예쁘네?!"

"내가 살면서 본 여자 중에 제일 오진다. 진짜."

모여든 대학생들 중 남자무리들의 외침. 그들의 시선을 한몸에 받는 강하진은 촬영 스태프들 사이에서 이미 별명이 붙여졌다. 얼음공주. 약간은 냉소적인 분위기에 평소에 표정 변화가 크지 않고 말수도 적은데, 그런 것들을 상쇄하고도 남을 정도로 예쁘니까. 오히려 그런 차가운 분위기에 취한 스태프들이 더 많았다.

"진짜 예쁘긴 예쁘다. 확실히 뭔가 좀 다르지 않냐?"

다급하게 촬영기기를 옮기던 연출팀 스태프들이 무표정으로 대본을 읽는 강하진을 보며 수군거렸다.

"뭐가?"

"아니, 뭐라 그래야 되지? 격이 다르다고 해야 되나? 왜 소혜정도 아까 보긴 했는데, 아무리 잘나간다 해도 얼굴론 강하진한테 못 비빌 거 같은데."

"인정. 지금이야 소혜정이 인지도가 더 높긴 한데, 시간 지나면 강하진이 그냥 발라버릴 듯."

그런데 순간, 수군거리던 스태프 중 한 명이 누군가와 눈이 마주쳤다. 쌍심지를 켜고 노려보는 소혜정이었다. 화들짝 놀란 스태프가 옆 스태프에게 입 다물라는 시늉을 하며 자리를 재빨리 빠져나갔다.

"……진짜 거슬리네, 쟤."

도망가는 스태프들을 노려보던 소혜정의 시선이 무표정의 강하진에게 맞춰졌다.

"뭐가 예쁘다는 거야. 딱 보니까 전부 고쳤는데."

소혜정은 영화 초기부터 강하진이 마음에 들지 않았다.

"내가 조연하고 있는데, 쟤 무슨 뒷줄이 있어서 주연이야. 짜증 나게."

최근 3년간 급격하게 인지도를 끌어올린 소혜정을 제치고 데뷔 1년 된 배우가 대뜸 주연인 것이 불만인 모양. 영화 촬영장 안 배우들 사이에서 흔히 볼

수 있는 질투였다. 그런 그녀가 강하진 쪽으로 움직이기 시작했다.

"하진 씨, 안녕?"

대뜸 날아온 인사에 대본을 보던 강하진이 고개를 들어 소혜정을 확인하곤, 일어나 고개를 숙였다. 그러자 소혜정이 비아냥거리기 시작했다.

"넌 근데 애가 신인 주제에 선배님들 인사도 안 다니고 뭐 하니? 내가 직접 와야 돼?"

"……"

소혜정의 말에 강하진이 무표정으로 그녀의 얼굴을 쳐다봤다. 대본 리딩 날 이후 처음 본 얼굴이었다.

"어머, 얘 봐? 선배가 말하는데 대답도 안 하네."

강하진은 순간, 누군가의 목소리를 떠올렸다.

'하진 씨. 촬영장은 알죠? 정글인 거. 촬영장에선 주눅 들지 말아요. 예의를 지킬 땐 지켜야겠지만, 싸움을 걸어오면 싸워도 돼요.'

이어서 마지막 말까지.

'뒤는 내가 책임질 테니까.'

이후, 살짝 숨을 가다듬은 강하진이 여전히 따따따거리는 소혜정의 말을 잘라먹었다.

"어떻게 내가 직접 와서 인사를."

"했어요."

"……뭐?"

"선배님들한테 전부 인사했어요. 소혜정 선배님은 안 계셨는데요. 제가 못 봤거나."

가뜩이나 표정 없는 강하진이 옅은 목소리를 뱉어내자, 소혜정이 살짝 움찔했다.

'애가 표정이 없어도 너무 없는 거 아냐? 씨! 쫄지 마. 소혜정, 쫄지 마.'

마음을 다잡은 소혜정이 다시금 입을 열었을 때, 강하진이 타이밍을 가로챘다.

"내가 자리에 없으면 찾아서라도."

"선배님."

"어, 어??"

소혜정의 눈을 똑바로 보며 여전히 무표정인 강하진이 인사를 뱉었다. 한 자 한 자 또박또박, 흠잡을 데 없는 딕션으로.

"안. 녕. 하. 세. 요."

그때였다.

"강주…… 이다!!!"

"꺄아아!!"

"와왁!!!"

몰려 있던 대학생들과 구경꾼들이 갑자기 난리가 났다. 덕분에 강하진이나 소혜정 역시 고개가 돌아갔고, 이유를 확인한 강하진이 곧장 그쪽으로 뛰었다. 순간 강하진의 표정을 확인한 소혜정이 미간을 찌푸리며 읊조렸다.

"쟤 방금, 웃었어?"

강주혁은 주차장에 차를 댄 곳에서부터 달려드는 팬들에게 최대한 대답을 하며 천천히 촬영장 방향으로 움직였다.

"오빠! 이거 드세요!!"

"커피 드세요!"

갑자기 나타났음에도 어떻게 준비했는지, 선물 공세가 쏟아졌다.

"감사합니다. 감사합니다."

이윽고.

"여— 강주혁. 인기 여전하네."

"형."

힘들게 촬영장까지 들어온 주혁을 가장 먼저 반긴 것은 킬킬거리고 있는 송 사장이었다.

"야야— 이거 어째 예전보다 더……"

이어서 몰려든 인파를 저지하기 위해 힘쓰고 있는 가드 스태프를 보며 혀를 내둘렀고.

"안 되겠다. 강 배우님, 우리 영화 하나 찍자."

바로 그때.

"사장님!"

강주혁의 뒤쪽에서 여자 목소리가 들렸다.

"아, 하진 씨. 준비 잘하고 있어요?"

"네."

뛰어왔는지, 숨을 헐떡이면서도 강하진이 옅은 미소를 지었다. 그녀를 보며 주혁이 웃었다.

"패딩 단단히 잠그고. 감기 걸리면 큰일 나니까."

"아. 네."

그때야 자신의 패딩이 활짝 열린 것을 확인한 강하진이 다급하게 패딩을 여몄다. 그러더니 살며시, 아무렇지도 않게 강주혁 옆에 서서는 대본을 펼쳤다. 천연덕스럽게 대본을 읽는 강하진을 보던 주혁이 눈을 몇 번 껌뻑이다 이내 물었다.

"……하진 씨? 왜 여기서."

"저 신경쓰지 마세요. 그냥 여기가 대본 외우기 편할 것 같아서."

그 모습을 지켜보던 송 사장이 크게 웃었다.

"크크크, 아참, 그리고 나한테 할 말이 있다는 건 뭐야? 영화 숏 들어가기 전에 말해봐. 들어가면 현장에선 말 못 하니까."

"아—"

강하진에서 어렵게 송 사장으로 고개를 돌린 주혁이 입을 열었다.

"형. 예전에 유학 갔다 왔다고 하셨죠? 제작 쪽으로."

난데없는 물음에 촬영 현장을 바라보던 송 사장의 고개가 강주혁 쪽으로 돌아갔다.

"유학? 갔다 오긴 했지. 그게 언제 적이냐. 기억도 안 난다."

짧게 답한 송 사장이 슬쩍 웃음을 짓더니 다시 현장 쪽으로 시선을 돌리며 말을 이었다.

"내가 이래 봬도 유학파야, 유학파."

"그럼 형, 해외 쪽에 끈 좀 있겠네?"

"뭐, 그냥저냥. 30대였나? 나름 공부한답시고 해외 제작사에서 일도 했고 독립영화도 몇 편 했으니까. 그때 알고 지내던 놈들 중에 계속 이쪽 일하는 놈도 있고, 아닌 놈도 있고 그렇지."

"그 정도면 의사소통은 전혀 문제없겠네요?"

"야. 말해 뭐해. 내가 거기서 몇 년을 살았는데, 언어는 기본이지. 그런데."

말끝을 흐린 송 사장의 고개가 다시금 강주혁 쪽으로 향했고.

"갑자기 그건 왜 물어?"

"……흠."

송 사장과 눈을 마주치던 주혁이 말을 이었다.

"형, 요즘 어때요? 무비트리라든가, 국내 영화제작 하는 거."

"내 기분을 물어보는 거냐?"

"그렇지."

"별걸 다 묻네. 흠— 뭐, 무비트리야 원래부터 구멍가게여서 1년에 한 작품 찍으면 많이 찍는 거였으니까, 분위기는 나쁘지 않지. 문제는."

"문제는?"

"발전이 없는 게 문제지. 지금 몇 년째 제자리니까. 솔직히 〈척살〉 아니었으면 내년쯤에 문 닫았지 싶다."

바로 그때.

"리허설 준비하겠습니다! 배우님들 모여주세요!!"

돌돌 말린 종이를 손에 쥔 조감독이 크게 외쳤다. 강주혁 옆에서 촬영대본을 보던 강하진이 고개를 들어 강주혁과 눈을 마주쳤다.

"사장님, 언제까지 계실 거예요? 혹시 쭉 계세요?"

"아니, 적당히 보다 가야죠."

"아…… 네. 저 다녀올게요."

"그래요."

말을 마친 주혁을 보며 강하진이 꾸벅 고개를 숙인 후, 촬영장 중앙으로 도도도 달려갔다. 그런 그녀를 물끄러미 바라보던 송 사장이 입을 열었고.

"하진 씨 많이 변했어. 예전엔 배우 잘할까 싶었는데."

이어 긴 한숨을 뱉었다.

"후— 주혁아. 솔직히 〈척살〉 때만큼 재미가 없다. 그 영화 준비할 때는 진짜 하루하루가 정신없었어도 뭐랄까, 재미가 있었거든? 프리 기간이 빡세긴 했어도 결과가 잘 나와서 희열도 있었고."

"그래요?"

"어— 인마. 너 갑자기 나타나서 영화를 하자고 하질 않나, 대뜸 주연으로 하성필을 데려오고, 장춘성 그 양반도 있었네. 하도 여러 사건이 빵빵 터지기도 했고, 크크크."

"……."

송 사장의 웃음에 주혁은 말없이 촬영 현장에서 김건욱과 강하진을 비롯한 배우들이 감독의 디렉션 아래 촬영 구도 잡는 모습을 바라봤다. 잠시간 두 남자 사이에 정적이 흘렀다. 정적을 깬 것은 강주혁이었다.

"송 사장님."

주혁이 지갑에서 명함을 꺼내, 송 사장에게 건넸다.

"보이스프로덕션, 해외 파트를 좀 맡아주면 좋겠습니다만."

"……뭐??!"

"뭘 그렇게 놀라요. 난 처음부터 해외 쪽은 형 생각하고 있었는데."

"아니, 그게 대뜸 뭔 소리야!"

"뭐긴 뭐야. 스카우트 제의지."

담담하게 말하는 주혁이었지만, 송 사장의 눈은 이미 커질 대로 커진 상태였다.

"스카우트? 아니아니, 그것보다. 벌써 해외 쪽에 뭔 커넥션이라도 있냐?"

"없어요. 당장은 아니고, 좀 나중 일이겠지만, 어쨌든 국내 집어삼키면 해외도 나가봐야지. 근데 내가 해외에 계속 상주할 수는 없으니까. 형이 이사 달고 해외지사를 맡아주면 어떨까 싶어서."

"……해, 해외라니."

말을 더듬은 송 사장이 강주혁을 쳐다봤다. 반면 주혁은 담담한 표정으로 촬영 현장을 바라보고 있었다. 그런 그를 보며 송 사장이 속으로 혀를 내둘렀다.

'보이스프로덕션이 빠르게 크고 있긴 하지만, 아직 대기업이랑 맞먹는 수준도 아닌데, 이놈은 벌써 해외 쪽 계획을 짜고 있는 건가?'

방금 강주혁은 국내를 씹어먹는 것을 마치 정해진 일처럼, 곧 일어날 일인 것처럼 말했다.

'다른 놈이 말했다면 개소리 말라고 했겠지만.'

강주혁이 말하니, 정말 곧 일어날 일처럼 느껴졌다. 덕분에 그가 말한 미래가 송 사장의 눈앞에 아른거렸다. 이어서 이름 모를 기대감이 피어올랐다. 확정되지 않은 제의뿐이었지만, 강주혁과 같이 일한다는 상상만으로 그는 멈췄던 심장이 다시 뛰는 기분이 들었다.

'1년 사이에 또 달라졌어. 크크, 하여튼 흥미로운 놈이야.'

못 말린다는 듯, 고개를 절레절레 흔든 송 사장이 웃으며 팔짱을 꼈고.

"나야 월급쟁이 사장이니까 자리야 내려놓으면 되는 건데. 나 얼마 줄 거야, 월급."

"글쎄, 얼마나 받고 싶은데요?"

"야, 당연히 지금보다야 더 받아야지."

"욕심이 느셨네. 뭐, 조건 정리되는 대로 보내드릴게. 보고 얘기합시다."

말을 마친 주혁의 어깨를 송 사장이 잡았다.

"그래. 생각해보자."

같은 시각, TVL 예능국 회의실에는 여러 연예인이 모이고 있었다. 곧 시작될 예능 〈먹방로드〉의 사전 미팅이 있었기 때문. 아이돌이나 나이 어린 연예인으로 새 판을 꾸려 다시 서고자 했던 〈먹방로드〉는 새 멤버들이 확정된 상태였고, 강주혁 덕분에 인지도를 톡톡히 올린 김에 속력을 내고 있었다.

"지연아, 안녕~"

"하이하이. 세훈이는?"

"너 뒤에."

"아! 깜짝이야! 이열— 박세훈, 오랜만이다?"

"비켜. PD님 오기 전에 좀 자게."

〈먹방로드〉의 멤버는 여섯 명. 대부분 아이돌이나 가수였다.

"지연아. 너 들었지? 마지막 멤버."

"아— 맞아. 완전 망했어. 서희 언니라며? 그 언니 성깔 진짜 더럽다던데."

"나도 오다가다 몇 번 봤는데. 인사 전부 쌩~"

회의실에 일찍 도착한 멤버들은 수군거리기 바빴다. 대화를 가만히 듣고 있던 남자 아이돌 박세훈이 끼어들었다.

"야. 너네 그렇게 뒷말하다가 서희 누나한테 걸리면 진짜 아작난다?"

"우, 우리가 언제 뒷말했냐! 그냥 그렇다는 거지!"

"그게 그거지."

그때 고개를 갸웃한 여자 아이돌 고유나가 끼어들었다.

"아니 근데 서희 언니는 뭐가 아쉬워서 재활용 예능을 나오지?"

지연이 격하게 고개를 끄덕였다.

"맞아맞아. 그 짬에 그 인기에, 굳이 이런 거 안 나와도 충분할 텐데. 그리고 또 누구지? 신인배우."

"아— 이름이 김지욱? 재욱? 몰라. 하여튼 〈28주, 궁궐〉 나온 사람."

"완전 쌩 신인이던데. 어떻게 드라마 하나 하고 바로 고정 예능을 하지?"

그때 박세훈이 고유나의 말끝을 붙잡았다.

"몰랐냐? 그 사람 보이스프로덕션 소속이잖아. 일단 뒷배가 짱짱하니까 이런 재활용 예능 정도야 턱턱 꽂아주는 거지."

"헐— 진짜? 그 사람 보이스프로덕션이야?"

"그래. 너는 같이 출연하는 사람 조사도 안 하고 나오냐? 하여간에 머리가 비었어."

"야! 박세훈!"

순간 악을 꽥 지른 고유나를 진정시킨 지연이 괜스레 부러움을 표출했고.

"아아~ 강주혁이 사장님이면 어떤 기분일까? 우리 사장님은 진짜 완전 아저씨야. 배가 동산이야, 동산."

오른손으로 배에 포물선을 그리며 사장님 배를 흉내 냈다. 그때 닫혀 있던 회의실 문이 괴팍하게 열렸다.

"아! 서희 선배님, 안녕하세요!!"

"안녕하십니까! 걸스픽 지연입니다!!"

"누나, 오셨어요?"

멤버들 전원이 자리에서 벌떡 일어나 서희에게 90도로 인사했다. 그러거나 말거나 풀메이크업에 루즈핏 청재킷을 입은 서희는 눈살을 살짝 찌푸리며 페트병 녹차를 한 모금 하더니, 자신에게 허리를 굽힌 후배들을 한 명씩 노려봤다.

"뭐야, 너희가 다야?"

"아! 아뇨. PD님이나 나머지 멤버는 아직 안 왔어요!"

"허— 돌아가는 꼬라지가."

'지랄 났네'까지 하려던 서희가 녹차 한 모금을 추가로 넘기며 말을 삼켰다.

'어쨌든 김재욱 걔는 아직 안 왔다는 거네. 빨리 갈구고 싶다. 신인 주제에 나보다 늦게 온다 이거지?'

기대감과 악의적인 모습이 공존하는 미소를 띠며 녹차를 추가로 들이켤 때였다. 옷깃 스치는 소리와 함께 낮고 부드러운 남자 목소리가 서희의 귓속에 스며들었다.

"저기."

그 목소리에 살짝 움찔한 서희가 몸을 돌렸다. 그녀의 눈에 바로 보인 것은 남자의 넓은 가슴팍.

"지나가야 되는데요."

이어진 남자 목소리에 서희의 고개가 천천히 위로 향했다. 어렵사리 남자의 얼굴에 도달한 서희. 그녀의 다음 행동은 꽤 파격적이었다.

"푸부붑!!!!"

입에 머금고 있던 녹차를 뿜어버린 것이다. 그 잔해는 고스란히 앞에 선 남자의 가슴팍에 흩뿌려졌고.

"헐."

"서, 선배님."

"……"

남자는 말 없이 고개를 내려, 자신의 가슴께를 보다가 무표정으로 다시 서희를 쳐다봤고, 서희 역시 남자를 빤히 올려다봤다. 이어진 아이컨텍. 혼이 나간 표정으로 남자를 쳐다보던 서희가 뭔가에 홀린 듯 혼잣말을 뱉어냈다.

"존나 잘생겼, 흡!"

서희가 다급하게 자신의 입을 양손으로 막았다.

한 시간 뒤, 〈19살 그리고 20살〉 촬영장.

어느새 김필수 감독의 입에서 열 번째 리액션이 나왔다. 도서관 앞에서 강하진이 맡은 역할 최민서에게 김건욱이 맡은 김정욱이 말을 거는 씬.

"컷. 죄송합니다. 한 번만 더 가겠습니다."

김필수 감독은 이제 입봉 1년 차여서 그런지 다시 간다는 말도 예의 발랐다. 감독의 디렉션에 김건욱이나 강하진 그리고 소혜정의 스타일리스트들이 뛰어들어가 배우들의 의상이나 메이크업을 보완했고.

"흐음."

강주혁은 그 모습을 팔짱을 낀 채 바라보고 있었다. 그때 뒤쪽에서 간식을 사러 갔다 온 추민재 팀장이 끼어들었다.

"사장님. 왔어?"

"어— 형."

"어떻게, 왔네? 여기 올 시간이 있냐?"

"뭐, 어차피 첫 촬영 땐 오려고 했어."

답을 들은 추민재 팀장이 웃으며 캔커피를 주혁에게 건넸다.

"그 건은 어떻게 됐어? 시즌으로 간다던 드라마. 바로 움직일 수 있게 스탠바이하고 있는데. 홍혜숙 작가 쪽에서 입질이 좀 와?"

뜨끈한 캔커피를 핫팩 삼아 주머니에 넣은 강주혁이 답했다.

"떡밥은 뿌렸으니까, 이제 좀 기다려봐야지. 움직이기는 아직 이르고."

"그래그래."

이어 추민재 팀장이 촬영 현장으로 시선을 돌리며 물었다.

"여긴 좀 어떤 거 같아? 우리 현장이 아니긴 한데, 싹수가 좀 보여?"

"……애매해."

"애매? 뭐가?"

바로 그때.

"씬 27!"

남자 스태프가 슬레이트를 쳤고.

"하이— 액션!"

배우들의 연기가 시작됐다. 그리고 몇 분 뒤, 고민하던 김필수 감독의 입에서 오케이 사인이 나왔다.

"오케이. 됐습니다. 다음 컷 준비할게요."

그러자 강하진의 팔짱을 끼고 있던 소혜정이 신경질적으로 팔짱을 풀었고, 그 모습을 본 추민재 팀장이 짧게 읊조렸다.

"얼씨구?"

그러나 주혁은 김필수 감독을 보며 고개를 갸웃했다.

'오케이?'

주혁이 고개를 갸웃한 이유는 강하진이나 소혜정 때문이 아니었다. 저런 장면이야 촬영장에서 곧잘 보이는 모습이니까. 그의 의문은 간단했다. 지금 껏 나온 씬이 죄다 애매했기 때문. 그런데도 지금 김필수 감독은 오케이 사인을 내렸다.

'저 감독, 주눅 든 건가?'

주혁의 시선이 촬영대본을 확인하고 있는 김필수 감독에게 박혔다.

'저 상태론 그림 제대로 못 찍을 텐데…….'

신인 감독이 흔히 하는 실수였다. 만족스러운 컷이 나오지 않았음에도, 톱 스타 김건욱이 있는 촬영장 분위기의 부담을 이기지 못하고 애매한 장면으로 오케이를 내리는 것. 이게 반복되면 현장 책임자인 감독으로서 힘을 잃게 되고, 장면의 욕심이 옅어지며, 포기가 빨라진다.

'이게 반복되면 결국, 망하지.'

애매한 컷이 쌓이고, 그 애매한 장면들을 후반 작업에서 편집해봐야 나오는 결과물은 결국 애매한 영화일 뿐임을 주혁은 너무나도 잘 알고 있었다. 그런 영화가 개봉하고 달리는 감상평은 뻔했다.

— 재미없다.

조치가 필요한 상황이었다.

'남의 촬영장이긴 하지만, 하진 씨 첫 주연 영화에 우리 송 사장님이 제작하는 영화. 살짝 도와줄까?'

주혁이 움직였다. 그가 촬영장 중앙을 가로지르자 스태프들과 얘기를 나누던 송 사장과 김필수 감독, 추민재 팀장 등등의 시선이 강주혁에게 박혔다. 그러거나 말거나 주혁은 다음 컷을 준비 중인 김건욱에게로 향했다.

"형?"

강주혁을 알아차린 김건욱이 보던 촬영대본을 내렸다. 그리고 강하진부터 소혜정, 주변에 있던 스타일리스트까지, 모두 한마음 한뜻으로 강주혁을 쳐다봤다. 다들 '뭐지?' 싶었겠지만, 주혁은 아랑곳없이 김건욱을 불렀다.

"건욱아. 이쪽으로."

"어? 어."

주혁이 김건욱의 어깨를 잡아, 몇 걸음 걸으면서 첫마디를 던졌다.

"너 지금 하진 씨, 여자로 안 보고 있다. 그치?"

강주혁의 첫마디에 눈알이 커진 김건욱이 바로 답했다.

"아닌데? 나 지금 쟤 여자로."

"진짜?"

"당연하지. 하진이랑 서로 대사를 몇 번이나."

"진짜로. 진짜?"

"……"

이윽고 김건욱의 말문이 막혀버렸다. 뭔가 켕기는 것이 있는 모양. 주혁이 말을 이었다.

"이 영화는 로맨틱 코미디야. 네가 맡은 김정욱이라는 역할은 여주인공 최민서를 꽤 오랫동안 짝사랑했어. 물론 지금 당장은 스스로 못 느끼고 있는 상태고, 최민서와 엮이면서 서서히 마음을 알아차리는 감정선인데."

잠시 말을 멈춘 주혁이 뒤쪽, 자신을 빤히 바라보는 강하진에게 시선을 살짝 던졌다가 이내 돌아왔다.

"지금 이 장면을 열 번 이상 트라이했는데, 왜 내 눈에는 네 감정이 안 보이냐? 내가 대충 봐서 이 정돈데 이거 영화관에 걸리면 관객들이 모를 리가 없잖아."

"······."

어느새 김건욱은 말이 없어졌다. 그런 그를 보며 주혁이 조심스레 물었다.

"너 설마, 아직 그 사건 감정이 남아 있는 거냐?"

데이트폭력 사건. 결과야 어찌 됐든 그 사건은 사람이 사람을 좋아하는 부분에서 시작됐다.

트라우마.

배우에게 감정의 상처는 치명적이다. 주혁이 김건욱에게 걱정하는 부분이 바로 이것이었다. 경험에서 나오는 감정을 스스로 컨트롤 못하는 것.

"······아니, 남은 건 아닌데."

"건욱아. 지금 네 상태, 네 모습 모두 이 인물에 씌워라. 인물 해석을 새로 해. 그런 감정들을 하나씩 이어서 감정선을 만들어. 지금 오직 하진 씨, 그러니까 최민서 마음을 얻는 것만 생각해. 그리고 내가 예전에도 말했지? 안 풀리면 반복해라."

"반복?"

"그래, 반복. 촬영 현장의 사령탑은 당연히 감독이지만, 상황에 따라 달라져. 딱 보니 이 현장 분위기를 풀 수 있는 건 너밖에 없다."

주혁의 말에 김건욱이 주변을 슥 둘러봤다. 그 틈에 주혁이 말을 이었다.

"톱배우라는 건 연기만 잘해서 붙는 게 아니야. 너도 잘 알잖아. 촬영 분위기, 의욕 증진, 감독과의 소통, 그런 것들을 전부 아울러야 해. 지금 김필수 감독 주눅 들어 있어. 네가 직접 다시 가고 싶다고, 한 번 더 부탁한다고 말해서 부담을 덜어주고, 하진 씨나 배우들에게 애드립을 요청해. 그리고 반복해. 네가 윤활유 역할을 해줘야 돼."

주혁이 몸을 돌리면서 김건욱에게 마지막 말을 던졌다.

"스태프들이, 감독이 더 나아가 전체적인 분위기가 씬 하나하나에 욕심을 가지게끔 만들어. 이대로 가면 똥 싼다, 진짜."

말을 마친 주혁이 잠시간 김건욱을 쳐다보다, 제자리로 돌아왔다. 김필수 감독 포함 송 사장 등등 그를 좇던 시선들 역시 따라왔다. 주혁은 여전히 자신을 쳐다보는 김건욱을 보며 고개를 끄덕였다.

"후―"

무언가 결심한 듯한 표정으로 변한 김건욱이 김필수 감독에게 다가가 입을 열었다.

"감독님. 방금 씬, 아무래도 제가 감정이 덜 실려서 그런데, 한 번 더 가도 괜찮지 않을까요?"

그러자 강주혁을 멍하니 바라보던 김필수 감독의 고개가 휙 김건욱 쪽으로 돌아갔고.

"그, 그럴까요?"

돌아가는 상황을 파악한 송 사장이 팔짱 낀 강주혁을 쳐다봤다. 강주혁 역시 송 사장을 쳐다보았고.

"하하, 새끼."

이어 송 사장이 웃었다.

그 후 촬영 현장이 차츰 안정되는 것을 확인한 주혁은 조용히 빠져나와, KBC 방송국으로 향했다.

"보자. 분위기가 좀 어떤가."

잠시 신호에 걸린 틈을 타서, 주혁이 핸드폰을 꺼내 검색사이트를 켰다. 그가 검색한 것은 〈얘기하고 부대끼고〉였다. KBC의 황만수 PD와 미팅이 잡혀 있으니, 그전에 언론과 여론 분위기를 파악해야 했다.

「헤나? 강주혁? 베일에 싸인 '얘기하고 부대끼고'의 진행자」

「KBC 측 "토크쇼 진행자, 아직 확정된 것 없어."」

— 이거 혹시 강트맨 형이 직접 진행하는 거 아님?

— ㅋㅋㅋㅋㅋ강주혁 아닐걸?

— 백퍼 헤나가 함ㅋㅋㅋㅋ 걔 예전부터 단독 진행 욕심냈었음.

— 헤나?? 곧 콘서트 아닌가?

— 누가 하든 말든 제발 틀에 박힌 토크쇼는 아니었으면.

— 강자매 투톱으로 나올지돜ㅋㅋㅋㅋ

당연하게도 추측이 난무했다. 어쨌든 강주혁의 설계대로 〈얘기하고 부대끼고〉의 관심도는 높아졌다.

잠시 뒤, KBC에 도착한 주혁은 곧장 황만수 PD와 작가들, 스태프들과 회의실에 모여 1차 제작 미팅을 시작했다.

"건욱이가 지금 촬영 중이라, 부득이하게 저만 왔습니다."

"괜찮습니다. 어차피 1차 제작 미팅에는 건욱 씨가 들을 만한 게 없습니다. 그보다, 이것을."

황만수 PD가 주혁에게 1차 기획안을 내밀었다. 첫 장부터 숫자들이 빼곡했다. 예상 총제작비부터 회당 제작비 그리고 추가로 들어갈지 모르는 제작비까지. 다음 장부터는 장소 섭외, 세트, 관람객, 스태프 계약 건 등등, 대략적인 초기 구성이 담겨 있었다. 이 부분은 어차피 황만수 PD가 전문일 테니, 주혁은 간략하게 몇 마디의 질문만으로 넘어갔다.

"저, 그런데 사장님."

강주혁이 홍보 마케팅 부분을 볼 때 황만수 PD가 질문을 던졌다.

"슬슬 진행자가 김건욱 씨인 것을 발표해야 하지 않겠습니까?"

"왜요? 위에서 압박이라도 있습니까?"

"뭐, 아무래도 위에선 이 관심이 식기 전에 계속 이어가라는 입장이죠. 기자들한테 얼버무리는 것도 한두 번이고."

황만수 PD의 말을 들은 주혁이 팔짱을 꼈다.

"오다가 살짝 봤는데, 진행자에 관해서 여러 찌라시가 돌던데."

"예, 아무래도 정보가 없다 보니까, 기자들도 제멋대로 써제끼는."

"딱 좋지 않습니까?"

"예?"

기획안 중 홍보 마케팅 부분을 검지로 찍으면서 주혁이 말을 이었다.

"찌라시가 돈다는 건 그만큼 관심이 높다는 증거고, 좀 더 부추겨도 좋을 듯싶은데요, 전."

"흠, 부추긴다……."

"예상을 뒤엎는 전개로 진행되는 게 좋지 않겠습니까?"

주혁의 말을 들은 황만수 PD가 턱을 쓸었다. 그 모습에 주혁이 웃었다.

"제 쪽이나 방송국 쪽에서 계속 부채질 좀 하다가, 아예 첫 방 날까지 공개하지 않는 것도 방법이겠죠."

"예?! 아예 비공개로 가자는 말씀입니까?!"

"뭐, 예고편이나 티저 등등 마케팅으로 쓰일 곳엔 건욱이 목소리나 바스트만 나가도 괜찮지 싶어서요. 계속 찌라시만 돌고, 그런 상황에 전혀 예상치 못하게 김건욱이 쾅. 쉽게 말해 첫 방 날에 진행자가 밝혀지는 거죠."

회의실에 앉은 황만수 PD나 작가 등등의 눈이 커졌다. '저거 진심으로 하는 소리?' 따위의 표정. 그 모습에 주혁이 미소 지으며 말했다.

"아니, 그런 방법도 있다 이겁니다."

같은 시각, 방송국 KBC 로비에는 홍혜숙 작가가 드라마 PD와 미팅을 마치고 나온 참이었다.

"아니— 작가님. 나 진짜 국장님한테 죽는다니까? 왜 안 해, 왜. 나 좀 살려 줘요."

"참, 박 PD는 왜 자꾸 나더러 살려달래? 내가 무슨 구세주야 뭐야."

홍혜숙 작가가 떠나는 와중에도 콧수염이 수북한 박상희 PD가 졸졸졸 따라오며 그녀를 설득 중이었다.

"우리 작가님이 나한텐 구세주지, 구세주야. 아이고 작가님, 합시다. 나랑 해요. 제발! 나 진짜 모가지 날아간다니까?!"

"박 PD 모가지 날아가는 거야 내가 알 바 아니잖아? 그리고 말했잖아. 나 쓰던 거 전부 갈았다니까?"

"또 쓰면 되지! 쓰자. 우리 작가님 글 금방 쓰니까!"

박상희 PD의 말에 홍혜숙 작가가 가던 걸음을 멈추고, 휙 하니 돌아봤다.

"이거 봐, 이거. PD들 하나같이! 어? 계약하기 전엔 작가님 작가님 하다가 계약하면 무슨 글 쓰는 기계 취급하지. 내가 모를 줄 알아요?"

"에헤이~ 우리 작가님은 다르지. 사이즈가! 어? 사이즈가 다르잖아. 초짜 작가들이랑은."

"몰라. 난 안 해."

쐐기를 박고 다시 움직이는 홍혜숙 작가의 팔뚝을 박상희 PD가 죽어라 붙잡았다. 바로 그때.

"와— 홍 작가? 맞나? 어머, 맞네. 홍 작가!"

대뜸 뒤쪽에서 여자 목소리가 들려왔다. 그 바람에 팔뚝을 붙들린 홍혜숙 작가가 힘겹게 고개만 뒤쪽으로 돌렸다. 그리고 곧 얼굴을 구겼다.

"이게 몇 년 만이야?"

그러거나 말거나 홍혜숙 작가에게 말을 건 여자는 검은색 하이힐 소리를 청명하게 내며 다가왔다. 박상희 PD가 아는 척을 했다.

"허이구! 안숙희 작가님? 송 PD랑 작품 들어간다면서요? 송 PD 땡잡았네."

안숙희 작가. 홍혜숙 작가와 라이벌이라 알려진 작가였다. 그만큼 경력도 비슷하고, 오랜 세월 작품으로, 시청률로 꾸준히 다툼을 이어온 사이. 거기다 안숙희 작가는 홍혜숙 작가가 가장 싫어하는 부류의 인간이었다.

"엄머! 홍 작가 얼굴 왜 그렇게 상했어? 관리 좀 받아야겠다~"

바로 앞에 도착하자마자, 안숙희 작가가 쓸데없는 소리를 뱉기 시작했다.

"그런데 KBC랑 차기작 하려고? 으음— 박 PD 괜찮을까? 홍 작가 전작이 신통치 않았잖아?"

"에이— 그런 거야 내가 좀 감수하면 되지! 괜찮아! 괜찮아! 허허! 작가님, 그러니까 합시다!"

"우리 홍 작가님 뭐 해? 이렇게 PD님이 매달리는데, 너무 그렇게 튕기면 나중에 어쩌려구~ 가뜩이나 요즘 좀 하락세 아니야?"

꼴 보기 싫은 부류의 인간이 둘이나 있는 판국에 홍혜숙 작가는 그저 한숨을 내쉬었다.

"하—"

그녀는 지금 나타난 안숙희 작가가 미치도록 짜증 났지만, 실제로 최근 성적으론 자신이 밀리는 것도 사실이었다. 그 틈에 박상희 PD가 웃으며 다시 끼어들었고.

"우리 작가님이 조금, 아주 쪼오금 하락세긴 해도! 난 괜찮아! 그러니까 작가님, 나랑 합시다! 응?"

안숙희 작가가 거들었다.

"그래, 홍 작가. 최근 두 작품 좀 밀렸다고 의기소침하지 말고. 아니, 세 작품이었나?"

순간, 홍혜숙 작가의 머리가 지끈거렸다.

"나…… 갈래. 놔줘요."

그러나 박상희 PD는 더욱 신나게 비비적거리며 홍혜숙 작가의 팔뚝을 흔들었다.

"어허! 안 되지! 사인해주고 가야지, 작가님. 나 눕는다? 여기 누워?"

안숙희 작가가 깔깔 웃었다.

"볼 만하겠다. 해봐요. 내가 예쁘게 투샷으로."

그때였다.

"거참 시끄럽네."

중저음의 남자 목소리가 안숙희 작가의 말을 자르며 침투했다. 깔깔 웃던 안숙희 작가의 표정이 순간 일그러지며 고개를 휙 돌렸다. 엘리베이터 쪽에서 풀 정장을 차려입은 길쭉한 남자가 걸어오고 있었다. 그 모습에 안숙희 작가가 미간을 찌푸렸다.

"뭐야?"

그러거나 말거나 중저음의 남자 목소리는 이어졌고.

"〈붉은 달빛〉, 〈이웃집 남편〉, 〈청춘 바람〉."

어느새 코앞까지 도착한 남자가 안숙희 작가를 내려다보며 하던 말을 끝마쳤다.

"27.8%, 33.5%, 31.2%. 홍혜숙 작가님의 이 세 작품 방영 당시에 안숙희 작가님 작품은 10%도 못 넘지 않으셨는지?"

"가, 강주혁?"

안숙희 작가가 소스라치게 놀랐다. 강주혁은 방금 미팅을 마치고 온 모양인지, 황만수 PD도 함께였다. 방송국 로비를 서성거리던 기자들이 냄새를 맡고는 고개를 돌렸다.

"야야, 저거 강주혁 아니야?"

"어? 어디? 맞네? 저 여자들은…… 홍혜숙 작가랑 안숙희 작가네."

"뭐지. 뭔가 저거 그림이."

"뭐가 됐든 일단 찍어. 찍고 보자."

이어 기자들이 강주혁이 끼어 있는 광경을 조용히 찍어대기 시작했다. 잠시간 사태를 파악하던 안숙희 작가가 눈살을 찌푸렸다.

"강주혁 씨, 당신이 방금 시끄럽다 한 거예요?"

"실제로 시끄러워서요. 로비는 사람이 많으니까, 목소리를 좀 낮추셔야죠."

"뭐야? 어이없어. 미친 거 아니야?"

"괜찮습니다. 안 미쳤습니다. 걱정해주셔서 감사합니다. 그리고."

주혁이 홍혜숙 작가의 팔뚝을 잡은 박상희 PD의 팔을 강하게 잡으며 말을 이었다.

"놓으세요."

"아, 아니, 주혁 씨. 뭔데 끼어서 놓으라 마라."

"생떼도 적당히 부리셔야죠. 애도 아니고. 놓으세요."

"새, 생떼라니! 이게 어딜 봐서!"

"어딜 봐도 그렇습니다. 왜요? 저기 있는 기자들 불러다가, 상황 설명 좀 할까요?"

"무, 무슨! 나는 그게 아니고!"

발악하며 변명하는 박상희 PD의 눈을 똑바로 보며 더욱 가까이 다가선 강주혁.

"기든 아니든, 일단 놓으시라고요. 놓고 로비에 눕든지 말든지 하시고."

"아……."

강주혁의 기백에 눌린 건지 어쩐 건지, 박상희 PD의 손이 풀렸고.

"황만수 PD님, 결정되면 연락 주세요. 홍혜숙 작가님, 가시죠."

뒤쪽에 서서 묘한 눈으로 상황을 지켜보던 황만수 PD에게 인사를 전한 주혁이, 자신을 멍하니 바라보던 홍혜숙 작가 앞으로 손을 내밀며 가자는 시늉을 했다.

"아…… 네."

이어 주혁이 고개를 돌려 잔뜩 얼굴을 구긴 안숙희 작가와 박상희 PD에게 웃으며 마지막 말을 던졌다.

"뭐, 이제 누우시고, 찍으시고 맘대로들 하시면 됩니다."

잠시 후, KBC 주차장. 홍혜숙 작가를 차까지 배웅한 주혁이 입을 열었다.

"그럼 들어가세요. 작가님."

"……주혁 씨, 고마워요."

"아뇨. 뭐, 괜찮습니다."

붉은색이 섞인 SUV 앞에 선 홍혜숙 작가가 뭔가 우물거렸다. 그러다 에라 모르겠다는 표정으로 돌연 탈바꿈한 홍혜숙 작가가 몸을 휙 돌렸다.

"강……주혁 씨, 어?"

그런데 있어야 할 곳에 강주혁이 없었다.

"아."

그는 언제 받았는지, 조금 떨어진 곳에서 전화를 받고 있었다. 뭔가 전화를 받다가 핸드폰을 내려 번호를 터치하기도 하던 주혁의 얼굴이 이내 진지하게 변했다. 이어서 전화를 끊은 것 같더니 어디론가 전화를 다시 걸었고, 곧 그의 목소리가 홍혜숙 작가에게까지 들렸다.

"김재황 사장님. 지금 좀 볼 수, 아니 꼭 봬야겠습니다."

앞으로 14번 남은 '실버' 단계 보이스피싱. 강주혁이 선택한 키워드는 '서울시 영등포구'였다. 그런데 그 내용이.

"과거 해외 원정도박 혐의로 물의를 빚었던 배우 신준규가 '서울시 영등포구' 양평역 주변에서 음주운전을 하다 적발됩니다. 추가로 조사과정에서 탈세 혐의까지 밝혀지면서, 배우 신준규는 출연 확정된 할리우드 영화 및 국내 작품에서 전부 하차하며 나락으로 떨어집니다."

보이스피싱은 그렇게 끊겼고, 주혁이 읊조렸다.

"신준규."

분명 강주혁도 아는 인물이었다. 친분이 두터운 사이는 아니고 오다가다 인사 나눈 정도였지만 어쨌든 영화, 드라마, 뮤지컬 등 다방면으로 승승장구하는 톱배우였다. 다만, 문제는.

"신준규…… 분명히 브랜디드 콘텐츠에."

주혁은 해창전자의 김재황 사장이 건넸던 브랜디드 콘텐츠 최종 기획서를 떠올렸다. 김재황 사장의 사인만 하면 바로 시작된다던 브랜디드 콘텐츠.

"분명, 신준규가 주연이었어."

김재황 사장의 부탁으로, 그리고 김재욱이 출연하는 작품이기에 최종 기획안을 꼼꼼히 체크했으므로 잘못 기억할 리 없었다. 방금 들은 미래 정보를 수첩에 메모한 주혁이 짧게 혼잣말을 뱉었다.

"곤란한데."

잠시 뒤, 김재황 사장과 통화를 마친 주혁이 핸드폰을 속주머니에 넣을 때, 뒤쪽에서 여자 목소리가 끼어들었다. 홍혜숙 작가였다.

"주혁 씨."

그때야 자신이 홍혜숙 작가를 데려다준 것을 상기한 주혁이 '아' 따위의 소리를 내며 뒤돌았다.

"작가님, 죄송합니다. 중요한 전화여서."

"아뇨. 괜찮아요. 그런데 언뜻 들었는데. 아, 일부러 들은 건 아니고, 우연히, 진짜 우연히 들었는데. 김재황 사장이란 사람이 제가 아는 그 김재황 사장이 맞아요?"

"네. 아마 맞을 겁니다."

"……정말요? 진짜?"

눈을 크게 뜨고 되묻는 홍혜숙 작가. 반면 주혁의 반응은 담담했다.

"네. 맞습니다. 해창전자."

"허?! 주혁 씨는 정말 보면 볼수록 요지경이네? 어떻게 김재황 사장을…… 개인적으로 알 수가 있지?"

"뭐, 어쩌다 보니 그렇게 됐습니다."

홍혜숙 작가의 입이 벌어졌다가, 다시 닫혔다가. 그런 상태가 여러 번 반복되더니, 이내 정신을 차리고 고개를 저었다.

"뭐, 그건 그거고. 하나만 물어볼게요."

"네."

"아까 로비에서 내 작품들 말했죠? 〈붉은 달빛〉, 〈이웃집 남편〉, 〈청춘 바람〉, 그리고 시청률도 말했고? 27.8%, 33.5%, 31.2%. 어떻게 그렇게 세세하게 알아요?"

"조사했으니까요. 그것 말고도 작가님 작품은 전부 확인했습니다."

"허— 정말?"

주혁의 대답에 홍혜숙 작가가 살짝 놀랐다. 찾아보는 거야 얼마 걸리지 않겠지만, 소수점까지 정확하게 알고 있다는 것, 그리고 작품 제목을 글자 하나 안 틀리고 술술 말하는 게 꽤 신기했던 모양. 그녀에게 주혁이 말을 이었다.

"작가님. 제가 드린 기획은, 그러니까 제안은 그저 작가님이 스타작가라서, 잘나가서 드린 게 아닙니다."

"그럼요?"

"작품의 깊이, 작중 인물을 살리는 능력, 끝으로 작품의 재미까지 확인하고 제안을 드린 겁니다. 기대가 되니까요."

"……기대가 된다."

"네, 기대됩니다. 드라마는 어차피 예쁜 거짓말이죠. 그 거짓말을 더욱 예쁘게, 기대되게 포장하는 것이 작가님들이고."

"……"

순간 말이 없어진 홍혜숙 작가. 그런 그녀를 바라보던 주혁이 미소 지었고.

"그런 면에서 봤을 때, 저는 안숙희 작가보다 작가님 작품이."

결론을 던졌다.

"백배는 앞서 있다고 봅니다."

늦은 밤, 언제나 김재황 사장과 만나는 횟집. 그곳에 주혁이 앉아 있었다. 오는 길에 회사에 들러 김재황 사장에게 받았던 기획서도 챙겨온 터였다. 그리고 오래지 않아, 한눈에 봐도 비싸 보이는 정장을 차려입은 김재황 사장이 푸근한 미소를 지으며 방문을 열고 들어왔다.

"음, 내가 늦었나?"

"아뇨. 제가 일찍 왔습니다."

"그래."

이어 따라 들어온 직원을 잠시 뒤 주문하겠다는 말로 물린 김재황 사장이 주혁의 반대편에 앉으며 긴 숨을 뱉었다.

"후— 요즘 너무 정신없어. 자네도 마찬가지지?"

"저보다야 사장님이 더 바쁘시겠죠."

"허허, 가끔 이렇게 여유도 가지고 해야 하는데 말이지."

말을 마친 김재황 사장이 입고 있던 정장 재킷을 벗었다.

"그래. 꼭 오늘 봐야 하는 이유가 뭔가? 자네가 급하게 말해서, 있던 일정도 취소했어. 궁금해서."

"일단, 기획서는 전부 읽어봤습니다. 제 생각은 기획서 곳곳에 적어뒀으니, 확인해보세요."

말과 함께 주혁이 두꺼운 기획서를 탁자 위에 올렸다. 그러자 김재황 사장이 기획서 첫 장을 넘기며 말을 이었다.

"어땠나? 선수가 보기엔."

"기획 자체는 괜찮았습니다. 어차피 작품성보다는 기업의 이미지를 해외에 알리는 것이 주력인 브랜디드 콘텐츠라 세세한 부분만 조금 고치면 충분히 좋은 기획이죠."

"그래? 그래서, 본론은?"

김재황 사장은 '이제 진짜를 말해봐' 따위의 표정으로 주혁을 쳐다보며 웃었다. 강주혁 역시 미소 지으며 기획서의 둘째 장을 펼쳐, 맨 위쪽을 검지로 찍었다.

"여기 적힌 배우들, 전부 계약은 끝났습니까?"

"아니. 내가 사인을 해야 움직이지. 아마 최종 미팅까진 끝났을 거야. 배우들 계약 건도 사인만 남았겠지."

말을 들은 주혁의 검지가 종이를 쓸며 가장 끝쪽으로 이동했다. 그곳엔 김재욱의 이름이 적혀 있었다.

"이 브랜디드 콘텐츠에는 사장님의 아들이자, 제 배우인 김재욱이 있죠."

"자네 배우라, 말이 좋군. 하여튼 그렇지. 아들놈이 들어갔지."

이어 김재욱의 이름에 멈춰 있던 주혁의 손가락이 다시금 가장 처음으로 움직였다. 거기엔 다른 이름이 적혀 있었다.

"그런 기획에 주연으로 들어간 신준규, 곧 사건이 터질 겁니다."

"사건? 어떤 사건을 말하는 건가?"

"세세한 건 의미 없습니다. 해창전자가 1년을 바라보며 준비한, 거기다 재욱이가 들어간 브랜디드 콘텐츠에 주연으로 박힌 배우의 사건이 터진다, 이 부분이 중요한 거죠."

"흠."

진지한 표정으로 변한 김재황 사장이 턱을 쓸었고, 기획서에서 손가락을 거둔 주혁이 물컵을 들었다.

"솔직히 말씀드리면 언제 터질지는 모릅니다. 10년 뒤에 터질 수도 있죠. 다만."

"당장 내일 터질 수도 있다?"

"맞습니다. 다음 주일지, 다음 달일지, 내년일지는 모르지만, 사건은 분명 터집니다."

말을 마치고 물 한잔을 넘기는 강주혁을 김재황 사장이 물끄러미 바라봤다. 이런 상황이라면 '어디서 입수한 정보냐?' 따위의 질문을 당연히 해야 했다. 하지만 김재황 사장은 하지 않았다. 다른 사람도 아닌, 강주혁이 건넨 정보이기 때문. 그간 너무 많은 일이 있었고, 그걸 강주혁은 아무렇지 않게 해결해왔다. 그런 강주혁을 김재황 사장은 꽤 신뢰하고 있었다.

"사건이 터진다면 굉장히 골치 아프겠군. 곤란해. 이 친구는 빠져야겠어."

"그렇게 하시는 게 좋을 겁니다."

담담하게 대답하는 강주혁을 고개만 살짝 꺾으며 김재황 사장이 쳐다봤고.

"이렇게 되면 또 내가 빚을 지게 되는 건가? 허허, 참. 자네만 만나면 내가 자꾸 작아져."

"그럴 리가요."

"자네, 사업해볼 생각 없나?"

"지금 하고 있습니다만."

"아니아니, 내 회사에서 일해볼 생각 없나 이 말이지. 좋은 자리 하나 주지."

주혁이 웃었다.

"그쪽은 귀찮은 일 천지라. 사양합니다."

"그래. 그렇게 나올 거라 생각했네. 자, 그럼 이걸 어떻게 처리하냐가 문젠데. 그렇지?"

슬쩍 웃으며 물어오는 김재황 사장을 보며 주혁이 답했다.

"주연을 새로 넣으셔야죠. 그 기획대로라면 1년 농사를 바라보고 들어가는 건데, 배우 사생활도 좀 조사하셔야 되겠고."

"곤란해. 그런 거 할 시간이 없어. 이런 상황이라면 자네는 어떻게 하겠나?"

주혁의 대답은 간단했다.

"증명된 배우를 쓰면 됩니다."

"오호, 증명된 배우라. 그런 배우가 있나?"

자신의 계획대로 됐는지 어쨌는지, 강주혁의 입에서 1초 만에 배우 이름이 나왔다.

"배우 김건욱은 어떠십니까?"

* * *

다음 날 15일 아침, 홍혜숙 작가 작업실.

아침부터 노트북 앞에 앉은 홍혜숙 작가는 기사를 확인하고 있었다. 어제 KBC에서 있었던 일이 기사로 터졌기 때문.

「[팩트체크] 처음 보는 조합, 강주혁 이번에는 스타작가에 손 뻗나?」

「안숙희 작가를 노려보는 홍혜숙 작가, 차기작으로 승부 보나/ 사진」

꽤 여러 기사를 훑던 홍혜숙 작가가 혀를 찼다.

"쯧, 이걸 언제 찍었어. 정말."

그러다 자극적인 기사 제목이 홍혜숙 작가의 미간을 찌푸리게 했다.

「현재 2연패! 홍혜숙 작가 차기작엔 안숙희 작가를 이길 수 있을까?」

길게 숨을 뱉은 홍혜숙 작가의 시선이 옆에 놓인 기획서로 옮겨졌다.

"……"

그녀의 시선이 미묘해졌다.

같은 시각, 강주혁도 사장실에서 기사를 확인하고 있었다. 그러면서 혼잣말을 뱉었다.

"좀 더 크게 났으면 딱 좋았는데."

기사들을 보며 뭔가 아쉬운지 슬쩍 미소 짓는 강주혁.

"뭐, 됐어. 이 정도도 나쁘지 않아."

이어 열어뒀던 검색사이트에 새로운 검색어를 입력했다.

— 태신식품

태신식품의 증권정보는 여전히 처참했다. 하향곡선을 그리는 짙은 파란색. 보통 자신의 주식이 한 달 넘도록 하락세라면 두 눈을 질끈 감고 한탄할 테지만, 주혁은 웃고 있었다. 곧 날아오를 태신식품의 미래를 아는, 오직 강주혁만이 취할 수 있는 태도였다. 강주혁은 미소를 머금은 채 마우스 스크롤을 쭉쭉 아래로 내렸다. 최근 태신식품의 근황을 확인하기 위함이었고.

"여전히 욕이 많네."

카페나 블로그 등 대중이 작성한 글에는 태신식품을 욕하는 게시물이 아직 넘쳐났다. 대중의 반응을 확인하던 주혁의 스크롤은 더욱 아래쪽으로 움직였고.

"음?"

곧 기사를 확인한 주혁의 손가락이 멈췄다.

「태신식품, 라면 신제품 출시 임박!」

「태신식품 측 "신제품 광고모델은 대대적인 공모전으로 진행할 예정"」

바로 그때, 문이 열리며 홍혜수 팀장이 들어왔다.

"사장님~ 있어?"

홍혜수 팀장은 문틈으로 몸을 반쯤 내밀어 강주혁을 발견하곤, 이내 문을 활짝 열었고.

"뭐야, 사장님. 일찍 나왔……."

가까이 다가오더니 강주혁의 얼굴을 보며 흠칫 놀라 물었다.

"어머, 뭐야? 사장님 왜 웃고 있어? 기분 좋은 일 있어?"

그녀의 물음에 주혁은 시선은 여전히 노트북 화면에 고정한 채, 태신식품 관련 미래 정보와 이미 사둔 태신식품 주식을 떠올렸고.

"아니, 그냥."

여전히 미소 지으며 답했다.

"기대되는 일이 곧 터질 것 같아서."

사무실에서 홍혜수 팀장과 간단히 얘기를 나눈 주혁은, VIP픽쳐스와 미팅 차 사무실을 나왔다. 아침 식사를 겸해 한정식집에서 만나기로 한 자리였다. 예약된 방으로 들어서자, 먼저 와 있던 VIP픽쳐스 직원들이 벌떡 일어났다. 가장 먼저 강주혁을 반긴 것은 익숙한 최혁 팀장이었다.

"아, 사장님. 오셨습니까! 길은 안 막히셨는지?"

"네. 괜찮았어요."

대답하며 최혁 팀장과 악수를 나눈 주혁이 옆에 있던 직원들과도 인사를 나눴다.

"부장님도 오고 싶으시다고 어찌나 보채시던지, 말리느라 혼났습니다. 다른 일도 많으신 분이 나참."

"그래요? 부장님께도 안부 전해주세요."

"하하, 물론입니다."

이어 잠시간 근황이 오갔다. 오늘 데려온 대리들이 이번에 배급팀으로 넘어왔다는 둥, 최근 영화 〈척살〉 2차, 3차 판매가 잘되고 있다는 둥. 10분쯤 지났을 때, 주혁이 끼어들었다.

"그래서, 오늘 보자고 한 이유가?"

"아."

그때야 옆에 앉은 두 명의 대리들에게 눈빛을 보낸 최혁 팀장이 자세를 바로 하며 답했다.

"사장님. 혹시 지금 준비하시는 작품들, 배급사를 따로 생각하시는 곳이 있으십니까?"

없었다. 솔직히 주혁은 〈척살〉의 배급을 맡은 VIP픽쳐스의 능력에 만족하고 있었다. 거기다 VIP픽쳐스는 국내 3위 안에 드는 초대형 배급사. 만족하지 않을 리 없었다. 다만.

'너무 쉽게 주면 우습게 보일지 모르니까.'

그래서 VIP픽쳐스에서 직접 연락이 올 때까지 기다리고 있었다.

"글쎄요. 아직은 정확히 결정한 것이."

"그, 그렇다면!"

주혁의 대답에 최혁 팀장이 다급하게 서류파일을 내밀었다.

"검토를 부탁드립니다!"

최혁 팀장을 가만히 보던 주혁이 파일을 펼쳤다. 파일 안에는 언제 조사했는지, 현재 보이스프로덕션이 준비하는 작품의 배급 방향성과 필요하면 투자까지 하겠다는 포부가 담겨 있었다.

"저희 내부적으론 이미 결재가 떨어진 상태입니다. 최명훈 감독님 차기작과 류성원, 최철수 감독님 독립영화 차기작까지 저희가 맡고 싶습니다!"

최혁 팀장이 다부지게 고개를 숙였다. 덩달아 옆에 앉은 대리들도 고개를 숙였다. 톱3 안에 드는 배급사 팀장이 고개를 숙일 정도로 보이스프로덕션의 위상이 높아졌음을 의미했다.

'이 정도면 충분해.'

VIP픽쳐스 최혁 팀장의 준비성, 포부 등을 보며 주혁이 미소 지었고.

"최혁 팀장님."

"예?"

그에게 손을 내밀었다.

"앞으로도 잘 부탁드립니다."

영화 〈간 큰 여자들〉의 배급사가 결정되었다.

이후 주혁이 VIP픽쳐스와 미팅을 하는 순간에도 보이스프로덕션 소속 인원들은 제 몫을 해내고 있었다. 그중에서도 최근 도드라진 성장을 보인 이는 말숙이었다. 조단역, 조연 등으로 출연 확정된 작품만 세 개가 넘었고.

"안녕하세요! 말숙입니다!"

지금 네 번째 작품 오디션을 보러온 참이었다. 강주혁의 말대로 그녀는 작품의 흥망을 떠나 다작을 목표로 하고 있었다. 말숙의 등장에 오디션을 보던 여자 감독의 눈빛이 변했다.

"말숙 씨, 보이스프로덕션 소속이네요?"

"네! 맞습니다!"

말숙이 오디션을 보러온 영화는 강주혁과 〈만능엔터테이너〉 예선전 심사를 같이 봤던 심향미 감독의 영화였다. 지독한 향수 냄새를 풍기던 심향미 감독이 슬쩍 미소 지었다.

'좋아. 얼마나 잘난 배우를 데리고 있는지 볼까?'

호기심이 동한 표정의 심향미 감독이 말숙에게 시작을 알렸다.

"좋아요. 시작하세요, 말숙 씨."

"넵!"

이어 당찬 대답과 함께 말숙의 연기가 시작됐다.

그리고 당일 오디션이 끝났을 무렵.

"감독님, 어떠셨어요? 정하셨어요?"

남자 직원의 물음에 심향미 감독이 짧게 답했다.

"응. 뭐, 한 명밖에 없지 않았어? 뒤로는 아무도 안 보이던데."

"하하, 맞아요. 그분이 좀 쎄긴 했죠."

머리를 긁으며 웃는 직원을 보며 심향미 감독이 속으로 생각했다.

'좀? 오늘 오디션을 씹어먹은 정도였는데 말이지. 말숙이라…… 강주혁, 배우 보는 눈은 인정해야겠어.'

곧 심향미 감독 입에서 미소 섞인 혼잣말이 튀어나왔다.

"싸가지 없을 만하네."

한편 요즘 최고의 주가를 올리고 있는 헤나는 곧 열릴 콘서트와 정규앨범 준비에 바빴다. 그리고 그 과정을 뒤에서 촬영하는 최철수 감독.

"감독님! 제 웹드라마는 언제쯤 나와요?!"

"아, 일단 헤나 씨 콘서트까지는 따라붙어 볼까 해요. 그리고 다음 하진 씨한테 붙을 거 같고, 하진 씨 촬영이 끝나면 헤나 씨 웹드라마 편집에 들어갈 예정이라서. 음, 다다음달?"

"헐— 의외로 오래 걸리네요?"

"웹드라마는 거의 저 혼자 하는 거라서요."

"빨리 보고 싶다!!"

이어 모든 과정을 총괄해서 독립영화를 찍는 류성원 감독까지. 그들 역시 착실히 작품을 준비 중이었고.

"화진아! 밥 먹어!!"

"잠깐만!! 나 이것만 하고!"

"무슨 밤새 콩나물 대가리만 그리고 사는지, 엄만 걱정이다, 걱정이야! 운동 좀 해, 이것아!"

걸그룹에서 작곡가로 전향한 최화진은 두문불출한 채 헤나의 정규앨범에 수록할 노래를 만드느라 여념이 없었다.

추민재 팀장부터 시작해서 곧 홍보팀을 맡게 될 박 기자까지, 직원들도 빠듯한 일정을 소화하고 있었다. 곧 5월, DCS타워의 공사 완료가 코앞이었다. 공사가 완료되면 광주에서 삼성동으로 이전할 보이스프로덕션에 속도를 맞춰야 했다.

주혁이 언젠가 황 실장에게 말했듯, 화려한 서울 입성이 정말 얼마 남지 않은 상태였다.

늦은 점심, 장주연은 여전히 병실에 누워 있는 할머니와 얘기 중이었다.

"어메, 그라모 합격한 기가?"

"응. 12명 안에 들었어."

"잘됐다, 주연아. 잘됐어."

미안함과 기쁨이 공존한 듯 할머니가 눈시울을 붉혔고, 그 모습에 장주연이 괜히 목소리를 높였다.

"울지 마, 할머니. 울지 마."

"하모. 내 안 운다, 안 울어."

"오늘부터 이틀간 쉬니까, 집에서 애들 좀 보고 병원에 계속 있을게."

이어 잠시간 할머니와 대화를 나누던 장주연이 대뜸 자리에서 일어났다.

"참, 1층에 좀 다녀올게. 나 병원비 정산해야 해."

하지만 1층 로비에 도착한 장주연은 병원 행정 직원의 말을 듣곤 소스라치게 놀랐다.

"네?! 방금 뭐라고……."

"병원비 밀린 것까지 전부 계산됐어요."

"어…… 아뇨. 전 안 냈는데."

"잠시만요. 확인해볼게요."

말을 마친 행정 직원이 키보드를 빠르게 쳤고, 약 10초 뒤, 입력사항을 확인한 직원이 고개를 다시 들었다.

"아, 박 과장? 박 과장이라는 분이 병원비 정산을 전부 다 하고 가셨네요."

"박……과장님이오?"

"네, 이름은 안 적혀 있네. 그리고 두 달 치 병원비도 미리 정산 끝났어요."

"두 달 치를 전부요?!"

"네네. 아, 죄송해요. 다음 분이 기다리고 계셔서. 이쪽으로 오세요, 할아버지. 이쪽이오!"

어느새 시선을 거둔 행정 직원을 멍하니 바라보던 장주연의 머릿속에는 한 사람이 그려졌다.

"박 과장님?"

예전에 채권을 샀다며 찾아온 박 과장이란 남자가 떠올랐다.

같은 시각, 마니또의 숙소에는 멤버들이 한창 기쁜 듯 떠들고 있었다. 당연히 수현의 이야기가 중심이었다. 연갈색 단발머리의 리더 효진이 수현의 머리를 기특하다는 듯 쓰다듬었고.

"세상에, 우리 수현이가 12명에 들다니."

"헤헤. 봐봐, 언니. 내가 잘될 거라고 했잖아."

긴 생머리를 찰랑거리며 대뜸 수현을 껴안은 엘리야가 외쳤다.

"막내가! 우리 막내가! 각성했어!"

"아! 언니! 목목! 꺾여, 내 목!"

이렇듯 난리가 난 상황에 가만히 수현을 바라보던 서진이 넌지시 물었다.

"수현아. 궁금한 게 있는데."

"어? 아니, 언니. 일단 나 좀 구해줘."

"야! 엘리야! 그 손 놔! 중요한 질문이라고!"

이어 멋지게 수현을 구해낸 서진이 막내의 양어깨를 부여잡았다.

"동생아, 내 사랑하는 동생아. 강주혁 님 실제로 보면 어떤 느낌이야? 어서 이 언니에게 말해주렴."

"아— 음, 어어. 비밀이야."

"이런 괘씸한!!"

원하는 대답이 안 나왔는지, 서진이 '사탄아 물러가라' 따위의 말과 함께 수현의 어깨를 흔들었다. 그 틈에 엘리야는 다시 수현을 껴안았다.

"악! 꺅!"

어깨와 가슴을 가격당한 수현이 항복했다.

"가, 강주혁 님은!!"

"그래그래. 어서 말해봐."

"솔직히, 진짜 솔직히 그건 사람이 아니었어. 뭐랄까, 말로 어떻게 표현을 못하겠어."

"……그래. 정말 그럴 거야. 그러니 막내야, 내 부탁을 좀 들어줄래?"

"응?"

말을 마친 서진이 헐렁거리는 티셔츠를 펄럭이며 방에 들어갔다. 그러더니 영화 포스터 한 장을 꺼내 왔다. 강주혁의 얼굴이 커다랗게 프린트돼 있었다. 서진이 뒷장 흰 부분을 검지로 찍으며 진지하게 말했다.

"여기서 여기까지, 꽉 차게 강주혁 님 사인 좀 받아줄 수 있을까? 언니가! 백골이 될 때까지 잘할게. 정말이야."

"어? 아니, 그. 억!!"

수현이 대답하려는 틈에 엘리야가 다시 복부로 파고들며 그녀를 와락 안았다. 눈앞에 펼쳐진 난리를 보며 리더 효진이 짧게 한숨을 뱉었다.

"후— 침착해, 얘들아. 아니 근데 나는 궁금한 게, 수현이가 이렇게 잘됐고 인터넷 반응도 좋은데. 왜 회사에서, 사장님은 아무 말씀이 없지?"

"아! 맞아! 매니저 오빠도 잘 모른다고만 하고!"

그때 수현을 꽉 껴안고 있던 엘리야가 슬며시 끼어들었다.

"나…… 사실, 저번에 매니저 오빠 통화하는 거 살짝 엿들었는데. 회사를 옮긴다 어쩐다 했었어."

"회사를?! 지금 거기도 유지 못하는 건가?"

이어 강주혁의 포스터를 금 다루듯 돌돌 말던 서진이 말을 이었다.

"뭐지? 수현이가 이렇게 잘되고 있는데도, 회사를 옮길 정도로 우리 힘든 거야?!"

"운영할 돈이…… 아예 없나 봐."

여러 가지 추측이 오가는 가운데, 리더인 효진이 이마를 짚으며 읊조렸다.

"하— 진짜, 우리 이렇게 끝나는 걸까?"

늦은 오후, 보이스프로덕션 3층 미팅룸. 아침 VIP픽쳐스와 미팅을 마친 주혁은 회사로 돌아와 박건웅 팀장과 얘기 중이었다.

"이게 그때 계약서입니다."

박건웅 팀장은 며칠 전 강주혁의 지시대로 영화 〈폭풍〉 원작자와의 계약서를 내밀었다. 계약서를 받은 주혁이 박건웅 팀장에게 물었다.

"이 계약서 말곤 없습니까?"

"예. 시나리오 사는 데 크게 뭐가 오가고 그런 게 없기도 하고요."

"하긴, 그렇죠."

그때 주혁의 핸드폰이 울렸다. 발신자는 황 실장이었다.

"네. 실장님."

"사장님. 혹시 지금 어디 계시는지?"

"저요? 저 지금 3층 미팅룸에 있습니다."

"아, 그럼 지금 바로 올라가겠습니다."

고개를 갸웃한 주혁이 되물었다.

"무슨 일 있습니까?"

황 실장이 대수롭지 않게 답했다.

"아, 별건 아닙니다. 말씀하신 큐애니스튜디오 확인이 끝났습니다."

잠시 뒤, 황 실장이 미팅룸에 들어와 박건웅 팀장에게 가볍게 인사를 한 후, 정리해온 자료를 주혁에게 내밀었다. 이어 주혁이 황 실장에게 받은 자료와 박건웅 팀장에게 받은 계약서를 세세하게 체크하기 시작했다.

"……."

시간이 제법 흐른 시점에 주혁이 자료와 계약서를 손에서 놓으며 턱을 쓸었다. 이어 그가 생각을 정리한 듯 읊조렸다.

"가능성은 있어."

말을 마친 주혁이 수첩을 꺼내 들었다. 그러고는 가장 앞장으로 넘겨, 차례 차례 미래 정보를 되새겼다. 초기 로또를 줍는 정보의 김진구부터 영화 〈폭풍〉 그리고 애니메이션 〈폭풍전야〉의 정보까지, 쭉 이어서 확인한 주혁이 읊조렸다.

'이렇게 보면 전혀 연관이 없는데.'

실제로 모르는 사람이 보면 수첩에 적힌 미래 정보들은 제각기 따로 노는, 연관성 없는 것처럼 보일 것이다. 다만.

'여기에 내가 끼면 전부 연결이 돼.'

각기 다른 미래 정보에 강주혁이 끼어들면 전부 연결되는 구도였다. 마치 강주혁 자체가 잃어버린 퍼즐 조각인 것처럼. 주혁이 황 실장이 조사해온 자료를 내려다보며 입을 열었다.

"황 실장님. 이 큐애니스튜디오 인원은 이게 전부입니까?"

"예. 다섯 명이 전부였습니다. 그마저도 최근 한 명은 거의 활동을 안 하는 것 같았습니다."

"음."

침음을 삼킨 주혁이 자료에 적힌 큐애니스튜디오의 인원을 확인했다.

— 김진구(책임자), 서호경, 최송구, 박광태, 고진아

이름을 하나하나 눈여겨보던 주혁이 황 실장에게 다시 물었다.

"이 중 누가 활동을 안 한다는?"

"예. 보시면 아시겠지만, 김진구가 디자이너 겸 리더 격인 책임자, 최송구가 디자이너, 서호경 역시 디자이너, 박광태가 일을 구해오는 영업직인 것 같고, 고진아가 스토리작가로 확인됩니다. 이 중에 최송구라는 친구가 활동을 안 합니다."

보고를 들은 주혁이 고개를 끄덕이며 자료에 적힌 최송구란 이름을 지울

냈고.

'박광태, 이 인간이 그때 김진구와 싸우던 놈일 테고. 문제는 스토리작가인 고진아.'

맨 끝에 적힌 고진아라는 이름에 주혁이 집중했다. 그리고 떠올렸다.

'큐애니스튜디오에서 봤던 〈폭풍전야〉 시나리오에 분명 고진아의 이름이 적혀 있었지?'

이어 주혁이 박건웅 팀장이 들고 온 계약서를 들어 올렸다. 자질구레한 항목 맨 끝에 영화 〈폭풍〉 시나리오를 작성한 작가의 사인과 함께 이름이 적혀 있었다.

— 고진아

즉 애니메이션 〈폭풍전야〉와 영화 〈폭풍〉의 작가는 동일인물이었다.

"후—"

여기까지 확인한 주혁이 들고 있던 자료와 계약서를 다시 책상에 놓았고, 등을 의자에 움푹 기대며 긴 한숨을 내쉬었다.

'자, 가정을 해보자.'

이어 퍼즐을 맞추기 시작했다.

'나 대신 로또를 주웠을 김진구, 그가 큐애니스튜디오의 책임자였어. 그런데 내가 개입하면서 김진구가 로또를 줍지 못했지.'

주혁이 당시의 상황을 떠올리며 팔짱을 꼈고.

'그리고 한참 뒤에 영화 〈폭풍〉 시나리오가 세상에 나왔고, 내가 영화 〈폭풍〉 시나리오를 산 뒤에 애니메이션 〈폭풍전야〉 미래 정보를 들었어. 그런데 두 작품 다 고진아라는 작가가 썼다 이거고. 고진아는 큐애니스튜디오 소속.'

생각을 마친 주혁이 큐애니스튜디오의 열악한 환경을 떠올렸다.

'내가 개입했기 때문에 애니메이션 제작을 못한 게 아닐까?'

만약 강주혁이 로또를 줍지 않고 김진구가 주웠다면, 그랬다면 분명 김진구는 그 돈으로 애니메이션을 제작하지 않았을까? 하지만 김진구는 로또를 줍지 못했다. 그다음부터 생긴 일을 추측하기는 어렵지 않았다.

'대충 봐도 〈폭풍전야〉 시나리오는 상당히 오래돼 보였어. 즉 제작을 포기한 거야. 대신 당장 힘드니 애니메이션 시나리오를 영화 〈폭풍〉 시나리오로 각색해서 강필름에 팔았겠지.'

이후 어째서 〈폭풍전야〉가 개봉하고 표절 의혹에 휩싸이는지까지는 알 수 없지만, 당장 여기까지의 추측만으로 주혁은 충분하다고 생각했다. 어쨌든 모든 것이 강주혁의 손아귀에 있으니까.

'그건 그렇고. 예전부터 느꼈지만, 묘하게 이어진단 말이지.'

여전히 등을 움푹 기댄 주혁이 새삼 보이스피싱을 떠올리며 피식했다. 이어 자신의 얼굴만 바라보고 있는 박건웅 팀장에게 물었다.

"강필름 쪽 정리는 어느 정도나 진행됐습니까?"

"80% 정도입니다. 사실 지금 옮겨도 문제는 없습니다. 직원들도 전부 납득했고요."

"알겠습니다. 잡음 안 나게 확실하게 정리하세요. 나가보셔도 됩니다."

"옙!"

굳건한 대답을 끝으로 박건웅 팀장이 미팅룸을 나섰다. 그의 뒷모습을 보던 주혁이 이번에는 황 실장을 불렀다.

"황 실장님."

"예."

"주말쯤 일정이 어떻게 되십니까?"

사장의 물음에 황 실장이 미소 지었고.

"사장님 움직이시는 일정이 제 일정이죠."

강주혁 역시 미소로 화답했다.

"그럼 주말에 저랑 좀 움직이시죠."

다음 날 16일 아침, THE엔터테인먼트. 이른 아침부터 사장 주창섭이 자리에 앉아 이마를 짚고 있다.

"후― 돌겠네."

그가 아침부터 깊은 고민에 빠진 이유는 곧 괴팍하게 사장실의 문을 열며 나타난 남자 때문이었다.

"사장님! 뭡니까?! 뭔데 갑자기 제가 빠진 건데요?"

"아아, 준규야. 일단 진정하고 앉아."

씩씩거리며 나타난 남자는 해창전자 브랜디드 콘텐츠의 주연으로 낙점됐던 신준규였다.

"아니, 앉고 자시고. 왜 내가 잘린 겁니까? 미팅만 몇 번을 했는데, 이제 계약만 남은 상황이었잖아? 뭐냐고 대체!"

"어허, 준규야. 진정하고 앉으라니까."

"뭘 자꾸 앉으라고! 어후 진짜!"

사장의 만류에 어렵사리 자리에 앉은 신준규가 다시 외쳤다.

"말해봐요! 이유 정도는 들었을 거 아냐. 왜? 아니 왜 갑자기 나만 막차에서 내려야 되냐고. 쪽팔리게."

"후― 그게."

화가 잔뜩 난 신준규를 보며 주창섭 사장이 말끝을 흐렸다. 쉽게 물꼬를 트기 어려운 모양. 그 모습에 신준규가 더욱 발광했다.

"아니!! 말을 해보시라고요! 답답하네. 진짜!"

"그…… 정확한 이유는 못 들었고. 해창전자 쪽에선 1년짜리 대규모 브랜디드 콘텐츠다 보니까, 이미지가 중요한데, 너랑은…… 안 맞는다고."

"아니, 시발 뭐라는 거야. 미친 새끼들인가? 미팅 때만 해도 이미지가 딱 맞다 어쩐다 지랄발광을 떨더니, 이제 와서 뭐? 이미지가 안 맞아? 아! 돌겠네, 진짜!"

"뭐 그건 예의상 한 말 같고, 아마 배우 교체가 아닌가 싶다."

주창섭 사장의 말에 신준규가 눈을 희번득 떴다.

"배우 교체? 누구? 시발 얼마나 잘난 배우로 바꾼다는데요?"

"살짝 들었는데, 아직 확정은 아니고."

"아, 왜 자꾸 말을 돌려! 누구냐고요, 그게."

신준규의 발광에 주창섭 사장이 어렵게 입을 뗐다.

"김건욱이 거론 중이라던데."

김건욱이라는 이름을 듣자마자, 신준규가 탁자를 강하게 쳤다.

"김건욱? 시발 지금 내가 걔한테 밀렸다고? 하— 존나 쪽팔리게."

"아, 아니 확정은 아니고."

이어 주창섭 사장이 주절주절 신준규를 위로한답시고 말을 뱉었지만, 어느 것도 신준규에겐 들리지 않았다. 오직 김건욱이라는 이름만 맴돌 뿐. 그렇게 5분 뒤, 어렵사리 진정한 신준규가 주창섭 사장에게 다시 물었다.

"근데 초기에는 거론조차 안 됐던 김건욱이 왜 갑자기 끼어들었어요? 아니, 말이 안 되잖아. 후— 걔 지금 회사가 어디였지?"

"어— 최근에 보이스프로덕션으로 옮겼다더라. 한 달쯤 전인가?"

보이스프로덕션이라는 이름에 신준규가 별안간 자리에서 일어났다.

"강주혁 선배가 차렸다는 거기?"

같은 시각, 보이스프로덕션 사장실에는 강주혁 양옆으로 다크서클이 가득한 추민재 팀장과 검은색 롱패딩을 입은 김건욱이 앉아 있었다. 책상 위엔 꽤 두꺼운 종이뭉치가 올려져 있었다. 해창전자의 브랜디드 콘텐츠 기획서였다. 기획서를 본 추민재 팀장이 크게 외쳤다. 얼마나 크게 외쳤는지, 매달린 다크서클이 떨어질 것 같았다.

"어?!! 해창전자 브랜디드 콘텐츠 주연?! 그것도 1년짜리?"

"어어— 뭘 또 그렇게까지."

"아니아니, 사장님. 뭘 또가 아니지 뭘 또가! 솔직히 얘기해봐. 혹시 사장님 해창전자 쪽 무슨 숨겨진 아들 뭐 그런 거 아니야?! 아니다. 이 정도면 맞네, 맞아."

추민재 팀장의 설레발에 주혁이 새삼 김재욱을 떠올리며 피식했다.

"그럴 리가."

"아닌데, 아니면서 어떻게 그쪽 일을 이렇게 턱턱 따오냐고! 그것도 초대형으로다가!"

강자매가 맡은 해창전자 광고까진 그렇다 쳐도, 브랜디드 콘텐츠는 사이즈가 달랐다. 거기다 1년짜리 장기 프로젝트.

"이 정도 기획이면 거의 해창전자를 해외에 알릴 얼굴마담으로 쓰겠다는 거잖아?! 메인으로!"

합당한 표현이었다.

"맞아."

이어 주혁이 기획서를 내려다보던 김건욱에게 시선을 던졌다.

"건욱아. 네 생각은 어때? 네가 저번에 작품 많이 하고 싶다고 해서 일단 너를 밀긴 했는데. 힘들다 싶으면 빠져도 되고."

김건욱이 눈을 빛내며 곧장 답했다.

"아니. 형, 할게. 고마워, 정말. 신경써줘서."

"이제 내 배운데 고맙긴, 별소릴 다 하네. 좋아. 그럼 추민재 팀장님?"

"어? 어어어."

"이 건은 이제 형한테 토스할 테니까, 해창전자랑 얘기 잘해서 스케줄 잡고, 계약서 쓰세요."

"그래, 그렇지. 그래야지. 그렇게 하고말고."

혼이 나간 얼굴로 대답한 추민재 팀장이 앞에 놓인 브랜디드 콘텐츠 기획서를 '오오오' 따위의 말을 하며 집어 들었다. 김건욱이 주혁에게 물었다.

"근데 형. 내가 들어갔으면 누가 밀렸다는 소리 아냐? 누가 밀린 거야?"

"아— 신준규."

"윽, 미친개? 좀 귀찮겠는데."

주혁이 웃었다.

"뭐, 뒤처리는 내가 알아서 할 문제고. 넌 작품만 신경써라."

이후, 늦은 오후부터 주혁은 영화 〈간 큰 여자들〉의 제작팀과 오디션 회의를 가졌다. 최명훈 감독이 회의 소집 이유를 말했다.

"이게…… 그냥 제작부랑 일정을 정하려 했는데, 사이즈가 너무 커졌습니다."

"커져요?"

"예. 그— 일단 이것 좀 보시죠."

최명훈 감독이 주혁에게 투명 파일을 내밀었다. 파일 표지에는 '주·조연 프로필'이라는 제목이 적혀 있었다.

"커졌다는 게, 이걸 말하는 겁니까?"

"예. 그 정도가 되다 보니, 함부로 결정하기가 좀. 배우들 몸값도 그렇고."

말끝을 흐린 최명훈 감독을 보던 주혁의 시선이 다시금 파일로 향했다.

"지금 여기에 올린 배우들이 전부 프로필을 보낸 겁니까?"

"예."

이어 파일을 보던 주혁은 최명훈 감독이 왜 이렇게 신중하게 반응하는지 이해가 갔다. 애초 주연까지 전부 오디션을 통한다는 소식을 전했음에도 파일에 명시된 배우들이 꽤 많았다. 심지어 톱배우들도 포함됐다.

'류진주는 그렇다 치고 김나예, 고노을, 이민정까지? 이민정 얘는 하성필 사모임에 있는 애 아니었나?'

〈간 큰 여자들〉의 마진희 역에는 류진주를 포함해 같은 급이 네 명, 거기에 도공주 역에 강하진 포함 네 명, 황다빈 역에는 다섯 명이 몰린 상태였다. 즉 톱 여배우를 포함해 약간 낮은 급까지 13명이 몰린 셈이었다. 사실 이 정도 급이면 오디션을 보지 않는다. 그럼에도 이들이 오디션을 봐서라도 끼려 하는 이유는, 그만큼 최명훈 감독의 차기작 〈간 큰 여자들〉이 탐난다는 뜻이었다.

"뭐, 괜찮지 않겠습니까? 배급사 쪽에선 이목을 집중시킬 만한 이슈 거리고. 좋네요."

"그, 그렇긴 한데 이 정도 덩치의 배우들이 오디션을 본다는 게, 참 뭐랄까. 전쟁터가 따로 없겠다 싶기도 하고. 무섭네요, 벌써."

최명훈 감독이 그려지는 그림을 상상하며 몸을 부르르 떨었다. 그런 최명훈 감독을 보며 주혁이 피식했다.

"재밌겠네요. 미룰 것 없이 바로 다음 주로 잡으시죠. 오디션 일정."

"아, 예."

주혁의 말에 제작실장이 고개를 끄덕이며 다이어리에 무언가 적기 시작했고, 그 틈에 주혁이 어디론가 전화를 걸었다. 연결 신호는 꽤 길었지만 어쨌든 연결됐고.

"뭐냐."

상대는 하성필이었다.

"너 요즘 놀지?"

"누구 때문에 노는데. 아니 캐스팅이 뭐 이렇게 오래 걸려? 설마 아무도 안 하는 거냐? 내가 들어간다는데?"

"그 반대지."

"반대? 무슨 미친 소리야."

"미친 소린지 아닌지는 보면 알 테고. 너 아르바이트 좀 해라."

대뜸 던져진 아르바이트라는 소리에 하성필이 더욱 비아냥거렸다.

"그간 정말 미치셨나. 이게 뭔 또라이 같은 소리래?"

반면 주혁은 침착하게 미소 지으며 답했다.

"놀지 말고, 와서 오디션이나 도와. 상대역이 필요하다."

다음 날 17일, 금요일 아침.

전체적으로 분홍색이 여기저기 섞인 커다란 집 안, 류진주가 파자마 차림으로 거실 소파에 앉아 대사 연습을 하고 있다.

"참 이상해. 평소 관심조차 없었는데, 아니 관심 갖기엔 너무 귀찮기만 했던 여행이, 느닷없이 내게 속삭였어. 떠나세요! 그리고 나에게로 오세요! 하고."

이어 방금 친 대사가 살짝 맘에 안 들었는지, 류진주가 탁자에 놓인 탄산수를 마시며 작은 입을 열었다.

"음― 조금 톤을 높이자."

그때 누군가 류진주의 집 초인종을 눌렀다. 청명한 초인종 소리에 연습 대본을 보고 있던 류진주가 소파에서 일어나, 인터폰을 확인했다.

"오빠? 아침부터 왜 왔어?"

인터폰 화면 속 남자는 류진주의 실장급 매니저 고상철이었다.

"전할 말도 있고, 전달할 것도 있고, 배도 고파서."

"여기가 무슨 밥집이냐! 으휴."

짧게 혀를 찬 류진주가 버튼을 눌러 문을 열었고, 곧 고상철이 들어왔다. 고상철은 들어오자마자, 들고 있던 가방을 주방 식탁에 놓으며 거실 정면으로 시선을 옮겼다.

"어후— 언제 봐도 좀 무섭다. 야야, 진주야. 사진 너무 커, 진짜."

그는 소파 정면의 커다란 TV와 그 뒤에 걸려 있는 류진주의 전신사진을 보며 혀를 내둘렀다. 정면 벽을 거의 뒤덮을 정도의 크기였다. 반면 류진주는 TV보다 세 배는 큰 자신의 사진을 자랑스레 바라보며 답했다.

"뭐 어때? 이 정돈 돼야 기념이 되지. 그보다 뭐야? 전할 말이랑 전할 것!"

고상철이 바싹 밀어낸 옆머리를 긁으며 가방을 열었다.

"후— 일단 전할 말은, 사장님이 너 작품 너무 안 한다고 좀 부추기란다. 좀 삐친 것 같기도 하고."

"사장님이 삐친 게 하루이틀이야?"

"그래그래, 알지. 그래도 난 액션을 취해야 하는 한낱 회사원이걸랑? 그래서 이건 전할 것."

어느새 꺼냈는지, 고상철 실장이 가방에서 종이뭉치 몇 개를 꺼내 류진주에게 내밀었다. 류진주가 고개를 갸웃했다.

"뭔데?"

"배우인 너에게 전달될 종이야 뻔하지. 시나리오."

하지만 류진주는 받아든 시나리오를 탁자에 아무렇게나 던져놓았다.

"응, 알았어. 읽어볼게."

그 모습에 고상철이 팔짱을 꼈다.

"안 읽을 거잖아. 내가 너랑 1, 2년이냐?"

"……아니거든? 읽을 거거든?"

"안 읽을 거 알거든? 네 눈이 말하고 있어."

"아 진짜! 왜 그래! 나 작품 정했다니까?!"

"뭐? 최명훈 감독 차기작? 〈간 큰 여자들〉? 류진주를 데려다 오디션까지 보게 하는 그 작품?"

"나 말고도 여배우들 전부 오디션 보거든?"

성질을 부리며 소파에 앉는 류진주를 보며 고상철이 긴 한숨을 내뱉었고.

"후— 진주야. 너 대체 왜 그러냐? 〈척살〉 때야 뭐, 그래. 과거 너랑 강주혁 사장이랑 인연이 있어서 조연 같은 주연롤 작품에 들어갔다 치지만, 이번엔 달라. 주연을 놓고, 톱 여배우들 데려다 오디션 보게 하는 작품에 네가 들어가면 이거 무조건 말 돈다고."

"뭐 어때. 내가 다 이기면 되지."

돌아온 대답에 답답한 듯 고상철이 가슴을 쳤다.

"그러다 떨어지면? 이거 진짜 무슨 신인배우 때도 아니고. 너 빠꾸 먹으면 기사에 대문짝만 하게 실린다고. 뻔하잖아? 지금껏 없던 연기력 논란이 여기서 터질 수도 있다니까?!"

꽤 흥분했는지 고상철이 목소리를 높였지만, 류진주는 담담했다.

"그럼 내 실력이 부족한 거겠지."

"아— 진짜 답답하네. 아니, 너 역할 준다고 줄 서 있는 작품 모조리 까고, 굳이 그런 가시밭길 모험을 하는 이유가 뭐냐고. 너나 사장님이나 왜 그렇게 강주혁 사장한테 우호적인 거야? 너는 심지어 광적이야! 아냐?!"

그러나 류진주는 아랑곳 않고 들고 있던 〈간 큰 여자들〉의 연습 대본을 들어 올리며 작게 읊조렸다.

"……거야."

"뭐?!"

"내가 따낼 거야! 무조건!!"

고상철이 다시 물었다.

"뭐냐, 대체? 최명훈 감독 차기작이 그렇게 탐나는 거냐? 아님 강주혁······
후— 됐다, 됐어."

못 말린다는 듯 고개를 흔드는 고상철. 그러나 류진주의 신경은 이미 연습
대본에 쏠려 있었고, 작게 혼잣말을 뱉었다.

"이번엔······ 내가 할 거야."

영화 〈간 큰 여자들〉의 제작팀은 1차 오디션 일정을 4월 23일 목요일로 정
했다. 그 일정은 류진주 포함 오디션에 응한 배우들에게 빠르게 전해졌다.

강하진이 도전하는 도공주 역과 그다음으로 비중이 높은 황다빈 역할의
오디션은 크게 이슈가 될 게 없었다. 진정한 이슈 거리는 원톱 주연인 마진희
역을 쟁취하기 위한 오디션. 진정한 톱 여배우들의 싸움이었다. 류진주를 포
함해 김나예, 고노을 그리고 하성필 라인에 속한 이민정까지. 애초 비밀로 유
지되던 오디션 라인업이 배우들에게 공개되자, 각기 다른 반응을 보였다. 소
속사 사장실에서 정보를 받은 김나예는 꽤 충격 받은 모습.

"와! 이거 뭐야? 진주 언니, 민정 언니에 노을이까지? 미쳤나 봐, 진짜! 사장
님! 이걸 나더러 하라고?"

"어— 해. 너 요즘 좀 나댄다는 소문이 감독들 사이에서 돌아. 도전적인 모
습을 보여주자 이거야."

"그러다 붙으면?"

"음— 글쎄. 나예야, 네가 강주혁 눈에 들 정도로 연기를 잘하진 않아. 우린
얻을 것만 얻고 빠지면 돼."

"아! 사장님!!"

반면 국민 여동생 고노을은 꽤 담담했다.

"어때, 노을아. 오디션 라인업이 좀 빡세긴 해. 그치?"

"뭐, 이 정도는 예상했어요. 우리야 뭐, 보이스프로덕션이랑 인연 맺을 요량으로 가는 거잖아?"

"그렇긴 해."

이민정은 라인업을 보자마자 하성필에게 전화를 걸었다. 물론 꽤 신경질적인 목소리로.

"아니! 오빠!! 진주 언니 뭔데?! 이거 알고 있었어?"

"알았겠냐?"

그녀가 짜증 낸 이유는 간단했다. 최근 참여가 뜸하긴 했지만, 류진주 역시 하성필의 사모임 멤버였기 때문.

"오빤 확정이라며! 대충 듣는 귀가 있을 거 아냐!!"

"아— 몰랐다고. 아침부터 짜증 나게. 오디션 보지 말든가. 귀찮게 구네. 끊어."

가차 없이 끊긴 핸드폰을 내려보던 이민정이 아랫입술을 살짝 깨물더니 냅다 핸드폰을 소파로 집어 던졌고, 작게 읊조렸다.

"씨, 류진주 진짜 개짜증 나네."

같은 시각, WTVM 예능국 대회의실.

50명은 거뜬히 앉을 수 있는 커다란 회의실 안. 〈만능엔터테이너〉 스태프들이 분주하게 여러 가지를 세팅하고 있다.

"거기! 거기 카메라는 이쪽 뷰가 전부 담기게 약간 틀어!"

"예에—"

회의실 천장에만 네 대의 소형카메라가 설치되고 있었고, 입구 바로 앞에도 하나, 구석에도 하나씩. 그리고 심사위원들이 앉은 자리를 찍는 카메라까지. 대충 봐도 열 대의 카메라가 설치 중이었고.

"야야! 제작! PPL 음료 아직 안 왔어?"

"네. 지금 올라오고 있다네요."

"뛰어오라 그래!"

PPL 음료와 과자부터 심사위원들이 볼 기획안까지, 누가 봐도 오늘 녹화는 회의실에서 진행될 모양이었다.

30분 뒤. 회의실 촬영 세팅이 끝나고 박한철 PD 포함 제작진이 자리잡았을 때, 회의실 문이 열리며 오희연이 들어왔다.

"안녕안녕~ 어머, 내가 1등이야?"

"오셨어요? 네네. 1등으로 오셨어요!"

오늘도 꽤 편한 가죽 재킷을 입은 오희연이 한 손에 얼음이 가득 담긴 커피를 들고서 회의실로 들어왔고, 이어 장황수, 박종우, 민효정 그리고 서아리까지 차례차례 회의실로 들어왔다.

"안녕하세요~"

"좀 늦었습니다!"

덕분에 회의실은 점점 북적이기 시작했고.

"주혁이는? 주혁 씨 아직 안 왔어?"

이미 도착한 심사위원들을 빙 둘러보던 오희연이 아직 도착하지 않은 강주혁을 찾았다. 대답은 박한철 PD 쪽에서 나왔다.

"아! 사장님은 거의 다 오셨답니다."

그러자 오희연이 괜한 투정을 부렸다.

"흥. 근데 박 PD, 왜 주혁이한테는 꼬박꼬박 사장님 사장님 그래? 나한테는 안 그러면서?"

"하하하, 저희한테는 심사위원 겸 하늘 같은 메인 투자자님이라서. 이해 좀 부탁드립니다!"

순간, 오늘은 머리 끝에 살짝 웨이브를 넣은 서아리가 옆에 앉은 민효정에게 물었다.

"헐, 이거 오빠가, 아니 강주혁 님이 투자했어?"

"응. 몰랐어? 전부 주혁 씨가 댔다고 하더라."

"대박…… 나 몰랐어."

잠시 후, 녹화 준비를 끝낸 박한철 PD나 심사위원들이 두런두런 얘기를 나누고 있을 때, 회의실의 문이 벌컥 열렸다.

"죄송합니다. 좀 늦었습니다."

가볍게 고개를 숙인 강주혁이 모습을 드러내자, 오희연이 슬며시 시비를 텄다.

"주혁아. 선배나 PD님 그리고 여기 계신 다른 심사위원분들 전부 얼마나 기다린 줄 아니? 뭐야? 벌써 거드름 피우는 거야?"

오희연이 시비를 튼 것은 맞지만, 틀린 말은 또 아니었기에 주혁이 담담하게 인정했다.

"아뇨, 길이 좀 막혀서. 다들 죄송합니다."

"하하하, 괜찮아요. 앉아요, 앉아."

"주혁 씨 오랜만이네요?"

"오빠…… 아니, 안녕하세요."

박종우나 민효정, 서아리는 별 대수롭지 않게 강주혁을 반겼다. 장황수 역시 딱히 말을 거들진 않았고, 그 모습에 오희연이 혀를 찼다.

"다들 너~무 잘해주니까, 주혁이가 거만해질까 걱정이네."

이어 자리에 앉으며 오희연과 눈을 마주친 주혁이 여유롭게 웃었다.

"걱정 마세요. 그럴 일 없으니까."

강주혁의 대수롭지 않은 대답에 오희연이 콧방귀를 뀌며 기획서로 시선을 내렸다.

"지켜보면 알겠지~"

그때 상황을 지켜보던 박한철 PD가 분위기를 진정시켰다.

"자자, 전부 모이셨으니, 이제 시작하겠습니다."

사방에 설치된 카메라를 손으로 가리키며 박한철 PD가 설명을 이었다.

"보셔서 알겠지만, 심사위원분들이 회의실에 들어오는 순간부터 녹화는 시작됐습니다."

그러자 아까부터 궁금한 눈치였던 민효정이 몸을 바싹 당기며 물었다.

"뭐예요? 오늘 녹화 주제가? 이제 TOP12 다 뽑혔잖아요? 우리 이런 거 할 시간 있나?"

"시간 없죠. 그런데 이건 해야 됩니다. 자, 다들 앞에 놓인 기획서를 봐주세요."

박한철 PD의 요청에 심사위원 모두가 기획서에 시선을 맞췄다.

"뭐, 구구절절 설명은 긴데, 요약하면 TOP12부터는 심사위원분들이 팀을 짜게 됩니다. 쉽게 말해, 지금부터는 심사위원보다는 멘토라고 생각해주시면 됩니다."

오희연이 고개를 갸웃했다.

"팀을 짜? 왜 짜요, 팀을?"

박한철 PD가 기획서의 둘째 장을 넘기며 답했다.

"자, 기획서 둘째 장을 보시면…… 여기, 중간쯤 나와 있습니다. 앞으로는 연기파트 심사위원 한 분과 노래, 댄스파트 심사위원 한 분이 팀을 이루어 참가자들과 작품을 만들 예정입니다. 즉 앞으로 참가자들의 과제는 모두 심사위원분들과 같이 진행할 예정입니다. 그리고 심사위원분들이 팀을 짜는 모든 과정을 녹화해서, 이 역시 방영될 예정입니다. 어찌 됐든 저흰 예능이니까요."

설명을 마친 박한철 PD가 심사위원들에게 잠시 기획서 파악할 시간을 주었다. 몇 분 후, 먼저 입을 연 것은 과묵하던 JH엔터의 사장 장황수였다.

"그러니까 연기와 노래, 댄스 심사위원 두 명이 한 팀이 돼서 참가자들을 뽑고 과제를 풀어낸다, 이 말인가?"

"맞습니다. 정확합니다."

웨이브 진 긴 머리를 찰랑이던 서아리가 되물었다.

"음― 그럼 심사위원이 여섯 명이니까 멘토팀이 총 세 팀이 나올 테고, 참가자는 한 팀당 네 명씩이겠네요?"

"그렇습니다. 멘토 한 팀당 총 네 명의 참가자를 데려갑니다."

대답을 들은 서아리가 반대편에서 기획서를 읽고 있는 강주혁을 슬쩍 곁눈질했다가, 이내 다시 물었다.

"그, 그럼 멘토팀은 어떻게 정해요? 참가자들은 어떻게 뽑고?"

그녀의 물음에 박한철 PD가 예능 PD다운 미소를 지으며 답했다.

"바로 거깁니다. 그 부분에 예능적인 재미를 가미시킬 건데, 잠시……."

이어 책상 아래에서, 사람 머리통 크기에 내부가 전혀 보이지 않는 네모난 함을 올린 박한철 PD가 웃으며 입을 열었고.

"멘토팀은 연기파트 심사위원분들이 노래, 댄스파트 심사위원을 선택하는 형식으로 갈까 합니다."

말을 잠시 멈춘 박한철 PD가 네모난 함을 가리켰다.

"이 함 안에는 총 세 장의 카드가 들어 있고 각각 1번, 2번, 3번이 적혀 있습니다. 오희연, 장황수, 강주혁 심사위원분들이 차례로 카드를 뽑으실 거고, 그 카드에서 나온 숫자가 다음으로 하시게 될 게임 순서가 되겠습니다."

게임이란 말에 오희연이 되물었다.

"게임? 무슨 게임인데요?"

다들 궁금해하는 눈치였지만, 박한철 PD는 대답 없이 네모난 함을 책상 중앙으로 밀어내며 입을 열었다.

"먼저 이것부터 뽑아보실까요? 누가 먼저 뽑으시겠습니까?"

장난스레 웃으며 입을 뗀 박한철 PD를 보며 오희연이나 장황수가 침을 삼켰다. 이 작은 선택으로 〈만능엔터테이너〉가 끝날 때까지 같이 갈 멘토팀이 정해진다는 것에 살짝 긴장한 탓이었다. 주제는 가벼웠지만, 분위기는 꽤 진지했다. 그 간극에서 발생하는 요상한 모습에, 마치 짜고 친 콩트라도 보는 양 박한철 PD가 속으로 회심의 미소를 지었다.

'그래! 저 표정! 자막 깔고, 효과 좀 넣으면 배를 잡겠어.'

이어 침을 삼키던 오희연이 대뜸 강주혁을 바라보며 외쳤고.

"그, 그래! 주혁이. 너 막내니까, 먼저 뽑으면 되겠네. 거드름 안 피운다며?"

주혁이 무심하게 답했다.

"상관없습니다. 그냥 바로 뽑으면 됩니까?"

"예."

박한철 PD에게 대답을 듣자마자, 강주혁이 대수롭지 않게 네모난 함에 손을 쑥 집어넣어, 흰색 카드 한 장을 꺼냈다. 박한철 PD가 목소리를 높였다.

"몇 번! 몇 번 나오셨습니까?"

카드를 내려보던 강주혁이 입을 열었다.

"1번이네요."

같은 시각, 해창전자 홍보팀 미팅룸에는 김건욱과 그의 매니저들, 김재욱과 매니저들 그리고 추민재 팀장까지 앉아 있었다. 김건욱은 심심한지 핸드폰을 들여다보고 있고, 김재욱은 난생처음 와본 아버지 회사의 미팅룸을 신기한 듯 둘러보고 있었다. 한쪽에는 추민재 팀장이 매니저들에게 보고를 받느라 바빴다.

"재욱이 이번에 〈먹방로드〉 미팅은 좀 어땠어?"

"분위기 나쁘지 않았습니다. 말씀하신 텃세도 별로 없었고요."

"흠. 그리고 건욱이 스케줄은 잘 관리하고 있지? 지금 들어간 〈19살 그리고 20살〉이랑 토크쇼 그리고 이것까지 돌리는데 스케줄 쪽나면 진짜 답 없다?"

"예. 신경쓰겠습니다."

그때 추민재 팀장과 매니저들의 대화를 가만히 듣고 있던 김건욱이 옆에 앉은 김재욱에게 시선을 던졌다.

"재욱아."

"네. 형."

"그 예능에서 배우 너밖에 없다며?"

"그렇던데요. 전부 아이돌에 가수에."

"누구누구 있는데?"

"다 잘 모르겠던데. 아, 가수 서희도 있었어요."

"오— 서희~ 그 솔로로 활동하는? 서희는 나도 알아."

서희라는 이름에 김건욱이 미소를 지었다.

"텃세는 없고? 너만 배우라 은근 따돌릴 텐데. 녹화 들어갈 때랑 아닐 때랑 확 다르게 행동 안 해?"

"아직……까지는 잘 모르겠어요."

"은근 있을 거야. 나도 신인 때 당해보기도 했고. 그래도 너 뒤에 주혁이 형이 있어서 함부로 하진 못할 테지만 또 모르지, 워낙에 정글 같은 곳이 이 바닥이니까."

그때 미팅룸의 문이 열리더니 홍보팀 직원들이 우르르 들어왔다. 대충 봐도 열 명은 넘어 보였다. 그 모습에 추민재 팀장이 혼잣말을 뱉었다.

"무슨, 이렇게 전부 오냐? 보통 이러나?"

그 말에 대답이라도 하듯 연장자로 보이는 남자가 추민재 팀장에게 손을 내밀었다.

"죄송합니다. 오래 기다리셨죠. 배우분들도 죄송합니다!"

그런데 굽신거리는 모양새가 영 부자연스러웠다. 어쨌거나 홍보팀 직원들이 모두 추민재 팀장에 이어 김건욱, 김재욱에게 인사했을 때쯤, 추가로 문이 열리며 이들이 오버하는 이유가 밝혀졌다.

"아! 사장님!!"

미팅룸에 비서를 대거 대동한 김재황 사장이 나타났다.

"음, 그래요."

이어 홍보팀 직원들이 더욱 각 잡힌 모습을 보였고, 놀란 눈의 김재욱을 가만히 보던 김재황 사장이 시선을 거두며 멍한 표정의 추민재 팀장에게 손을 내밀었다.

"반가워요. 나 해창전자 김재."

"압니다! 잘 알죠! 반갑습니다! 보이스프로덕션 추민재 팀장입니다. 일을 많이 주셔서 항상 감사하고 있습니다!"

자신의 손을 꼭 잡은 추민재 팀장을 보며 김재황 사장이 껄껄 웃었다.

"허허, 내가 일을 공짜로 준 적은 없어요. 다 강 사장이 알아서 따간 거지. 받은 거로는 내가 더 많아."

"……예?"

당연히 무슨 말인지 못 알아들은 추민재 팀장을 보며 김재황 사장이 말을 바꿨다.

"우리 브랜디드 콘텐츠의 주역들이 모였다고 해서 내려와 봤어요. 궁금해서. 반가워요."

이어 김재황 사장이 김건욱에게 손을 내밀었다.

"반갑습니다. 열심히 하겠습니다."

"나야말로. 잘 부탁해요."

다음으로 김재황 사장의 시선이 김재욱에게 넘어갔다. 그리고 역시 김재욱에게도 손을 내밀었다. 그러나 김재황 사장의 눈빛만은 어딘가 미묘했다. 희열을 느끼는 듯했다.

"신인배우 김재욱 군, 반가워요?"

어렵사리 손을 맞잡은 김재욱이 작게 답했다.

"……반갑습니다. 사장님."

비슷한 시각, 협소한 큐애니스튜디오 사무실에는 검은색 후드집업 차림의 스토리작가 고진아가 연신 노트북 타이핑을 하고 있었다. 아마 시나리오를 쓰고 있는 듯. 그러던 중 누군가 도어록을 풀었고, 곧 철문이 열렸다. 이어 영업을 맡고 있는 박광태가 들어왔다. 그는 원룸 내부에 들어오자마자, 잠갔던 카키색 패딩을 풀어헤치며 입을 열었다.

"진아 너밖에 없냐?"

"아, 오빠 오셨어요? 네. 오늘 진구 오빠나 전부 안 온대요. 애니메이션 행사 보러 간다고."

"쯧, 돈도 안 되는 걸 죽어라 보러 다니는구먼. 멍청한 새끼들."

한껏 욕을 뱉은 박광태가 냉장고를 열어, 그나마 복지라고 챙겨둔 캔커피를 꺼내며 말을 이었다.

"넌 왜 안 갔는데."

"전 쓰던 게 있어서. 이번 달 안으로 마무리 치고 싶어서요."

"……그래?"

이어 박광태는 자신에게 시선 한 번 안 주고 노트북에 얼굴을 처박은 고진아를 물끄러미 바라봤다. 그대로 꽤 긴 정적이 흘렀다. 그 정적이 깨진 것은 박광태가 캔커피를 전부 비웠을 무렵이었다.

"진아 너 예전에 애니 시나리오 영화로 깎아서 팔았다고 했지?"

"네? 아, 네."

짧은 대답이 돌아오자, 박광태가 의자를 당겨와 고진아 옆에 앉았다.

"야야. 그 정도면 너 글빨을 영화사에서도 인정한다는 뜻 아니겠냐?"

그 말에 손가락을 멈춘 고진아가 고개를 돌렸다.

"네? 아…… 잘 모르겠어요. 그땐 운이 좋았겠죠."

"아냐, 인마. 제작사 새끼들이 눈이 호구가 아니라고. 네 글이 팔릴 만하니까 산 거겠지."

"……"

대답 없는 고진아를 보며 박광태가 약간은 비릿한 미소를 지었다.

"너 애니 때려치우고, 나랑 독립할래? 내가 영화사 제작부에 아는 형이 있거든? 영화팩토리라고. 나랑 그 형 좀 만나보자. 언제까지 이 지랄 같은 골방에서 노트북 두들길래? 가능성 있는 길을 만들자 이거야, 나랑."

"저만요? 아…… 그건 좀. 오빠들은요?"

"그 새끼들은 글렀어. 이래서 30분짜리 애니나 만들겠냐? 어느 세월에?"

"……"

고진아도 어렴풋이 느끼고는 있었는지, 말문이 막혀버렸다. 그런 그녀를 보며 박광태가 미소 짓더니, 고진아의 어깨를 지그시 잡았다.

"아니— 그냥 그 형이랑 만나보기만 하자고. 생각해봐. 응? 그냥 가볍게 계약만 하고 너 편하게 글 써도 되니까? 알았지?"

"……네."

5분 뒤, 큐애니스튜디오를 나와 차에 탄 박광태가 어디론가 전화를 걸었다.

"어, 선배. 나야. 저번에 말한 작가 여자애 있잖아. 어어. 약속 잡자. 크크, 진짜라니까. 일단 계약하고 박아두면 뭐라도 뱉을 거라니까. 애가 진짜 글빨은 죽여."

차 시동을 거는 박광태가 웃으며 말을 이었다.

"그리고 얼굴도 반반해. 진짜."

다시 WTVM 예능국 대회의실. 강주혁이 1번을 뽑은 뒤 오희연이 3번, 장황수가 2번을 뽑았다. 모두 한 손에 숫자 카드를 쥐고 있는 모습을 가만히 보던 박한철 PD가 웃었다.

"자! 그럼 대망의 멘토팀 뽑기 게임을 공개합니다!!"

그리고 곧 책상 위로 플라스틱 드럼통이 올려졌다. 크기로 봐선 딱 사람 머리통만 했다. 민효정이 대뜸 외쳤다.

"해적 룰렛!!"

과연 예능을 많이 해본 민효정은 곧바로 알아봤다. 박한철 PD가 올린 게임은 드럼통 안에 해적이 들어가 있고, 플라스틱 칼을 꽂아 넣는 게임. 즉 이역시 복불복이었다. 박한철 PD가 플라스틱 칼 하나를 들어 올리며 말을 이었다.

"다들 아시죠? 이 칼을 여기 드럼통에 하나씩 꽂으면 어느 순간, 이 해적님이 통~ 하고 튀어나옵니다. 보통 그렇게 되면 탈락이거나 벌칙에 걸리는 건데, 저희는 반대로 해볼까 합니다."

박한철 PD의 말에 주혁이 웃었다.

"즉 해적님이 튀어나오면 가장 먼저 파트너 선택권을 가진다?"

"맞습니다. 한마디로 해적님이 빨리 튀어나오게 하는 것이 좋은 거죠."

"재밌네요. 그럼 저희가 뽑은 숫자가 칼을 꽂는 순서겠네요."

"정확합니다. 강주혁 심사위원님이 1번이니 첫 번째, 장황수 심사위원님이 두 번째, 오희연 심사위원님이 세 번째 되겠습니다."

"알겠습니다. 그럼."

말을 마친 주혁이 책상에 아무렇게나 널브러진 플라스틱 칼 중 빨간색을 집어 드럼통에 냅다 꽂았다. 고민 따위는 없어 보였고, 해적님도 그대로였다.

"자, 다음 장황수 심사위원님!"

"음."

장황수는 노란색 칼을 집어 꽂았다. 하지만.

"……그대로군."

이어 오희연이 파란색 칼을 집었다. 그리고 몇 번의 고민 끝에 강주혁이 꽂은 바로 옆 칸에 칼을 집어넣었고.

— 탁!!

"어! 나왔어!!"

"어머!"

세 번째 만에 해적님이 하늘로 튀어 올랐다. 덕분에 오희연의 입이 귀에 걸렸다. 그 모습에 박한철 PD가 웃으며 말을 이었다. 그런데 그의 웃음이 심상치 않았다.

"자! 오희연 심사위원님, 파트너를 골라주세요!"

노래, 댄스파트의 박종우, 민효정, 서아리. 그들을 번갈아 보던 오희연이 잠시간 고민했다.

'박종우는 파급력이 약하니 패스. 민효정도 괜찮긴 하지만, 역시 아시아의 별이다 뭐다 하는 서아리가 뭐로 보나 괜찮겠지?'

결국, 오희연이 여유롭게 손을 내밀었다.

"자— 서아리 씨, 우리 같이 해볼."

그런데 서아리가 대뜸 미간을 찌푸렸다.

"아, 싫어요."

서아리의 후진 없는 대답에 옆에 있던 민효정이 '풉!' 하고 터져 나오는 웃음을 꾹 참았고, 박종우나 장황수 역시 헛기침을 하며 어떻게든 웃음을 참아 냈다. 물론 강주혁도 옅은 미소를 짓고 있었고. 오직 오희연만 얼굴을 잔뜩 구겼다. 그녀의 손은 이미 내밀어졌으나, 길을 잃고 그저 부들부들 떨고 있었고.

"뭐, 뭐라고? 서아리 씨 지금 뭐라고?"

"싫다고 했."

두 번째도 후진 없이 직진 대답을 하던 서아리의 옆구리를 민효정이 웃음을 참으며 툭 쳤다. 이어 그녀가 서아리의 귀에 대고 작게 말했다.

"적당히 해, 이년아. 너 성격 모르는 거 아닌데, 촬영 중이잖아. 대충 장단 좀 맞춰줘라."

그때야 정신을 차린 것인지, 서아리가 주변의 카메라를 대충 둘러보더니 목을 가다듬었다.

"어— 흠!"

뭔가 적당히 예의 차리는 말을 찾는 듯 또는 시간을 끄는 듯한 모습. 그때 좋은 그림을 뽑았다는 생각에 입이 귀에 걸린 박한철 PD가 끼어들었다.

"자! 이제 선택권은 서아리 심사위원님께 넘어갔습니다!"

그러자 어느새 내밀었던 손을 거둔 오희연이 신경질적으로 고개를 박한철

PD 쪽으로 휙 돌렸다.

"뭐라고요?! 뭐야, 갑자기!"

"아, 제가 설명 안 드렸나요? 선택한 파트너가 거절하면 선택권은 거절한 파트너에게 넘어간다고?"

"그게 무슨!"

오희연이 언성을 높였지만, 박한철 PD 포함 작가진, 스태프들의 표정을 보고는 직감했다.

'일부러, 이것들 일부러 한 거야, 지금!'

제작진 표정이 매우 즐거워 보였기 때문이었다. 분명 제작진은 이런 그림을 예상한 듯 보였다.

'씨! 망할 예능국 것들!'

하지만 어쩌겠는가. 〈만능엔터테이너〉 역시 예능이고, 제작진은 지금 작정하고 예능 타워를 쌓는 중이었다. 여기서 더 성질을 부렸다간 자신만 나쁜년 될 것임을 오희연이 모를 리 없었다. 덕분에 속에서 열불이 터져 나오는 걸 억지로 참은 오희연이, 저 지하 깊숙이 박혀 있는 웃음을 강제로 끄집어냈고.

"그럼, 서아리 씨는 어느 분을 뽑으실까나?"

웃음과 찡그림이 공존하는 얼굴로 말을 꺼냈다. 그래서인지 오희연의 표정은 피에로를 연상케 했다. 어쨌든 대충 어떻게 돌아가는 시스템인지 이해한 서아리의 시선이 천천히 강주혁 쪽으로 돌아갔다. 강주혁은 어느새 담담한 표정으로 서아리를 보고 있었다. 강주혁과 눈이 마주친 서아리가 짧은 숨을 뱉었다. 당장 봐선 마치 고백을 앞둔 소녀 같은 그녀가 힘겹게 입을 열었다.

"저, 저는! 주혁 오ㅃ…… 아니, 강주혁 사장님을."

서아리의 말이 끝나자, 회의실의 모든 시선이 강주혁에게 박혔다. 몹시 흥미진진한 표정으로. 그리고 박한철 PD가 옆에 있는 VJ에게 속삭였다.

"저 그림, 투 샷으로 예쁘게 담아. 예쁘게. 저건 무조건 예고편 메인이다."

아시아의 별이라 불리는 그 서아리가 수줍게 강주혁을 바라보는 그림. VJ
가 고개를 끄덕이며 강주혁과 서아리를 투 샷으로 잡았고, 주혁이 서아리를
보며 미소를 머금은 얼굴로 답했다.

"저야 영광입니다."

같은 시각, 고급 횟집.

널찍한 6인용 탁자에 홍혜숙 작가와 문학창고 우진태 사장이 앉아 있었다.
누군가를 기다리는 듯. 그런데 홍혜숙 작가는 영 탐탁지 않은지 표정이 좋지
않았다. 그녀를 보며 우진태 사장이 슬쩍 입을 열었다.

"어허— 작가님. 곧 다들 올 텐데, 표정 좀 풀어요."

"내 표정이 어때서요?"

"그…… 뭐랄까. 떫은 감을 씹은 것 같다고 지금."

말을 들은 홍혜숙 작가가 괜히 심술궂은 손짓으로 물컵을 집었다.

"그러니까! 사장님은 왜 이런 자리를 만들고 그래요?"

"거— 참. 작가님, 지금 고민이 많으시잖아. 그럴 때일수록 여기저기 만나보
고, 이런저런 사람 만나보는 거야. 오히려 그렇게 하면 생각이 정리될 때가 많
다니까? 그리고 지금 만나는 곳이 워낙에 조건이."

"그거잖아. 사장님 본심은 조건이잖아요? 어디서 약을 팔아."

"허허허. 아니지, 아니야. 전부 작가님 멘털 관리를 위해."

"됐어요. 말이나 못하면."

지겹다는 표정으로 콧방귀를 뀐 홍혜숙 작가가 물컵에 든 물을 단숨에 들
이켰다. 우진태 사장의 말도 틀린 것은 아니었다. 최근 홍혜숙 작가는 하루하
루 고민에 빠져 지내고 있었다. 그 고민은 보이스프로덕션과 관련이 있었고,

그 중심에는 강주혁이 있었다. 작가로 최고의 위치에 있는 그녀로서는 당연한 고민이었다. 어쨌든 정상에 오르면 새로운 도전이 두려운 법이니까.

마침내 문이 열리며 남자들이 모습을 드러냈다. 우진태 사장이 자리에서 벌떡 일어났고, 홍혜숙 작가도 마지못해 일어났다.

"아이고, 늦었습니다. 죄송합니다, 작가님."

"아뇨, 뭐."

홍혜숙 작가의 새침한 반응에 우진태 사장이 끼어들었다.

"허허, 작가님이 지금 좀 피곤하셔서. 반갑습니다. 문학창고 우진탭니다."

넉살 좋게 분위기를 끌어올린 우진태가 남자들에게 명함을 내밀었다. 남자는 두 명. 그들 역시 우진태에게 명함을 내밀었다.

— MV e&m 제작부

머리가 살짝 벗겨진 MV e&m의 팀장이 먼저 입을 열었다.

"아— 우리 제작 이사님이신 오희연 이사님은 오늘 녹화가 있으셔서 못 오셨습니다."

"예예, 얘기 들었습니다."

여전히 새침하게 서 있는 홍혜숙 작가에게도 MV e&m 팀장이 명함을 내밀었다. 그러자 홍혜숙 작가가 명함을 대충 받더니, 입을 열었다.

"그런데 MV e&m은 안숙희 작가랑 계속하지 않았나? 이번엔 못 잡았나 봐요?"

그러나 MV e&m 팀장은 고개를 갸웃했다.

"허허, 작가님. 무슨 말씀이신지 잘 모르겠습니다."

"모르는 척하시는 건 아니고요?"

"허허허, 글쎄요."

분위기가 영 이상하게 돌아가자, 우진태 사장이 말을 꺼냈다.

"자자, 서서들 얘기하지 마시고, 일단 앉으시."

그때, 닫혔던 문이 다시 열렸다.

"아— 이미 인사들 끝나셨나요? 화장실 좀 다녀오느라고 늦었어요."

아이 같은 웃음을 짓는, 맞춤 정장으로 멋을 낸 남자가 들어왔다. 남자는 모여 있는 사람들을 빙 둘러보다, 홍혜숙 작가와 눈이 마주쳤다.

"작가님, 안녕하세요? 처음 뵙죠?"

이어 남자가 명함을 내밀었고, 홍혜숙 작가가 약간 어색한 눈빛으로 남자를 쳐다보다 명함을 확인했다.

— GM엔터테인먼트 CEO 이강수

그사이 WTVM 예능국 대회의실에는 어느새 멘토팀 구성이 끝나 있었다. 강주혁과 서아리, 장황수와 민효정 그리고 오희연은 결국 박종우와 팀을 맺었다. 박한철 PD가 신난 듯 입을 열었다.

"자, 이제 멘토팀이 전부 짜였으니 이번 과제, 즉 미션을 말씀드리겠습니다."

이어 회의실 안 모든 시선이 박한철 PD에게 맞춰졌고.

"멘토와 함께하는 첫 번째 과제는, 자유 과제입니다."

장황수가 미간을 살짝 찌푸렸다.

"자유?"

"예. 영상이라면 어떠한 결과물도 괜찮습니다. 단, 영상에 연기, 노래, 안무가 모두 포함되어야 하고, 곧 뽑으실 참가자 전원이 출연해야 합니다. 자세한 내용은 나누어드린 기획안에도 적혀 있으니, 참고 부탁드립니다."

말을 마친 박한철 PD가 다시 복불복 해적 룰렛을 내밀었다.

"자, 이제는 함께할 참가자 뽑는 순서를 정해볼까요?"

민효정이 되물었다.

"그것도 이걸로 정해요?"

"네. 말 그대로 뽑는 순서만 정하는 겁니다. 복불복이니 공평하죠. 이번에는 해적님을 뽑으시는 분이 각 멘토팀의 참가자 뽑을 순서를 정하는 방식입니다."

잠시 뒤, 칼을 꽂는 순서가 정해졌다. 강주혁 팀이 첫 번째, 장황수 팀이 두 번째, 오희연이 마지막. 서아리가 긴장한 눈빛으로 강주혁을 돌아봤다.

"제가 할까요? 아니면 오빠가."

"아리 씨가 하세요. 시청자들은 저보다야 아리 씨가 하길 원할 겁니다. 부담 없이 하세요."

"그, 그러다! 우리가 꼴등 되면!"

"괜찮아요. 꼴등 해도."

"후— 네. 제가 해볼게요."

다부진 대답을 한 서아리가 앞에 놓인 빨간색 칼을 집었고, 천천히 해적 룰렛으로 향했다.

"에이, 아리 씨. 너무 긴장한 거 아니야? 어차피 처음엔 별거 없을 텐데?"

오희연이 약간 비아냥거리며 끼어든 와중에도 서아리는 그 말을 무시하며 속으로 계속 기도했다.

'해적님, 튀어나와 주세요. 튀어나와라. 튀어나와라. 튀어나와라.'

그러거나 말거나 나머지 멘토팀은 책상에 널브러진 플라스틱 칼의 색깔을 정하고 있었다. 그 순간 서아리의 칼이 드럼통에 꽂혔고.

"어?!"

서아리의 짧은 외침과 함께 모두의 시선이 해적 룰렛에 꽂혔다. 마치, 말도 안 되는 상황을 보기라도 한 듯이.

─통!!

박혀 있던 해적님이 솟구쳐 올랐던 것이다.

"……"

"……"

회의실에 정적이 흘렀다.

"헐!"

그 정적을 깬 것은 양손으로 입을 막은, 두 눈이 커질 대로 커진 서아리였다.

"……진짜 튀어나왔어."

같은 날 어둠이 내려앉은 시각, 강주혁은 보이스프로덕션 광주사옥 앞에서 곧 도착할 황 실장을 기다리고 있었다. 기다리는 와중에 아까 끝난 〈만능 엔터테이너〉 녹화를 떠올렸다. 강주혁 팀이 한 명의 참가자를 고르면 다음 팀, 끝나면 다음 팀, 그리고 다시 강주혁 팀의 선택. 이렇게 네 차례 반복하는 형식이었다. 본 녹화는 다음 주 수요일이었다.

"월요일에 아리 씨 만나서 참가자 추리기로 했고, 수요일에 녹화, 목요일에 〈간 큰 여자들〉 오디션…… 빡빡하네."

짧게 읊조린 주혁이 이마를 짚었다. 방금 말한 스케줄 말고도 주혁이 손대야 하는 일이 태산이었다.

"후—"

긴 한숨을 내뱉은 주혁이 눈에 띄게 변화한 보이스프로덕션 주변을 둘러봤다. 가로등 불빛이 비치는 주변은 새 도로가 깔렸고, 뼈대를 올리던 건물 중 몇몇은 완공하여 임대 현수막이 걸려 있었다. 그야말로 보이스프로덕션과 KR마카롱을 필두로 변화가가 형성되고 있었다.

"여기도 곧이야."

그때 지하 주차장에서 검은색 승합차가 길가로 올라와, 주혁의 앞에 섰다. 이어 운전대를 잡은 황 실장이 주혁에게 외쳤다.

"사장님, 출발하시죠."

"네."

강주혁이 조수석에 올라타자, 황 실장이 물었다.

"어디부터 가면 되겠습니까?"

벨트를 매는 주혁의 대답은 간단했다.

"먼저, 큐애니스튜디오부터 가시죠."

40분 뒤, 그들이 도착한 큐애니스튜디오는 늦은 시각임에도 시끄러웠다.

"그럴 리가 없어요!"

"없긴 뭐가 없어! 그럼 내가 월세를 받고 안 받았다고 사기 친다는 거야?!"

"아니 그게 아니라!"

문이 활짝 열린 원룸 안에는 잔뜩 당황한 김진구에게 화가 난 원룸 주인이 소리치고 있었다.

"지금 벌써 석 달째라고, 방세 밀린 게! 연락해도 받지도 않고 말이야. 이 정도 했으면 나도 할 만큼 했다고!"

"저, 저기. 분명 박광태라고 월세는 그 사람이 내는 건데. 계속 내고 있다고 했습니다. 진짜로요!"

"아니! 그건 그쪽 사정이고. 나는 못 받았다니까! 이 사람이 누굴 도둑놈으로 보나."

원룸 주인의 대답을 들은 김진구가 얼굴을 감쌌다. 그는 분명 없는 돈을 싹싹 긁어모아, 영업을 맡긴 박광태에게 매달 월세를 보냈다. 큐애니스튜디오의 비품 및 돈 관리는 예전부터 박광태가 해왔기 때문. 그런데 원룸 주인은 지금 석 달째 월세를 받지 못했다고 했다.

"월세는 계속 보냈는데, 그럼 뭐야, 그 자식이 중간에서 먹은 건가?"

"뭐? 아! 몰라! 당장 방 빼요! 알았어?"

"아, 사장님! 일주일만! 일주일만 시간을 주시면 안 되겠습니까?! 제가 금방."

"뭔 일주일이야! 염병. 방 내줄 때도 어린 친구들이 사정사정해서 월세도 좀 깎아줬구먼. 제때 월세도 안 주고 뭘 더 어쩌라고? 몰라. 방 빼! 알았어?"

원룸 주인의 극단적인 결론에 김진구가 매달렸다.

"그! 제발. 일주일만 시간을."

"나도 다음 사람 계약 잡아놨다고 몇 번을 말해! 당장 줄 거 아니면 몰라, 나도. 빼! 내일 바로 사람 부를."

그때였다.

— 똑, 똑, 똑

열린 철문을 누군가 두드렸다. 이어 남자 목소리가 들려왔다.

"이 상황은 제가 해결해드릴 수 있겠네요."

36. 애니

느닷없이 끼어든 남자 목소리에 김진구와 원룸 주인의 고개가 돌아갔다. 이어 남자의 얼굴을 알아본 김진구가 말을 더듬었다.

"……어. 어? 어어?!"

원룸 주인 역시 남자를 멍하게 쳐다보다가, 김진구에게 고개를 돌렸다.

"마, 맞지? 내가 잘못 본 거 아니지?! 이 사람 그 강주혁이!"

다급하게 정답을 갈구하는 원룸 주인. 하지만 김진구는 이미 혼이 빠진 얼굴로 강주혁을 빤히 쳐다볼 뿐이었다. 반면 강주혁은 담담하게 원룸 주인에게 다가섰다.

"이곳, 월세가 얼마나 밀렸습니까?"

"……허허, 김 사장한테 자랑해야. 아니, 아니지. 어험! 서, 석 달 밀렸소!"

"석 달. 알겠습니다."

고개를 끄덕인 주혁이 뒤쪽에 말없이 서 있던 황 실장을 돌아봤다. 그러자 황 실장이 어렵게 정신줄을 잡은 원룸 주인에게 명함을 내밀었다.

"이쪽 번호로 연락주시면 처리해드리겠습니다."

"예? 그런데 이 친구와 무슨!"

얼결에 명함을 받아든 원룸 주인이 김진구를 가리키며 궁금증을 쏟아냈다. 하지만 주혁은 다른 말을 했다.

"밀린 월세 확실하게 처리해드릴 테니, 자리 좀 비켜주시겠습니까?"

담담하지만 힘이 느껴지는 대답에 원룸 주인이 작게 헛기침을 하며 현관 쪽으로 걸어갔다. 그러다 뭔가 생각났는지, '아!' 따위의 소리를 내며 다시 입을 열었고.

"그…… 미안한데, 사진 한 장만."

주혁이 여유롭게 웃었다.

"네. 한 장 찍으시죠."

사진을 찍고 원룸 주인이 나가자, 원룸 안에는 강주혁과 황 실장 그리고 김진구만 남았다. 김진구는 여전히 멍청하게 서 있었고, 강주혁과 황 실장은 자리에 앉아 있었다. 다리를 꼰 주혁이 미소 지으며 원룸을 둘러보았다.

"혼자 계시네요?"

"……"

하지만 김진구는 여전히 혼이 빠져 있었다.

"김진구 씨?"

"예?! 아, 네! 어? 아뇨. 뭐지."

보고도 현실을 믿지 못하는 듯, 파란색 패딩을 펄럭이던 김진구가 얼굴에 마른세수를 퍼부은 후, 냉장고를 열어 냉수를 들이켰고.

"후—"

짧은 심호흡을 뱉은 뒤, 다시 강주혁 쪽으로 몸을 휙 돌렸다. 하지만 여전히 강주혁이 자신을 쳐다보고 있음을 인지한 김진구가 혼잣말을 뱉었다.

"진짜네……."

"네. 진짭니다."

다리를 꼰 채 담담하게 대답하는 강주혁을 보던 김진구가 어렵사리 현실을 받아들였다.

"그런데 강주혁 님이 여길 왜."

"얘기하자면 좀 긴데. 일전에 지갑 찾아준 남자 기억하십니까?"

"지갑……이오? 아— 그 마스크 쓴."

"예. 그게 접니다."

"예?!!!"

김진구가 다시 한 번 소리쳤다.

"진짜요?"

"예. 제가 맞습니다. 그리고 그때 우연히 책상 위에 올려진 애니메이션 시나리오를 읽었습니다."

"시나리오를요?"

"예. 제목이 〈폭풍전야〉라고."

"아!"

그때야 뭔가 떠올랐는지, 김진구가 다급하게 뒤쪽 책상을 뒤지다가 종이뭉치를 집었다.

"이거요? 이거?"

"예. 그거요."

"허—"

"그래서 말인데. 자세한 얘기는 그 작품을 쓰신 작가님과 함께하고 싶은데."

주혁의 말을 들은 김진구가 순간, 인터넷에서 봤던 기사 몇 개를 떠올렸다.

'강주혁…… 보이스프로덕션. 맞아! 제작사잖아, 거기?'

기억을 떠올린 김진구가 어렵게 물었다.

"그…… 호, 혹시. 아, 이건 진짜 혹시나 묻는 건데요. 진짜 혹시 지금 제작 의뢰를 하시려고."

반면 강주혁의 대답은 빨랐다.

"비슷합니다."

대답을 들은 김진구가 입을 벌렸다. 그 모습을 보던 주혁이 살짝 웃으며 입을 열었다.

"그래서, 작가님은?"

주혁의 목소리에 번뜩 정신을 차린 김진구가 다시 이마를 치며 현실로 돌아왔다.

"맞아! 진아! 어어— 안 되는데, 이러면!"

"뭐가요?"

"진아요! 고진아! 그 애니메이션 시나리오를 쓴 작가요!"

갑자기 목소리가 커진 김진구를 보며 주혁이 고개를 갸웃했다.

"예. 그분이 무슨 문제라도?"

"진아가 지금 그 박광태 개새끼랑. 아, 죄송합니다. 하여튼 박광태라는 인간이랑 그놈이 아는 제작사 사람이랑 무슨 미팅하러 갔어요!"

"……그 미팅 자리는, 계약이 오가는 자립니까?"

"모, 모르겠어요. 그런데 진아가 계약 어쩌고 말하긴 했는데. 어쨌든 진아 미래가 걸렸으니까, 다녀오라고 하긴 했는데."

말을 들은 주혁이 바로 자리에서 일어나며 답했다.

"만난다는 장소, 어딥니까?"

같은 시각, 홍혜숙 작가의 작업실.

MV e&m과 GM엔터테인먼트 미팅을 마치고 돌아온 홍혜숙 작가가 길게 숨을 뱉으며 받아온 기획서를 탁자에 대충 던졌다. 이어 소파에 널브러진 채 미팅에서 이강수와 나눴던 대화를 떠올렸다.

"작가님. 기획서를 보면 아시겠지만 MV e&m과 저희 GM이 공동투자로 들어갈 예정이라, 총제작비가 어마어마해요."

"그러…네요."

"거기에 작업은 외주로 돌릴 거라, 방송국 터치도 적을 거고, 배우야 뭐 제작비가 이 정돈데 골라잡으시면 되겠죠?"

그때 이강수의 말을 듣던 MV e&m 제작팀장이 껄껄 웃었고.

"허허— 사장님. 다른 사람도 아니고 홍혜숙 작가님 차기작인데. 배우들이 줄을 설 겁니다. 빼곡하게."

이강수가 장난기 섞인 웃음으로 답했다.

"아하~ 그렇겠죠? 맞아요. 우리 작가님, 대단하시니까."

"아뇨. 뭐 그 정도는."

짧게 대답한 홍혜숙 작가가 기획안을 다시 살폈다. 실로 어마무시했다. 예상 총제작비만 백억이 넘게 책정되어 있고 촬영감독, 조명감독 등 제작팀 역시 네임드로 구성된.

'그야말로 어벤저스네.'

이 기획대로 가면 부담 없이, 어떤 장면을 쓰든 거리낌 없이 연출할 수 있고, 해외로케 정도야 펑펑 쓸 수준. 아니, 해외에서 촬영을 시작해 해외에서 끝내도 될 정도였다. 평소의 홍혜숙 작가라면 이 정도 기획이면 제안받은 자리에서 곧장 확답을 했을 텐데, 어째선지 그녀는 고민이 한층 깊어진 표정이었다. 그 모습을 가만히 지켜보던 이강수가 아이 같은 웃음을 뱉으며 물잔을 들었다.

"듣자 하니, 작가님 최근 보이스프로덕션 쪽과 접촉이 잦다고요?"

"……."

"보이스프로덕션이라, 좋죠. 강주혁 사장 능력 끝내주죠. 그런데 아십니까?"

"뭘요?"

"그만큼 이 바닥에 강주혁 사장을 안 좋게 보는 시선도 많아요. 시샘이든 뭐든 간에. 성장 속도가 뭐, 엄청나잖아요? 하하하."

크게 웃던 이강수가 들었던 물잔을 내려놓더니, 웃음기를 싹 지우고 무표정으로 얼굴을 살짝 꺾은 채 말을 이었다.

"그런데 그쪽이랑 가면, 글쎄요. 여러 가지 문제가 발생하지 않겠어요? 뭐, 굳이 예를 들자면 누가 방해를 한다거나?"

그 말에 홍혜숙 작가가 미간을 살짝 찌푸리자, 이강수가 숨겼던 웃음을 다시 꺼내 들며 손을 내저었다.

"아니아니~ 예를 들자면 그렇다는 거죠, 하하. 그래도 만약에 진짜 그렇게 방해를 받으면 귀찮지 않을까 싶어서."

여기까지 떠올리던 홍혜숙 작가가 소파에 누워 있는 현실로 돌아와 중얼거렸다.

"그 남자가 한 말, 장난으로 들리진 않았단 말야……."

그녀는 미팅 마지막쯤, 자신의 질문에 대한 이강수의 대답을 떠올렸다.

"저 이강수 사장님."

"예. 작가님."

"혹시, 제 작품을 보신 적 있나요?"

"아— 제가 일본에서 온 지 얼마 안 돼서. 작가님 작품 파악을 아직 못했네요. 대신."

"대신?"

"이번에 과거 작품들을 싹— 밀어버릴 차기작을 쓰실 거라 믿습니다."

이어 홍혜숙 작가가 자리에서 일어나, 탁자 위 기획서에 시선을 돌렸다. 고민의 소용돌이가 몰아치는 표정이었다. 그렇게 약 10초.

"후—"

짧은 한숨을 뱉은 홍혜숙 작가가 어디론가 전화를 걸었다.

"네, 선생님."

"정 작가, 아니 소연아. 얘기 좀 하자."

한 시간 뒤, 기흥구청 주변 노래방 술집.

노래와 음주를 동시에 즐길 수 있는 노래방 술집 5번 방에 큐애니스튜디오의 박광태와 그의 선배 그리고 스토리작가 고진아가 앉아 있었다.

"자, 선배님. 한잔!"

"음."

도착한 지 꽤 된 모양인지, 탁자에는 여러 가지 안주가 놓여 있었고, 소주병도 이미 두 병가량 비어 있었다. 그런 상황에 고진아는 불편한 기색을 숨기지 않으며 술잔을 기울이는 박광태에게 물었다.

"오빠, 근데 미팅을 굳이 왜 이런 곳에서."

선배에게 술을 따르던 박광태가 자세는 유지한 채, 고개만 돌려 고진아에게 답했다.

"뭐, 괜찮잖아. 각 잡힌 곳보다는 자유롭고. 그렇죠, 선배님?"

"그렇지."

"그리고 진아 너는 인마, 술 한잔 입에도 안 댔으면서 뭐가 불만이냐?"

실제로 고진아는 노래방 술집에 들어온 뒤로 술을 한잔도 먹지 않고 있었다. 그런 그녀를 보며 몸집이 풍풍한 박광태의 선배가 물었다.

"작가님은 술이 약하신가 봐?"

"아…… 아뇨. 그냥 술을 잘 안 먹어서요."

"그래?"

뭔가 미묘한 눈빛을 보내던 선배가 박광태에게 받은 술을 단숨에 들이켜곤 술잔을 탁자에 올렸다. 이후 박광태의 노래, 선배의 노래가, 아니 따지고 보면 고성에 가까운 소리 지름이 이어졌고.

"자자, 진아야. 우리 선배님 술 한잔 따라드려라."

"그래. 우리 작가님이 따라주는 술 한잔 받아보자!"

"네?"

"왜? 싫어? 인마. 너는 와서 앉아만 있어놓고, 술 한잔 따라드리기도 싫냐?"

"아…….."

괜한 트집을 잡는 박광태를 보며 고진아가 말끝을 흐리자, 옆에 있던 선배가 고진아에게 바싹 다가가며 술잔을 내밀었다.

"한잔 정도는 괜찮잖아요? 응?"

그러나 고진아는 미간을 찌푸렸다. 그런 그녀를 보며 선배가 웃었고.

"우리 작가님은 생긴 것도 예쁘셔서, 작가로 성공하면 인기 많겠어요."

어깨동무라도 할 듯이 고진아에게 팔을 들어 올렸다. 그러자 고진아가 울상을 지었다.

"지금 뭐 하는."

바로 그때.

— 쾅!

닫혔던 5번 방의 문이 괴팍하게 열렸고.

"진아야!!"

숨을 헐떡이는 김진구가 들이닥쳤다.

"오빠!"

이어 김진구가 내부를 휘 둘러보더니, 옆에 서 있던 박광태에게 외쳤다.

"야 이 미친 새끼야! 돌았냐? 여기가 미팅 장소냐?!"

"뭐어? 미친 새끼이? 미친놈이 선배한테 말하는 꼬라지 봐라?"

"선배? 지랄하고 자빠졌네! 엿이나 처먹어라."

김진구의 언성이 높아지자, 박광태가 들고 있던 마이크를 집어던졌고, 그 길로 김진구의 멱살을 움켜잡았다.

"시발새끼야. 진아 저거 네 밑에 있으면 평생 글만 쓰다 단명해. 네가 쟤 인생 책임질 거냐? 능력도 없는 새끼가."

"그래서, 너는 능력 있어서 월세도 빼돌렸냐? 거지새끼야."

거지라는 말에 박광태가 비웃었다.

"그래. 빼돌렸다. 그 돈으로 우리 선배님 술 사드리고, 밥 사드리고 했다, 시발. 너보다야 저 선배가 훨씬 진아한테 도움이 되니까!"

김진구가 상황을 구경하는 배 나온 선배를 쳐다봤다.

"저 돼지가 뭐 하는 새낀데?"

"시발 말 가려서 안 할래? 너는 뭐 있냐? 좆도 없는 새끼가. 말만 뱉으면 다 인 줄 아냐? 저 선배가 영화 〈탈주〉 제작한 영화팩토리 제작팀이거든?"

그러자 앉아 있던 선배가 기세등등하게 헛기침을 뱉었고.

"어흠!"

김진구가 되물었다.

"영화팩토리?"

"그래. 영화팩토리, 등신아."

그 순간.

"어디?"

낯선 남자의 목소리가 끼어들었다. 문 쪽에 마스크를 쓴 남자가 서 있었다. 양손을 주머니에 넣은 남자가 다시 물었다.

"영화팩토리? 그게 어디지?"

그 모습에 김진구의 멱살을 잡고 있던 박광태가 얼굴을 구겼다.

"뭐야, 저건 또. 누군데 당신."

그러거나 말거나 남자는 앉아 있는 선배에게 직진했고, 배 나온 선배를 내려다보며 다시 말했다.

"나는 그런 영화사 처음 듣는데."

그러더니 쓰고 있던 마스크를 벗었다.

"뭐, 뭣!!!"

소스라치게 놀라는 선배의 반응에 박광태가 고개를 갸웃했다. 박광태가 서 있는 곳에선 남자의 뒤통수만 보였기 때문.

"왜. 누군데 그래."

이어 김진구의 멱살을 놓고는 남자의 정면으로 향했고.

"우왓!!!"

곧 남자의 얼굴을 확인한 박광태가 뒷걸음질쳤다. 그런 박광태에게 강주혁이 입을 열었다.

"영화팩토리가 유명하면 내가 모를 리 없는데."

그러더니 주혁의 시선은 입 벌린 고진아에게 향했다.

"고진아 작가님?"

"……네? 아— 네네. 제가 고진아."

"잠시 저쪽으로."

말을 마친 강주혁이 검지로 김진구와 황 실장이 서 있는 방향을 찍었다. 그러자 고진아가 어물어물 김진구에게 움직였다. 이어 주혁이 다시금 배 나온 선배를 내려봤다.

"그래서, 그 영화팩토리라는 곳에서 당신은 무슨 업무를 보시는지?"

"예?"

"같은 말 반복하게 하지 마시고."

"아! 저, 저는 제작팀."

"스태프죠?"

"마, 맞습니다!"

얼마나 강하게 끄덕이는지, 배 나온 선배의 턱살이 흔들렸다.

"스태프라. 제작팀 스태프가 작가 한 명을 영화사에 꽂을 수가 있나? 제작실장이면 몰라도. 그 영화사는 그게 가능한가요? 궁금하네."

"아, 아니. 그게 아니라."

"영화팩토리라 그랬죠? 어쩔까요? 제가 한번 찾아볼까요?"

배 나온 선배는 눈에 띄게 당황했다. 영화사에 근무하는 그가 강주혁을 모를 리 없었고, 보이스프로덕션도 너무나 잘 알고 있었다. 그곳과 척을 졌다간, 심지어 고작 제작 스태프인 자신이 강주혁을 건드렸다는 얘기가 회사로 들어가면 미래는 안 봐도 뻔했다.

"아! 아닙니다! 잘못했습니다. 그, 그럼 이만!"

다급하게 말을 마친 선배가 자기 물건을 대충 챙기더니 문 쪽으로 냅다 뛰었다. 주혁이 그 뒤통수에 대고 말을 이었다.

"만약, 또 고진아 작가님과 관여가 된다면 저를 또 보게 될 겁니다."

"……예. 예!"

그렇게 대답을 마친 배 나온 선배가 방문을 닫고는 사라졌다. 이어 주혁의 시선은 다시 박광태로 향했다.

"……"

장시간 가만히 박광태를 보던 주혁은 이내, 뒤쪽 김진구를 쳐다보며 고개를 끄덕였다. 마치 짜인 대사를 허락하는 듯이. 그러자 김진구도 고개를 끄덕이며 걸어오더니, 박광태를 보며 외쳤다.

　"야, 꺼져. 너 해고야."

　"……뭐, 뭐?"

　"꺼지라고!"

　졸지에 실업자 신세가 된 박광태가 당황스런 눈으로 김진구와 강주혁을 번갈아 쳐다보다, 급하게 겉옷을 챙겨 방을 뛰쳐나갔다. 두 명이 빠져나가고 얼추 노래방 내부가 정리된 뒤, 남은 인원이 자리에 앉았다.

　"좌닌한! 여자라!! —♪"

　옆 방에서 울리는 강력한 노랫소리가 스며들었다. 김진구가 난감해하며 강주혁에게 물었다.

　"그…… 시끄러우면 자리를 옮길까요?"

　"아뇨. 뭐, 말소리가 안 들리는 것도 아니고. 움직이기엔 시간이 늦었네요."

　"아, 네."

　그때 대화를 가만히 듣고 있던 고진아가 김진구의 옆구리를 툭 치며 목소리를 죽였다.

　"오빠. 뭐야, 이 상황? 혹시 나 꿈꾸는 거면 지금 말해줘."

　"쉿, 꿈 아니야."

　"헐—"

　짧은 탄성을 지른 고진아가 황 실장을 봤다가 강주혁과 눈이 마주쳤다. 그러자 부끄러운 듯 고개를 푹 숙였다. 그 모습에 살짝 미소 지은 주혁이 입을 열었다.

　"시간도 없으니, 단도직입적으로 말씀드리죠. 고진아 작가님."

"예?! 아, 네네네."

"혹시 제작사 강필름에 파신 영화 〈폭풍〉 시나리오 기억하시는지."

"아…… 네. 기억해요. 제가 처음 쓴 시나리오라서."

"그렇군요."

고개를 끄덕인 주혁이 다리를 꼬며 답했다.

"그 시나리오가 지금 저한테 있습니다. 아니, 정확하게 말씀드리면, 강필름이 저한테 있습니다."

"네?!"

"시나리오와 강필름, 두 개 다 제가 샀다고 보면 됩니다. 그리고."

말을 마친 주혁이 김진구 쪽으로 시선을 돌렸다.

"영화 〈폭풍〉의 시작점인 애니메이션 〈폭풍전야〉, 그것도 사고 싶어요."

예상은 했지만, 직접 강주혁을 통해 들어서인지 앉아 있던 김진구가 자리에서 벌떡 일어났다.

"지, 진짭니까?! 진짜?"

"네, 진짜. 지금부터 잘 들으세요."

말을 마친 주혁이 꼬았던 다리를 바꾸면서 김진구와 눈을 마주쳤다.

"김진구 씨는 지금 이 순간부터 애니메이션 〈폭풍전야〉의 기획을 시작하세요. 들어가는 예상 제작비부터 기술자, 장소, 일정, 제작과정 등등. 〈폭풍전야〉가 영화관에 걸리기까지의 모든 기획을 하나 빠짐없이 만드셔서, 저한테 브리핑을 해주세요. 아시겠죠?"

"……아, 예."

김진구가 뭐에 홀린 듯 답했다. 이어 주혁의 시선은 고진아에게 향했다.

"그날 작가님도 같이 오세요. 그리고 오실 때 영화 〈폭풍〉 시나리오와 애니메이션 〈폭풍전야〉 시나리오의 차이점, 어느 부분에 변화를 줬는지, 캐릭터를 뺐는지, 추가했는지 등 각색하는 과정을 전부 작성해서 가져오시면 좋겠습니다."

"어— 네네."

"그리고 정식 계약을 해야겠지만, 어쨌든 지금 이 자리에서 나온 대화는 두 분만 알고 계세요. 혹시나 이 얘기가 밖으로 새면 제가 두 분을 돕기가 좀 곤란해집니다."

"아, 알겠습니다. 걱정 마십쇼!"

"그래요. 그럼 두 분 기획 완성되면 연락 주세요. 자세한 얘기는 그날 하죠."

김진구의 대답을 들은 주혁이 웃으며 명함을 내밀었고, 이후 자리에서 일어나던 때였다. 대뜸 고진아가 손을 번쩍 들었다.

"저! 저기!"

"네. 작가님."

"진구 오빠 기획은 이해가 되는데, 제가 하는 각색 과정은 왜 알려고 하시는지……."

질문을 들은 주혁이 미소 지으며 간단히 답했다.

"두 작품 다 제작하려면 확인해두어야 하기 때문입니다."

5분 뒤.

강주혁과 황 실장이 사라진 방 안. 그러나 김진구와 고진아는 바로 전까지 강주혁이 서 있던 곳을 멍하니 올려다보고 있었다. 마치 잔상을 감상하듯이. 그리고 정확히 10초 뒤.

"우와아아아아아악!!!!"

"꺄아아아아악!!!"

김진구와 고진아가 비명을 지르며 얼싸안고 춤을 추기 시작했다.

그리고 그날 밤.

"신랑 입장!!"

예능 〈당해낼 수 없다〉는 김재형과 강하영이 시민의 소원을 들어주는 모습을 담아내면서 5%였던 시청률을 5.8%까지 끌어올렸다.

"오늘의 주인공이죠? 신부 입장!!"

금요일에 전파를 탄 시민 소원 편은 김재형과 강하영의 결혼식 참석이었다. 결혼식 일정을 맞추는 것이 어렵긴 했지만, 이민주 PD가 이를 해내면서 〈당해낼 수 없다〉는 시청률과 감동 그리고 재미까지 잡았다는 찬사를 받을 수 있었다.

다음 날 아침, 18일 토요일.

이른 아침부터 보이스프로덕션 사장실에 사람이 북적였다. 먼저 눈에 띈 것은 최근 가장 활발하게 움직이는 헤나였다. 오늘은 일정이 없었는지, 꽤 편한 후드집업 차림이었다. 그녀 주변으로는 최근 뮤직톡스튜디오 사장에서 이적한 김수열 팀장과 헤나의 최측근 스태프들이 모여 있었다. 즉 보이스프로덕션 중 가수를 맡는 인원이 모인 셈이었다. 아침부터 이들에게 보고를 들은 주혁이 팔짱을 끼며 되물었다.

"헤나 씨 콘서트를 미뤄야 된다?"

대답은 김수열 팀장 쪽에서 나왔다.

"예."

"왜요? 콘서트는 계속 준비 중 아니었습니까?"

"준비하고 있었습니다. 거기다 헤나 급 가수 콘서트는 장소 협조라든지, 협찬이나 들어가는 자금이 커서 특히나 신경쓰고 있었습니다."

"그런데 왜 갑자기?"

물음을 들은 김수열 팀장이 옆에 앉은 혜나를 슬며시 쳐다봤다. 그러자 혜나가 대답을 대신했다.

"김수열 팀장님이 파악하기에는 지금 콘서트하는 게 좀 시기상조래요!"

"시기상조?"

"네! 저도 설명 들어보니까 급했던 것 같기도 하고, 김수열 팀장님은 작곡가기도 하시니까, 가수들도 많이 알고 엄청 해박하시더라고요!"

텐션이 높은 혜나의 대답을 들은 주혁의 고개가 김수열 팀장에게로 돌아갔고, 김수열 팀장이 준비된 설명을 시작했다.

"혜나가 지금 싱글로 대박이 나긴 했지만, 그것보단 〈28주, 궁궐〉로 더욱 대박을 쳤습니다. 그런데 콘서트에 사람들은 혜나의 연기가 아니라 노래를 듣기 위해 옵니다."

"그렇죠?"

"그렇다면 이 상태로 혜나가 콘서트를 열면 현재 싱글앨범인 '차가운 이별'과 예전 히트곡들로 채워야 한다는 건데, 그렇게 되면 우리한테 이미지로나 뭐로나 이득 되는 게 많이 없습니다. 전 회사면 몰라도."

"즉 보이스프로덕션의 이름이 걸린 정규앨범 수록곡으로 콘서트를 채워야 된다?"

"맞습니다."

틀린 말이 아니었다. 수입은 논외로 한다 해도, 콘서트에서 혜나가 부르는 노래가 죄다 전 회사에 있던 곡이라면 보이스프로덕션의 이름을 알리기가 어려워지는 건 사실이었다. 대중에게든 가수들한테든. 고개를 끄덕이던 주혁이 혜나에게 물었다.

"혜나 씨는 어때요?"

"사장님만 허락해주시면 정규부터 갈게요."

"좋아요. 그렇게 해요."

"와— 이렇게 아싸리 결정이 난다고?"

"왜요?"

"아, 아뇨! 원래 전 회사나 다른 곳은 이런 결정을 내릴 때 몇 날 며칠이 걸리거든요."

그때 김수열 팀장이 조심스레 끼어들었다.

"저…… 사장님."

"네."

"그리고, 마니또 애들은 사장님 말씀대로 〈만능엔터테이너〉가 끝나기 전까지 이 상황을 계속."

"네, 숨기세요. 마니또를 제외하고도 마니또를 탐냈던 소속사나 모든 곳에 전부. 이건 변동이 있어서는 안 됩니다."

"어, 어째서 그렇게까지."

어렵사리 되묻는 김수열 팀장에게 주혁이 웃으며 답했다.

"글쎄요. 음— 핵폭탄을 떨어뜨릴 생각이다, 라고 말씀드릴 수밖에 없겠습니다."

"예?"

그 상황에 강주혁이 갑작스레 무언가 떠올랐는지, 턱을 쓸었다.

"그래요. 어차피 헤나 씨 콘서트 일정이 늘어진 거, 거기가 좋겠어요."

"뭐가요?"

헤나의 물음에 턱을 쓸던 주혁이 말을 맺었다.

"핵폭탄을 떨어뜨릴 장소."

한 시간 뒤. 길었던 회의를 마친 일행이 엘리베이터 앞에 섰다. 곧 점심시간이기도 했고, 헤나가 점심을 같이하자는 제안을 해서 음식점으로 이동하는 중이었다. 대뜸 헤나가 번쩍 손을 들었다.

"사장님! 뭐 드실래요?"

"글쎄요. 사람도 많으니, 넓은 곳이 좋겠네요."

"그럼 좀 나가서 먹을까요? 저 주변에 갈비찜 맛있는 곳 아는데!"

"그럴까요?"

이어 전체 의견을 물은 헤나가 크게 외쳤고.

"그럼 갈비찜으로 낙찰!!"

약속이라도 한 듯이 헤나의 말이 끝나자 엘리베이터가 도착했다. 헤나와 김수열 팀장 그리고 사람들이 엘리베이터에 탈 무렵.

― 우우우우웅 우우우우웅

강주혁의 핸드폰이 진동음을 뱉어냈다. 핸드폰을 꺼내 액정을 확인한 강주혁의 표정에 살짝 변화가 생겼다.

"먼저 내려가세요."

"아! 네네!"

헤나의 대답을 끝으로 엘리베이터 문이 닫혔고, 복도에는 강주혁 혼자 남았다. 이어 주혁이 전화를 받았다. 곧 여자 목소리가 들려왔다. 전화는 보이스 피싱이었다.

"들으실 항목의 키워드를 '선택'해주세요!

1번 '회장님 너무 감사해요', 2번 '너무 멋진 분', 3번 '화이트 빅 마우스', 4번 '누나 넷 3대 독자', 5번 '새벽 1시 30분', 6번……"

"흠. 저번에 1번을 눌렀지?"

키워드를 확인한 주혁이 짧게 읊조렸고, 생각이 있는지 2번 '너무 멋진 분'을 눌렀다. 이어 곧 미래 정보가 들리기 시작했다. 그리고.

"……이거."

미래 정보를 들은 주혁이 다급하게 사무실 문을 다시 열었다. 들어가 있던 의자를 빼내고, 자리에 앉은 강주혁이 노트북의 짧은 부팅시간에 방금 들었던 보이스피싱 정보를 떠올렸다.

"탁월한 선택! 강주혁 님이 선택한 키워드는 '너무 멋진 분'입니다!

너튜버 서명이 업로드한 자작곡 '너무 멋진 분'의 영상에서 너튜버 서명이 남자와 추는 춤이 유명 BJ에서부터 연예인들까지 너튜브에 패러디를 해 올리면서 유행처럼 번지게 됩니다. 이 같은 반응은 곧 일반 대중까지 따라 하면서 SNS 등으로 퍼지게 되고, '너무 멋진 분'과 함께 춤을 챌린지로 번집니다. 이 파격적인 반응으로 노래 '너무 멋진 분'이 대히트를 치지만, 너튜버 서명의 사정으로 정식 음원은 나오지 않게 됩니다."

보이스피싱을 떠올리던 주혁이 속주머니에서 수첩을 꺼내, 미래 정보를 메모했고.

"너튜버라……."

팔짱을 끼며 짧게 읊조렸다. 최근 모든 사람이 거의 본다고 해도 과언이 아닌 너튜브. 그 파급력은 이제 TV와 맞먹는다고 해도 될 정도였다. 실제로 지상파부터 종편 방송국도 적게는 두 개, 많게는 다섯 개까지 채널을 가지고 있을 정도니, 더 말할 필요도 없었다.

"흠."

이윽고 주혁이 검지로 수첩을 톡톡 치며 생각에 잠겼다.

"이 정보로 내가 얻을 수 있는 게 뭘까."

당장 눈에 띄는 것은 '너무 멋진 분과 함께 춤을' 챌린지가 큰 유행으로 번진다는 것, 그럼에도 '너무 멋진 분'이라는 노래는 정식 음원으로 발매되지 않는다는 것. 현재로서는 이 두 가지 정도만 보였다. 무언가 이 미래 정보에 주혁이 개입해서 일을 크게 벌이기 위해서는.

"이 서댕이라는 너튜버를 먼저 찾아야겠지."

말을 마친 주혁이 팔짱을 풀고는, 노트북에 깔린 너튜브 아이콘을 클릭했다. 너튜브에는 오늘도 역시 수많은 영상이 넘쳐났다. 어지러운 영상에 고개를 저으며 주혁이 서댕을 검색했다. 검색결과는 빨랐다.

— 구독자 11.2만 명, 동영상 223개

— 서댕의 너튜브 채널입니다!! 자작곡, 노래 COVER, 자작 안무, 안무 COVER!! 업로드는 많이 늦습니다ㅜㅜㅜㅜㅜ

너튜버의 이름과 기본정보가 출력됐다. 메인 사진에는 고양이 가면을 쓴 서댕이 걸려 있었다. 주혁은 말없이 너튜버 서댕을 클릭했고, 이어 서댕이 업로드한 영상들을 파악하기 시작했다. 영상의 종류는 대충 세 가지였다. 자작곡, 노래 커버, 춤. 노래를 영상으로 올릴 때는 검은색 화면에 노래 가사만 나왔고, 서댕의 모습은 안무 영상에서 확인할 수 있었다. 잠시간 영상을 감상하던 주혁의 첫 마디는 짧았다.

"가순가?"

노래를 부르는 안정감이나 안무를 펼치는 몸놀림이 예사롭지 않았다. 전문적으로 배운 적이 있거나 활동하지 않으면 나오기 힘든 퀄리티였다.

"흠……."

어느새 턱까지 괴며 영상들을 확인하던 주혁이 너튜버 서댕이 부른 자작곡 중 '너무 멋진 분'이 있는지 살폈다. 하지만.

"역시, 아직은 없는 건가?"

아직 관련된 영상은 없었다. 딱 여기까지 확인한 주혁이 턱을 쓸었다.

"그런데 왜 얼굴을 가리고 활동하지?"

그 이유는 여러 가지가 가능하겠지만, 가장 본질적인 이유는.

"밝힐 수가 없거나, 밝히고 싶지 않은 거겠지."

어찌 됐든 가장 급선무는 이 서댕이라는 너튜버와 접촉하는 것이었다. 주혁은 핸드폰을 꺼내 헤나 일행에게 점심 양해를 구하고, 서댕의 너튜브 소개글에서 이메일 주소를 확인해 적당한 내용을 적어 전송했다. 대충 '올리신 자작곡에 관심이 있음' 정도의 내용이었다. 그리고 곧바로 황 실장을 호출했다.

같은 날, 점심. WTVM 방송국.
〈만능엔터테이너〉 회의실에서 박한철 PD가 키스태프들에게 한창 지시를 내리고 있었다.
"장황수 팀 쪽에는 동주야! 네가 붙고, 오희연 팀 쪽엔 성희 네가 간다. 강주혁 팀에는 내가 가고."
테이블 위에 일정표와 스태프를 어떻게 운영할지 정리한 운영표를 보며 박한철 PD가 목소리를 높였다.
"일단 일일이 판단하지 말고, 전부 찍어와. 태성이 너는 지금 각 심사위원분들 싹 전화 돌려서 촬영 협조랑 일정 받고. 어지간하면 월요일로 전부 픽스해."
"예!"
"그리고 동주, 성희. 가서 녹화 딸 때 제작진은 그 어떤 조언이나 질문에도 절대 답해주면 안 된다?! 문제 있으면 바로 콜 때리고."
"넵!"
"네네."
"그래. 가서 각 멘토팀 대화하는 거 하나하나 빠짐없이 전부 따와. 멘토팀마다 원하는 참가자가 다를 거란 말이야. 다른 멘토팀이랑 겹치는지, 누가 가장 인기가 좋은지. 그런 거 우리가 전부 알고 있어야 한다고."
이어 하나하나 지시를 내리던 박한철 PD가 참가자 숙소를 책임지는 후배

PD에게 고개를 돌렸다.

"창민이 너만 월요일에 카메라 몇 개 가지고 숙소 가서, 참가자들 속마음이 나 다른 참가자를 어떻게 생각하는지 등등 좀 뽑아봐. 분량 좀 채우게."

"알겠슴다!"

"참가자들 전원 복귀했지?"

"옙!"

"오케이."

정신없는 와중에도 스태프의 일정이 하나하나 정리되던 때, 박한철 PD와 함께 강주혁 멘토팀에 따라나서기로 한 메인 작가가 슬며시 말을 걸었다.

"PD님, 근데요."

"뭐뭐! 빨리 말해!"

"아니, 서아리가 오희연 까내고 강주혁 선택할지 어떻게 아셨어요? 애초에 게임 진행 설정도 그렇고, 멘토팀 구성표도 그렇고. 처음부터 알고 계셨죠? 생각해보면 오희연이 서아리 선택할 것도 알고 있는 것처럼 보였어."

"아— 그거."

짧게 답한 박한철 PD가 악동 같은 미소를 짓더니 말을 이었다.

"너는 메인 작가라는 애가, 사전조사도 했잖아? 눈치 보면 알지. 오희연이 야 배우 시절부터 이 바닥에서 권력 욕심 많기로 유명한 건 알지?"

"알죠. 그래서 거장 감독들이랑 작업 많이 했잖아요."

"그래. 그러니까 지금 그 위치에 있겠지. 하여튼 그런 여자니까 파트너로 고를 사람이야 뻔하지. 민효정 아니면 서아린데, 서아리가 급이 더 높잖아. 그럼 백퍼 서아리 고르겠지."

"뭐, 그건 그래요."

작게 고개를 끄덕이는 메인 작가를 보던 박한철 PD가 의자에 앉으며 팔짱을 꼈다.

"너, 서아리가 강주혁 팬인 건 아냐?"

"진짜요? 에이."

"진짜야, 인마. 내가 서아리 섭외 전에 겁나 조사해봤는데, 6년 전인가. 서아리 일본에서 인터뷰할 때 가장 좋아하는 배우를 말하라니까 강주혁을 꼽았어. 둘이 아무런 접점도 없는데. 그리고."

말을 마친 박한철 PD가 메인 작가에게 불쑥 다가가더니 목소리를 죽였다.

"이건 민효정한테 얼핏 들은 건데. 서아리가 우리 거 한다고 해외 스케줄 하나 미루고 합류한 거라더라. 그래서 걔네 소속사가 지랄지랄 했다는데?"

"헐, 설마요?"

"아냐. 오죽하면 민효정이 나한테 '서아리 독한 년'이라고 했겠냐고. 마지막에 그랬다니까."

"오—"

메인 작가의 반응에 박한철 PD의 어깨가 으쓱해졌고.

"이런 정보들이 있다면야 그런 상황 만드는 건 쉽지."

"올— PD님~ 근데, 서아리가 설마 강주혁 팬클럽이고 그렇진 않겠죠? 그러면 좀 그림이 풍성해지긴 할 텐데."

"에이 설마. 그런 소린 없던데? 그래도 천하의 서아리가 팬클럽까지는 오버지."

고개를 젓던 박한철 PD가 자리에서 일어나며 결론을 던졌다.

"하여튼 말 나온 김에 그 뭐냐, 서아리 매니저한테 전화해서 월요일 확실하냐고 물어봐."

그때 서아리는 자기 집에서 방금 노트북을 켠 참이었다. 캐릭터 곰이 그려진 파자마에 긴 머리는 돌돌 말아 올렸고, 거기에 분홍색 밴드를 착용한 모습.

"흐응— ♪ 으흥— ♬"

그런 그녀는 뭐가 신났는지, 연신 콧노래를 흥얼거리며 인터넷 창을 열었다. 노트북 화면에 카페 하나가 켜졌다.

— 강주혁 팬카페 '강단 있게'에 어셥셔!

이어 익숙하게 카페에 로그인한 서아리가 중간쯤 있는 게시판을 클릭했고.

— 그분 영접 썰

여전히 콧노래를 흥얼거리며 글쓰기를 클릭, 빠르게 제목을 치기 시작했다.

— 작성자 : 서숙이

— 제목 : 강주혁 님 실물 영접 썰 푼……

바로 그때, 옆에 놓아둔 핸드폰이 울리는 바람에 서아리가 제목을 쓰다 말고, 전화를 받았다.

"응, 오빠. 어어. 〈만능엔터테이너〉 쪽에서? 월요일 확실해. 거기에 맞춰서 움직이면 될걸? 응. 강주혁 님과 얘기는 끝났어. 응응. 응— 알았어~"

기분 좋게 전화를 끊은 서아리가 멈췄던 제목을 이어 쓰면서 콧노래 섞인 혼잣말을 중얼거렸다.

"으흥— ♬ 아— 월요일에 뭐 입지?"

이후, 토요일 늦은 밤. 〈만능엔터테이너〉 본방이 전파를 탔다. 최종 TOP12에 포함된 참가자들의 변신과 변화하는 과정 그리고 그들의 휴식 등등이 섞인 방송은 시청률 16%를 유지하면서 그 위세를 이어갔고, 끝으로 나온 예고편에서 앞으로 진행할 방식을 살짝 공개해서인지, 시청자들의 기대감도 꽤 폭발적이었다.

그 시각, 강주혁은 DCS타워에 있었다. 어느새 DCS타워는 냄새를 빼는 과정과 간단한 뒷정리만 남은 상태. 사실상 공사는 끝난 것과 다름없었다. 주혁은 사무실로 사용할 2층부터 5층까지 확인을 끝내고는 말없이 하얀색 페인트가 칠해진 복도 벽면을 쳐다봤고.

"여길 가득 채워야 그림이 좀 살 텐데."

광주사옥 복도 벽면에 액자로 걸려 있는 작품들과 앞으로 걸릴 작품들을 떠올린 주혁이 피식하며 사장실로 쓸 사무실의 문을 열었다. 아직은 텅 빈 사장실. 그곳을 가로질러 주혁은 정면 커다란 창문 앞에 섰다. 시커먼 하늘을 배경으로 별처럼 반짝이는 서울 야경이 펼쳐졌다.

"……"

야경을 바라보던 주혁이 양손을 주머니에 찔러넣으며 짧게 읊조렸다.

"이제야 서울이네."

꽤 서늘한 바람이 창문을 통과해, 강주혁의 얼굴을 때렸다. 덕분에 주혁의 앞머리가 팔랑거렸고.

"서울 별거 없지. 그래봐야 고작 서울이니까."

서울로는 만족할 의향이 없는 그가 짜놓은 미래를 떠올리고는 희미한 미소를 지었다. 그러고는 대뜸 기지개를 켜다가 손목시계를 확인했다.

"10시……"

시간을 확인한 주혁이 짧게 읊조렸고.

"슬슬 당겨볼까?"

그가 핸드폰을 들었다.

그 시각, 홍혜숙 작가는 정 작가와 고급 횟집에서 술을 마시는 중이었다. 벌써 꽤 마신 모양인지, 두 여자 모두 양 볼이 벌겋게 달아올라 있었다. 그에 걸맞게 정 작가나 홍혜숙 작가가 나누는 대화도 격식이 무너진 상태였다.

"선생님. 그때 저한테 왜 그렇게 쌀쌀맞게 구셨는데요?"

"흥. 야! 너는 뭔 말만 하면 토를 달았잖아! 그래서 그랬다, 왜!"

"워낙에 선생님이 쓸데없는 소릴 자주 하셨으니까요!"

그때였다.

— 우우우웅, 우우우우웅

한창 홍혜숙 작가와 정 작가의 티키타카가 달아오를 무렵, 홍혜숙 작가의 전화가 울렸다.

"너— 잠깐 기다려."

그러다 액정을 확인한 홍혜숙 작가가 정 작가를 다시 쳐다보며 입을 열었다.

"강주혁 씨네?"

주혁이 횟집에 도착했을 때는 밤 11시가 다 된 시각이었다. 직원이 알려준 방의 문을 열자, 곧 얼굴이 벌게진 홍혜숙 작가의 얼굴이 보였다.

"주혁 씨! 왔어요?"

술의 힘 때문인지, 아니면 진짜 강주혁이 반가워서인지는 모르겠으나, 홍혜숙 작가의 텐션은 살짝 높아 보였다.

"예. 좀 늦었습니다."

"아니, 아니에요. 여기 앉아요."

고개를 끄덕인 주혁이 정장 재킷을 벗으려던 찰나.

"……정 작가님은 왜 엎어져 계시는지?"

식탁에 엎어져 색색 잠들어 있는 정 작가가 눈에 띄었다. 홍혜숙 작가가 콧방귀를 뀌었다.

"흥. 주혁 씨 온다고 막 화장도 고치고 하더니. 20분 전에 곯아떨어졌어요. 술이 약하면 약하다고 말을 하든지. 으휴, 정소연 진짜."

정 작가 옆에 앉은 주혁이 걱정스레 입을 열었다.

"괜…찮은 겁니까?"

"당연하죠. 얼마 먹지도 않았는데 뭘."

여전히 얼굴이 벌겋게 달아오른 홍혜숙 작가가 쓰러진 정 작가를 보더니 이내 고개를 절레절레 흔들었다. 그러더니 시선을 다시 강주혁에게 맞췄다.

"술?"

"아, 아닙니다. 차를 갖고 와서."

"대리를…… 아, 맞다. 주혁 씨 연예인이었지?"

"이젠 애매합니다만."

"애매하긴. 솔직히 주혁 씨가 어지간한 배우들보다야 한참 위잖아요? 회라도 드세요."

말을 마친 홍혜숙 작가가 슬쩍 미소 지으며 자신의 술잔을 채웠다. 그 모습을 가만히 보던 주혁이 젓가락을 들어 앞에 놓인 회 한 점을 집었다.

"그래서, 작가님. 제가 말씀드린 기획은 생각해보셨는지?"

"당연하죠. 지금 내가 며칠째 얼마나 골머리를 싸맸는지 알아요?"

"다행이네요. 안 그러셨으면 어쩌나 싶었는데."

"이 남자가 진짜."

홍혜숙 작가가 술을 따르다 말고 강주혁을 쏘아봤다. 그 바람에 주혁이 작게 웃었다.

"농담입니다. 농담."

대뜸 던져진 농담에 홍혜숙 작가가 작게 숨을 뱉었다.

"후— 진짜 주혁 씨는 종잡을 수 없는 부류의 인간 같아요. 처음 본다니까, 이런 사람."

"칭찬입니까?"

"몰라요! 아니, 이게 내 자랑이 아니라 이쪽 바닥 사람들 전부 나만 보면 작가님~ 작가님~ 하면서 달라붙는데, 주혁 씨만 만나면 내가 신인 때로 돌아간 것 같아서, 기분이 이상해져요."

주혁은 대답이 없었다. 그저 옅은 미소와 함께 회를 오물거릴 뿐. 그 모습에 홍혜숙 작가가 채웠던 술을 입에 털어넣은 뒤, 다시 말을 이었다.

"그게 주혁 씨가 짜둔 계략인지, 아니면 원래 그런 건지는 모르겠지만. 성공했어요. 확실히 관심이 당겨. 오랜만에 나를 홍혜숙 작가가 아닌, 그냥 한 명의 작가로서 봐주는 기분이 들었어요."

"작가, 맞으시잖습니까?"

"그게 그 말이 아니잖아요."

주혁이 장난기 어린 미소를 지었다. 이어 '누가 말려' 따위의 말을 뱉은 홍혜숙 작가의 시선이 엎어진 정 작가에게 박혔다.

"……이 아이."

"예?"

"대충 들었어요. 김태우 PD한테. 〈28주, 궁궐〉이 제작되기까지 일을. 그냥 주혁 씨가 운전한 거나 다름없던데. 이 아이는 왜 품었어요? 뭘 봤기에?"

꽤 진지한 질문에 비해 주혁은 대수롭지 않게 회 한 점을 추가로 집으며 답했다.

"방송국의 높은 늙은이들이 싫어할 만한 드라마를 쓰셔서요. 참신했습니다."

"내용이? 캐릭터가?"

"아뇨, 대사. 대사가 날것 같았습니다. 뭐랄까요. 정 작가님의 글은 예쁘게 포장된 선물을 풀었더니, 안에서 생각지도 못한 장난감 인형이 튀어나오는 느낌입니다. 딱 방송국 늙은이들이 싫어할 만한 대본이죠."

"그래서 품었다?"

"네. 지금부터 자유롭게 풀어둬야, 가진 장점이 이대로 발전할 테니까요."

"……"

대답을 들은 홍혜숙 작가가 말이 없어졌다. 주혁이 그녀의 눈을 바라봤다.

"작가님. 정 작가님을 제자로 두는 동안 느끼셨죠? 작가님 스스로의 발전이 멈췄다는 것을."

방 안에 정적이 흘렀다. 이윽고 먼저 입을 연 것은 엎어진 정 작가를 보는 홍혜숙 작가였다.

"질투…가 났어요. 이 아이에게."

"……."

"보조만 다섯 명이 넘었는데, 다섯 가지 버전으로 대본을 받아봐도, 이 아이만 너무 튀는 거야. 근데 소연이 대본을 보면 내가, 내가 나도 모르게 웃고 있더라고요. 나 참."

"그리고 깨달으셨겠죠. 이건 작가님이 못하는 영역이라는 것을."

정 작가에게 시선을 두던 홍혜숙 작가의 눈이 다시 강주혁에게 맞춰졌다.

"……주혁 씨는. 주혁 씨가 나를 보고 있으면 뭔가 꿰뚫어보는 것 같아서 살짝 무서운 거 알아요?"

"그럴 리가요."

말을 마친 주혁이 물컵을 들며 대답을 추가했다.

"작가님은 작가님만의 힘이 있습니다. 캐릭터의 서사에 힘을 주는 부분, 그만큼 자료조사도 철저하죠. 따라서 오류가 적습니다. 뭣보다 완급조절이 거의 완벽하시죠."

"주혁 씨한테 칭찬은 처음 듣는 것 같은데."

"하지만 역시, 틀에 박혀 계셔서 그런지 아니면 그 자리에 오래 계셔서 그런지, 극의 다음 장면이 예측되고 대사가 다소 루즈합니다."

"이 남자가 진짜!"

대뜸 소리치는 홍혜숙 작가를 보며 주혁이 여유롭게 웃었다.

"이번 기획을 저와 함께하시면 분명 작가님의 틀을 부술 수 있을 겁니다. 다른 작가님들이 범접할 수 없을 정도로 커질지도 모르죠."

"……"

그렇게 방안은 다시 침묵이 번졌다. 1분, 3분, 5분. 들리는 소리라곤 생각을 정리하는 듯한 홍혜숙 작가가 술 따르는 소리뿐. 그렇게 세 번째 잔을 채울 때쯤 침묵이 깨졌다.

"좋아요. 해보죠. 대신에."

"대신에?"

"이번 것 망하면, 다음 내 작품에 주연으로 나와줘요."

주혁이 웃었다.

"그렇게 하시죠."

다음 날, 19일 일요일 아침, KBC.

이른 아침부터 토크쇼 〈얘기하고 부대끼고〉를 연출하는 황만수 PD와 제작진이 회의실에 모였다. 이어 회의실의 문을 열고 김건욱과 추민재 팀장이 들어왔다. 황만수 PD가 일어나며 인사를 건넸다.

"아, 오셨습니까? 죄송합니다. 주말 아침부터."

대답은 추민재 팀장 쪽에서 나왔다.

"하하, 아닙니다. 이쪽 계통에 평일 주말이 어딨습니까. 매일매일이 일하는 날이죠."

"안녕하세요. PD님."

"네. 건욱 씨. 앉아요, 앉아."

김건욱과 추민재 팀장이 자리에 앉자, 황만수 PD가 본격적으로 제작 회의를 시작했다.

"일단, 편성은 이미 나온 상태라 5월 21일이나 28일로 첫 방을 잡고 있습니다."

이어 추민재 팀장이 다이어리를 펼치며 답했다.

"목요일 밤 11시 편성이라고 하셨죠? 한 달. 거의 한 달 남았네. 허이고, 속도가 엄청 빠르네."

"예. 애초에 투자며 제작이며 이미 정해져 있었고, 위쪽에서도 욕심이 나니까 승인이 빠릅니다."

추민재 팀장이 고개를 끄덕이자, 황만수 PD가 말을 이었다.

"현재 진행 상황을 보자면 스태프들 계약은 이미 끝났고, 세트 올라가는 중인데. 쉽게 말해 내부적으로는 속도가 빠른데 오늘 건욱 씨가 정해주실 게 두 가지가 있어요."

"어떤?"

"마케팅 방법과 첫 게스트."

"아."

이어 황만수 PD가 설명을 이어갔다. 꽤 길었지만, 추민재 팀장이 간략하게 줄였다.

"그러니까, 방영 전 홍보 마케팅을 우리 사장님이 내민 방법대로 갈지, 아니면 평범하게 갈지와 첫 게스트를 정해야 한다 이겁니까?"

"그렇습니다."

대답한 황만수 PD가 미리 준비한 섭외 가능한 게스트 명단을 내밀었다. 이후, 김건욱과 추민재 팀장 그리고 황만수 PD는 약 한 시간 동안 회의를 이어갔다. 홍보 마케팅의 경우는 추민재 팀장의 입에서 답이 나왔다.

"홍보 마케팅은 우리 사장님이 말한 대로 가도 괜찮겠는데요? 이 기획은 미쳤잖아? 혹시 이렇게 간 프로가 있습니까?"

"……없죠. 근데 이대로 간다면 제가 윗선을 설득."

"PD님, 믿습니다. 우리 재밌게 한번 약빤, 아니지. 스읍— 음, 미쳐버린 토크쇼 한번 만들어보자고요."

빙긋 웃는 추민재 팀장을 보던 황만수 PD가 이마를 짚으며 긴 한숨을 뱉었다. 험난한 미래가 보이는 듯했다.

"좋습니다. 제가 한번 힘써보겠습니다. 다음은 첫 게스트를 정해야."

그때 김건욱이 번뜩 무언가 생각난 듯 '아!' 하며 추민재 팀장에게 귓속말을 던졌고, 곧 추민재 팀장이 커진 눈으로 황만수 PD에게도 말을 전했다.

"예?! 저희야 그렇게만 된다면 최고지만, 그게 가능합니까?"

추민재 팀장 역시 김건욱을 돌아봤다.

"그래, 건욱아. 가능하냐?"

이어 김건욱이 씨익 웃었다.

"가능은 하겠지. 형한테 얻어터지겠지만."

같은 시각, GM엔터테인먼트 사장실. 이강수가 정면 허공을 응시하며 검지로 책상을 때리고 있었다. 언뜻 보면 누군가를 아니면 무언가를 기다리는 듯한 모습. 이윽고 책상 위 핸드폰이 울렸고, 발신자를 확인한 이강수가 전화를 받았다.

"네, 팀장님. 저예요. 어떻게 됐죠?"

이어 잠시간 상대방의 말을 듣는 듯, 말없이 고개만 끄덕이던 이강수 사장이 웃었다.

"그래요? 흐음— 곤란하네, 참. 좋아요. 그럼 그때 말씀드린 두 번째 안으로 갈까요? 네. 네. 안숙희 작가와 미팅 잡아보죠. 네. 알겠어요."

짧게 통화를 마친 이강수가 핸드폰을 책상 위에 올리며 읊조렸다.

"자, 그럼 어떻게 해볼까."

그때, 보이스프로덕션 사장실에서는 강주혁이 김이 모락모락 나는 커피를 멍하니 바라보고 앉아 있었다.

"흠."

이어 짧게 침음을 삼킨 주혁이 어제 홍혜숙 작가와 헤어지기 직전의 대화를 떠올렸다. 시작은 잠들어버린 정 작가를 차에 태운 후, 주차장에서 대리기사를 기다리던 홍혜숙 작가부터였다.

"기획 회의는 언제부터 해요?"

"처음 말씀드렸던 것처럼 100% 사전제작으로 갈 거라, 대본을 보면서 진행해야 합니다. 작가님이나 정 작가님이나 음…… 3부는 너무 많고, 2부 나오면 그때 시작하시죠."

"난 이미 나왔어요."

"예?"

"난 지금 나왔다고요, 2부. 거기서 일단 멈추긴 했지만."

주혁이 약간 놀란 듯 홍혜숙 작가를 쳐다보자, 그녀가 괜히 고개를 돌렸다.

"뭘 그렇게 봐요? 간만에 글이 재밌게 나와서. 좀 신나게 쓰다 보니까, 나왔어요."

"그렇…군요."

"그러니까 저기 소연이, 아니 정 작가 2부 나오면 연락 줘요. 참, 계약서는 먼저 써야겠네. 다음 주 중으로 다 같이 만나요. 우리 사장님이랑 해서."

"알겠습니다. 먼저 연락드리죠."

바로 그때.

"대리 부르셨죠?"

반대편 횡단보도에서 검은색 패딩을 입은 대리기사가 뛰어왔다. 이어 홍혜숙 작가가 차 키를 넘기고 조수석에 타려던 찰나.

"참, 주혁 씨. 혹시 이 사람 알아요?"

홍혜숙 작가가 백에서 명함을 꺼내 주혁에게 건넸다.

"이강수……."

"네. GM엔터테인먼트 사장 이강수, 알아요?"

"뭐, 대충은."

"그래요? 그 사람은 주혁 씨를 잘 아는 것처럼 보이던데. 그리고 GM엔터테인먼트랑 MV e&m이 손잡은 것 같아요. 사실은 그 두 곳이랑 미팅을 한 번 했어요. 나한테 작품 제안을 하던데."

"그렇습니까?"

고개를 끄덕인 홍혜숙 작가가 조수석에 몸을 집어넣고, 이어서 닫힌 차 창문을 열어 고개만 빼꼼 내밀었다.

"조심해요. 그쪽 낌새가 이상해."

홍혜숙 작가의 말을 끝으로 현실로 돌아온 주혁이 앞에 놓인 뜨끈한 커피 잔을 들어 올렸다.

"……그러고 보니 최근 MV e&m은 신경쓰지 못했어. 오희연을 자주 보다 보니까."

혼잣말을 뱉은 주혁이 커피 한 모금을 삼키고는 핸드폰을 들어, 추민재 팀장에게 문자를 보냈다.

― 형. 요즘 MV e&m 쪽 움직임이 어떤지 좀 확인해봐. 최근 들어가는 작품이라거나 들어갈 작품. 내부 소문이나 기타 등등.

전송 완료를 확인한 주혁은 다음으로 황 실장에게 전화를 걸려 했다. 그러다 순간 멈췄다.

"아, 일이 너무 많겠군."

최근 황 실장에게 넘어간 일이 너무 많다는 걸 인지한 주혁이 이내 상대를 바꿨다.

"넵! 사장님!"

"박 과장님, 사람 하나 확인해주세요. 최근 근황이 어떤지."

"아아. 말씀하십쇼!"

강주혁이 찾을 사람 이름을 뱉었다.

"장춘성이라고, 배우 하던 사람입니다."

"장춘성? 어— 혹시 제가 아는 그 장춘성이."

"예. 맞을 겁니다. 뭐, 국내에 장춘성이라는 원로배우가 한 명밖에 없으니."

"아하! 그런데 제가 알기론 그 사람."

"그렇죠. 사건이 터져 몰락했죠."

몰락한 줄은 알고 있으나, 박 과장은 그 핸들링을 강주혁이 한 줄은 모르는 눈치였다.

"일단, 알겠습니다. 어느 부분을 중점적으로 알아보면 되겠습니까?"

"그냥. 깊숙하게 알 필요는 없고 근황 정도만 알아보세요. 간단하게."

"알겠습니다!"

그렇게 박 과장과 통화를 마친 후, 주혁은 생각을 정리하는 듯 몇 분쯤 가만히 있다가, 이내 혼잣말을 뱉었다.

"일단은 됐어. 다음."

그러고는 다시 핸드폰을 들어, 김태우 PD에게 전화를 걸었다.

"네. 사장님."

"PD님. 어디시죠?"

"집이죠. 회사 인수인계도 끝났고, 할 것도 없어서 〈28주, 궁궐〉 재탕하고 있습니다."

주혁이 미소 지으며 답했다.

"슬슬 움직여보죠."

"오— 드디어."

"회사로 바로 좀 오세요. 정 작가님 연락하셔서 같이."

"알겠습니다!!"

길어진 대기가 끝나서 기쁜 것인지, 김태우 PD가 다부진 대답을 하며 전화를 끊었다. 강주혁도 자리에서 일어났다.

한 시간 뒤, 보이스프로덕션 3층 미팅룸.

일요일이라 어찌어찌 시간을 맞췄는지, 최근 눈코 뜰 새 없이 바쁜 추민재 팀장과 홍혜수 팀장이 마주 앉아 간단한 미팅을 진행 중이었다. 추민재 팀장이 미간을 찌푸리며 입을 열었다.

"그러니까, 직원을 얼마나 충원해야 된다는 거야? 확실히 좀 말해, 확실히."

"어머, 민재야. 요즘 귀가 좀 안 좋니? 아까부터 계속 얘기하고 있잖아. 하영이 쪽에 스타일리스트가 더 필요하고, 이제 말숙이도 바빠서 매니저 충원해야 돼."

"스읍— 재욱이도 슬슬 〈먹방로드〉다 뭐다 스케줄 들어가서 매니저 충원해야 되는데."

잠시간 혼잣말을 뱉던 추민재 팀장이 다이어리에 무언가 적더니 말을 이었고.

"일단, 알았어. 이쪽은 내가 알아서 할 테니까, 당신은 이거."

홍혜수 팀장에서 종이 한 장을 내밀었다. 그녀가 고개를 갸웃했다.

"이게 뭔데?"

"뭐긴 뭐야. DCS타워 예상도지. 층마다 사무실마다 뭐가 들어갈 건지 사장님한테 듣고 적어둔 거니까, 참고해서 인테리어 업체 선별하면 될 거야."

"아— 이게?"

그제야 이해한다는 듯 고개를 끄덕이던 홍혜수 팀장이 순간 얼굴을 구겼다.

"어후— 민재야. 글씨가 이게 뭐니, 이게."

"시끄러! 내 거룩한 글씨를 함부로 평가하지 마."

"거룩해? 아냐. 이건 그냥 거북해."

"뭐야?! 거부욱? 아줌마 말 다했!"

다시금 둘의 티키타카가 점화되려던 때, 타이밍 좋게 누군가 미팅룸의 문을 열었다.

"아, 안녕하세요. 팀장님들."

"안녕하세요!"

곧 누군지 파악한 추민재 팀장이 자리에서 일어났다.

"어이구, 이거 김태우 PD님, 정 작가님. 웬일이세요?"

내미는 추민재 팀장의 손을 맞잡은 김태우 PD가 답했다.

"아, 사장님이 부르셔서요."

"아하! 그럼 곧 내려오시겠네. 야야, 아줌마. 우린 나가자."

"어머, 난 이미 짐 다 챙겼거든? 잽싸게 따라오기나 해."

이어 꿍얼거리는 추민재 팀장까지 미팅룸을 빠져나갔고, 5분 뒤.

"아, 와 계셨네요."

강주혁이 미팅룸으로 들어섰다. 간단히 인사를 나눈 주혁이 자리에 앉아 정 작가에게 시선을 던졌다.

"작가님, 속은 좀 어떠세요?"

"아…… 하하하, 괜찮아요. 으허— 죄송해요. 어제 저 때문에 고생하셨죠?"

"아뇨. 저보다야 홍혜숙 작가님이 고생하셨죠."

옅은 웃음을 짓던 주혁을 본 정 작가가 고개를 푹 숙였고, 그 모습을 가만히 보던 김태우 PD가 끼어들었다.

"어제? 아— 정 작가 또 나 빼놓고 놀다 왔구먼?"

"놀다 온 거 아니거든요!"

그때 주혁이 정 작가에게 시선을 던졌다.

"작가님."

"네?"

"지금 쓰시던 대본, 얼마나 진행되셨습니까?"

"아— 시놉 빼고 1부 반 정도? 쓰다가 멈췄어요."

"그럼 이제 계속 쓰세요. 2부까지."

그러자 순간 눈이 커진 김태우 PD가 외쳤다.

"어? 혹시 홍혜숙 작가님이!"

"예. 저희랑 가신답니다."

"헐! 진짜요? 어제까지 선생님 별말씀 없으셨는데!"

이후 미팅룸은 한동안 난리가 났다. 김태우 PD나 정 작가가 서로 얼싸안는가 하면, 앞으로의 포부를 외치기도 했다. 그런 그들을 가만히 지켜보던 주혁이 웃으며 입을 열었다.

"작품 계약을 해야 하니까, 일정이 잡히면 연락드리겠습니다. 그전까지 정 작가님은 집필에 힘써주세요."

"네!"

"그리고 PD님."

"아, 예."

"서두르는 감이 없지 않아 있지만, 혹시 생각하는 배우들이 있으신지."

"배우……요? 음."

잠시간 침묵을 삼키던 김태우 PD가 머리를 긁었다.

"솔직히 말씀드리면 욕심나는 배우들이야 많죠. 그런데 대부분 여배우들이고, 남주는…… 하— 이게 참 어려운 게, 누군가가 사장님을 연기해야 한다는 건데. 그럴 깜냥이 될 배우가 있을지 모르겠습니다."

"여주는 지금 생각할 필요 없습니다. 이 부분은 제가 나중에 따로 설명드리죠. 일단 남주 정도만 생각해두세요."

"어렵네요. 까놓고 말해서, 강주혁 사장님 캐릭터를 대체할 배우가 있지도 않고요."

아무리 생각해도 떠오르지 않는지, 김태우 PD가 행복한 고민에 빠졌다. 그런 그에게 주혁이 웃으며 답했다.

"같이 한번 찾아보죠. 사전제작이니 시간은 우리 편입니다."

"후— 일단, 알겠습니다. 천천히 확인해보겠습니다."

"네. 그래요."

물론 주혁은 이 기획을 천천히 진행할 생각은 눈곱만큼도 없었다.

같은 시각, 〈도적패〉 촬영장. 어느새 내일이면 마지막 촬영인 터라 촬영장은 그 어느 때보다 힘이 넘쳤다.

"자자! 10분 뒤 리허설 들어갑니다!!"

"오케이~ 야! 성훈아! 어딨어! 성훈이!"

"여깄습니다!"

"꽃잎 이거 갖곤 안 돼! 더 따와!"

기나긴 촬영. 그 긴 촬영도 내일이면 끝이라는 생각에 스태프들 하나하나가 마지막 힘을 쥐어 짜내고 있었다.

"야! 소품! 소품팀!!"

"네!"

"하영 씨가 들고 있는 돈뭉치 더 있어야 돼!"

"알겠습니다!"

정신없는 촬영장 중앙에는, 곧 리허설에 들어갈 강하영과 남주 정진훈이 서로 대사를 맞춰보고 있었다. 시작은 정진훈부터였다.

"속지 마라."

"속지 않겠사옵니다."

"죽지 마라."

"……그— 저는 아직 어려서, 살 날이 많으므로."

순간 현대어를 내뱉은 강하영을 보며 정진훈이 웃으며 끼어들었다.

"야야야, 스톱. 너 대사 까먹었지?"

"어흠! 아니에요. 선배님! 애드립이죠, 애드립."

"애드립은 개뿔! 빨리 대본 봐."

"넵! 알겠습니다. 선배님!"

이어 순순히 자백한 강하영이 까르르 웃으며 대본을 펼쳤고, 꽤 친해진 정진훈이 검지로 방금 쳤던 대사 부분을 찍으며 이런저런 농담을 던졌다.

5분 뒤, 리허설 연습을 이어가던 정진훈이 강하영에게 대뜸 물었다.

"하영아. 근데 너 회사에서 주혁 선배님 자주 봐?"

"아! 또 선배님, 우리 사장님한테 사랑 광선 쏘시려고 그러져!!"

"아니! 아니야, 인마! 그냥 뭐 좀 물어보려고!"

"아항— 아뇨? 저도 자주 못 봬요. 저도 우리 사장님 버프 받아야 떨림도 착 가라앉고 하는데, 요즘 우리 사장님 진짜 너무 바쁘셔서."

대답을 들은 정진훈이 '그렇겠지' 하며 고개를 끄덕였다. 그러자 강하영이 정진훈에게 얼굴을 쑤욱 내밀었다.

"그래서, 뭔데요? 물어보실 게?"

"어휵! 깜짝이야!! 너는 여배우라는 애가!"

"하항! 뭐 어때요. 이제 저희 회사에서도 이 컨셉 상관없다고 했다고요. 어험!"

"후— 아니, 그 뭐냐. 혹시 보이스프로덕션에서 다음으로 가는 작품이 뭐가 있나 해서. 〈간 큰 여자들〉 말고. 그건 성필 선배가 들어간다더라."

그러자 강하영이 세상 순진한 표정으로 고개를 꺾었다.

"아— 음. 저 사실 회사 돌아가는 사정을 잘 몰라요, 헤헤."

"그래. 내가 너한테 뭘 바라냐."

"아니!! 너무하시네!"

이 모습을 멀리서 지켜보던 분장팀의 여자 스태프들이 수군거렸다.

"어머머, 진짜 저 둘이 사귀는 거 아냐?"

"에이— 설마. 아무리 요즘 강하영이 떴어도, 정진훈이 급이 있는데."

"근데 둘이 너무 친하잖아?"

"하긴 그렇긴 해. 정진훈은 현장에서 상대 배우랑 별로 안 친하기로 유명한데, 유달리 강하영만 싸고돌더라? 에이— 그래도 아닐걸?"

실제로 내일이면 마지막 촬영인 〈도적패〉 스태프들 사이에서 '정진훈과 친해진 강하영' 이야기는 공공연하게 떠도는 소문이었다. 그만큼 정진훈이 여배우와 친해지는 경우가 드물었다.

"근데 둘이 사귀면 잘 어울릴 듯"

"아, 그건 나도 인정. 정진훈은 좀 시크하고 강하영은 통통 튀어서, 서로 엄청 잘 어울릴 것 같긴 해."

그때였다.

"야!! 분장팀! 떠들지 말고, 도와!!!"

"엇! 네!!"

"죄송합니다!"

촬영감독이 수군거리던 분장팀 스태프들을 불렀다. 덕분에 연신 쑥덕거리던 이들이 후다닥 뛰어갔다.

"······."

그 자리에는 지금까지 말 한마디 없이 스태프들의 대화를 듣기만 하던 빨간 단발머리 여자 스태프가 영혼이 없는 눈으로 정진훈과 강하영을 노려보고 있었다. 그들은 아직도 신나게 대화 중이었고.

"······뭐야, 저년. 거슬리네."

빨간 단발머리 여자 스태프가 작게 덧붙였다.

"그어버리고 싶게."

다음 날인 4월 20일 월요일. 〈만능엔터테이너〉의 박한철 PD 포함 제작진은 아침부터 분주했다. 보이스프로덕션 사장실에서 멘토 강주혁 팀의 녹화가 있는 날이었기 때문.

"야야. 카메라 저기도 달아, 저기도."

"옙!"

아직 방 주인은 오지도 않았는데, 사방팔방에 카메라가 설치되고 있었다.

"PD님!"

"어어, 왜!"

"여기도 PPL 음료 배치해요?"

"넌 뭔 당연한 얘기를 하고 자빠졌어? 사장님 앉을 자리 앞에 하나, 아리씨가 앉을 곳 앞에 하나. 그리고 그 사이에 한 다섯 개 놔둬."

"넵!"

점검을 마친 박한철 PD가 카메라 세팅을 이리저리 둘러보다, 매일 강주혁이 앉는 자리 뒤쪽 넓은 창문에 시선을 던지더니, 창밖 풍경을 바라봤다.

"전경 좋~네. 좋~아."

"뭐가요?"

그 순간 뒤쪽에서 남자 목소리가 끼어들었고, 화들짝 놀란 박한철 PD가 고개를 휙 돌렸다. 언제 왔는지, 강주혁이 커피를 들고 있었다.

"어어! 사장님 언제 오셨습니까?"

"방금요. 일찍들 오셨네요."

"하하. 넵! 아, 서아리 씨는 한 10분 정도 걸린답니다."

"아, 그렇군요. 커피?"

"허— 주시면 감사하죠."

그리고 10분 뒤.

"안녕하세요!!"

마치 콘서트라도 있는지, 풀메이크업을 한 서아리가 손에 흰색 티셔츠 한 장을 들고서 사장실로 들어왔다. 그 모습에 박한철 PD가 고개를 갸웃했다.

"아리 씨, 끝나고 스케줄 있어요? 엄청 힘줬네. 그리고 그 티셔츠는."

"아! 아니, 이건 그냥……."

대답하기 어려웠는지 어쨌는지 서아리가 앉아 있는 강주혁을 힐끔거리며 말끝을 흐렸다. 어쨌든 만족스러웠는지, 박한철 PD가 크게 웃었다.

"하하, 뭐 그림은 잘 빠지겠어요. 자, 강주혁 사장님이나 아리 씨는 지금부터 그냥 저희는 없는 셈 치고, 미팅 진행하시면 됩니다. 편하게."

"아, 네!"

경쾌한 대답을 마친 서아리가 강주혁 반대편에 앉았고.

"오빠, 안녕하세요."

"네. 오실 때 불편하진 않으셨어요?"

"불편하다뇨! 완전 흥얼거리…… 아니, 편하게 왔어요."

둘의 대화가 끝나자, 박한철 PD가 책상에 12명의 참가자 프로필을 올렸다. 그러자 뒤쪽에 있던 스태프가 책상 쪽으로 이동해서 크게 박수를 쳤고, 슬레이트가 쳐지자 박한철 PD를 포함한 제작진 모두가 준비해둔 공간으로 숨었다. 촬영 시작 신호와 함께 벌떡 일어난 주혁이 책상에서 다이어리를 가져와 펼치고는 참가자의 프로필 첫 장을 넘길 때였다.

— 똑, 똑, 똑

노크 소리와 함께 사장실 문이 열렸다.

"하진 씨."

"아, 사장님. 저 여쭤……."

들어온 것은 종이뭉치를 손에 든 강하진이었다. 그런데 강하진이 말하다 말고, 사무실 공기를 파악하는 듯 강주혁과 서아리의 얼굴을 번갈아 보더니, 이내 눈을 몇 번이나 깜빡였다.

"……."

이어 서아리와 눈이 마주친 강하진이 뭔가에 홀린 듯 움직였고, 곧 의자를 당겨 앉았다. 그 모습에 서아리의 미간이 살짝, 아주 살짝 찌푸려졌다.

"하진 씨? 왜 여기."

강하진이 강주혁의 바로 옆자리에 앉았기 때문이었다.

사장실에 잠시간 침묵이 흘렀다.

대뜸 주혁의 옆자리에 앉은 강하진은 커다란 눈을 깜빡이며 서아리를 쳐다보았고, 서아리 역시 이게 무슨 상황인가 싶은 표정으로 강하진을 쳐다볼 뿐. 그 바람에 살짝 당황한 주혁이 강하진을 보며 다시 한 번 입을 열었다.

"하진 씨, 갑자기 무슨."

더 놀란 건 〈만능엔터테이너〉 촬영팀이었다. 카메라를 들고 있던 VJ가 박한철 PD에게 속삭였다.

"PD님, 어떻게 할까요?"

반면 박한철 PD의 대답은 빨랐다. 살짝 미소까지 머금은 듯 보였다.

"뭘 어떡해? 일단 찍어. 아까 말했잖아. 우린 지금 없는 사람들이라니까."

대답을 들은 VJ가 작게 고개를 끄덕이며 살짝 내렸던 카메라를 들어 올릴 때, 박한철 PD 옆에 앉았던 메인 작가가 작게 탄성을 뱉었고.

"와— 너무 예쁘다, 진짜. 저게 뭐람. 그냥 배우 하려고 태어난 얼굴이네."

박한철 PD가 웃었다.

"배우가 괜히 배우겠냐. 근데 왜 왔지? 강하진 온다는 소린 사장님한테 못 들었는데."

"근데 PD님, 분위기 좀 이상하지 않아요?"

"쉿, 일단 좀 보자."

상황은 여전히 요지경이었다. 그런 분위기를 못 참겠는지, 서아리가 어렵사리 입을 열었다.

"안녕하세요. 강하진 씨?"

"안녕……하세요. 엄청 예쁘시네요."

"네?"

뜬금없이 칭찬을 받은 서아리가 긴 머리를 찰랑거리며 되물을 때, 강주혁이 끼어들었다.

"하진 씨."

"……"

"하진 씨?"

"네…… 네? 아."

이제야 정신을 차린 건지, 강주혁의 부름에 뒤늦게 응답한 강하진이 순간 고개를 주혁에게로 휙 돌렸다. 그리고 눈이 커졌다.

"어?"

이유는 간단했다. 자신을 쳐다보는 강주혁과의 거리가 너무 가까웠다. 주혁이 내뱉는 숨소리까지 느껴질 정도.

"아."

덕분에 짧은 외마디 소리와 함께 입을 가리는 강하진을 보며 주혁이 말을 이었다.

"무슨 일 있어요? 왜 갑자기."

"네? 아무 일 없는데?"

자신의 눈을 마주 보며 입을 가린 채 동문서답을 하는 강하진 덕분에 주혁이 피식했다.

"없는데, 왜 왔어요?"

"어딜요? ……아! 아뇨, 있어요. 〈19살 그리고 20살〉 대본 보는데 뭐 좀 여 쭤보려고."

"그래요? 알았어요. 그런데 지금 서아리 씨랑 〈만능엔터테이너〉 녹화 중인데. 끝나고 봐줄게요."

"아— 네. 알겠습니다."

짧게 대답한 강하진이 책상 위에 올린 대본을 내려다봤다. 그러고는 움직임을 멈췄다. 사장실에는 다시 침묵이 찾아왔다. 1초, 3초, 5초.

조용히 대본만 쳐다보던 강하진이 아차 싶었는지 번뜩 고개를 들었다. 자신을 보고 있는 서아리, 강주혁, 그리고 구석에 카메라를 들고 있는 〈만능엔터테이너〉 제작진까지. 이제야 주변 풍경이 제대로 보이는 듯, 강하진이 벌떡 일어났다.

"아! 내가 언제 앉았었지. 어떡해, 미쳤었나 봐요. 죄송해요. 방해해서 죄송합니다!"

그 길로 정신없이 사장실을 뛰쳐나온 강하진이 문밖에서 멈춰섰다.

"아, 대본."

책상에 대본을 두고 나온 것을 이제 인지한 거였다.

"내가 지금 뭘 한 거야."

짧게 중얼거린 강하진이 어렵사리 엘리베이터 쪽으로 움직였다. 왼쪽 가슴께를 지그시 누르면서.

"……너무 빨리 뛴다."

덕분에 분위기가 요상해진 사장실. 먼저 입을 뗀 건 서아리였다.

"강하진 씨, 실제로는 처음 봤는데 엄청 예쁘시네요. 엉뚱하고."

반면 주혁은 이미 담담했다.

"처음 봤을 때도 좀 엉뚱했어요. 평소에도 좀 저런 편이고."

"그냥 저러는 게 아닌 것 같은데……."

"네?"

"아! 아뇨. 아니에요."

손사래 치는 서아리에게 주혁이 고개를 숙였다.

"죄송합니다. 갑자기."

"아, 아닌데! 사장님이 죄송할 것까진."

"자, 그럼 다시 시작할까요?"

"네네!"

이어 〈만능엔터테이너〉의 참가자 프로필을 펼친 주혁이 서아리에게 물었다.

"아리 씨가 생각해둔 참가자는 있습니까?"

"저…… 오빠."

"네."

"그— 말씀을 좀 편하게 하셔도. 너무 다나까 말투라."

주혁이 미소 지었다.

"아, 그랬나요? 미안해요."

"아뇨. 헤헤, 괜찮아요. 어— 제가 점찍은 참가자는 수현, 장주연, 이미소, 도경태, 김태림 정도? 이 중에서 솔직히 장주연은 무조건 데려가야 한다고 생각해요."

"그래요?"

"그래도 다행히 우린 첫 번째 선택이니까, 장주연은 무조건 뽑을 수 있겠네요?"

이어 강주혁이 같은 장을 보며 대답했다.

"맞아요. 그런데 아리 씨."

"네?"

"우리 팀에서 이런 얘기가 오갈 거라고 다른 팀 역시 아주 쉽게 추측할 거예요. 그리고."

다음 장으로 넘긴 주혁이 미소 지었다.

"지금 남은 12명의 참가자 중에 잘하는 친구가 많아요. 그러니까 우린 전략을 조금 바꿔보는 게 어때요?"

"어— 어떻게요?"

고개를 갸웃하며 되묻는 서아리를 보며 주혁이 전략을 설명하기 시작했다.

실제로 같은 시간, 장황수 팀이나 오희연 팀 역시 각기 다른 곳에서 녹화를 진행 중이었다. 그리고 역시나 두 팀 모두 강주혁 팀의 대화를 추측해냈다.

시작은 장황수, 민효정 팀.

"강주혁 사장 쪽은 무조건 처음으로 장주연을 뽑겠죠."

"저도 동감! 그쪽에서 장주연을 뽑는다면 다음 선택은 우린데, 선배님은 누굴 생각하세요?"

"수현. 수현을 데려와야죠."

"아무래도 그렇겠죠?"

대답을 들은 민효정이 고개를 끄덕이며 검지로 프로필을 찍었다.

"수현 다음으론 이 친구, 이 친구가 괜찮겠죠?"

"맞아요. 2선도 중요하니까."

오희연, 박종우 팀도 비슷했다.

"주혁이네는 무조건 처음으로 장주연을 선택할 거란 말이에요! 그런데 나는 걔 싫어요. 실력은 좋은데, 뭔가 음침하잖아?"

"킬킬, 그래서 우리는 세 번째 차례인데. 누구를 뽑을 겁니까?"

"흐음― 솔직히 수현 얘도 탐나는데, 장황수 이 인간이 무조건 뽑을 것 같고. 우린 이혜원이나 이미소를 데려오죠."

"나쁘지 않아요. 1선은 어차피 앞에서 전부 뽑아갈 테고, 실력 좋은 2선 참가자들이라도 많이 뽑아야지."

그리고 다시 강주혁 팀. 설명을 들은 서아리가 눈을 크게 떴다.

"진짜? 진짜 그렇게 해요?"

"네. 어때요? 내 생각대로만 움직이면 꽤 재밌는 팀을 만들 수 있어요. 별론가요?"

하지만 서아리는 긴 머리를 찰랑거리며 고개를 저었다.

"아뇨? 좋아요. 판 뒤집는 거 완전 좋아요. 해봐요! 우리."

강주혁이 의미심장한 미소를 지었다.

같은 시각, 큐애니스튜디오는 간만에 활기를 띠었다.

"호경아! 우리 동화 작업해줄 사람 얼마나 되지?"

"확인해볼게!"

"그리고 송구 너 이제 빠지면 안 된다?! 진짜 죽어?"

"알았다, 알았어. 몇 번을 말하냐!"

리더인 김진구를 포함해 걸핏하면 자리를 비웠던 직원들이 출근해 키보드를 두드리고 있었고, 스토리작가인 고진아 역시 노트북을 보다가 시나리오를 보다가 하며 강주혁이 내준 과제를 정리 중이었다. 그렇게 한창 각자 일에 빠져 있을 무렵, 김진구가 넌지시 고진아에게 물었다.

"근데 진아야. 그때 박광태 그 새끼랑 그 돼지랑 작품 얘기는 아예 안 했어?"

"아, 아니. 했어."

그러자 김진구가 시선은 여전히 모니터에 둔 채, 콧방귀를 뀌었다.

"헹! 뭐라디? 뭐, 넌 잘될 거다, 최고다, 이러디?"

"아니, 그냥 지금 쓴 작품 있냐고 물어봤고. 있다고 하니까, 다음에 꼭 보고 싶다나? 영화 시나리오는 팔았다고 하니까, 애니메이션 시나리오라도 보자고."

"지랄. 지들이 제작해줄 거야 뭐야."

"아, 할지도 모른다고 했어."

"뭘? 제작을?"

"응. 요즘 거기 영화팩토린가? 거기 제작사가 소자본으로 애니메이션 제작하는 거나 투자 집중하고 있다고."

"그래봐야, 대충 만들어서 망했겠지."

짧게 답한 김진구가 다시 열정적으로 키보드를 쳐댔다. 그러다 순간, 무슨 생각에선지 손가락을 멈춘 김진구가 몸만 고진아 쪽으로 돌려 입을 열었다.

"근데 〈폭풍전야〉는 지금 다른 곳에서 제작하면 표절 아닌가? 과정이야 어찌 됐든, 지금은 〈폭풍전야〉가 영화 〈폭풍〉의 프리퀄(원작의 내용보다 시간상으로 앞선 이야기)이나 스핀오프(기존 원작에서 파생된 또 다른 독립된 이야기) 같은 느낌이니까."

잠시간 김진구의 얼굴을 바라보던 고진아가 허공에 눈알을 굴리다 이내 입을 열었다.

"그런가? 어— 잘 모르겠어."

몇 시간 뒤, 이른 오후. 〈도적패〉 촬영장.

김삼봉 감독이 모니터 앞에 앉아서 한 장 남은 촬영 대본을 보고 있었다. 그때 촬영감독이 다가와 김삼봉 감독에게 말을 걸었다.

"감독님, 어떠십니까? 오늘 전부 정리하실 수 있겠습니까?"

그러자 김삼봉 감독이 턱을 쓸었다.

"흠."

이어 김삼봉 감독이 제작팀과 연출팀 그리고 촬영팀 스태프들을 불러모아 짧은 회의를 가졌다. 배우들의 상태, 날씨, 소품 등 최종적으로 촬영 소화 컨디션을 확인한 김삼봉 감독이 마침내 고개를 끄덕였다.

"괜찮겠어. 오늘 마지막 촬영으로 가닥을 잡지. 배우들에게 전달해."

"옙! 알겠습니다."

스태프들의 사기가 하늘을 찔렀다. 마지막 촬영. 이 단어가 모두에게 힘을 불어넣은 것이었다. 스태프들이 촬영장 사방팔방에서 대기 중이던 배우들에게 오늘이 마지막 촬영임을 전달했다.

"자! 배우님들 리허설 준비하겠습니다!!"

첫 촬영순서인 강하영이 먹던 에너지바를 매니저에게 넘기곤 도도도 뛰어 나왔고, 정진훈도 카메라 앞으로 걸어 나왔다.

"분장팀! 빨리 움직이자!! 10분 뒤 리허설!"

10분 뒤 리허설 숏이 들어간다는 외침에 분장팀 스태프들이 재빠르게 배우들 쪽으로 뛰었다. 빨간 단발머리 여자 스태프도 분장을 위해 촬영장으로 뛰어가다.

— 땡그랑!

발치에 걸린, 한 손에 들어갈 만한 쇳조각 소리에 순간 멈춰섰다.

"……"

그 조각을 잠시간 내려보던 빨간 단발머리 스태프가 허리를 굽혔고, 쇳조 각을 주워, 뒷주머니에 쑤셔 넣었다.

"야야! 거기! 빨리 안 와?!"

"……네. 지금 가요."

그러고는 다시 정진훈과 강하영에게로 뛰어갔다.

다시 보이스프로덕션 사장실.

"음, 오빠. 그건 짧은 시간에 해내기 어렵지 않겠어요?"

"그런가요?"

생각보다 정할 것도 많고 서아리와 의견 차이도 있어서 녹화시간은 예정보다 길어지고 있었다.

"10분, 20분, 이런 긴 영상보다는 5분 이내의 짧은 영상에 연기, 노래, 안무가 전부 들어가는 것. 전 짧은 영상이 좋을 것 같아요."

서아리는 평소에나 강주혁 팬클럽처럼 행동했지, 본격적인 과제 정하기에 돌입하자 눈빛부터 달라졌다. 그녀는 프로였고, 최정상에 올라 있기에.

"흠, 생각보다 어렵네요."

"……오빠, 이건 제 생각인데요. 뮤직비디오는 어떠세요?"

"뮤직비디오?"

"네. 간단하게 자작곡 하나 만들어서, 안무 정하고 뮤직비디오에 스토리를 넣으면 연기까지 들어갈 수 있으니까. 요즘이야 트렌드가 아니어서 뮤직비디오에 연기를 넣진 않는데, 뮤직비디오 감독님만 잘 선별하면 트렌디하게 뽑을 수 있을 거예요."

"뮤직비디오라……."

서아리의 아이디어에 주혁이 턱을 쓸었다.

'뮤직비디오 러닝타임 해봐야 노래 길이와 비슷할 테고, 앞뒤로 뭘 좀 넣는다고 해도 5분 이내. 나쁘지 않은데?'

미소 짓던 주혁이 서아리와 눈을 마주쳤다.

"좋은데요?"

"앗. 그, 그래요?"

주혁의 한마디에 프로의 눈에서 곧바로 수줍은 소녀의 모습으로 변한 서아리가 긴 머리카락 끝을 만지작거렸다. 그때 주혁의 전화가 울렸다.

"잠시."

핸드폰을 액정을 확인한 주혁이 짧게 말을 마치곤, 사장실을 나섰다. 짧은 막간, 서아리가 웃고 있는 박한철 PD에게 고개를 돌렸다.

"어때요? 지금?"

"흐흐."

박한철 PD는 히죽 웃으며 대답 대신 엄지를 치켜세웠다.

그런데 강주혁이 돌아오지 않았다.

"너무 안 오시는데."

3분쯤 기다리던 박한철 PD가 결국 조심스레 문을 열며 강주혁을 찾았다.

"사장님— 혹시 무슨 일이. 어? 사, 사장님!!! 사장님!"

그런데 박한철 PD가 대뜸 소리쳤다. 그 소리에 고개를 돌린 서아리의 시야에, 계단을 뛰어 내려가는 강주혁이 문틈으로 보였다.

"어?"

고개를 갸웃하는 서아리를 시작으로 사장실에 모인 스태프들이 웅성거렸다. 이어 계단 쪽을 멍하니 바라보는 박한철 PD에게 VJ가 다가섰다.

"어, 어쩔까요?"

순간, 번뜩 정신을 차린 박한철 PD.

"아! 아이 씨! 몰라! 야야! 쫓아!!"

"예?"

그가 다급하게 외쳤다.

"전부 따라와!! 일단 찍어!"

37. 사생

〈만능엔터테이너〉 녹화 중 울린 전화. 발신자를 확인한 주혁은 살짝 기대감이 서린 눈빛으로 자리에서 일어났다. 곧 사장실에서 잠시 복도로 나온 주혁이 전화를 받았다.

"들으실 항목의 키워드를 '선택'해주세요!

1번 '회장님 너무 감사해요', 2번 '그리즐리 베어 모습', 3번 '화이트 빅 마우스', 4번 '누나 넷 3대 독자', 5번 '새벽 1시 30분', 6번……"

1번과 2번 키워드는 이미 새로운 키워드로 갱신된 상태.

"이번엔 3번."

짧게 읊조린 주혁의 선택은 3번 '화이트 빅 마우스' 키워드였다.

"탁월한 선택! 강주혁 님이 선택한 키워드는 '화이트 빅 마우스'입니다!

제작비 50억으로 관객 수 1300만 명이라는 어마어마한 결과를 낳은 영화 '화이트 빅 마우스'의 남자 주인공 정진훈이 언론사 인터뷰에서 3년 전 개봉이 취소된 영화 도적패 촬영장에서 자신의 사생팬으로 인해 얼굴에 큰 상처를 입고 사라진 여배우 강하영을 언급하며 눈물을 흘립니다. 이어 도적패 마지막 촬영 막바지에 벌어진 사건이 아직도 잊히지 않고, 여배우 강하영에게 평생 사죄해야 한다며 자신을 책망합니다."

이어 강주혁이 읊조렸다.

"얼굴에 큰 상처?"

보이스피싱은 끊겼지만, 주혁은 한동안 핸드폰을 귀에서 떼지 못했다. 수첩에 메모하는 것도 잊은 채, 그는 가만히 서서 얼굴을 구겼다. 아니, 짜증이나 성질은 나중 일이었다. 지금은 현실 파악이 먼저였다.

— 꽈득!

이빨을 강하게 문 주혁은 어렵사리 머리를 굴리기 시작했다.

"정진훈, 분명 〈도적패〉 남주였지? 그의 사생팬이 촬영 막바지에 하영 씨를 습격한다는 소린가? 그런데 왜? 왜 하영 씨를. 그리고 무슨 방법으로?"

쉽게 이해되지 않았다. 그도 그럴 게 촬영장 스태프만 몇 명이며 강하영에게 붙은 스태프만 몇 명인가. 거기다 가드도 항시 붙어 다니는 상태.

"일단, 확인부터."

당장 이해되지 않는 부분이 많았지만, 주혁은 곧장 홍혜수 팀장에게 전화를 걸었다. 다행히 연결 신호는 짧았다.

"응. 사장님."

"누나, 〈도적패〉 촬영이 언제까지야?"

그리고 홍혜수 팀장의 답변도 빨랐다.

"오늘."

"뭐?!"

"어머, 왜 그렇게 놀라?"

순식간에 커진 눈으로 주혁이 손목시계를 확인했다. 시간은 오후 7시 10분. 홍혜수 팀장이 말을 추가했다.

"현장 매니저한테 전달받았는데, 지금 한창 촬영 중이라 새벽이나 돼야 끝날 것 같다던데? 왜? 지금 가보려."

"위치. 촬영 현장이 어디야?"

"어? 어어, 파주."

"정확한 위치 좀 문자로 찍어줘. 지금 바로."

"응, 알았어."

전화가 끊긴 순간, 사장실 문이 열렸다. 얼굴을 내민 것은 박한철 PD였다.

"사장님— 혹시 무슨 일이."

하지만 이미 주혁은 계단을 뛰어 내려가고 있었고.

"어? 사, 사장님!!! 사장님!"

등 뒤로 박한철 PD의 외침이 들렸지만, 주혁의 머릿속에는 오로지 한 가지 생각뿐이었다.

40분 후, 홍혜수 팀장에게 촬영 현장 위치를 받은 주혁은 차 속력을 내고 있었다.

"후—"

그나마 운전 중에 현장 매니저와 연락이 닿았다. 아무 일 없다는 말을 듣고 한결 마음을 진정시킨 주혁의 머리가 이제야 돌기 시작했다. 신호에 걸려 차를 멈춘 틈을 타, 수첩을 꺼내 아까 들었던 미래 정보를 메모하며 생각을 정리했다.

"정진훈, 사생팬, 하영 씨, 얼굴에 큰 상처. 정진훈 사생팬이 왜 하영 씨를 공격하지?"

당장은 알 길이 없었다. 그리고 사생팬이 촬영 현장에 나타나서 강하영을 공격할 수 있었던 이유도 확실치 않았다. 일단 급선무는 그 사생팬을 잡아야 했다.

"보이스피싱이 알려준 대로라면 촬영 막바지에 사건이 벌어진다고 했어."

촬영은 한창 진행 중이라고 했다. 즉 당장은 괜찮다는 뜻. 주혁은 현장 매니저에게 촬영 대기시간에 강하영을 절대 혼자 두지 말라는 지시를 내렸다.

"불안해."

하지만 피어오르는 불안감은 어쩔 수 없었다. 초조해진 주혁이 검지로 핸들을 때리다, 불현듯 한 가지가 떠올랐다.

"아, 〈만능엔터테이너〉."

머리를 긁었다. 아까 뛰쳐나올 때 박한철 PD의 외침이 들리긴 했으나, 눈이 돌아서 무시했다. 이상하게 생각할 게 분명했다. 그들에게도 설명은 필요하다고 판단한 주혁이 때마침 켜진 초록색 신호와 동시에 박한철 PD에게 전화를 걸었다. 연결 신호는 1초 만에 끊겼다.

"사장님?! 갑자기 무슨 일이십니까? 난데없이 뛰쳐가셔서!"

"아, 죄송해요. 놀라셨죠? 일이 터진 줄 알았는데, 오해였던 모양입니다."

"어이구, 그래요? 다행이네요. 스읍— 그나저나 어쩝니까?"

"예?"

주혁이 되묻자, 박한철 PD가 멋쩍게 웃었다.

"하하. 아니, 너무 다급하게 뛰어가셔서 큰일이구나 싶어서 전부 따라가는 중인데. 저희 지금 사장님 뒤에 있습니다."

말을 들은 주혁이 백미러에 시선을 던졌다. 검은색 승합차가 눈에 들어왔다. 그 차를 보며 주혁이 속으로 침음을 삼켰다.

'흠. 살짝 둘러대야겠군.'

파주 현장까지는 30분 정도밖에 남지 않은 상황이었다. 이미 반절 이상 따라왔으니 여기서 그냥 돌아가라고 하기도 애매했다. 거기다 저들은 강주혁이 전화를 받고 뛰어가는 것을 봤다. 이대로 강주혁이 현장에 도착해서 바로 강하영을 구해낸다면 누가 봐도 그림이 이상할 것이라 주혁은 판단했다.

'어떻게 알았냐고 물어올지 몰라.'

물론 현장에 도착하자마자 바로 사건이 터질 것 같진 않았지만, 그래도 안전장치는 필요했다.

"저희 회사 배우가 와이어 타다가 다쳤다고 해서 뛰어나온 건데, 큰 문제는 없답니다."

"아하! 다행이네요."

대충 둘러댄 주혁이 답했다.

"음. 이왕 이렇게 된 거, 따라오시죠. 지금 김삼봉 감독님 영화 촬영장으로 향하는 건데. 조명 끄고 촬영장 외곽에 있으면 큰 문제는 없을 겁니다."

"오! 김삼봉 감독님이오? 좋습니다! 그럼 거기서 녹화를 이어가도 괜찮겠습니까? 약간 장소를 바꿔서 가도 그림 좋을 것 같은데."

"나쁘지 않네요. 촬영에 방해가 안 되는 선에서 하면 문제없겠죠. 거기엔 조명도 이미 설치돼 있을 테고."

"물론이죠! 절대 방해 안 합니다. 저희 조명도 다 두고 왔습니다!"

이어 박한철 PD는 스태프도 VJ 한 명만으로 진행하겠다는 말과 함께.

"그리고 서아리 씨도 같이 가고 있습니다."

서아리도 따라오고 있다는 말을 던졌다.

같은 시각, DH엔터테인먼트. 사장 김반석이 탁자에 올려진 종이를 보며 한숨을 길게 쉬었다. 한숨 때문에 그의 얼굴에 드리운 주름이 더 짙어 보였다.

"이건 언제 온 거야."

그러자 맞은편에 앉아 있던 팀장이 어렵사리 입을 열었다.

"일주일 정도 된 것 같습니다."

"징하다, 징해. 아직도 못 찾은 거야?"

"예."

"돌겠네. 진훈이는 이거 봤어?"

DH엔터테인먼트는 영화 〈도적패〉 남주인 정진훈을 비롯해 몸집 큰 배우들이 모여 있는, 제법 규모 있는 소속사였다.

"아직은 못 봤습니다."

"후—"

그나마 다행이라 여겼는지, 김반석 사장이 의자에 허리를 움푹 기대며 짧은 욕을 뱉었고.

"시발, 결국 혈서까지."

그가 다시금 탁자의 종이에 시선을 던졌다. 종이에는 언뜻 봐선 붓으로 쓴 것처럼 보이는 글씨가 적혀 있었다.

'정진훈. 넌 내 거야. 너와 나를 방해하면 누구든 가만 안 둘 거야.'

혈서였다.

이 무지막지한 메시지를 보낸 사생팬에게 배우 정진훈은 벌써 3년째 고통받고 있었다. 혈서를 가만히 내려다보던 김반석 사장이 얼굴에 마른세수를 퍼부었다.

"후우— 이거 이러다 무슨 일 터질까 봐 걱정이다. 걱정이야."

"진훈이도 걱정이 많습니다."

"지랄, 작품에 집중해도 모자랄 판에. 잡히면 또 몰라. 잡히지도 않고, 아주 독하다 독해. 누가 대신 안 잡아주나."

김반석 사장은 천장 쪽 허공을 바라보며 괜한 소원을 빌었다. 하지만 곧 현실로 돌아온 그는 팀장에게 시선을 맞췄다.

"일단 이건 숨겨, 한동안은. 그리고 지금 진훈이 어딨지?"

사장에 물음에 다이어리를 펼친 팀장이 짧게 답했다.

"지금은 〈도적패〉 촬영 중일 겁니다. 오늘이 아마 마지막 촬영이라고 들었습니다."

〈도적패〉 촬영은 어느새 밤 10시를 넘기며 이어지고 있었다. 그래봐야 앞으로 두 시간은 너끈히 넘겨야 했지만, 그래도 촬영 대본 자체로는 이제 두 장면이 전부였다. 두 장면 모두 늦은 밤이 배경이 되는 컷이었고.

"야야! 거기 뒤쪽에 횃불 꺼졌다!!"

"예! 다시 켜겠습니다!"

여기저기 횃불이 걸려 있는 상태. 현실감을 부여하기 위해 전체적인 촬영 조명은 거의 철수한 상황이었다.

"횃불 완료했습니다!"

스태프가 소리치자, 조감독이 김삼봉 감독에게 말을 전했다.

"감독님. 완료했습니다."

"음, 들어가지."

김삼봉 감독의 짧은 대답이 끝나자, 스태프 중 한 명이 카메라 앞으로 나와 슬레이트를 쳤다.

"씬 161!"

그리고 김삼봉 감동의 입이 열렸다.

"액션!"

그러자 어둠 속에 숨어 있던 배우들이 횃불이 걸린 곳으로 우르르 튀어나와 대사를 쳤다. 이어 반대쪽에 대기하던 정진훈 역시 호흡을 이었다.

"컷. 다시."

하지만 리액션 주문이 나왔다. 이 장면에만 아홉 번째 리액션이었다.

"컷. 달리 빼고 하이로 다시."

그리고 정확히 열 번째 숏에서.

"음— 컷. 오케이."

오케이가 났다. 161씬의 오케이가 나자, 스태프들은 다시 바쁘게 움직였다. 이제 마지막 장면만 남은 상황. 호흡이 달라지는 씬이기에 배우들의 분장부터 소품, 구도 등을 새로 잡아야 했다.

"자, 배우분들 10분 뒤에 다음 컷 리허설 갑니다! 준비 부탁드립니다!!"

조감독의 외침 이후로 모여 있던 배우들은 각자 대기하던 공간으로 움직여 대본을 보거나 분장을 고쳤다.

고조.

한창 끌어올린 연기 호흡을, 감정선을 잊지 않기 위해 배우들은 남은 대사를 뱉고 또 뱉었다. 배우 누구도 다른 것에 신경쓸 겨를이 없었다. 소품팀과 분장팀도 촬영 대본을 숙지한 후, 이어지는 컷이 튀지 않게 배우들의 소품과 분장을 고쳐야 하는 상황.

"후— 어떡해!! 오빠, 나 너무 떨려! 마지막 촬영!"

"물 좀 줄까?"

"물? 하— 응. 부탁해, 오빠."

그 상황에 강하영 역시 두근거리는 가슴을 부여잡고 대사 연습에 한창이었다. 그녀 주변에는 매니저, 스타일리스트 그리고 가드가 서 있었다. 방금 물을 가지러 매니저가 자리를 비웠어도 그녀 주변으로 사람은 많았다.

"후— 실수하면 안 돼, 강하영. 실수하면 안 돼."

이어 강하영이 혼잣말을 뱉으며 다짐할 때였다.

"무슨 일입니까."

가드가 강하영의 앞을 가로막으며 입을 열었다. 그러자 대본을 내려보던 강하영의 시선이 앞을 향했고.

"응?"

강하영과 다섯 걸음 떨어진 곳에서 빨간 단발머리 여자가 걸어오는 것이 눈에 띄었다. 이어 그 여자가 짧게 답했다.

"아, 강하영 배우님, 분장을 고쳐야 해서."

그 모습에 강하영이 자신을 보호하는 가드의 팔을 잡았다.

"오빠! 저분 아까부터 저 분장해주시는 분!"

대답을 들은 가드가 다시 한 번 빨간 단발머리 여자를 바라봤다. 한 손에는 분장 도구를 들고 있었다. 누가 봐도 분장팀 스태프였기에 앞을 가로막았던 가드가 손을 내리며 옆으로 자리를 비켰다.

"언니! 잘 부탁드려요!"

"네."

이제 빨간 단발머리 여자와 강하영을 가로막는 것은 없었다. 둘의 거리는 네 걸음쯤. 일순간 비릿한 웃음을 짓던 빨간 단발머리 여자의 손이 뒷주머니로 향했고, 동시에 입을 열었다.

"금방 끝나요."

곧 그녀의 손에는 뾰족한 쇳조각이 들렸다.

* * *

주혁은 현장에 도착하자마자, 촬영장 쪽으로 고개를 돌렸다.

"……"

촬영 현장에는 허름한 주막이 지어져 있었고, 그 앞에는 환하게 웃는 강하영과 그녀를 둘러싼 정진훈 등 배우가 여럿 있었다.

"후—"

그 모습에 먼저 주혁은 안도의 숨을 뱉었고, 곧바로 시간을 확인했다. 시간은 8시 45분을 향하고 있었다.

"아직은 아니라는 소린데."

말을 마친 주혁이 주변을 살폈다. 그가 서 있는 곳은 촬영장과는 15m쯤 떨어진 곳이었고, 주변이 어두웠다. 굳이 소리치지 않는 한 누구도 강주혁이 왔다고 눈치채지 못할 곳. 그곳에서 주혁은 눈알을 굴렸다. 연신 뛰어다니며 촬영을 준비하는 영화팀 스태프들, 그런 현장을 묵묵히 바라보는 배우들의 스태프들, 대사를 맞춰보는 배우들 등등. 사람이 너무 많았다.

"누구지."

찾아야 하는 것은 배우 정진훈의 사생팬. 하지만 저 많은 이들 가운데 사생팬 하나 찾는 것은 불가능에 가까웠고.

"하영 씨를 당장 빼내야…… 아니, 그것도 곤란해."

당장 저 현장에서 강하영을 빼내는 거야 쉽겠지만, 여러 가지 문제가 뒤따랐다. 누구도 대뜸 마지막 촬영 현장에 나타나 강하영을 빼내는 강주혁을 이해하지 못할 것이다. '내가 미래를 알고 있다'고 말해본들 미친놈 소리나 들을 테고, 그것은 곧 강하영의 이미지와 직결될지도 몰랐다. 이제야 인지도를 쌓아 올리는 신인 여배우에게 촬영 중 도망쳤다는 좋지 못한 소문이 돌게 되면 앞날은 안 봐도 훤했다. 거기다 오늘이 마지막 촬영인지도 확실치 않은 상황. 그리고 가장 큰 문제는.

"지금 하영 씨를 빼내도 오늘만 면할 뿐이야."

정진훈의 사생팬이 왜 강하영을 공격하는지는 알 수 없으나, 지금 원인을 뿌리 뽑지 않으면 훗날 같은 사건이, 위험이 반복될지 몰랐다.

"거기다 보이스피싱이 언제고 하영 씨 관련 정보만 주는 것도 아니지."

강주혁이 강하영 옆에 주구장창 붙어 있을 수도 없는 노릇. 즉 위험은 이 자리에서 잘라내야 했다. 바로 그때.

"허이구, 사장님."

뒤쪽에서 남자의 속삭임이 끼어들었다. 뒤에는 박한철 PD와 카메라를 든 VJ 그리고 서아리가 걸어오고 있었다. 그들을 보며 주혁이 말했다.

"죄송합니다. 갑자기."

"아, 아닙니다. 덕분에 김삼봉 감독님 촬영 현장도 보고 좋죠, 뭐. 그보다 그 소속 배우분은?"

"아, 괜찮아 보이네요."

"어후— 다행이네요. 영화 촬영 현장에서 다치는 일이 많다고 하던데."

살짝 고개를 끄덕인 주혁이 서아리에게 시선을 던졌다.

"미안해요. 아리 씨."

서아리가 긴 머리를 찰랑이며 격하게 고개를 저었다.

"아닌데! 아니에요. 진짜 괜찮아요. 근데 와— 저 이렇게 가까이서 영화 찍는 거 처음 봐요. 신기하다."

다행히 서아리는 그저 영화 촬영장이 신기한 듯 불구경 나온 눈빛으로 현장을 바라봤다. 그 모습을 잠시간 보던 주혁은 다시 박한철 PD에게 말을 걸었다.

"잠시 우리 회사 스태프들 좀 보고 와야 할 것 같은데요."

말을 들은 박한철 PD가 고개를 끄덕였고, 모두 강주혁의 뒤를 따랐다. 그러다 현장과 얼추 가까워진 상황에 주혁이 뒤를 돌아 손을 내밀자, 모두가 멈췄다. 이어 주혁은 강하영의 밴 옆에서 대기하는 스케줄매니저에게 다가갔다.

"……누구? 어?!"

곧 자신의 사장님인 것을 인지한 스케줄매니저가 크게 외치려는 찰나.

"쉿."

강주혁이 검지를 입에 가져다 댔다. 그쯤 되자 주변에 서 있던 로드매니저,

스타일리스트, 가드까지 모두 고개가 돌아갔고.

"지금부터 촬영 중간중간 대기시간마다 하영 씨 돌아오면 계속 주변을 맴도세요."

"아, 넵!"

그들에게 주의를 환기시킨 주혁이 다시 뒤쪽, 다섯 걸음 정도 떨어진 곳에 서 있던 박한철 PD에게 돌아왔다. 그 후, 강주혁과 서아리의 남은 회의를 VJ가 촬영하고 있을 때였다.

"사장님."

누군가 강주혁을 불렀다.

"아, 황 실장님."

혹시 모를 일을 대비해 황 실장을 호출한 터였다.

"아, 이쪽은 우리 회사 경호팀장님, 이쪽은 박한철 PD님, 그리고 아시죠? 서아리 씨."

세 명의 보이스 가드 인원과 나타난 황 실장이 서아리와 눈이 마주치자 눈을 크게 떴다. 그러거나 말거나 박한철 PD가 탄성을 뱉었다.

"이야~ 보이스프로덕션은 경호가 짱짱하네요."

"뭐, 이쪽 바닥이 워낙에 위험하니까요."

바로 그때.

"사장님, 잠시."

서아리를 계속 쳐다보던 황 실장이 강주혁에게 다가가 귓속말로 무언가 전했다. 그리고 강주혁의 눈도 커졌다.

"……정말입니까?"

"예. 이미 확인이 끝났습니다."

대화를 마친 강주혁과 황 실장의 시선이 마치 짜기라도 한 듯이 서아리에게 꽂혔다.

"응? 예?"

서아리는 갑자기 받은 주목에 살짝 당황하며 얼굴을 붉혔고.

"오빠, 왜…… 그렇게 보세요?"

주혁이 피식하며 고개를 저었다.

"아니, 아닙니다."

바로 그 순간.

"자, 오케이! 컷, 컷입니다!"

조감독이 크게 외쳤다.

"자, 배우분들 10분 뒤에 다음 컷 리허설 갑니다! 준비 부탁드립니다!!"

이후 촬영장이 다시 부산스러워졌다. 모여 있던 배우들은 각자 자신의 스태프들이 기다리는 곳으로 움직였고, 강하영 역시 밴으로 돌아왔다.

"후— 어떡해!! 오빠, 나 너무 떨려! 마지막 촬영!"

강하영은 강주혁이 지켜보고 있다는 것을 전혀 모르는 눈치였다. 그때 강하영을 물끄러미 보던 서아리가 입을 열었다.

"저분이 강하영 씨죠? 오전에 뵀던 강하진 씨 언니 되시는."

"맞아요."

"저분도 엄청…… 예쁘시네. 근데 강하진 씨랑은 안 닮은 것 같아요."

"그래요?"

주혁은 건성으로 대답했다. 이유는 간단했다.

'어디냐, 어디.'

눈을 크게 뜨고 사생팬을 찾고 있었기 때문. 하지만 아무리 봐도, 현장을 뛰어다니는 스태프들이 전부였다. 그 모습을 보던 박한철 PD가 신기해했다.

"오오, 이제 분장 고치는 건가? 영화 분장은 예능이랑은 또 다르네요?"

서아리 역시 신기한 듯 강하영에게 다가가는 분장팀 스태프를 보았다. 잠시 가드에게 막히는가 싶더니 다시금 강하영에게 다가가는 빨간 단발머리 여자. 그녀를 보며 서아리가 입을 열었다.

"확실히 영화는 장면마다 분장을 고쳐…… 어?"

그런데 서아리가 대뜸 눈을 가늘게 뜨며 무언가에 초점을 맞췄다. 그 상황에도 단발머리 여자는 강하영과 가까워지고 있었다.

"오, 오빠. 오빠, 주혁 오빠."

서아리가 시선은 여전히 단발머리 여자에게 둔 채, 강주혁의 팔뚝을 잡았다.

"저 여자가 들고 있는…… 저런 것도 분장에 써요?"

말을 들은 주혁이 서아리가 보는 방향으로 빠르게 시선을 맞췄다.

"왜 분장에 쇳조각이 필요."

3초.

서아리가 말을 잇는 와중에 강주혁이 움직이기까지는 3초가 채 안 걸렸다.

"실장님! 저 여자."

주혁은 이미 뛰고 있었고, 황 실장 역시 대답 없이 가드들과 단발머리 여자 쪽으로 뛰었다.

"어? 어? 뭐, 뭐야?"

"오, 오빠!"

양옆에 서 있던 강주혁과 황 실장이 짠 듯이 뛰어가자, 박한철 PD와 서아리가 앞을 보며 당황했다. 그리고 그 순간.

"금방 끝나요."

빨간 단발머리 여자가 중얼거리며 어느새 강하영의 코앞까지 다가와서는 쇳조각을 들어 올렸다. 그녀를 보며 강하영이 세상 순진한 표정으로 고개를 갸웃했다.

"응? 언니. 그건 뭐?"

"뭐긴 뭐야. 쌍년 얼굴 그을 칼이지."

"네?? 그게 무슨."

여전히 순진한 표정의 강하영과 빨간 단발머리 여자는 이제 손을 뻗으면 닿을 거리.

"시발, 뒤져버려."

그 거리에서 빨간 단발머리 여자가 욕을 뱉으며 손을 올렸을 때.

— 타닥!

누군가 강하영과 빨간 단발머리 여자 사이로 끼어들었고.

— 화악!

"하영 씨, 그대로 있어요."

강하영을 감쌌다. 이어 강하영이 안긴 상태로 고개를 들었다.

"응? 사장님?"

그때, 강하영의 말이 끝나기 무섭게 여자의 괴성이 들렸고.

"놔아아아아아아!!!! 이거 놔아!!!!!!"

떨어져서 지켜보던 서아리가 양손으로 자신의 입을 막았다.

그녀가 보는 광경은 그야말로 충격적이었다. 손에 쇳조각을 든 여자가, 아니 미쳐도 한참 미친 여자가 황 실장과 가드들에게 잡혀 발악하는 괴수로 보일 지경.

"시발!! 놔아!!! 저 개시발년!! 내가 저년 얼굴 그어야 된다고오!!!! 진훈 오빠는 내 건데!! 시발 개 같은 년!! 니가 내 오빠랑 놀아나?!! 아니 이거 놓으라고오!!!"

증세는 점점 심각해졌다.

"너 이 쌍년!! 이리 와! 네년이 뭔데!! 진훈 오빠 옆에서 시발!!! 이거 놔아아 아아아!!"

양팔이 잡힌 빨간 단발 여자는 이미 인간의 모습이 아니었고.

"……"

입이 벌어질 대로 벌어진 박한철 PD와 서아리가 그 광경을 쳐다보고 있었다. 그러다 서아리의 시선이 천천히 강하영을 감싼 강주혁에게 넘어갔다. 강주혁은 여전히 굳건하게 강하영을 지키고 있었다. 서아리의 입이 자기도 모르게 벌어졌고.

"……와 진짜 멋있, 아니 뭐라는 거야."

자신의 입을 찰싹 때린 서아리가 박한철 PD에게 다급히 외쳤다.

"PD님, 이거 신고해야 되는 거 아니에요?!"

잠시 후. 빨간 단발 여자의 괴성이 시끄러웠던 탓인지, 촬영을 준비하던 제작진과 배우들이 모두 달려왔다. 그리고 현장을 확인했다. 스태프로 보이는 여자, 그녀의 손에 들린 쇳조각, 그런 그녀를 붙잡은 남자들, 그리고 강하영을 감싸고 있는 강주혁.

다급하게 뛰어온 김삼봉 감독이 입을 열었다.

"무, 무슨 일인가 이게?"

마치 김삼봉 감독의 질문에 대답하기라도 하듯, 붙잡힌 여자가 중얼거렸다.

"시발년…… 진훈 오빠는 내 건데. 뺏어가려고 했어. 그었어야 했는데."

"이, 이 친구 지금 뭐라고 하는 건가?"

명백히 당황한 김삼봉 감독이 눈을 크게 떴고, 주변에 있던 배우들의 시선이 모두 정진훈에게 박혔다. 정진훈 역시 눈알이 빠져나올 듯, 붙잡힌 빨간 단발 여자를 양손을 떨며 쳐다보고 있었다. 설명이 필요한 상황으로 치닫는 와중.

"후— 하영 씨, 괜찮아요?"

"네네, 전 괜찮은데. 이게 대체."

"설명은 나중에."

쭉 강하영을 감싸던 강주혁이 그녀의 상태를 확인하곤 안도의 숨을 뱉었다. 이어 뒤를 돌아, 정진훈을 불렀다.

"진훈 씨."

"……예. 예?! 선배님."

주혁이 붙잡힌 빨간 단발 여자를 가리키며 여전히 정신 못 차리는 정진훈에게 물었다.

"이 여자, 아무래도 당신 사생 같은데."

서아리마저 현장으로 달려간 뒤, 둘만 남은 PD와 VJ는 여전히 혼이 빠진 상태였다. 영화에서나 볼 법한 일이 눈앞에 펼쳐졌으니, 입이 안 벌어지는 게 이상했다. 어쨌든 가까스로 정신을 차린 박한철 PD가 천천히 VJ 쪽으로 고개를 돌려 그를 불렀다.

"……대수야."

"예. PD님……."

"혹시, 혹시 말이다. 우리 전부 찍었니?"

"뭐, 뭘요?"

"뭐긴. 그냥 이거 전부."

이어 카메라를 들고 있던 VJ가 박한철 PD와 눈을 마주치며 답했다.

"찍었…죠. 보이스프로덕션에서부터 쭉."

영화 〈도적패〉 촬영에 올스톱이 걸렸다. 사건 수습 때문이었다. 마지막 한 장면만 남은 촬영은 내일로 미뤄질 수밖에 없었다.

"오늘은 일단 철수하지. 전체적으로 진정을 좀 시켜야겠어. 남은 촬영은 내일 진행하고."

신고한 경찰이 오기 전까지 김삼봉 감독은 현장 분위기와 촬영 전 스태프들을 진정시켜야 했고, 어느새 정신을 차린 남주 정진훈이 원로배우들과 신인배우 등등을 챙겼다.

"하영 씨, 침착하게 들어요."

그 상황에 강주혁은 당최 상황을 이해하지 못하는 강하영에게 자초지종을 차근차근 설명했다. 그녀는 처음에야 놀랐지만, 천성이 긍정적이라 그런지 곧 평정을 되찾았고.

"그렇구나…… 저분이 사생팬."

"이런 경우가 자주 있는 건 아니지만, 없지도 않아요. 사생팬이 아예 스태프로 들어온 건 나도 처음 봤지만."

천천히 고개를 끄덕이던 강하영이 여전히 가드에게 붙잡혀 있는 빨간 단발 여자를 바라봤다. 평소 항시 웃는 얼굴의 강하영도 지금만큼은 진지한 표정이었다. 그러고는 곧 그녀의 시선이 강주혁에게 박혔다.

"사장님, 감사합니다."

"후…… 정말, 위험했어요."

주혁이 진심이 담긴 안도의 숨을 뱉으며 다시 한 번 가슴을 쓸어내렸다. 그런 강주혁을 보며 강하영이 숨겼던 미소를 머금었다.

"사장님."

"네."

"전 진짜 사장님을 만난 게 행운인 것 같아요. 처음부터 지금까지, 그리고 앞으로도."

그러면서 강하영이 처음 강주혁을 만났을 때를 떠올리는 듯, 열 손가락을 펼쳤다가 하나씩 접으며 말을 이었다.

"갚을 게 너무 많아요. 이거 언제 다 갚죠?"

꽤 천진난만한 그녀의 모습에 강주혁이 피식했다.

"내 배우 내가 지킨 건데, 뭘 갚아요."

"아뇨! 다 갚을래요! 진짜 빨리 떠서 전부 갚겠습니다, 사장님!"

"그래요. 기대할게요. 그것보다 하영 씨."

"네! 보스!"

"……보스? 아니, 뭐. 일단 진정 좀 됐으면 감독님이나 배우, 스태프들에 괜찮다고 인사를 도는 게 좋겠어요. 다들 걱정하고 있을 테니까."

"아하! 알겠습니다!"

다부진 대답을 끝으로 강하영이 김삼봉 감독 쪽으로 도도도 뛰어갔다.

경찰은 곧 도착해 현장 조사와 함께 여전히 씩씩거리는 사생팬을 인계받았다.

"자자! 일단 철수하겠습니다!!"

그즈음 현장을 정리하던 스태프들은 철수를 서둘렀고, 내일 촬영 스케줄을 안내받은 몇몇 배우들도 자리를 떴다. 정신없는 와중, 주혁은 특히나 더욱 바빴다. 충격받은 서아리를 강하영의 밴에 태워 같이 보내고, 황 실장 포함 보이스가드와 보이스프로덕션 직원들도 챙겼다.

"PD님도 일단 돌아가시는 게 좋지 않겠습니까?"

"아! 저는 좀 있다 가겠습니다."

주혁은 어차피 〈만능엔터테이너〉 촬영도 당장은 불가능하니 박한철 PD에게 돌아갈 것을 권했지만, 그는 한사코 고개를 저었다. 의아하긴 했지만, 김삼봉 감독이 말을 거는 바람에 곧 주혁의 고개가 돌아갔다.

"고맙네, 강 사장. 자네가 오지 않았다면…… 생각만으로 아찔하군."

"아닙니다."

"아니야. 자네가 이 영화를, 나를, 그리고 진훈이를 포함해 여기 있는 모든 배우를, 스태프들을 구한 거나 다름없어. 하영이는 자네 배우이기도 하면서 내 소중한 배우이기도 하네."

김삼봉 감독의 말이 틀린 것은 아니었다. 실제로 강주혁이 들은 보이스피싱에서도 이 사건이 그대로 터졌다면 크랭크업까지 한 영화 〈도적패〉의 개봉이 취소된다고 했고.

'출연한 여배우가 촬영 중 은퇴할 정도로 상처를 입었는데, 그대로 영화를 개봉시킨다면 대중의 분노를 샀겠지.'

그대로 영화가 엎어졌다면 여기에 들이부은 돈과 반년간 쏟은 배우들의 노력 그리고 스태프들의 시간 등등이 모두 공중분해됐을 것이 자명했다.

"정말, 정말로 고맙네."

주혁이야 그저 강하영을 구하기 위해 고군분투한 것이지만, 결과적으로는 강주혁이 〈도적패〉를 구한 것이나 다름없었다. 이에 평소 무미건조하기로 유명한 김삼봉 감독이 강주혁의 손을 붙잡았다.

"내가 자네한테 큰 신세를 졌어. 우리 영화사도 투자사도 전부. 혹시 내가 도울 일이 있으면 언제든지 말하게. 만사 제치고 바로 돕지. 내가 신세 지곤 또 못 넘어가지."

거장 김삼봉 감독의 말에, 주혁이 살짝 미소 지었고.

"그렇다면, 감독님. 혹시 차기작은 정해지셨습니까?"

"차기작? 아니, 아직이지. 구상은 하고 있다만. 왜 그러나?"

곧, 도울 일을 전했다.

"차기작으로 시나리오 하나 보여드릴 테니, 봐주시겠습니까? 영화 제목은 나왔습니다. 〈폭풍〉이라고."

그러자 김삼봉 감독이 무슨 뜻인지 알겠다는 듯, 주혁의 손을 놓으며 담담하게 답했다.

"그러니까, 그 작품을 찍을 감독이 필요하다? 허허, 좋아. 보내주게."

김삼봉 감독과 강주혁이 얘기하고 있는 사이, 남주 정진훈의 소속사 직원들이 도착했다. DH엔터테인먼트 사장 김반석도 밤중에 터진 사건에 한달음에 달려온 터였다.

"진훈아!"

현장에 도착한 김반석 사장은 밴에서 대기 중이던 정진훈에게 상황을 다시 한 번 전달받았다. 물론 오면서 직원들에게 보고를 받긴 했지만, 곧 내보낼 공식입장을 위해 당사자에게 자세한 이야기를 들어야 했다.

"가, 강주혁이?! 진짜야? 오면서 듣긴 했는데."

"네, 선배님이."

"허— 이것 참. 그 친구 캐릭터가 원래 그랬었나? 내 기억엔 강주혁, 방관자 이미지가 강했는데……."

말끝을 흐린 김반석 사장이 고개를 돌려 김삼봉 감독과 같이 있는 강주혁을 쳐다봤다.

"어쨌든 가자, 진훈아. 인사도 해야 하고, 물어볼 것도 있으니까."

"네."

이어 김반석 사장과 정진훈이 강주혁에게 다가가자, 인기척에 강주혁이 고개를 돌렸다. 그러자 정진훈이 대뜸 90도로 허리를 숙였다.

"감사합니다, 선배님."

"아."

오늘만 꽤 많은 인사를 받아서인지, 허리를 숙여 감사를 표한 정진훈을 보며 주혁은 괜히 턱을 긁었고.

"아니. 뭐, 그렇게까지."

손사래 치는 강주혁에게 김반석 사장 역시 고개를 숙였다.

"강주혁 사장님, 회사를 대표해서 감사드립니다. 혹시 저를 기억하시는지, 한 7년 전에 촬영 현장에서 몇 번 뵀었는데. 아, 그땐 제가 실장이었습니다."

전혀 기억이 안 났다. 하지만 주혁은 얼굴에 웃는 가면을 쓰며 손을 내밀었다.

"아, 안녕하세요."

"후— 그나저나 정말 다행입니다. 사실 오늘 강주혁 사장님이 잡아주신 그 사생팬이, 아, 조사는 좀 더 해봐야겠지만, 아무래도 평소 진훈이를 괴롭히던 사생팬이 아닌가 싶습니다."

"오래됐습니까?"

"예. 한 3년은 넘었습니다. 징하죠, 아주."

주혁이 고개를 끄덕이며 복잡한 표정의 정진훈을 쳐다봤다. 강주혁 역시 정진훈의 기분을 이해하고 있었다. 그도 경험해보았으니.

'상황이야 어쨌든, 자신의 사생팬 때문에 하영 씨가 위험했고, 영화에도 피해를 줄 뻔했으니.'

그런 정진훈의 어깨를 잡은 강주혁이 웃었다.

"기분을 이해 못하는 건 아니지만, 주연배우가 축 처져 있으면 안 되죠. 전부 잘 해결됐으니, 앞으로도 우리 하영 씨 잘 부탁해요."

"……아. 선배님, 알겠습니다."

주혁의 말이 도움이 됐는지 어쨌는지, 정진훈은 머리카락을 쓸어넘기며 쓴웃음을 지어 보였다. 그 상황에 김반석 사장이 끼어들었다.

"저 이건 혹시나 해서 여쭤봅니다만. 감독님, 혹시 현장 사진이나 영상을 찍은 스태프가 있을까요?"

"글쎄, 있겠지? 그때 현장에는 정식 스태프 말고도 아르바이트 학생도 많았으니까. 왜 그러나?"

"아, 공식발표에 쓰일 사진이나 영상을 저희 쪽도 입수해야."

바로 그때.

"저……"

뒤쪽에서 조용히 있던 박한철 PD가 손을 들었다. 덕분에 모두의 시선이 박한철 PD에게 박혔다.

"그 건으로 강주혁 사장님께 드릴 말씀이."

조심스레 다가오는 박한철 PD를 보던 김삼봉 감독이나 정진훈 그리고 김반석 사장이 고개를 갸웃하며 강주혁을 쳐다봤다.

"아, 박한철 PD님이라고 〈만능엔터테이너〉 메인 PD님이십니다."

"아, 그 오디션 예능?"

그때야 다가오는 남자가 누군지 이해됐다는 분위기에 이어, 강주혁 앞에 멈춰선 박한철 PD가 조심스레 입을 열었다.

"그…… 사장님, 저희가 전부 찍었습니다."

"찍어요? 뭘?"

"전부. 그러니까 사장님이 보이스프로덕션에서 출발해서 지금까지 벌어진 일을 전부 찍었습니다."

박한철 PD가 뒤쪽에 서 있던 VJ에게 카메라를 넘겨받았다.

"여기에."

그러자 김반석 사장이 외쳤다.

"전부 찍었단 말입니까? 싹 다?!"

"아, 예. 그렇죠."

즉 사생팬의 등장부터 퇴장까지 전부 카메라에 담겨 있다는 뜻이었고.

"뭐든 일단 찍고 보는 게 제 직업병 같은 거라서…… 찍긴 찍었는데 이거를 어떻게 처리해야 하나— 싶어서요."

말을 마친 박한철 PD가 강주혁을 쳐다봤고, 이어서 모두의 시선이 강주혁에게 꽂혔다. 이 영상은 그저 이슈를 위한 영상이 아니었다.

'만약 이 영상이 공개되면 공식적이든 비공식적이든 사생팬에 관한 대중의 경각심이 올라가는 건 물론이고, 어떻게 사용하는지에 따라 파급력이 다르겠지.'

즉, 이 영상이 어떤 루트로든 공개만 된다면 이번 사건에 연관된 강주혁과 강하영, 보이스프로덕션, 〈만능엔터테이너〉, 〈도적패〉, 정진훈, 서아리 등 모두를 띄울 수 있는, 그야말로 마법의 영상과도 같았다.

어쩌면 평생을 가도 다시는 얻지 못할 영상.

"……"

하지만 뭐가 됐든 강주혁의 허락 없인 이 마법 같은 영상을 사용하지 못할 터였다. 김삼봉 감독이 슬며시 입을 열었다.

"괜찮지 않나? 어차피 숨기지도 못할 거야. 여기 사람이 얼마나 있었다고 생각하나? 이미 SNS에 사진이 돌고 있을지도 몰라. 그럴 바엔 공식적으로 터뜨리는 게 낫지 싶은데. 자네가 잘못한 것도 아니고, 이건 칭찬받아 마땅하네."

모두가 격하게 긍정하며 고개를 끄덕였다. 주혁의 대답도 선선했다.

"네. 상관없겠죠. 공개해도 됩니다."

한 시간 뒤, 뒷정리를 마치고 돌아가는 정진훈의 차 안. 김반석 사장은 뭐가 급한지, 정진훈의 옆자리에 앉아 누군가와 다급하게 통화를 하고 있었고.

"……"

정진훈은 멍하니 앞쪽 허공을 바라보고 있었다. 언뜻 보면 깊은 생각을 정리하는 듯.

"진훈아. 왜 그래? 어디 안 좋아?"

어느새 통화를 마친 김반석 사장이 무표정의 정진훈을 보며 걱정스레 말을 꺼냈다. 그러자 여전히 정면을 응시하던 정진훈이 답했다.

"사장님."

"어어어. 그래그래."

"나 다음에 들어간다고 했던 거, 취소해줘요."

"엉? 뭐? 〈강남역 2번 출구〉?"

"네."

"상관없긴 한데, 왜? 너 그 영화 캐릭터 재밌다며?"

고개를 갸웃하는 김반석 사장에게 돌아온 정진훈의 대답은 간단했다.

"다른 거, 다른 게 하고 싶어졌어요."

같은 시각, 빨간 신호에 걸린 주혁이 연거푸 하품을 해댔다.

"시끄러워지겠네."

내일 벌어질 일을 상상하며 주혁이 피식했다. 그러다 주혁이 '아' 따위의 짧은 말을 뱉으며 속주머니에서 수첩을 꺼내 들었다. 수첩을 펼쳐 최근 미래 정보가 적힌 장으로 넘긴 주혁이 턱을 쓸었고, 이내 앞쪽에 꽂힌 펜을 집었다. 이어 메모해둔 미래 정보에 동그라미를 그리기 시작했다. 몇 초간 두 단어에 동그라미를 그리던 주혁이 들고 있던 펜으로 수첩을 툭툭 때렸다. 그러고는 미소 지었다.

— 제작비 50억으로 관객 1300만 모은 영화 〈화이트 빅 마우스〉 남주 정진훈, 3년 전 〈도적패〉 촬영장에서 자신의 사생팬에게 얼굴을 다치고 사라진 강하영 언급.

"1300만이라."

주혁이 동그라미를 친 단어는 '관객 1300만'과 영화 '화이트 빅 마우스'였다.

(5권에서 계속)

장탄

데뷔작 《보이스피싱인데 인생역전》으로 웹소설 플랫폼 문피아에서만 760만 뷰라는 기염을 토한 천생 이야기꾼.
출중한 스토리텔링 능력은 신인작가라 믿기 어려운 뛰어난 흡인력을 자랑한다.
재미있는 이야기를 끊임없이 추구하기에 더욱 다음이 기대되는 작가.
작품으로 《보이스피싱인데 인생역전》(2019), 《산지직송 자연산 천재배우》(2021)가 있다.

보이스피싱인데
인생역전 4

2021년 7월 29일 초판 1쇄 발행

지은이 장탄

펴낸곳 비스토리
펴낸이 권정희
편집부 이은규
콘텐츠사업부 박선영

주소 서울특별시 성동구 연무장7길 11, 8층
대표전화 02-6463-7000 팩스 02-6499-1706
이메일 info@book-stone.co.kr
출판등록 2020년 7월 10일 제2020-000071호

ⓒ 장탄
(저작권자와 맺은 특약에 따라 검인을 생략합니다)

ISBN 979-11-91211-41-2 (04810)
ISBN 979-11-91211-37-5 (세트)

비스토리는 ㈜북스톤의 임프린트입니다.